BIBLIOGRAPHIE

Maintenant et à jamais

Contre vents et marées

La valse des souvenirs (Allie et Adam – Partie 1)

À fleur de cœur (Allie et Adam – Partie 2)

Allie et Adam (Intégrale)

Un souffle de vie

Étincelles de bonheur

Le poids du silence

Landrat Sécurité, tome 1 : **Nathaniel**

Landrat Sécurité, tome 2 : **Benjamin**

Landrat Sécurité, tome 3 : **Jeremy**

Soldats d'Elite, tome 1 : **Ghost**

Soldats d'Elite, tome 2 : **Ace**

Soldats d'Elite, tome 3 : **Hunter**

Soldats d'Elite, tome 4 : **Blue**

BLADE

SOLDATS D'ELITE

TOME 5

AUDREY MARTINEZ

ROMAN

Couverture : Audrey Martinez via Canva.
Illustrations : Canva et Adobe Stock Photos (@Stanislav)

www.audreymartinez.fr

ISBN : 978-2-491392-74-1

« Même sans espoir, la lutte est encore un espoir. »

Romain Rolland

- PROLOGUE -

BLADE

Je retire mon casque et vérifie que ma lame est bien là, avant de rejoindre les gars qui discutent devant l'entrée du bâtiment.

— Et ça s'est bien passé ?

— Super. Elle est revenue heureuse comme jamais, explique Hunter.

J'essaie de prendre la conversation en cours de route, mais j'imagine qu'il parle de Megan.

— Tu crois qu'elle se sent prête à bosser à nouveau ?

— Peut-être, dit-il en haussant les épaules. Elle commence à tourner en rond, même si Naya lui permet de s'occuper. La photo lui manque.

Ah oui, Megan devait prendre des photos pour le centre dans lequel travaille Mia. Apparemment, ça a été une bonne chose. Tant mieux, Megan mérite le bonheur après tout ce qu'elle a traversé.

Cette pièce dans laquelle on l'a trouvée, je m'en rappellerai longtemps.

— C'est génial, elle a fait des progrès incroyables, intervient Blue.

Hunter sourit, fier de sa femme. Je ne pensais pas voir mes coéquipiers aussi amoureux un jour, mais il faut croire que le virus les fait tomber les uns après les autres. Très peu pour moi, je passe mon tour, et laisse ma place à Sniper.

— Bon, les gars, je vais casser l'ambiance, mais j'ai des nouvelles, annonce Ghost.

— On part ? demande Sniper.

Notre chef d'équipe acquiesce avant de grimacer.

— Quoi ? s'étonne Ace.

— On en a pour plusieurs semaines.

— Vraiment ?

— Oui, je n'ai pas tous les détails, mais préparez-vous à un déploiement plus long.

— Merde, murmure Ace. Ça faisait longtemps.

C'est vrai, nos missions sont plutôt expéditives depuis quelque temps. Mais ça ne me dérange pas. C'est pas comme si j'avais une vie sociale. Je préfère être en mission.

— Ce n'est pas tout.

Vu sa tête, c'est une mauvaise nouvelle.

— On ne part pas seuls, complète-t-il.

Je fronce les sourcils. Ça ne nous a jamais rebutés de bosser avec une autre unité. On apprécie même la compagnie la plupart du temps.

— On nous colle une équipe de reportage.

— Quoi ?

— Un journaliste, enfin un reporter de guerre nous accompagne et un caméraman.

— Attends, t'es pas sérieux, grogné-je. On va se coltiner des civils ?

Il hoche la tête.

— J'ai essayé de négocier, mais rien à faire, c'est pour nous.

— Tu sais qui ils nous envoient ?

— Non. Par contre, ça servira pour un documentaire sur l'armée et pour des campagnes de recrutement, donc ils comptent sur notre collaboration.

Collaboration, mon cul. Quelle connerie ! Comme si on n'avait que ça à faire. Babysitter des civils qui vont nous mettre en danger et foutre le bordel dans notre unité. Certains sont de vraies têtes brûlées.

— On n'a pas le choix, les gars, on fera avec, conclut mon chef d'équipe.

Finalement, cette mission s'annonce plus merdique que prévu.

- 1 -

BLADE

Le silence n'a jamais été un fardeau à mes yeux. Il a toujours représenté la paix, la sérénité et la sécurité. Dans le silence, il n'y avait pas de cris, pas de violence, pas de sang, juste le néant. Une forme d'apaisement.

Et ce soir, je m'en délecte. Il n'est perturbé que par les bruissements de la nature endormie. Une légère brise me caresse le visage alors que mes yeux sont fixés sur le ciel étoilé. Allongé sur le dos, les bras croisés derrière la tête, j'essaie de faire le vide dans mon esprit. Ce n'est pas parce que je suis silencieux que mon esprit l'est aussi. Au contraire, il ne se repose jamais, accaparé par la multitude de pensées qui l'agressent en permanence. Il fut un temps où j'ai testé la méditation, ça n'a pas marché. La respiration a fonctionné, parfois. Le dessin m'aide souvent. Il me permet d'évacuer mes idées noires. Mais la seule chose qui m'apaise vraiment, c'est de jouer avec mes lames. Je peux taillader un bout de bois, les lancer dans les airs pour viser une cible, les astiquer ou les aiguiser. Elles sont mon refuge quand le reste ne suffit plus.

Je me détourne du ciel étoilé quand j'entends des pas se rapprocher. Alerte, je pose une main sur le poignard qui ne quitte jamais ma cuisse, puis je me détends en distinguant la silhouette d'Ayden.

— Désolé, je voulais pas te réveiller.

— Je ne dormais pas.

Il me dépasse prudemment, le regard rivé vers le sol pour ne pas trébucher.

— Tu vas où ?

— Besoin urgent, dit-il en contournant un arbre.

Je jette un coup d'œil à ma montre pour lui laisser suffisamment de temps avant de m'inquiéter. Je sais bien qu'il n'y a aucun danger, mais c'est plus fort que moi.

— Bonne nuit, Blade, souffle-t-il en revenant cinq minutes plus tard.

Je ne réponds pas, et je grimace intérieurement en constatant que j'aurais pu faire un effort. Il y a deux ans, je n'étais pas si fermé, mais les choses ont changé. Et plus le temps passe, plus j'ai besoin de ma solitude, de ce silence. Ce soir encore, les gars sont regroupés un peu plus loin, et j'ai attendu qu'ils soient endormis pour m'éloigner de quelques mètres. Assez près pour garder un œil sur mes coéquipiers, mais assez loin pour avoir l'illusion d'être seul.

Seul sans jamais l'être vraiment.

C'est ironique.

Quand je me réveille, quelques heures plus tard, je remarque que Ghost et Ace sont déjà debout. Ils discutent à voix basse en buvant une tasse de café. Ace avait promis un week-end de camping à Ayden, et comme nous partons pour une mission longue d'ici peu, il a décidé de l'organiser avant notre départ. Je pensais que les gars voudraient rester avec leurs femmes, mais ils avaient envie de faire plaisir au gamin. Ça semblait compter pour lui.

De mon côté, je vais là où mon équipe va. Même s'ils m'avaient dit qu'ils voulaient gravir l'Everest, je les aurais suivis sans même y réfléchir.

— Café ? me propose Ace.

J'acquiesce d'un hochement de tête et observe rapidement la zone avant de m'asseoir à leurs côtés.

— On devrait être rentrés vers 17 h, dit Ghost en vérifiant son téléphone. Ça nous laissera deux jours avant le départ.

Je compte presque les minutes tant j'ai hâte de me plonger dans l'adrénaline du terrain, mais je peux comprendre que mes frères soient moins impatients. Ils ont des familles à présent. Pas moi. Je n'en ai jamais eu. Ma famille, c'est mon équipe.

— On pourrait prendre le sentier au sud et finir par la falaise, propose notre chef d'unité.

Ace valide l'idée alors que les gars se réveillent à leur tour. Je les regarde échanger et je me sens parfois étranger à leurs conversations. Le plus triste, c'est que je ne sais pas comment arranger la situation, comment réparer ce lien qui semble se briser lentement. Comme si ce fichu fossé se creusait, jour après jour.

— Tu en sais plus sur les civils ? demande Blue.

Je tends l'oreille, bien plus intéressé par ce sujet.

— Ils seront deux, un reporter de guerre et un cameraman. Ils ont pour ordre de nous suivre dans la plupart de nos missions, sauf celles qui présentent un risque trop élevé. Mais ils vont aussi tourner avec d'autres équipes.

Tant mieux, on les verra moins.

— De ce que j'ai compris, ils ont de la bouteille, et ils ont déjà bossé ensemble. Ils ont été validés par le commandant.

Qui n'a sûrement pas eu le choix si l'ordre venait de plus haut…

— Vu notre destination, je ne suis pas super rassuré de les savoir avec nous, râle Ace.

Ils risquent surtout de compromettre la sécurité de mes coéquipiers. C'est ce qui m'inquiète le plus. Ça nous est déjà arrivé de devoir gérer une tête brûlée, et putain, je m'en souviens encore. Un abruti qui voulait montrer qu'il avait la plus grosse. Résultat ? Il a failli y passer ce con, et Ace a été blessé en le secourant. On a réussi à esquiver ce genre de merdes pendant plusieurs années, mais apparemment, on ne pouvait plus voler sous le radar.

— Ils veulent les meilleurs pour ce reportage, s'amuse Ghost.

Je me dis que l'équipe d'Hurricane aurait très bien pu faire l'affaire. Je confierais ma vie à peu de personnes, et ces mecs en font partie.

— Blade.

Je lève la tête vers Hunter qui fronce les sourcils en avisant ma main. Je suis son regard et soupire en voyant les entailles faites sur le tronc qui me sert de banc. Je nettoie rapidement mon poignard et le range à sa place. Je ne m'étais pas rendu compte que je l'avais sorti, mais il m'aide à maitriser la tension. Mon coéquipier n'ajoute rien, en revanche, ses yeux parlent pour lui.

Au bout de quelques secondes à soutenir mon regard, il se détourne et reprend la conversation avec les autres. Je jette un nouveau coup d'œil au tronc, furieux de ne pas avoir remarqué mon geste. En général, quand je sens que la pression est trop forte, je m'éloigne pour vider le trop-plein, mais cette histoire de reportage met mes nerfs à rude épreuve. J'ai intérêt à me recentrer si je ne veux pas devenir un danger pour mon équipe.

— Les préparatifs du mariage avancent ? demande Sniper.

— Oui, mais on ne sait pas trop comment s'organiser pour la lune de miel.

— Tu te souviens plus comment on fait ? plaisante Blue en haussant plusieurs fois les sourcils.

Ace ricane et lui jette un petit caillou.

— Non, c'est pour les enfants et Sanka. Il faudrait qu'on trouve quelqu'un pour les garder, et de préférence à la maison pour que ce soit plus simple.

— Je croyais que vous partiez tous les quatre ? s'étonne Ghost.

— C'est le cas, mais j'ai aussi réservé un voyage à deux, on partira à quatre un peu plus tard. J'ai envie qu'Aly ait une vraie lune de miel.

Blue s'apprête à parler mais Hunter place sa main devant sa bouche pour l'interrompre.

Les gars rient, ce qui m'arrache un léger sourire.

— Il faut que je voie si Megan se sentirait prête à s'installer chez vous quelques jours.

Il hausse les épaules sans développer. De ce que j'ai compris, Megan a parfois besoin de ses repères pour éviter les crises d'angoisse, même si elle a repris une vie quasi normale.

— Tu peux compter sur moi, affirme Sniper.

— April serait partante, par contre avec son emploi du temps, il faudrait qu'on s'organise à l'avance.

— Avec la petite, je pense qu'on devra passer notre tour, ajoute Ghost.

Ace se tourne vivement vers lui.

— Une fille ?

Ghost hoche la tête, un grand sourire greffé sur son visage.

— On l'a appris, il y a quelques jours.

La dernière fois, le bébé n'était pas dans la bonne position, ils étaient déçus de ne pas avoir pu connaitre le sexe.

— C'est génial, mon frère !

Les gars le félicitent et lui tapent dans le dos, alors que ses yeux brillent d'émotion. Une petite fille... Je suis heureux pour lui, mais les enfants, ce n'est pas pour moi. En dehors des ados du foyer, je ne maitrise pas vraiment le sujet. C'est d'ailleurs pour cette raison que je ne me propose pas pour garder Madi et Ayden. Je le ferais s'ils n'avaient pas d'autre solution, mais sinon, je préfère m'abstenir.

Ayden nous rejoint en se frottant les yeux. Il se laisse tomber à côté d'Ace et récupère de quoi grignoter en écoutant la conversation qui repart sur un sujet plus léger.

Par réflexe, mes yeux balaient les alentours, à la recherche d'une menace, mais nous ne sommes pas en mission, alors je soupire et essaie de reporter mon attention sur la discussion. Le besoin de bouger me démange et se répercute dans chacune de mes terminaisons nerveuses. Je remue la jambe pour l'atténuer, mais rien n'y fait.

Après quelques secondes de plus, je me lève et m'éloigne du groupe. Mon sac est déjà prêt, je n'ai plus qu'à attendre le départ.

Je sors mes trois lames et choisis un arbre. Normalement, je n'en porte qu'une au quotidien, mais il m'arrive d'en embarquer plusieurs selon les circonstances.

Pendant les vingt minutes suivantes, je m'entraine à les lancer en visant des zones différentes à chaque fois. Mon cerveau se vide et je ne pense plus à rien, sauf au mouvement de mon bras, à la vitesse de mon lancer, au bruissement de la lame qui fend l'air, et au choc lorsqu'elle pénètre le bois.

Quand j'entends un léger sifflement, je reconnais le signal du départ. Je récupère mes poignards et retourne près de mes coéquipiers, là où est ma place.

- 2 -

LEXIE

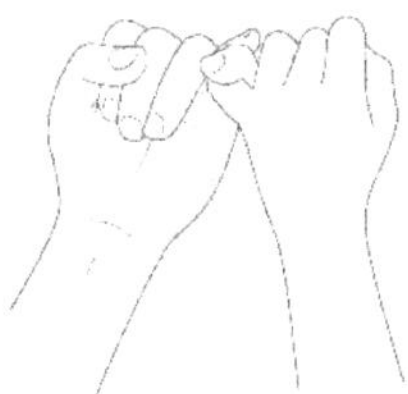

— Allez les gars, bougez de là.

Je récupère mon sac et le secoue en râlant. Azraël et Billy, deux de mes chats, adorent se fourrer dans mes affaires, tandis que Tom, le troisième larron, préfère la baignoire.

Je jette un coup d'œil aux habits que j'ai déposés sur le lit, et vérifie ma liste pour m'assurer que je n'ai rien oublié. L'avantage, c'est que les missions se ressemblent, et la base de mon nécessaire est toujours la même. C'est une machine bien huilée. J'ai commencé le journalisme, il y a dix ans, et j'ai basculé sur les reportages de guerre, quatre ans plus tard. Depuis, j'ai visité des dizaines de pays, côtoyé divers peuples, rencontré des centaines de soldats, vécu de grosses frayeurs et j'ai eu envie d'abandonner à quelques reprises. Et pourtant, j'ai rempilé à chaque fois, au grand dam de mes parents.

— J'ai tout.

Je dépose ma liste sur un coin de matelas et range les vêtements dans mon sac. Pas de valise pour mes missions, c'est bien trop encombrant. J'ai un grand sac imperméable qui a connu pas mal de mésaventures au fil des ans. Il faudrait que je le remplace, sauf que cette pensée me file des sueurs froides. C'est mon frère, Ryan, qui me l'avait offert avant mon premier départ. En tant que Marine, il savait ce qui était le mieux et il voulait m'encourager et me soutenir dans mon choix de carrière. Alors, ce sac a beau n'être qu'un sac, pour moi, il est plus que ça.

Dans la salle de bain, je prépare ma trousse de toilette et la rapatrie dans mon bagage. Comme d'habitude, je le fais au dernier moment, mais je suis assez efficace. La première fois, ça m'a pris exactement treize jours pour le terminer, et j'y avais réfléchi pendant plus d'un mois. Finalement, j'avais emporté trop de choses inutiles, les « au cas où » qui sont tolérés pour les vacances, mais pas pour des missions de ce genre. Aujourd'hui, c'est devenu une routine qui ne me prend pas plus d'une heure.

Azraël se faufile entre mes jambes pour tenter de rejoindre mon sac, mais je le ferme avant qu'il n'atteigne l'ouverture.

— Loupé, mon beau. À mon retour, peut-être.

Je souris et le caresse avant de récupérer mon barda pour le poser dans l'entrée. J'y ajoute la paire de chaussures et la veste que je mettrai demain.

Je hoche la tête, satisfaite, et m'embarque dans ma seconde routine pré-départ : appeler mes parents.

— Lexie, tu es prête ma chérie ? demande ma mère, Kendra, dès qu'elle décroche.

— Mon sac attend dans l'entrée, maman.

Je l'imagine bien pincer les lèvres de contrariété. Elle a beau me soutenir, elle déteste chacune de mes missions. Surtout depuis la mort de Ryan.

— Est-ce que tu sais combien de temps tu pars ?

— Quelques semaines.

Je ne peux pas être plus précise, ça dépendra vraiment de la qualité de mon reportage et de la réalité du terrain.

— C'est long.

— Je sais, mais ça passera vite, tu verras. Et puis, vous partez dans le Vermont d'ici une semaine.

Mes parents y vont chaque année, et cette fois, ça tombe plutôt bien, ça leur changera les idées.

— Clay est là ?

— Il ne devrait pas tarder.

Avant chaque départ, mon jumeau s'arrange pour être libre afin qu'on passe une soirée ensemble. C'est notre rituel. Sans ça, je serais une vraie boule de nerfs.

— Quand on parle du loup... dis-je en entendant du bruit à l'extérieur.

Mon frère toque à la porte puis entre, comme à son habitude.

— Salut man' ! crie-t-il quand il me voit au téléphone.

J'éclate de rire. On est un peu trop prévisibles.

— Amusez-vous bien, les enfants.

— D'accord maman, embrasse papa.

— Fais attention à toi, ma chérie.

— Promis.

Je raccroche et rejoins mon frère qui dépose le repas sur la table basse. La télécommande en main, je me laisse tomber sur le canapé.

— Mexicain ?

Il hausse les épaules.

— Ça faisait longtemps.

— On continue « Les pieds sur terre » ?

Mon frère acquiesce alors que je lance le documentaire Netflix. Se rincer l'œil sur Zac Efron n'est qu'un bonus, bien sûr.

Nous nous servons et mangeons en commentant l'écran. Clay et moi sommes complémentaires et fusionnels. Au point de vivre dans la même maison séparée en deux appartements. J'ai investi le rez-de-chaussée alors qu'il habite au premier étage. Il est calme, sérieux, organisé. Je suis une baroudeuse curieuse et têtue. J'aime l'aventure, il aime ses habitudes. En grandissant, nos différences auraient pu nous éloigner, mais ça n'a pas été le cas. Nous sommes les deux faces d'une même pièce. Ce besoin de l'autre s'est renforcé à la mort de notre grand frère. Sans Clay, je ne sais pas comment j'aurais pu y survivre.

— Tu pourras nous contacter ? demande finalement mon frangin.

J'acquiesce avant de boire une gorgée de soda.

— Normalement, oui. Je serai souvent à la base.

Même si je vais aller sur le terrain, j'ai aussi des interviews à mener auprès des équipes et de quelques gradés. Je vais également suivre la formation de certains soldats, ce qui me tiendra parfois à l'écart de l'action.

— Tu le sens comment ?

— Ça va, le rassuré-je en haussant les épaules.

J'ai toujours une petite appréhension avant chaque mission. En général, ça se passe bien, même si j'ai connu quelques opérations difficiles au fil des ans. Il ne m'est arrivé qu'une fois de refuser. Je la trouvais trop dangereuse. Faire mon boulot oui, prendre des risques, ça m'arrive. Mais la vie est trop précieuse pour la mettre sciemment en péril.

— Comment va Mélissa ?

J'avale une bouchée de tacos et tourne mon visage vers Clay quand le silence me répond. Ses lèvres sont pincées et ses yeux perdus sur l'écran.

— De l'eau dans le gaz ?

Il soupire.

— Elle a parlé mariage.

J'acquiesce, pas si étonnée que ça. Ils sont ensemble depuis deux ans et elle semble amoureuse de lui.

— Et ?

Je ne pensais pas que mon frère était du genre à fuir l'engagement, bien au contraire. Le combo mariage, bébé, chien et maison avec la barrière blanche, c'est tout à fait son délire.

— Je ne me sens pas prêt.

Je fronce les sourcils, surprise.

— Pour le mariage ou pour le mariage avec elle ?

Il me lance un regard amusé.

— Avec elle, Lex. Je ne sais pas, il y a quelque chose qui me bloque.

Je cherche mes mots ne sachant pas trop comment l'aider sans l'influencer dans sa décision. Je ne voudrais pas le pousser dans une direction qui n'est pas la sienne.

— Vous en avez discuté ?

Il hausse les épaules.

— Elle voudrait que je sois plus présent. Que j'ouvre un cabinet avec des horaires fixes.

J'écarquille les yeux, je ne m'attendais pas à ça. Mon frère est médecin urgentiste. Passionné et investi dans son boulot. Il est certain qu'à l'hôpital, les horaires des gardes ne sont pas évidents pour un couple, mais lui enlever son métier équivaudrait à supprimer une partie de ce qu'il est. Ce serait comme me couper les ailes et m'empêcher de voyager.

Sauver des vies, c'est ce qui le fait vibrer. Sa dose d'adrénaline. On a tous besoin de ce quelque chose qui fait pétiller notre âme.

— Et tu en penses quoi ?

Il secoue la tête et jette une petite boule de papier aluminium sur la table.

— Elle me demande de choisir, et c'est triste à dire, mais ce n'est pas elle que je choisirais.

Je mordille ma lèvre inférieure, mal à l'aise. Je suis peinée qu'il se retrouve dans cette situation.

— Tu devrais lui parler, lui expliquer à quel point ce métier compte pour toi. Elle t'aime, je suis sure qu'elle comprendra.

En fait, non, je n'en suis pas certaine, mais il est suffisamment démoralisé, je ne veux pas en rajouter.

Le regard de mon frère se perd sur le mur gauche de mon salon. Une vingtaine de cadres photo y sont accrochés. De notre famille principalement.

Et au centre, se trouve un cliché de Ryan.

Souriant, lumineux.

Il captait l'attention dès qu'il entrait dans une pièce. Il avait cette aura protectrice, ce pouvoir d'attirer la lumière à lui. Et sur ce mur, j'ai parfois l'impression de ne voir que lui.

— Il me manque, chuchoté-je.

— À moi aussi.

Clay prend ma main dans la sienne et nous passons le reste de la soirée à évoquer des souvenirs d'enfance. À rire de nos bêtises, surtout les miennes. À sourire en parlant de notre grand frère. À aimer fort chaque instant. À chérir la chance d'avoir grandi dans cette famille extraordinaire.

Sans eux, je ne serais pas celle que je suis aujourd'hui.

Sans eux, je ne serais rien.

- 3 -

BLADE

J'ouvre les yeux, deux minutes avant que mon alarme ne sonne. Pendant quelques secondes, je reste immobile sur ma couchette, bercé par les bruits du camp. Les rires, les discussions, les pas des soldats, les mouvements des véhicules. C'est familier, c'est rassurant, je suis dans mon élément. Je me lève, j'enfile mes baskets, un sweat et un bonnet, puis je m'engage à l'extérieur pour un footing matinal, histoire de lancer la machine et d'évacuer la tension. Nous sommes en saison douce, alors nous n'aurons pas droit à la chaleur étouffante du désert, mais à des températures hivernales. Il ne doit pas faire plus de trois ou quatre degrés, ce matin, et ça me convient. Je préfère la fraicheur à la chaleur. J'enchaine les tours de la base, concentré sur ma respiration et mes foulées, sans jamais faire totalement abstraction de ce qui m'entoure, pour des questions évidentes de sécurité, jusqu'à ce qu'il soit l'heure de rejoindre les gars pour le petit déjeuner. Avec le décalage horaire, je ne devrais pas avoir faim, mais notre corps et notre esprit sont habitués à toutes les conditions. On s'adapte assez bien aux changements de météo, de pays, d'alimentation, d'horaires. Ce n'était pas le cas au début, mais j'étais programmé pour survivre, alors l'adaptation n'a pas été aussi difficile que je l'avais prévu.

Je hoche la tête pour saluer mes coéquipiers et m'installe à côté de Hunter.

— Tu as reçu un ordre de mission ? demande Sniper à notre chef d'équipe.

— Non, je suis convoqué après l'arrivée du journaliste. On en saura plus dans la journée.

Nous avons débarqué en Syrie, il y a deux jours, et le journaliste doit nous rejoindre, ce matin. Je n'ai clairement pas hâte, mais son arrivée signe le début des missions, donc c'est un mal pour un bien.

— J'ai discuté avec des Marines, la situation est tendue et les attaques se multiplient, explique Ace en coupant un morceau de pain.

— Dans la zone ou sur la base ? demande notre colosse.

— Les deux, mais la base a encore été visée, il y a une semaine.

— Des blessés ?

— Non, répond mon coéquipier en secouant la tête. Juste un peu de matos.

— Des bunkers d'armes ont aussi été la cible de frappes aériennes, nous informe Sniper avant de boire une gorgée de café.

La base militaire d'Al-Tanf, dans laquelle nous nous trouvons, est située tout au sud du pays, à la frontière avec la Jordanie, en plein désert. Nous ne savons pas encore en quoi va consister notre opération. La base est davantage tournée vers le renseignement et l'entrainement de rebelles syriens, mais avec les attaques récentes, il se pourrait qu'on nous demande de faire le ménage dans la zone. La présence des civils jouera probablement sur ce qu'on nous ordonnera d'effectuer dans les prochaines semaines.

— C'est l'heure, allons-y, annonce notre chef d'équipe en quittant la table.

Je ravale ma mauvaise humeur et suis mon unité en silence. Je suis toujours impatient de partir en mission, mais plus l'échéance approche et plus je redoute l'intégration de civils dans notre monde. Un faux pas peut nous coûter la vie. Et même si la mort ne m'effraie pas, celle de mes coéquipiers me terrorise. Quand on a dû secourir l'équipe de Storm, il y a deux ans, nous avons perdu Wolf, et ça m'a brutalement rappelé que la mort rôde dans les parages comme un prédateur qui guette sa proie. Et quand Hunter a été fait prisonnier, la réalité m'a frappé encore plus durement. À force d'expérience et de missions réussies, on en oublie presque que tout peut basculer en une fraction de seconde. Et c'est précisément ce que je veux éviter.

Nous nous installons sur le tarmac, à quelques mètres de la zone d'atterrissage. Je ne vois pas pourquoi on doit tous être présents pour l'accueillir, mais Ghost y tient pour que nos relations soient cordiales.

Notre chef d'équipe jette un coup d'œil à sa montre et fixe le ciel avec patience alors que l'envie d'attraper mon poignard me démange. Je fais quelques pas pour me détendre, puis je m'adosse à l'entrepôt, et croise les bras sur mon torse en apercevant enfin l'hélicoptère. Les gars qui assurent la surveillance du camp balaient la zone avec leurs armes et leurs jumelles. Ils semblent sur le qui-vive. Apparemment, la situation est encore plus tendue que ce que nous avions envisagé.

Lorsque l'hélico se pose, mes frères s'avancent, mais je ne bouge pas d'un pouce. La porte latérale s'ouvre et un militaire descend pour saluer Ghost. Un deuxième type attrape un sac, alors que le troisième tend une main vers l'intérieur de l'appareil. Je fronce les sourcils, étonné par ce comportement. Quand j'aperçois enfin le journaliste, ma mâchoire se décroche. Sans le vouloir, je m'approche à mon tour.

— C'est quoi ce bordel ? s'exclame Sniper.

— Surprise… s'amuse Ghost.

— Tu le savais ? grogne Hunter.

— Je l'ai appris hier soir.

La femme récupère le sac, offre un grand sourire aux soldats et se dirige vers nous. J'aurais pu jurer qu'elle allait se mettre à sautiller d'enthousiasme avant de nous rejoindre, mais c'est peut-être mon esprit qui part dans tous les sens.

— Bienvenue à Al-Tanf, lance Ghost en lui tendant la main.

— Merci.

Elle la lui serre sans se démonter et balaie l'équipe du regard. Notre chef fait les présentations et les gars semblent rapidement oublier qu'il s'agit d'une femme. Je ne suis pas misogyne, mais la Syrie n'est franchement pas le lieu idéal pour une journaliste en ce moment. Et merde, il est évident que l'équipe va se mettre en danger pour la protéger quoi qu'il en coûte. Mon humeur descend d'un cran supplémentaire. Et quand Ghost prononce mon nom, je me contente de lui accorder un hochement de tête. Elle s'apprêtait à me tendre la main, mais elle laisse retomber son bras en pinçant les lèvres, ses grands yeux marron me dévisageant avec curiosité.

— Je prends tes affaires, intervient Sniper.

Elle semble surprise, mais acquiesce en lui adressant un sourire timide. Ses cheveux noirs sont attachés en queue de cheval, elle porte un pull blanc et un pantalon noir cargo. Mais ce qui attire mon attention, ce sont ses rangers, et son sac, semblable à un sac militaire. Je m'attendais bêtement à un civil lambda, hermétique à la réalité du terrain.

— Je vais te montrer tes quartiers, dit mon chef d'équipe en lui faisant signe d'avancer.

— Est-ce que vous savez quand on pourra commencer ?

— Tu peux me tutoyer. J'ai une réunion d'ici une heure, j'en saurai plus à ce moment-là.

— D'accord.

Elle semble calme et à son aise, mais je remarque ses yeux qui analysent la zone, comme si elle essayait d'emmagasiner un maximum d'informations.

— Le voyage s'est bien passé ? demande Sniper en se plaçant à ses côtés.

— Oh oui, ce n'est pas mon premier rodéo.

Sniper éclate de rire et Ghost sourit. Je jette un coup d'œil à Hunter, Blue et Ace qui discutent tranquillement. À croire que je suis le seul à détester cette situation.

— Comment se fait-il que le cameraman ne soit pas avec toi ?

J'avais complètement oublié le deuxième civil.

— Il a eu un problème de santé, explique-t-elle en haussant une épaule. Son remplaçant devrait arriver demain ou après-demain.

— Rien de grave ?

— Non, mais suffisamment pour qu'il ne puisse pas venir.

Ghost ouvre la porte du bâtiment et lui fait signe de pénétrer à l'intérieur. Sniper les suit, alors que je m'immobilise, ne voyant pas l'utilité de ma présence. Je me tourne et me rends compte que les gars ne sont plus avec nous. Je me maudis d'avoir été déstabilisé par la journaliste et décide d'aller m'entrainer. La base a été agrandie, il y a quelques mois, et j'ai bien envie d'aller tirer sur le nouveau terrain. Même si c'est plutôt le truc de Sniper, on ne peut pas se permettre de rouiller dans notre métier. On doit maitriser tous les moyens d'attaque ou de défense. De toute manière, je n'ai pas encore trouvé d'endroit où lancer mes lames.

* *

*

LEXIE

— Tu as carte blanche, ce matin. Je propose qu'on se retrouve pour le déjeuner.

— Ça me va.

Ghost est impressionnant. Son aura inonde le couloir, mais elle n'est pas étouffante, elle impose simplement le respect.

— Voilà, c'est ton palace pour les prochaines semaines.

Je m'esclaffe alors qu'il déverrouille la porte et me donne la clé.

Je pousse le battant et découvre une pièce sommaire. Un lit, un petit bureau et un placard pour mes affaires.

— Tu as une salle d'eau derrière la porte du fond.

— Le luxe, plaisanté-je.

Je me suis retrouvée dans des conditions bien pires. Quand je me tourne, je remarque qu'il est toujours dans le couloir. Son coéquipier, Sniper, a posé mon sac dans l'entrée, mais aucun d'eux n'est entré dans la chambre.

— Si tu as besoin de quoi que ce soit, on est dans le bâtiment C3, à l'est de la base, intervient ce dernier.

Son regard parcourt la pièce comme s'il vérifiait que tout allait bien, puis il recule d'un pas. Je les remercie et récupère mon sac alors qu'ils me saluent et se dirigent vers la sortie du bâtiment. Je referme doucement la porte et pose mon bagage sur le lit. Je meurs d'envie de me reposer, mais je suis bien trop excitée. Je vais plutôt déballer mes affaires et faire un tour pour me familiariser avec les lieux.

Dans l'ensemble, ça s'est bien passé. La première impression est souvent décisive, et j'aime que le courant passe rapidement pour faciliter les échanges. Il n'y a rien de pire que travailler durant des jours ou des semaines avec des hommes qui tolèrent difficilement ma présence. Les tensions s'enveniment et deviennent insupportables, jusqu'à ce que ça explose d'une manière ou d'une autre. Ghost et ses coéquipiers ont été agréables dès le départ, même si j'ai remarqué la surprise qui s'affichait sur leurs visages. J'imagine qu'ils ne savaient pas que j'étais une femme. Ce ne serait pas la première fois que mon sexe amène une panoplie d'idées reçues et de préjugés.

J'ouvre mon sac et range mes vêtements dans le placard. C'est assez rapide puisque j'ai emporté le strict minimum. Quand c'est fait, je récupère mes carnets et crayons que je dépose sur le bureau, à côté d'un cadre photo. C'est mon rituel, comme un porte-bonheur. Je ne suis pas spécialement superstitieuse, mais comme beaucoup de personnes, j'ai mes petits trucs. Et ce cliché a une saveur particulière. C'était avant la mort de Ryan, on avait passé des vacances tous ensemble à Hawaï, et maman avait insisté pour prendre cette photographie avant que chacun retourne à son quotidien. Malgré les coups de soleil, de grands sourires illuminaient nos visages. Ma main se pose par réflexe au-dessus de ma poitrine. J'inspire profondément pour calmer les battements de mon cœur. Ce bonheur n'est plus ce qu'il était, même si on a tout fait pour survivre à sa perte. Je donnerais tout pour qu'il revienne, malheureusement, on ne peut pas changer le passé, juste continuer à avancer. Je me gave des merveilleux souvenirs que j'ai avec lui, de tout ce qu'il m'a appris, de son sourire et de son dévouement. Il est mort en faisant ce qu'il aimait. C'est une piètre compensation, mais je m'y accroche avec vigueur.

Chassant la peine qui menace de m'engloutir, je range mon sac dans un coin de la pièce et prends l'un de mes carnets. Je note quelques idées en vrac avant de quitter la chambre pour trouver le centre des communications. J'envoie toujours un mail à mon frère pour prévenir de mon arrivée et j'essaie d'écrire régulièrement à ma famille pour les rassurer. Ce n'est pas facile selon les bases, mais je fais au mieux.

Sur le trajet, je repère les lieux. Au début, j'ai souvent tendance à me perdre, même si beaucoup d'installations se ressemblent. Au détour d'une allée, que je pense avoir déjà empruntée deux fois, je tombe nez à nez avec l'un des SEALs. Blade, si je ne me trompe pas.

Le seul qui m'a refroidie en un regard. Il n'a pas voulu me serrer la main. C'était sacrément impoli. J'ai ravalé mes pensées et j'ai tenté de faire bonne figure. Je n'allais pas saisir son poignet de force pour l'obliger à ne pas me foutre la honte dès mon arrivée. Il m'a jeté un regard que j'aurais pu qualifier de glacial si une quelconque émotion avait traversé son visage. Mais rien. Il était aussi impassible qu'un mur blanc. Finalement, il a hoché la tête, mais ça n'a rien enlevé à son accueil polaire.

Je le dévisage un instant, m'attardant bêtement sur sa mâchoire carrée, sa barbe parfaitement taillée, ses lèvres fines, son teint légèrement hâlé, ses longs cils noirs, et... son regard de tueur. Je m'attends à un mot, une parole, mais il me contourne et reprend sa route. Je fronce les sourcils, décontenancée par son attitude. Il aurait au moins pu attendre de goûter à quelques-unes de mes blagues avant de me détester. Je vais avoir du boulot avec celui-là, mais les défis ne m'ont jamais effrayée.

Quelques minutes plus tard, je trouve enfin le centre des communications. Je m'installe à un poste et mes doigts courent sur le clavier avec aisance, trop heureuse de pouvoir envoyer des nouvelles aux miens.

Le ciel est bleu. Stop.
Le désert est désertique. Stop.
Et le soleil est toujours aussi brillant. Stop.

Je vais bien. Stop.
N'oublie pas mes compagnons. Stop.
Je vous aime.

Ce message ne s'autodétruira pas, parce qu'on n'est pas dans Mission Impossible.

Je souris et clique sur envoyer.

- 4 -

LEXIE

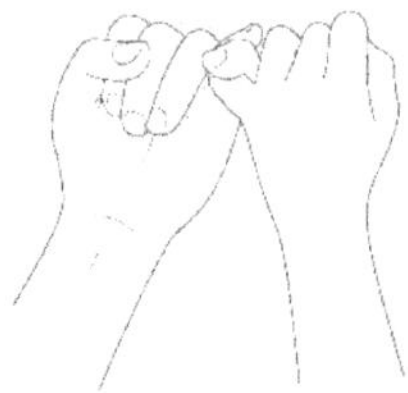

Quand je regarde ma montre, je me rends compte qu'il est presque l'heure de déjeuner, alors je quitte le poste et reprends le chemin inverse. Je suis passée devant le mess à l'aller, donc je ne risque pas de le louper au retour. C'est un grand bâtiment, pas aussi grand que le centre de commandement ou les quartiers, mais il est suffisamment central pour qu'on ne le manque pas.

J'entre dans l'immense pièce et le brouhaha des conversations m'apaise instantanément. Chez mes parents, il y avait toujours du bruit, alors quand je me suis installée seule, j'ai eu beaucoup de mal à m'adapter au silence. La musique tournait en boucle dans l'appartement pour compenser la solitude. Je suis le mouvement et remplis mon plateau avant de me diriger vers une table vide. J'étouffe un cri de surprise au moment où une ombre se dresse devant moi. Mon regard croise celui d'une personne que j'aurais préféré éviter.

— Lexie, ça fait longtemps.

Pas assez…

— Qu'est-ce que tu fais ici ?

— Un article.

Vachement précis comme info.

— Et toi ?

— Un reportage, réponds-je sur le même ton sarcastique.

Ben affiche un sourire Colgate avant de se pencher légèrement vers moi.

— Tu m'as manqué, j'ai beaucoup pensé à toi.

Oh merde… Tout, mais pas ça. Pourquoi fallait-il que *ce* journaliste soit sur cette base en même temps que moi ? L'Univers a un sens de l'humour encore plus douteux que le mien. J'ai envie de lui dire que si je lui avais manqué, il m'aurait appelée, mais je ravale vite ma remarque. Hors de question de lui donner du grain à moudre, je préfère aller courir nue dans le désert.

— Tu m'excuses, mais je…

— Lexie, dit-il en attrapant mon bras, faisant dangereusement vaciller mon plateau, et si on se retrouvait un peu plus tard dans ta chambre ou la mienne ?

En voyant mes yeux s'écarquiller, il ajoute :

— Pour discuter.

Puis il rit en jetant un coup d'œil rapide autour de lui.

— Tu as l'esprit tordu, ma chérie, j'ai juste envie de rattraper le temps perdu.

Je n'y crois pas une seule seconde. Ben et moi sommes sortis ensemble, il y a quelques mois, mais nos emplois du temps ne coïncidaient que très rarement. Finalement, on ne se voyait qu'en coups de vent. Ce n'était pas une relation très stable, ni particulièrement épanouissante. Il a fini par me tromper, je l'ai quitté, fin de l'histoire.

— Je ne vais pas avoir le temps.

— Comme toujours, grogne-t-il, bien moins aimable tout à coup.

— Je ne te dois plus rien, dis-je calmement, et...

Une bouffée de colère, mêlée à de la rancœur, s'infiltre dans mes veines, et efface toute excuse que j'aurais pu utiliser.

— En fait, je n'ai simplement pas envie de passer du temps avec toi.

J'arrache mon bras de sa prise et me précipite vers une table plus éloignée. Je me laisse tomber sur une chaise et plonge le nez dans mon plateau. À peine quelques secondes plus tard, une silhouette s'approche, je m'apprête à déverser une flopée d'injures, mais je m'arrête net en comprenant qu'il s'agit de Hunter, le colosse de l'équipe. Il jette un coup d'œil sur la droite, là où j'ai abandonné Ben, et je constate que mon ex hésite à poursuivre la conversation. Il faut dire qu'il n'a pas la carrure pour affronter un SEAL.

— Tout va bien ?

— Oui, très bien, dis-je un peu trop gaiement.

Il s'assied, mais je vois bien qu'il ne me croit pas. Heureusement, les autres membres de son unité nous rejoignent, ce qui me permet de ne pas avoir à expliquer la situation.

— On commence demain, annonce Ghost sans attendre.

— Enfin ! s'exclame Blue.

De ce que j'ai compris, ils sont arrivés juste avant moi, mais il semblerait que rester sans rien faire ne soit pas dans leurs habitudes. Galvanisée par la nouvelle, je laisse l'excitation m'envahir à mon tour. Un mélange de peur et d'impatience tord mes tripes.

Les gars entament leur plateau alors que je suis suspendue aux lèvres du chef d'équipe.

— On doit escorter un convoi qui vient de Jordanie.

— La Tour 22 ?

Ghost acquiesce. La Tour 22, c'est un avant-poste au nord de la Jordanie, à seulement dix kilomètres de l'Irak et à vingt kilomètres de notre garnison. C'est un emplacement de choix pour entrer et sortir de Syrie si j'en crois mes recherches.

— Du matériel et des armes. Des Marines l'accompagneront, on sera présents en soutien.

— Les doigts dans le nez, s'amuse Blue.

— On fait le point après le déjeuner, précise Ghost avant d'entamer ses pâtes à la bolognaise.

J'ai envie d'en savoir plus, mais tout ce qui compte, c'est qu'on va sortir de la base. Enfin, j'imagine...

— Est-ce que j'en fais partie ? demandé-je tout à coup anxieuse.

J'aimerais les suivre partout, mais je me doute bien que ce ne sera pas le cas.

— Oui.

Rassurée, je me remets à manger.

— Je crois qu'en dehors des militaires, je n'ai jamais vu personne être aussi enthousiaste à l'idée d'aller au casse-pipe, plaisante Ace.

Je m'apprête à répondre quand Ben passe près de la table. Il ralentit et me jette un regard noir avant de poursuivre sa route.

— Un ami à toi ? demande Sniper.

— Pas tout à fait, dis-je gênée.

Heureusement, il n'insiste pas.

Après le repas, nous nous retrouvons dans l'une des salles de réunion pour organiser la protection du convoi. Je reste en retrait, me faisant discrète. Aucune prise de notes. Je ne suis là qu'à titre informatif pour savoir à quoi m'attendre, mais rien ne doit filtrer, donc je me contente de mes oreilles et de mes yeux pour enregistrer un maximum d'informations.

Ghost s'interrompt quand un soldat entre dans la pièce après avoir toqué. Il se dirige vers le chef d'équipe et murmure à son oreille avant de quitter les lieux.

— Ton collègue arrive dans cinq minutes, m'annonce-t-il. Tu peux y aller ?

Je comprends qu'ils n'ont pas terminé alors j'acquiesce et prends la direction du tarmac. Je ne sais même pas qui ils ont envoyé. J'espère que ce sera Trenton, il est consciencieux, sympathique et il a l'habitude du terrain. La plupart des collègues sont compétents, mais il y en a certains avec lesquels je m'entends mieux.

Impatiente, je m'installe sur un muret à la limite de la piste d'atterrissage et guette le ciel. Quand finalement je capte le son caractéristique des pales, je resserre l'écharpe autour de mon cou. Il ne fait pas si froid, dans les seize degrés, mais avec l'hélico, on a vite fait de se prendre une série de bourrasques violentes dans la tête, même à une distance raisonnable. Après quelques minutes, un homme descend de l'appareil. Je me redresse d'un bond et plisse les yeux.

— Oh...

C'est tout ce qui sort de ma bouche tant je suis surprise. Ils ont envoyé Nathan. Le petit Nathan. Un bébé dans le milieu avec ses 22 ans. Je l'apprécie, il est drôle et enthousiaste, mais je m'attendais à quelqu'un de plus expérimenté pour ce genre de reportage. On m'a mis la pression pour fournir un travail de qualité. Comme s'il était nécessaire de le préciser... Mais je comprends le double enjeu reportage-spots publicitaires, alors je pensais qu'ils voudraient assurer nos arrières avec un cameraman qui a de la bouteille.

— Salut Lexie !

Il s'avance vers moi avec un grand sourire, me prend rapidement dans ses bras et tapote mon dos avec maladresse. Il est plus jeune, mais il me dépasse d'une bonne tête.

— T'as l'air surprise, s'amuse-t-il.

— Sans vouloir te vexer, je le suis.

Je souris pour atténuer mes propos. Ce n'est pas contre lui, je suis simplement curieuse.

— Figure-toi que, par un heureux concours de circonstances, il ne restait que moi, Tyler ou Bobby.

Bobby a la cinquantaine et il ne part jamais sur des missions qui vont nécessiter une excellente condition physique. Je ne suis pas étonnée qu'il ait été écarté.

— Tyler ne pouvait pas rester plus de deux semaines, m'explique-t-il suivant probablement le fil de mes pensées. Et ça aurait été un peu juste, alors me voilà.

Il lève les bras et me fait une danse ridicule. J'éclate de rire, soulagée d'avoir un bon partenaire pour cette mission. Il a beau être jeune, il est très motivé.

— Tu es prêt ? Ça ne va pas être de la tarte.

Il grimace en entendant mon expression démodée. Je n'ai qu'une dizaine d'années de plus que lui, mais les générations se succèdent et ne se ressemblent pas du tout.

— Chef, oui chef, j'ai hâte !

— Viens, je vais te montrer ta chambre. L'équipe est en pleine réunion, on a une petite virée demain.

Il attrape son sac ainsi que son matériel et me suit, un sourire greffé aux lèvres. Je le comprends, et je me revois à sa place, à mes débuts. Heureusement, je n'ai pas perdu mon enthousiasme au fil des ans, même si j'ai parfois douté de mon choix.

— Ils sont sympas, les SEALs ?

J'acquiesce, même si mon esprit dérive vers Blade et son regard froid. Blade et son visage impassible. Blade et son accueil polaire.

— Je pense que ça se passera bien.

Si chacun fait son job, il n'y a pas de raison que la situation dérape. Je suis douée dans ce que je fais, et eux aussi. C'est une collaboration qui devrait porter ses fruits. Enfin, si personne n'y ajoute son grain de sel.

- 5 -

BLADE

Je regarde le paysage défiler, assis à l'avant de l'un des Humvees. Nous avons pris quatre véhicules et vingt Marines nous accompagnent. Lexie est assise derrière moi, elle discute avec les soldats comme si elle avait toujours fait partie de leur unité. Elle est sociable, ouverte, souriante, et pourtant, je n'arrive pas à m'enlever de la tête qu'elle ne devrait pas être là. Ce n'est pas sa place. Même si elle est à l'aise, elle détonne avec son petit gabarit et ses yeux pétillants de joie. Elle semble étrangère à la réalité de notre mission, de notre situation et du terrain. Ce n'est pas une putain de balade. Je grogne mentalement et reporte mon attention sur la piste. La zone est désertique, mais on n'est jamais à l'abri d'une attaque. Une étendue de sable s'étale devant moi. Pas de reliefs et un sol particulièrement rocailleux. C'est à la fois impressionnant et angoissant. Ce désert est un vrai four en été, mais on nous a débarqués en janvier, alors le temps est clément.

— On arrive, annonce le Marine qui est au volant.

Nous passons les contrôles et nous garons près du hangar. Même si nous descendons tous des véhicules pour nous dégourdir les jambes malgré le trajet court, seuls Ghost et le chef d'unité des Marines se dirigent vers les bâtiments. Sniper s'adosse au mur et garde un œil sur la journaliste qui mordille son crayon, assise sur une caisse à l'écart du groupe. Je me détourne et observe le camp. Comme Al-Tanf, c'est un avant-poste qui ne compte pas beaucoup de personnel, environ trois-cent-cinquante membres de l'armée de terre et de l'air. Dans la région, ces deux garnisons ont des emplacements stratégiques, notamment pour combattre le groupe État islamique. Il y a quelques mois, la Tour 22 a subi une attaque qui a fait trois morts et trente-quatre blessés. Une première quand on sait qu'en Irak et en Syrie, il y a eu plus de cent-soixante-cinq frappes de drones et tirs de roquettes qui n'ont fait aucune victime. C'est un tournant qui a obligé les chefs à revoir les bases pour les rendre encore plus sécurisées. C'est aussi pour cette raison qu'on escorte ce convoi. Sauf exception, ça ne fait pas partie de nos missions.

Je me tourne pour vérifier ce que fait Lexie, mais je me rends rapidement compte qu'elle n'est plus au même endroit. Je scanne la zone, gonflé d'avance par ce rôle de baby-sitter qu'on nous a collé. Je la retrouve près du terrain d'entrainement, à observer les Marines qui s'octroient une séance de muscu. Qu'est-ce qu'elle croit ? Qu'elle est venue ici pour mater des mecs ?

Ghost siffle le rassemblement, ce qui me permet de refouler mon agacement. Il ne manquerait plus que la journaliste soit une groupie. Elle va certainement foutre la merde dans notre base, si ce n'est dans notre mission.

— Le camion arrive, on repart dans cinq minutes, annonce notre chef d'unité.

Je touche ma lame par réflexe et retourne directement dans le Humvee, prêt au décollage. Je n'ai pas envie de m'éterniser. Moi qui voulais un peu d'action, c'est la douche froide si toutes nos missions ressemblent à celle d'aujourd'hui. Je ne nous souhaite pas des emmerdes, on a eu notre lot au fil des ans, mais j'aimerais bien que ça bouge davantage.

Pendant une fraction de seconde, je me demande si ce n'est pas à cause de la journaliste que nous sommes relégués aux petites opérations. Ce ne serait pas impossible, mais à quoi bon l'envoyer ici si c'est pour la laisser sur la touche ? Ce n'est pas avec une escorte de convoi qu'elle va assurer un reportage de guerre. Je grimace et chasse cette pensée de mon esprit. Ce ne sont pas mes affaires. Chacun sa merde.

Sa petite silhouette se dessine à travers le pare-brise, elle discute avec Sniper, qui fait des signes, sûrement pour lui décrire les lieux. Si j'étais intéressé, je pourrais dire qu'elle est jolie. Galbée, avec des formes là où il faut, un visage avenant et des yeux expressifs. Heureusement pour moi, les femmes ne font qu'un rare passage dans ma vie, surtout dans mon lit. Je n'ai jamais été en couple, et je suis loin de cumuler les conquêtes.

— On y va, annonce le Marine, qui grimpe côté conducteur.

Les véhicules se remettent en route. Deux à l'avant, deux à l'arrière et le camion au milieu. La première partie du trajet ne pose pas de problème, il n'y a pas un chat à l'horizon. Mais à quelques kilomètres de notre destination, nous nous immobilisons au milieu du chemin.

— Voiture suspecte. Restez dans les véhicules, annonce Ghost dans la radio, on va voir ce qu'il se passe.

Je serre les poings pour calmer l'envie de le rejoindre. Cette voiture n'était pas là à l'aller, ce n'est pas bon signe. Je guette le moindre bruit et me penche pour essayer d'y voir quelque chose, mais notre Humvee est juste derrière le camion, ce qui bloque toute visibilité.

Sniper et Hunter sont concentrés également, leurs armes à portée de main. On doit être prêts à toute éventualité. Je scrute le désert à la recherche d'un mouvement, d'un bruit, d'un éclat de lumière, mais rien.

— C'est trop calme, grogne le Marine.

La tension s'intensifie à mesure que les secondes s'égrènent. La main sur la portière, je n'attends qu'un mot pour bondir hors de mon siège.

— Les deux occupants sont morts, annonce enfin Ace.

Le chef d'unité des Marines ordonne à ses gars de surveiller la zone au cas où ce serait une embuscade, alors que nous sortons des véhicules pour nous approcher.

— C'est quoi, ce bordel ? s'exclame Hunter.

Je contourne l'arrière et me fige en apercevant les visages des deux hommes.

— Vous pensez à la même chose que moi ? demandé-je.

— Des Américains, confirme Ghost.

— Des soldats, non ?

Les gars observent la scène avec attention. Les types sont en civil et ils n'ont aucune arme. Ce qui ne veut pas dire qu'ils n'en avaient pas avant d'être tués. Leur voiture est criblée de balles. Ils n'avaient aucune chance.

Le chef d'unité des Marines nous rejoint, transmettant des infos dans sa radio pour tenir ses hommes informés de la situation. Plus on reste sur place plus le risque est élevé. Sans compter que notre mission est d'assurer le transport du matériel.

— J'ai appelé la base pour qu'ils envoient une équipe.

S'ils font partie des nôtres, on doit rapatrier leurs corps. On pourrait se séparer et laisser une partie des gars ici, mais ça nous affaiblirait d'un côté comme de l'autre.

— Combien de temps ?

— Vingt minutes.

— OK, tout le monde reste sur ses gardes. Hunter, regarde s'il y a des pistes.

Alors que je m'apprête à revenir sur mes pas pour assurer la surveillance de l'arrière du convoi, je heurte un petit gabarit.

— Oh mon dieu ! s'exclame-t-elle en mettant une main devant sa bouche.

— Qu'est-ce que vous foutez là ! claqué-je sèchement.

Elle détourne les yeux de la voiture puis les cligne en me dévisageant.

— Vous avez perdu vos neurones en cours de route ? Retournez dans le véhicule !

Je lui attrape le biceps et la traine presque sur le chemin. Elle met quelques secondes à réaliser ce qu'il se passe, puis elle essaie de m'arrêter, mais elle n'a aucune chance avec son poids plume.

— Lâchez-moi ! grogne-t-elle.

J'obtempère. Surprise par mon arrêt brutal, elle trébuche et se rattrape au camion.

— C'est quoi votre problème !

— Mon problème ? On n'est pas dans un jeu vidéo, ici, c'est bien réel. Alors posez votre cul dans le Humvee et n'en bougez plus jusqu'à ce qu'on vous en donne la permission.

— Vous m'avez pris pour qui ? Une débutante ?

— Une irresponsable. Vous n'êtes pas armée et on a deux cadavres sur les bras, vous voulez être le troisième ?

Elle ouvre la bouche sous le choc.

— Je fais mon boulot.

— Et moi, le mien.

— Votre boulot, c'est de m'empêcher de faire le mien ?

— Mon boulot, c'est de vous empêcher de prendre une balle dans la tête.

Elle s'apprête à répondre, mais Sniper se place entre nous.

— Lexie, retourne dans le Humvee, la zone n'est pas sûre.

Elle me jette un regard furieux et tourne les talons dans la seconde. *C'est une blague ?*

— À quoi tu joues ? chuchote calmement mon frère d'armes.

— Je la protège, putain !

— Pas sûr que tu t'y prennes bien.

— Elle n'avait rien à foutre dehors.

Sniper secoue la tête, mais il comprend qu'il ne sert à rien de discuter. Je le dépasse et me poste à l'arrière de notre Humvee. J'entends la journaliste marmonner à l'intérieur, mais je l'ignore. Si elle veut prendre des risques, libre à elle. Les civils attirent toujours des emmerdes. Si des tangos avaient débarqué, il y a quelques secondes, j'aurais été suffisamment déconcentré pour mettre toute mon équipe en danger.

Je donne un coup de pied dans le pneu et saisis ma lame pour calmer mes nerfs. En rentrant, je vais devoir évacuer la tension. J'ai comme l'impression que ça va m'arriver souvent dans les prochaines semaines.

- 6 -

LEXIE

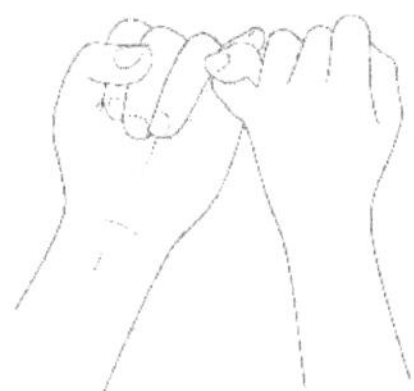

Mais quel connard !

Je rumine en m'enfonçant dans mon siège. Putain de soldat d'élite de mes deux. Pour qui il se prend ce crétin ?

Je remue ma jambe d'anxiété, avec l'envie de sortir pour taper un sprint, histoire de calmer mes nerfs. Bon sang, juste quelques paroles échangées et me voilà plus en colère que jamais. Non, en colère, ce n'est pas suffisant, je suis *furieuse*.

Monsieur parfait avec son ton condescendant et son jugement à deux balles.

Je jette un coup d'œil dans le rétro extérieur et le vois, posté à l'arrière du véhicule, ses yeux balayant la zone.

D'accord, j'aurais sûrement dû rester dans le Humvee, je pensais que ça ne risquait rien, mais il y a des façons de parler aux gens. Je ne suis pas une idiote et encore moins une tête brûlée.

J'aime l'aventure et il m'arrive d'être casse-cou, mais ça s'arrête là. Je compte bien vivre très vieille et asticoter mon jumeau durant des dizaines d'années.

Je regrette que Nathan ne soit pas là aujourd'hui. Il est resté à la base pour tourner des séquences des entrainements, sauf qu'il aurait été d'excellente compagnie avec sa bonne humeur contagieuse.

Mon esprit dérive vers les victimes. Si ce sont des soldats, comment les ennemis le savaient-ils ? Pourquoi les ont-ils assassinés ici ? Qu'est-ce qu'ils faisaient en civils dans cette voiture cabossée ? Tant de questions, et peut-être jamais de réponses. Mon esprit carbure à plein régime alors je sors mon carnet et griffonne à toute vitesse pour mieux réfléchir. Ça m'aide toujours à y voir plus clair.

Quand j'écris le dernier mot, je ferme les yeux quelques secondes, essayant de chasser l'image du sang éclaboussé sur le pare-brise. Je n'ai pas vu grand-chose, mais le sang, ça, je l'ai vu.

Je sursaute quand la portière s'ouvre d'un coup.

— On décolle.

Les soldats s'installent dans le Humvee alors que notre convoi redémarre. J'aperçois d'autres véhicules que je n'ai pas entendu arriver. C'est souvent le cas quand je suis absorbée par une idée.

— Ça va ? demande Sniper.

J'acquiesce en lui offrant un léger sourire, histoire de donner le change, mais je n'ai franchement pas envie d'épiloguer sur la situation. Je jette un coup d'œil à Blade, qui fixe la route sans nous accorder la moindre attention, mais je suis certaine qu'il écoute. Hors de question de m'afficher devant lui. S'il veut jouer au con, il le fera seul. Je ne suis pas là pour ça.

Le soulagement me gagne quand on franchit enfin l'entrée de la base. Je m'extrais du véhicule comme si j'avais le diable au corps et je m'engage dans la première allée que je trouve entre deux bâtiments. Une fois à l'abri des regards, je m'adosse à un mur, puis je fourre mon visage dans ma veste pour étouffer un cri de rage. Ce type a le chic pour enflammer tous mes nerfs. Je suis d'une nature sympathique, mais il fait ressortir le petit démon qui est en moi. Je mords ma lèvre inférieure et sautille sur place pour faire redescendre la tension. Puis je me secoue dans tous les sens. Les bras, les jambes, tout remue en vrac, sans aucune coordination. De l'extérieur, on pourrait penser que je fais une crise d'épilepsie, mais j'ai découvert que ça me calmait rapidement. Comme si j'arrivais à jeter toute la tension hors de mon corps.

Au bout de plusieurs minutes à m'exciter sur place, je ralentis et fais quelques pas. J'inspire profondément en ravalant tous les noms d'oiseaux que je connais et les remplace par les noms de mes animaux. Rien de mieux pour faire naitre un sourire sur mes lèvres.

Une fois calmée, et après avoir réajusté ma coiffure et ma tenue, je reprends ma route comme si de rien n'était. J'aperçois Nathan, posté près d'un hélicoptère, en train de discuter avec un mécanicien, son appareil photo en main.

— Lexie ! Alors cette mission ?

Il salue l'homme et me rejoint à mi-chemin. Je hausse les épaules, ne sachant pas bien comment lui parler de notre découverte. Nathan est plein de bonne volonté, mais je ne sais pas s'il a les épaules pour ce genre d'horreur.

— Ce n'était pas ce que j'avais prévu.

Il fronce les sourcils.

— Tout va bien ? Tu as l'air secouée.

Tout en discutant, nous revenons près de l'entrée.

— Comment était ta matinée ?

Il sourit, comprenant parfaitement que je change de sujet.

— Tranquille. J'ai pris des photos et tourné quelques séquences. Il faudra que tu me dises ce que tu en penses.

— Bien sûr.

— J'espère que je serai dans la prochaine mission.

— J'imagine que oui, ils ne t'ont pas fait venir pour que tu te dores la pilule dans le désert.

Il ricane.

— En plein hiver ?

Il tourne sur lui-même pour me montrer les lieux.

— À choisir, j'aurais opté pour une plage sous les tropiques.

Un sourire étire mes lèvres alors que je reporte mon attention sur les soldats qui déambulent dans la base.

— Et si on allait manger ? J'ai la dalle.

Je grimace, pas vraiment emballée. La sortie du matin m'a coupé l'appétit. De toute façon, je n'ai pas le temps de répondre, des véhiculent pénètrent dans l'enceinte. Je regarde le ballet bien rôdé des Marines, mais mon cœur se serre quand ils ouvrent les portes du dernier véhicule, et en sortent deux sacs mortuaires.

— Merde...

Je tourne la tête vers Nathan, qui est devenu aussi blanc qu'un cachet d'aspirine.

— Vous avez été attaqués ? demande-t-il en me scrutant pour voir si je suis blessée.

— Ils étaient déjà morts. On les a trouvés sur le chemin du retour.

Il écarquille les yeux.

— Tu sais ce qu'il s'est passé ?

— Non, on devait ramener la cargaison. J'espère qu'on en saura plus dans les prochains jours.

— Je comprends mieux ton air triste. Ça va aller ?

Je hausse une épaule résignée.

— Sur le terrain, on voit les pires horreurs, mais j'avoue que là, je n'étais pas préparée.

— Moi non plus, souffle-t-il.

Je ne commente pas. Nathan va devoir se blinder s'il veut tenir sur la distance. C'est à double tranchant, soit ça passe, soit ça casse. Et quand ça casse, ça fait mal. Parce qu'encaisser la violence du monde, ce n'est pas un fardeau que n'importe qui pourrait porter. On y perd un bout d'âme à chaque mission, c'est inévitable. Heureusement, des moments de grâce nous aident à supporter la déchéance humaine.

— Je vais dans ma chambre, on se retrouve vers 14 h ?

— Tu ne viens pas manger ?

— Je n'ai pas faim.

Je ne lui laisse pas le temps de réagir et le salue avant de tourner les talons pour rejoindre mes quartiers. J'ai besoin de m'isoler et de faire le point.

Une fois dans ma chambre, je me déshabille et fonce sous la douche pour me laver de cette matinée. Immobile sous l'eau chaude, j'essaie de chasser l'image qui s'est imprimée sur ma rétine. Je n'ai pas vu grand-chose, mais suffisamment pour me perturber. Il va me falloir quelques heures pour faire le vide et focaliser mon esprit sur autre chose. Je coupe l'eau, m'enveloppe dans une serviette et essuie la buée sur le miroir. Je comprends ce que Nathan a voulu dire, mes traits sont tirés et mes yeux crient leur tristesse. Difficile de nier la vérité quand on est aussi expressive que moi. Mes émotions se lisent sur mon visage. J'ai beau avoir essayé de travailler mes expressions pour m'en servir durant mes reportages, rien à faire. Je suis un livre ouvert. Ryan disait que c'était ma force. Mon naturel, cette authenticité qui se dégage de moi. Il affirmait que je ne pouvais pas tricher. Selon lui, ce serait reposant d'avoir quelqu'un de vrai et sincère en face de soi.

Je mordille ma lèvre inférieure et reporte mon attention sur ma trousse de toilette. Si je me mets à penser à mon frère, je vais réellement passer ma journée à ruminer. La plupart du temps, son souvenir me rassure, me fait sourire ou me gonfle de joie. Avec le temps, j'ai appris à le garder précieusement dans ma case colorée, celle qui donne de l'énergie, mais parfois, les souvenirs trébuchent et basculent dans la case noire, celle de la douleur, des regrets, de la perte.

Je me frotte rapidement le visage et regagne ma chambre. J'enfile des vêtements chauds et m'installe sur le matelas. Les bâtiments ne sont pas bien isolés, et même si les températures sont assez douces, on est quand même en hiver, alors je recouvre mes jambes avec l'une des couvertures fournies. J'ouvre mon carnet à la page du jour et réfléchis quelques instants aux mots que je vais coucher sur le papier. Tellement de pensées se bousculent dans mon esprit que je peine à organiser le tout. J'abandonne cette idée et lâche la bride à mes émotions. Dès le premier mot posé, le crayon griffonne à toute vitesse sur la feuille, tentant de suivre le fil de mes pensées désordonnées. Évacuer mes émotions, c'est un bon moyen de tourner la page, pour de bon.

Blade... Que dire de cet homme ?

Froid. Distant. Impénétrable.

Je ne peux pas lui en vouloir de ne pas m'avoir accueillie à bras ouverts, mais quand même... je ne suis pas là pour lui causer du tort. Juste faire mon job, comme lui. À croire que j'ai tué sa grand-mère dans une autre vie.

Et le pire dans tout ça ?

Ce mec est canon dans son genre. Son regard létal et sa carrure pourraient en faire pâlir plus d'une, mais il a ce quelque chose qui me rend dingue, dans tous les sens du terme.

Et s'il y avait un brasier sous la couche de glace ?

Je ne suis pas certaine de vouloir le découvrir. Ce brasier pourrait me brûler, et je préfère m'en passer. J'espère simplement que nos relations vont s'apaiser. Je connais ça. Je dois gagner sa confiance. Ce n'est pas la première fois que je joue à ce jeu. Mais s'il me saute à la gorge à chaque pas que je fais, ça va être plus compliqué que prévu.

Je ne m'avoue pas vaincue. J'ai une mission et je compte bien l'accomplir avec brio.

Je jette un coup d'œil à ma montre et réalise qu'il est déjà 13 h 55. Je referme mon carnet, bondis du lit, mets mes chaussures et récupère ma veste que j'enfile en quatrième vitesse. Je fourre mes gants dans une poche, attrape mon carnet professionnel et quitte la pièce en trottinant. Quand j'arrive devant le bâtiment principal, Nathan est adossé au mur, le regard rivé sur l'horizon. En fonction de l'endroit où on se place dans la base, on peut voir le désert à perte de vue. C'est à la fois terrifiant et majestueux.

— Tu es là depuis longtemps ?

— Non, je viens d'arriver. Alors quel est le programme ?

— On va s'entrainer avec les Marines.

— S'entrainer comme… *s'entrainer* ? demande-t-il en écarquillant les yeux.

— Juste un peu de sport, m'amusé-je. Je te rassure tu te contenteras de filmer et prendre des photos.

— Mais pourquoi tu t'entraines avec eux ?

— Ça brise la glace, dis-je. Et puis, j'ai besoin de me dépenser.

Et c'est vrai. J'adore bouger, ça fait partie de mon mode de vie. Alors autant lier l'utile à l'agréable. Enfin pour l'agréable, on verra quand ce sera fini parce que s'entrainer avec des militaires, c'est un sacré défi. J'ai été à bonne école avec Ryan. Il ne me ménageait pas.

— Tant que je ne participe pas, fais ce que tu veux.

Je ris et lui emboite le pas. Ils ont aménagé un espace de musculation en plein air, comme dans beaucoup de bases, mais ils ont aussi agrandi le terrain pour enchainer sur des exercices de type CrossFit. Il n'y a pas toujours la place en fonction des emplacements, mais ici, en plein désert, ce ne sont pas les mètres carrés qui manquent, sans compter que les soldats ne sont pas nombreux donc on ne se marche pas sur les pieds.

Je repère l'unité qui m'intéresse, la 1re Division, et me présente rapidement. L'information a déjà circulé quant à ma mission, ce qui me facilite la tâche. Je n'ai pas à convaincre qui que ce soit. En revanche, ils ont parfaitement le droit de refuser de me parler, et je ne compte forcer personne. Ils ont reçu l'ordre de coopérer, mais ce n'est pas ma manière de fonctionner. Ce n'est pas comme ça que j'ai construit ma carrière. Je gagne leur respect, voire leur confiance, je m'intègre, j'échange, et seulement ensuite je passe à la partie reportage. Aucun intérêt de foncer dans le tas. Si je veux des réponses honnêtes et des expériences agréables, je dois toucher du doigt l'humain derrière le soldat. Ils sont tellement habitués à revêtir un masque que mes reportages seraient sans âme et trop froids s'ils ne se dévoilaient pas. Et pour qu'ils se dévoilent, je dois le faire aussi, à ma façon. C'est donnant-donnant.

Six Marines sont présents, ils m'intègrent assez facilement et commencent leurs exercices après un échauffement rapide. Je suis la cadence en adaptant les séries à mes capacités. Squats, pompes, tractions, burpees, les mouvements s'enchainent sans répit, mais je tiens le rythme. Ils travaillent en séries dégressives, ce qui est assez sympa.

Ensuite, les gars se dispersent pour de nouveaux exercices plus ciblés : du wall-ball[1], du sumo deadlift high-pull[2], du box jump[3] ou encore du push-press[4]. Chacun choisit son poison pour terminer.

À la fin, je me laisse tomber au sol, bras et jambes écartées en essayant de déterminer quel muscle me fait le plus mal. C'est peine perdue, tout mon corps hurle à la mort. J'apaise ma respiration et ferme les yeux avant de les rouvrir pour fixer le ciel bleu. Heureusement qu'il fait frais. Je crois qu'en été, j'aurais rendu l'âme.

Dallas, l'un des Marines, se penche au-dessus de moi pour vérifier que je respire toujours.

— Tu as assuré, Lexie.

— On se reparle dans un quart d'heure, grimacé-je.

Il éclate de rire et me tend la main pour m'aider à me redresser.

---

[1] Lancer de médecine ball (ballon médicinal) de 9 kg sur une cible à 3 mètres de hauteur.
[2] Soulevé de terre en technique sumo (jambes écartées) depuis le sol jusqu'aux pectoraux, avec une barre d'haltérophilie chargée à 34 kg.
[3] Saut à pieds joints sur une boîte de 50 centimètres de hauteur.
[4] Développé épaules debout, à l'aide d'une barre d'haltérophilie chargée à 34 kg.

La base tourne autour de moi quand je me retrouve en position assise. Nathan me donne une bouteille d'eau en levant son pouce pour me féliciter. Ma mère dit toujours que je suis trop têtue pour mon bien, et elle n'a pas tort, j'aurais pu arrêter, mais quelle satisfaction d'arriver au bout.

— Franchement, je vois des novices abandonner bien avant.

— J'ai eu un bon prof.

Dallas hausse un sourcil curieux.

— Mon frère était Marine. Il est mort au combat, il y a deux ans.

— Je suis désolé.

Je me relève enfin et j'époussette mon legging avant de boire à nouveau.

— Il adorait son métier. C'est lui qui m'a donné envie de me lancer dans les reportages de guerre.

— Et ça te plait ?

J'acquiesce.

— Oui. J'aime parcourir le monde, découvrir les cultures, discuter avec les locaux, soutenir les soldats. Montrer l'abnégation et le courage dont ils doivent faire preuve. Les sacrifices qu'ils endurent afin que le monde soit plus sûr.

Comme toujours, je m'enflamme quand je parle de mon boulot.

— Ton frère serait sacrément fier.

Il l'était, il me le disait souvent. Est-ce qu'il le serait encore aujourd'hui ? Je l'espère.

— Tu as des questions pour ton reportage ?

— Oh oui, j'en ai plein !

Je fonce récupérer mon carnet et m'installe à ses côtés pour commencer l'interview. J'aurais aimé prendre une douche, mais il faut battre le fer tant qu'il est chaud bouillant, et c'est le cas. Dans la foulée, quatre de ses frères d'armes acceptent de me parler. Quand je termine enfin notre session, il est presque l'heure du diner.

- 7 -

LEXIE

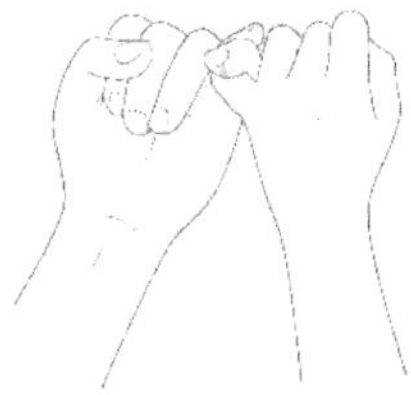

Je sors de la douche quand on toque à la porte. Je n'ai même pas le temps de faire deux pas qu'on frappe à nouveau.

— Lexie, t'es là ?

Nathan est toujours si impatient que je m'amuse souvent à l'asticoter. J'ouvre le battant d'un coup tandis qu'il sursaute en portant une main à son cœur.

— Putain, t'es folle, tu veux que j'aie une attaque ?

Je ricane et lui fais signe d'entrer.

— Tu me laisses une seconde ? dis-je en désignant ma serviette de bain.

Je récupère des vêtements avant de retourner m'habiller en vitesse. Quand je reviens dans la chambre, Nathan s'est déjà installé sur le petit bureau. Nous passons la demi-heure suivante à faire du tri dans son travail. Ce n'est pas nous qui aurons le dernier mot, mais nous proposons une première sélection avec nos photos et séquences favorites.

— Franchement, c'est génial ! dis-je. Tu as un talent pour capturer l'émotion.

— Tu trouves ?

J'ai remarqué, ces derniers jours, qu'il avait besoin d'être rassuré, ce que je conçois, surtout en début de carrière. Il me demande souvent mon avis, pourtant, il a ce truc unique qui fait qu'il sait exactement quand et comment saisir l'instant.

— À voir ton travail, on penserait que tu as dix ans de carrière derrière toi. Accroche-toi et continue de bosser, tu vas devenir une référence dans le milieu, je peux te l'assurer.

Il me dévisage, bouche bée. Je crois qu'il ne s'attendait pas à ça.

— Pour la peine, je t'invite à diner.

— Oh chouette, un diner au mess, ironisé-je.

— Très chère...

Il me tend son coude pour que je glisse mon bras dans le sien. Je me prête au jeu et c'est bras dessus bras dessous que nous rejoignons la grande salle. Je repère immédiatement la table des SEALs. Difficile de les manquer avec leur carrure et cette aura qu'ils dégagent. Même dans une pièce remplie de militaires, ce sont eux qu'on remarque. En revanche, aucune prétention n'émane de leur groupe. Je vois des soldats passer et les saluer, ils échangent des mots avec certains sans donner l'impression qu'on les dérange, et j'apprécie vraiment cette attitude. J'ai déjà travaillé avec des unités d'élite qui se croyaient au-dessus du commun des mortels et du commun des soldats. C'est à peine s'ils adressaient la parole aux autres. Heureusement, tous ne sont pas comme ça.

— Poulet, pommes de terre, ça te va ? demande Nathan en me tendant un plateau.

J'acquiesce, ce n'est pas comme si le menu était très diversifié. Et j'ai une faim de loup après mon entrainement intensif. Nous remplissons nos plateaux et nous nous dirigeons vers une table libre, mais Blue nous fait signe de les rejoindre. J'hésite un instant en croisant le regard froid de Blade, alors que Ghost se lève déjà pour se décaler et nous faire de la place.

— On part en mission, demain, annonce directement le chef d'équipe.

— Encore un convoi ? demande Nathan.

— Non, on fait une virée de surveillance dans l'un des villages de la région.

— J'en suis ?

Ghost acquiesce, ce qui provoque un immense sourire sur le visage de mon cameraman. Il était trop impatient de sortir de la base.

— Qu'est-ce que vous avez fait cet après-midi ? s'intéresse Blue.

— Lexie a fait une séance de CrossFit avec des Marines, s'enthousiasme mon binôme. C'était génial, elle a carrément assuré.

Il se lance dans un long monologue qui relate en détail tous nos exercices, et plus il m'encense, plus je me ratatine sur ma chaise. J'ai beau être sociable, je ne souhaite pas spécialement être au centre de l'attention. Les gars l'écoutent avec patience et font même des commentaires, ce qui me réjouit. C'est tout à fait ce genre d'interactions qui lui feront du bien. Nathan enchaine sur ses photos et séquences, si bien qu'à la fin de sa tirade, nous avons terminé notre repas. Je souris en coin, amusée par sa fraicheur et cette sorte d'innocence qui se dégage de lui.

— Je pense qu'ils ont saisi l'essentiel, dis-je en lui tapotant la main.

Il tourne son visage vers moi et semble se rendre compte qu'il a monopolisé la discussion.

— Désolé, marmonne-t-il en reportant son attention sur son plateau.

Il se dépêche de terminer son assiette alors que les gars me posent des questions sur l'entrainement, jusqu'à ce que Blade casse l'ambiance.

— Est-ce qu'on a des pistes sur ce que faisaient les soldats en dehors de la base ?

Ghost fronce les sourcils, puis échange un regard avec Ace.

— Ils surveillaient la zone en civils pour être moins repérables.

— D'où leurs tenues, commente Sniper.

— Ils cherchaient quelque chose en particulier ?

— Des infos sur les dernières offensives, et les prochaines à venir.

De ce que j'ai compris, il y a eu une recrudescence d'attaques, ces derniers mois, sur la base et dans les environs.

— Quelqu'un a voulu les faire taire.

— Ou simplement tuer des soldats, lâche Blade. Ils n'ont pas besoin de raisons.

— Est-ce que c'est vraiment sûr d'emmener Lexie et Nathan ? demande Sniper en me jetant un regard désolé.

Ghost s'apprête à répondre, mais je le devance.

— On connait la situation et on a signé pour ça. Je vous rappelle que je fais ce métier depuis six ans, je n'en suis pas à ma première opération, et je ne compte pas rester planquée ici à attendre que les semaines passent.

— Idem, avec l'expérience en moins, ajoute Nathan.

Blade fait claquer son verre sur le plateau, et se redresse brutalement. Il quitte la table sans un mot.

— Excusez-moi, dis-je en me levant à mon tour.

Il est hors de question que cet emmerdeur s'en tire à si bon compte. S'il veut taper du poing sur la table, je peux le faire aussi.

— Lexie...

Je ne réponds pas à Blue et me dirige vers la sortie. Je rattrape le SEAL alors qu'il tourne à l'angle du bâtiment.

— Tu as quelque chose à dire ? asséné-je en le dépassant pour me poster devant lui.

Je suis passée au tutoiement, mais ma colère l'exige.

— Si c'était le cas, ça serait déjà fait.

Il essaie de me contourner, mais je suis suffisamment têtue pour lui bloquer à nouveau le passage.

Énerver un soldat des forces spéciales ? Check.

— Tu n'as aucun instinct de survie.

— Merci pour ton analyse Freud, mais on s'en passera.

— Tu es toujours aussi agaçante ?

— Toujours.

Je croise les bras sur ma poitrine et hausse un sourcil provocateur.

— Tu devrais rentrer chez toi, et opter pour une promenade dans un autre pays.

— Une promenade ? m'étranglé-je. C'est si dur d'admettre que je fais mon boulot et que je suis douée pour ça.

— Si tu veux des sensations fortes, saute en parachute.

— Déjà fait.

Il plisse les yeux, puis les détourne un instant avant de les poser à nouveau sur moi.

— Tu ne te rends pas compte du danger.

— J'en ai parfaitement conscience, je ne suis pas stupide.

— Ça reste à prouver.

La tension est électrique.

— Tu n'es qu'un trou du cul, craché-je en le pointant du doigt.

Son visage demeure impassible, mais une petite veine palpite sur sa tempe, signe que je l'énerve vraiment. Tant mieux !

— Si tu mets mon équipe en danger, je ferai en sorte que tu ne travailles plus jamais sur le terrain.

— Mais tu te prends pour qui ? Je ne suis pas là pour causer du tort, je veux juste qu'on me laisse faire mon travail.

— Rapporter des articles aux titres racoleurs ?

— C'est comme ça que tu vois mon métier ?

— C'est comme ça que je vois les journalistes.

Je soupire et pince les lèvres alors qu'il est toujours immobile. À croire que tous ses muscles sont figés. C'est à peine si son torse bouge quand il respire.

— J'informe, j'essaie d'ouvrir les yeux des gens sur la réalité. Je rapporte du vrai et du vécu, pas de la poudre aux yeux.

— Et tu crois que ton Nathan saura gérer la guerre, la vraie ?

— Il est plus solide que tu ne le penses !

Enfin, j'espère.

— C'est un gamin.

— Mais dis-moi, monsieur je-sais-tout, à quel âge t'es-tu engagé ?

Il écarquille très légèrement les yeux, signe que j'ai visé juste, mais il ne répond pas. À la place, il me dévisage un instant, comme s'il essayait de lire en moi, puis il tourne les talons. Je reste plantée dans l'allée, comme une idiote, ne sachant pas bien ce qu'il vient de se passer.

Est-ce que je lui ai cloué le bec ? Quelque chose me dit qu'on ne gagne pas si facilement face à Blade. Je tire sur mes cheveux et pousse un grognement avant d'emprunter le chemin qui mène à ma chambre. Je compte bien prouver à l'Iceberg que je ne suis pas un poids, ni une menteuse, et encore moins une profiteuse qui court après les scoops.

Blade est un con.
Mais un con sexy.
Un emmerdeur aux longs cils noirs.
Un iceberg avec des fesses musclées.

Pourquoi faut-il qu'il soit à la fois repoussant et attirant ? C'est un comble. C'est plutôt difficile de trouver quoi dire quand il plonge son regard d'encre dans le mien. Malgré son impassibilité, je peux détecter quelques failles. Est-ce qu'il est toujours comme ça ? Est-ce qu'il sait se détendre et rire ?
Je commence à me demander si l'armée n'a pas investi dans un robot. Ce serait plausible, non ? Une sorte de test du futur.

Je n'aime pas juger les gens, mais là, il me précipite dans tout ce que je déteste. Je n'ai pas envie de me battre avec lui tout au long de notre mission, mais il semble prompt à me faire sortir de mes gonds.
Je crois qu'il vaut mieux que je l'évite. Après tout, ils sont six, je peux parfaitement échanger avec les autres et mettre de côté le casseur d'ambiance.
Ou je pourrais le rendre dingue jusqu'à ce qu'il craque...
Bien sûr, faire craquer un soldat des forces spéciales... Si la

semaine de l'enfer n'a pas eu raison de lui, ce ne sont pas mes répliques cinglantes qui le feront.

L'éviter, c'est mieux, c'est plus sûr et bien plus reposant.

- 8 -

BLADE

— Blade, tu as une minute ?

Je me détourne du matériel que j’étais en train de vérifier pour notre mission et rejoins Ghost, qui s’éloigne déjà de quelques pas.

— Tout va bien ?

— C’est à moi de te demander ça, répond-il en me scrutant.

Je fronce les sourcils, surpris.

— Je vais bien, dis-je prudemment.

— Alors pourquoi attaquer Lexie ?

— Attaquer ? grogné-je. Je ne sais pas ce qu’elle t’a raconté, mais…

— Elle ne m’a rien dit, réplique-t-il sèchement. Elle aurait dû ?

— On a juste eu quelques mots.

— C’est quoi ton problème avec elle ?

Une impression de déjà-vu imprègne l’atmosphère, avec en prime, le regard noisette de la journaliste.

— Tu sais très bien que je déteste devoir baby-sitter des civils en mission.

En dehors des gens qu'on sauve, bien sûr. Ce n'est pas comparable.

— Ce n'est pas la première fois et tu n'as jamais été aussi virulent.

Je pince les lèvres pour ne pas répondre. Je ne peux pas ouvrir cette boite-là, ce n'est ni le lieu ni le moment, alors je temporise.

— Je vais faire attention.

— Si tu ne veux pas de contacts avec elle, ignore-la, mais pas de vagues. On a besoin de notre cohésion si on veut tous rentrer à la maison.

J'acquiesce, le cœur lourd. Je suis bien le seul à ne pas avoir de maison. Personne ne m'attend au pays. Ma vie c'est l'armée. Ma famille, c'est mon équipe. Et je ferais tout pour ces mecs-là. Même me jeter au-devant des balles.

— On décolle !

Mon cerveau se vide de ses pensées parasites et je me reconcentre sur la mission. La routine n'existe pas dans notre métier, et il ne faut jamais se relâcher, sous peine de rentrer aux États-Unis les deux pieds devant.

Par sécurité, nous avons pris deux Humvees, même si nous aurions pu tenir dans un seul. La journaliste et son cameraman embarquent avec Ghost et Ace, ce qui me convient parfaitement. Ce gosse a trop d'étoiles dans les yeux. Il se croit à Disneyland, mais la réalité va durement le frapper et le retour de flammes sera brutal.

Sur le trajet, Ghost nous refait un topo et rappelle les consignes pour nos deux parasites. Même si ce village est assez sûr, les morts récentes et les attaques prouvent que la situation peut basculer à tout moment.

Nos véhicules se garent à un endroit stratégique, à l'extérieur du village. En cas d'embuscade, on doit pouvoir décamper, et une voiture coincée entre les habitants et l'ennemi, ce serait la mort assurée.

— Pas de mode commando, soyez à l'affût, mais n'oubliez pas que la plupart des villageois sont innocents.

Nous quittons les véhicules pour nous engager dans les ruelles, en guettant chaque mouvement, chaque regard, chaque porte. Les maisons ruches qui sont construites en brique crue entourent de grandes cours auxquelles nous n'avons que peu accès. Le but n'est pas d'investir leur intimité. Les portes en bois sont, pour la plupart, fermées. En hiver pour se protéger du froid, et en été, pour se protéger de la chaleur, mais aujourd'hui, c'est surtout dû à notre présence. Tout est d'une couleur beige et ocre dans le coin, tout se ressemble.

La journaliste marche à côté de Sniper, alors que le gosse canarde dans tous les sens pour saisir le plus d'images possible. Hunter et moi sommes à l'arrière tandis que Blue questionne ceux qui acceptent de nous parler. Je lui laisse le soin de faire la causette, je suis loin d'être le plus apte à apaiser les tensions.

— Tu penses que les deux soldats sont passés par là ?

— C'est le village le plus proche.

Hunter frotte machinalement son crâne rasé.

— Je ne comprends pas pourquoi ils les ont chopés sur le retour. Pourquoi ne pas les abattre ici ?

— Trop de témoins.

— Personne n'aurait parlé.

La loi du silence règne en maitre dans les contrées en guerre. Les villageois ne veulent pas s'attirer les foudres de nos ennemis. Ils sont prisonniers tout en étant libres. Obligés de subir le joug de ceux qui ont pris les armes.

Des pas précipités nous rejoignent en trombe. Six enfants nous entourent en criant. Ils essaient d'attirer notre attention, ce qui fait hurler tous mes signaux de danger. La diversion est trop facile. Hunter est aussi sur le qui-vive. Quant à Sniper, ses yeux oscillent entre la journaliste et les alentours. Nathan est un peu plus loin, en pleine discussion avec Blue. Malgré la situation, mon coéquipier a le corps contracté, prêt à agir. Il a beau être occupé, il est en alerte. Je me positionne dos au mur et balaie la zone. Un éclat de rire me fait vivement tourner la tête sur la droite.

— Putain... grogné-je.

Lexie joue avec les enfants qui courent autour d'elle. Elle attrape leurs mains, les fait danser, sautille en riant, comme si nous étions dans un parc aux États-Unis.

L'un des gamins lance un ballon, et la reporter le récupère pour le lancer à son tour. Ace appelle Sniper, qui me fait un signe pour garder un œil sur Lexie à sa place, avant de rejoindre notre coéquipier. Hunter aurait été tout désigné, mais il est de dos, pour couvrir nos arrières. Je m'avance de quelques pas pour me rapprocher de celle que j'avais décidé d'ignorer. Elle continue de jouer au ballon avec les gosses, alors que deux petites filles touchent ses vêtements et tentent de caresser ses cheveux. Lexie ne fait pas semblant. Son visage affiche un putain de sourire qui illumine toute la ruelle de sable.

Quand le ballon échappe de ses mains, elle rit et pénètre dans une rue perpendiculaire pour le récupérer. Le garçon la suit, et je me précipite dans leur direction. Les gamins s'écartent sur mon passage. Ils ont plus d'instinct de survie qu'elle. Le gosse court plus loin pour ramasser la balle, alors que Lexie est en plein milieu de l'allée, dos à moi. Je vérifie qu'il n'y a pas de danger en laissant s'écouler quelques secondes, mais rien ne se produit. Malgré tout, le risque est réel.

Dans un élan de colère, j'appuie sur l'épaule de la journaliste, qui crie de surprise, et la plaque contre le mur.

Elle écarquille les yeux, probablement impressionnée par mon regard létal, celui que je réserve à nos ennemis, celui qu'on redoute parce qu'il n'annonce jamais rien de bon.

— Qu'est-ce qu'il y a ? murmure-t-elle, tétanisée.

— Tu t'es pas dit que t'éloigner du groupe pour atterrir dans une ruelle déserte, c'était une mauvaise idée ?

— Quoi ? Mais je ne craignais rien, je...

— Tu ne craignais rien ? Je dois te rappeler que des gosses se font exploser ?

— Ils n'avaient rien, ça se voyait...

— Et t'entrainer à l'écart pour qu'on puisse t'agresser ou te kidnapper, ça te parle ?

Elle soupire alors que les gamins se dispersent.

— Pourquoi voir le mal partout ? Ce ne sont que des enfants qui voulaient jouer avec des étrangers.

— Peut-être cette fois, mais ne te plains pas si un jour tu disparais parce que personne ne sera là pour sauver ton cul.

— Je ne suis pas sans défense, claque-t-elle en glissant une main dans la poche de son pantalon.

Elle en sort un poignard et l'appuie contre mon cou. Je ne bouge pas d'un millimètre. Pourtant, je pourrais la désarmer en un claquement de doigts.

— J'ai appris à me défendre. Je sais me battre et je suis armée, alors garde tes sermons pour Nathan.

Mes yeux dévient vers les fossettes qui creusent ses joues, puis vers son regard noisette. Je remarque qu'il est agrémenté de petites paillettes dorées.

Lexie soupire et baisse son arme. Cette fois, je joue le jeu et la désarme en une fraction de seconde. Elle se retrouve plaquée au mur, la joue contre la terre et les bras coincés dans le dos.

— Tu sais te défendre ? ironisé-je.

— Je n'étais pas prête.

— Parce que tu crois qu'un agresseur te préviendrait.

— Pour le moment, le seul agresseur, c'est toi.

Je recule d'un pas comme si elle m'avait brûlé. Elle se tourne doucement et masse ses poignets. Je ne pense pas avoir serré, mais la voir se frotter la peau déclenche une vague de honte et de rage dans mon esprit.

— Blade, je...

Furieux, je tape contre le mur avec le plat de ma main et l'abandonne sur place. Mais au bout de la ruelle, je m'immobilise, conscient que je ne peux pas la laisser sans surveillance après ma tirade. Elle n'a pas bougé, le visage tourné dans ma direction. Je fais un signe vers la rue principale, ce qu'elle comprend immédiatement parce qu'elle me rejoint et me dépasse pour retrouver le groupe.

— Tout est OK ? demande Hunter.

— Tout est OK, confirmé-je.

Même si non, tout n'est pas OK. Loin de là.

* *
*

LEXIE

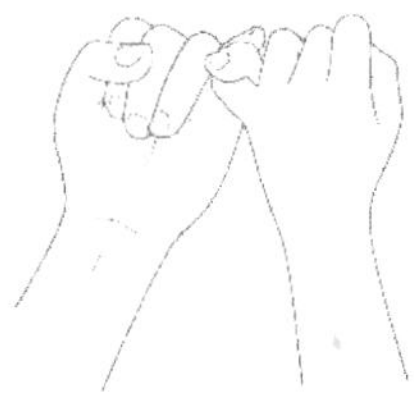

Une fois de retour dans la rue principale, je m'éloigne de Blade à grands pas. Les enfants jouent à présent avec Sniper et Nathan, alors que les autres avancent ensemble en essayant de discuter avec les habitants. Sauf que la plupart retournent à l'intérieur ou les ignorent. Le petit garçon de tout à l'heure revient vers moi avec son ballon et tire sur ma veste. Je me baisse et baragouine quelques mots en arabe. De ceux que j'ai appris au fil des ans, à force de visiter un grand nombre de pays.

— Lexie, dis-je en me montrant du doigt.

— Saleh.

Il me sourit, d'un sourire auquel il manque deux dents, heureux de pouvoir communiquer. Il parvient même à dire trois mots en anglais. Je le félicite et fouille dans ma petite sacoche. J'ai amené des bonbons, des crayons, des carnets et du dentifrice. Ce n'est pas grand-chose, mais je sais que le moindre geste peut changer leur vie, ne serait-ce qu'en partie.

Saleh écarquille les yeux et me dévisage avant de reporter son attention sur ce que j'ai dans les mains. Il trépigne d'impatience, mais au lieu de se servir, il tourne la tête vers une maison sur la droite. La porte est ouverte et un homme se tient dans l'encadrement, les bras croisés sur son torse. Une haine pure déforme ses traits ravagés par le soleil. Le petit garçon se tend, me murmure un merci et s'éclipse rapidement.

Quelques secondes plus tard, les autres enfants accourent vers moi et se disputent les trésors que j'ai ramenés. Ils ne mettent que quelques secondes à me dépouiller. Leur bonheur fait plaisir à voir. C'est ce genre de moments qui me donnent la force de continuer quand la réalité est trop difficile.

Malheureusement, l'homme s'avance dans notre direction, faisant fuir les enfants. Il hurle des mots que je ne comprends pas tant il parle vite, mais j'imagine que ce sont des insultes ou presque. Le ton monte à mesure qu'il s'approche. Je porte la main vers la poche de mon pantalon, au cas où, même si j'aimerais éviter de me servir de mon poignard. La seule fois où je l'ai sorti, si on ne compte pas Blade, c'était pour éplucher une pomme. On fait mieux niveau entraînement. Mes paumes deviennent moites malgré la fraicheur de la journée. Mais alors qu'il n'est plus qu'à deux mètres, il regarde par-dessus mon épaule et s'immobilise. Il hésite un instant, puis crie deux autres mots avant de tourner les talons. La porte de sa maison claque, me laissant pantelante. Je jette un coup d'œil dans mon dos, et me rends compte que Blade n'est qu'à quelques dizaines de centimètres, le regard toujours fixé vers le battant en bois. Il n'est pas aussi massif que Hunter, mais il dégage une aura de danger. Pas la même aura que Ghost qui rayonne de calme et de puissance. Celle d'un chef. L'aura de Blade est plus sombre, plus inquiétante, mais sans savoir pourquoi, elle ne m'effraie pas, bien au contraire, je me surprends à avoir envie de la comprendre, de l'apprivoiser. Qui est Blade ? D'où vient-il ? Pourquoi a-t-il autant de murs pour protéger son âme ? Mon esprit journalistique tourne à plein régime, émettant un millier d'hypothèses. Ma curiosité aura du mal à être satisfaite avec un énergumène pareil.

Quand mon gardien reporte son attention sur moi, je détourne les yeux et reprends ma route, tentant d'évacuer la multitude de pensées qui me traversent. Cette sortie m'impose des montagnes russes émotionnelles auxquelles je n'étais pas préparée.

Une voix me sort de mon brouillon intellectuel. J'aperçois une femme assez âgée, qui me fait signe de la rejoindre.

J'hésite. Je suis à peu près certaine que je vais encore me faire engueuler, mais elle ne semble pas virulente, bien au contraire. Je risque un regard en arrière pour m'assurer que Blade m'a vue. Sa mâchoire est contractée, mais il ne dit rien, alors je suis la villageoise chez elle.

Elle me montre la chaise en bois qui a connu des jours meilleurs pour que je m'y installe. Pendant qu'elle se tourne vers l'espace qui semble lui servir de cuisine, j'observe son intérieur. Les murs épais sont recouverts de paille et de boue séchée. La pièce devrait être sombre, mais un oculus fait office de puits de lumière en haut du toit de forme conique, couronné par un dôme. La maison est plus grande qu'il n'y parait vu de l'extérieur, mais je ne serais pas contre quelques fenêtres. Il ne faut pas être claustrophobe.

La femme revient avec deux tasses de ce qui semble être du thé. Je la remercie alors qu'elle s'assied face à moi. Elle m'observe un instant puis m'offre un sourire chaleureux.

— Je m'appelle Dara, dit-elle dans un anglais hésitant.

— Enchantée Dara, je m'appelle Lexie.

— Tu n'es pas militaire.

— Non, je suis journaliste. Où as-tu appris l'anglais ?

J'avoue que je suis surprise de trouver quelqu'un qui s'exprime en anglais dans un petit village.

— Ma sœur a fui le pays, elle vit en Angleterre depuis dix ans. J'ai un peu appris.

J'acquiesce, soulagée de pouvoir échanger sans trop de peine. Tenir une conversation en arabe aurait été difficile.

— Tu viens pour quoi ici ?

Je bois une gorgée de thé.

— Je montre la vérité sur la guerre. Et je rencontre des gens incroyables.

Elle éclate de rire et boit à son tour avant de reprendre.

— Omar aime pas les Américains.

Je fronce les sourcils, me demandant qui est Omar, quand elle me fait un signe de tête pour désigner la rue principale. D'ici, on a vu sur la porte du type qui m'a crié dessus. Je n'avais pas remarqué qu'elle avait laissé la sienne ouverte. Sûrement pour que l'équipe ne s'inquiète pas.

Je hausse les épaules ne sachant pas bien quoi dire. Je peux le comprendre et je ne suis pas là pour juger les croyances de chacun.

Je termine mon thé et ouvre ma sacoche pour en sortir les objets que j'ai mis de côté.

— Pour Saleh, dis-je.

Sait-on jamais, peut-être qu'elle pourrait les lui donner en cachette.

Elle hoche la tête, puis m'examine un moment, me mettant mal à l'aise.

— Merci pour le thé, dis-je en arabe.

Je me lève et me dirige vers la porte.

— Tu es gentille.

Elle s'appuie contre le dossier de sa chaise.

— J'ai quelque chose pour toi.

- 9 -

LEXIE

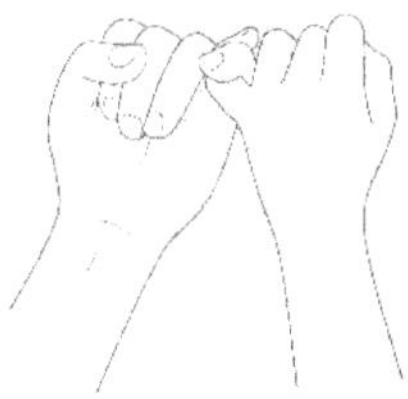

Je fronce les sourcils, surprise.

— Deux soldats morts, non ?

— Oui, murmuré-je en pensant à la voiture ensanglantée. Tu sais ce qu'il s'est passé ?

— Non, mais je sais autre chose.

Je ne la presse pas et patiente. Ce n'est pas facile de coopérer. Ça pourrait lui retomber dessus.

— Des hommes sont venus pour mettre caisses dans une maison.

— Ils ont stocké des caisses ?

Elle hoche la tête.

— Qu'est-ce qu'il y avait dans ces caisses ?

— Armes.

— Est-ce que les habitants le savent ?

Elle grimace.

— Ils savent mais disent rien. Ils ont peur.

Je comprends. Ils ne peuvent pas faire grand-chose face à des gens armés. Ils préfèrent fermer les yeux.

— Et les soldats les ont vus ? demandé-je en reliant les informations.

Elle hausse les épaules.

— Peut-être.

C'est une piste concrète.

— Est-ce que les caisses sont encore là ?

— Non. Parties hier.

— Tu peux me dire dans quelle maison ?

— La maison au bout, avec la porte cassée.

Je retourne vers elle et prends ses mains dans les miennes en la regardant droit dans les yeux.

— Merci, Dara. Fais attention à toi.

Elle me sourit et je quitte les lieux, le cœur rempli d'amour. Bercée par cette sensation que le monde regorge d'êtres incroyablement aimants et bienveillants.

Je mets quelques secondes à me réadapter à la luminosité extérieure. Puis, je remarque que Blade est juste en face. Quand il me voit, il se remet en marche vers les autres.

— On y va, annonce Ghost.

— Qu'est-ce que vous avez fait ? demande Nathan en trottinant vers moi.

— On a discuté.

Il acquiesce et range son appareil dans sa sacoche.

— Tu as pu photographier les habitants ?

— Oui, je pense qu'elles seront superbes, surtout avec les enfants.

— Est-ce que tu as eu le mec qui nous criait dessus ?

Nathan hoche la tête.

Peut-être qu'il a quelque chose à voir avec ce qu'il s'est passé. Je n'en sais rien, mais ça vaut le coup de creuser toutes les pistes.

— Alors ? demande Blue à ses coéquipiers.

— Rien, personne n'a parlé.

Les autres font la même remarque alors que nous nous rapprochons des véhicules. Je regarde chaque maison, jusqu'à ce qu'enfin je voie la porte cassée. C'est le bâtiment le plus au sud du village, presque tourné vers l'extérieur. J'imagine que c'est volontaire. Peut-être qu'il servait déjà de lieu de stockage.

J'avance discrètement jusqu'à Ghost et me penche vers lui alors qu'il marche toujours vers le Humvee.

— J'ai une info, murmuré-je.

Il tourne légèrement la tête vers moi, signe qu'il m'écoute. Je lui rapporte ce que m'a dit Dara. Même si c'est maigre, ça pourrait donner une piste.

Quand j'ai terminé, il fait un signe à Hunter.

— Faufile-toi dans cette maison et regarde s'il y a quelque chose.

Son coéquipier fronce les sourcils, mais obéit tout de suite tandis que nous regagnons les véhicules. J'imagine que Ghost veut rester discret pour que personne ne s'en prenne aux habitants, mais pourquoi envoyer le mec le plus baraqué de leur équipe ?

— C'est notre chasseur, s'il y a un indice, il le trouvera.

Je porte une main à ma bouche en me rendant compte que j'ai parlé à voix haute. Ace s'esclaffe en voyant ma réaction.

— Désolée, marmonné-je, gênée.

Hunter nous rejoint quelques minutes plus tard, et nous démarrons dans la foulée. Sur le trajet, il explique qu'il y avait des traces de pas et de caisses qu'on a trainées. Puis il tend un minuscule appareil à Ace, puisque Ghost est au volant.

— Merde, c'est notre matos.

— Qu'est-ce que c'est ? demande Nathan.

— Un micro.

J'écarquille les yeux. Les soldats étaient donc au courant pour les caisses. J'ai essayé de faire abstraction de la réalité, mais plus j'y pense, plus j'ai de la peine pour eux. Ils voulaient faire leur job. Au final, ils l'ont payé de leurs vies. En quelques secondes, tout a basculé, sans retour en arrière.

— Grâce à toi, on a enfin une idée de ce qu'il s'est passé, lance Ghost en me jetant un coup d'œil dans le rétroviseur. Je ne sais pas si on retrouvera ces enfoirés, mais c'est un début.

J'acquiesce, ne comprenant que trop bien ce sentiment. Ne pas savoir, ne pas pouvoir punir les coupables, c'est terrible. Ryan a été pris en embuscade, et la plupart des assaillants s'en sont sortis, mais pas mon frère. Et il n'y aura jamais de justice pour lui.

La suite du trajet se passe dans un état d'esprit particulier. Pour moi, tout du moins. Ghost et Ace nous régalent d'anecdotes sur leur carrière, sûrement pour détendre l'atmosphère pesante. On pourrait croire qu'ils sont décontractés, comme si nous étions simplement en balade, mais ce n'est pas le cas. Je vois leurs yeux qui scrutent la zone, leurs mains proches de leur arme, la tension dans leur corps à l'affût. Ces hommes sont toujours sur le qui-vive. Et dans ces circonstances, c'est assez rassurant. Après tout, les soldats ont été tués sur le chemin du retour. Rien ne dit qu'on ne subira pas une attaque.

Sniper m'a expliqué que la base d'Al-Tanf était stratégiquement placée le long d'une route critique, l'autoroute M2 Bagdad-Damas. Elle serait le point de chute de trafics en tous genres et de mouvements transfrontaliers. La situation s'est relativement apaisée de ce côté-là, mais la surveillance perdure pour éviter de revenir au point de départ. C'est aussi pour cette raison que les troupes continuent d'effectuer des patrouilles dans les villes et villages alentour. Pour étouffer dans l'œuf toute activité. Il faut croire que cette surveillance était nécessaire si on se fie à ce qu'on a découvert aujourd'hui.

— On va faire un détour par le camp de réfugiés de Rukban, explique Ghost.

Mon moral remonte en flèche. Partir au contact de la population, c'est également ce qui me fait vibrer. Au-delà de parler de nos soldats, c'est des locaux que je veux parler. De ce qu'ils vivent, subissent et traversent à cause de la guerre et des groupes extrémistes. La plupart ont perdu des amis, leur famille et leur maison. Tous leurs repères ont volé en éclats, et ils essaient juste de survivre. Le monde a besoin de le savoir, de comprendre, et pourquoi pas, de les aider. Ils ont besoin d'une voix, et quand je le peux, je deviens cette voix.

— C'est immense ! m'exclamé-je en arrivant aux abords du camp.

— En 2019, il y avait quarante-cinq mille réfugiés, maintenant, il ne doit en rester que dix mille.

Ma bouche s'ouvre pour former un « o » estomaqué. Quarante-cinq mille personnes ?

Ce nombre me donne le vertige.

— Comment ça se fait qu'ils soient toujours bloqués ici ?

— La Jordanie a refusé de les accueillir. Certains sont repartis vers d'autres abris, mais beaucoup sont restés sur place.

— Pourquoi est-ce que la Jordanie a fermé ses frontières ? demande Nathan.

— La Jordanie pense que ce camp héberge des cellules dormantes de l'État islamique, explique Ace.

Mon cœur s'emballe et je jette un coup d'œil autour de nous, bien moins sereine qu'il y a cinq minutes.

— Et c'est vrai ? chuchoté-je.

— Pas impossible, répond-il en haussant les épaules. Il y a eu plusieurs voitures piégées à l'intérieur du camp au fil des ans.

— Il y a eu des morts ?

— Oui.

J'écarquille les yeux, de plus en plus terrifiée. Je ne suis plus si enthousiaste à l'idée d'y aller.

— Il y a des hommes ? demandé-je en voyant un grand nombre de femmes et d'enfants.

— En minorité. Seulement 20 %.

— Leurs conditions de vie sont lamentables, continue Ghost. La plupart des convois ont été bloqués. Il n'y a pas assez de soins médicaux. L'UNICEF et des ONG locales font ce qu'elles peuvent, mais la situation est complexe depuis des années.

— C'est atroce...

Nous descendons des Humvees et nous nous regroupons en attendant les consignes.

— Hunter, tu surveilles les véhicules. Blade et Blue, vous restez avec Lexie et Nathan. Ace, Sniper et moi, on va discuter avec les travailleurs humanitaires.

J'hésite franchement à rester dans le Humvee. Même si les gars sont là, je ne suis pas rassurée.

— On va entrer ? demandé-je à Blue.

— Non, on stationne à l'extérieur. Plus personne n'entre.

J'acquiesce, dépitée de voir des gens vivre dans ces conditions.

— Qu'est-ce que c'est ? murmuré-je en apercevant des tas de pierres à l'horizon.

— Un cimetière, commente sombrement Blue.

Ma lèvre tremble face à tant de souffrance, alors je me détourne. J'ai été témoin de beaucoup de choses au fil des ans. Des choses terribles. Mais voir des enfants souffrir et mourir, je ne m'y ferai jamais. Ça me soulève le cœur à chaque fois.

Nous n'avons passé que trente minutes sur place, mais j'ai ressenti toute leur douleur, toute la désolation de cette situation. J'ai honte de dire que j'ai été soulagée de rentrer. La journée a été riche en émotions.

Je me demande souvent comment ces populations font à survivre à ce qui leur arrive. La force dont ils font preuve oblige à relativiser nos petits tracas du quotidien.

On râle pour tout et pour rien. Un voisin bruyant, des embouteillages, un verre cassé, une paire de chaussettes qui traine, mais qu'est-ce que c'est à côté de la maladie, de la violence, de la mort ? Chacun vit avec ses propres problèmes et je conçois qu'on ait du mal à prendre du recul, mais au décès de Ryan, tout a changé. J'ai compris beaucoup de choses.

J'ai sombré. Longtemps.

Mais quand j'ai réussi à remonter la pente, je me suis promis de voir la vie du bon côté. De m'accrocher et de me focaliser sur ce qui compte. D'apporter quelque chose au monde. De vivre chaque instant à fond. De ne plus m'attarder sur des détails futiles.

Ma grand-mère maternelle avait une question favorite : « Est-ce que tu t'en souviendras encore dans 5 ou 10 ans ? Si non, c'est que ce n'est pas important. »

Et elle avait raison.

- 10 -

BLADE

Deux semaines que nous sommes en Syrie, et nous avons enfin une piste sur les assassins des deux soldats grâce à April et son équipe. En plus de venger nos frères d'armes, il s'agit aussi d'enrayer ce nouveau trafic et ses conséquences. Les extrémistes radicaux ne doivent pas reprendre la main sur la région, et c'est à nous d'y veiller pour garantir un semblant d'apaisement.

— Ça va bien au-delà des armes, annonce April dans le haut-parleur du téléphone.

— Qu'est-ce que tu veux dire ? s'étonne Ghost.

— Je ne peux pas en être certaine à 100 % alors prenez des pincettes, mais selon les conversations qu'on a réussi à récupérer, il semblerait que Palmyre soit à nouveau leur cible.

— Attends, tu déconnes ! s'exclame Blue.

— Malheureusement, non.

Palmyre est une ville un peu plus au nord. Elle a été libérée des extrémistes en 2017, et depuis, ils reconstruisent. On ne pensait pas qu'il y avait un risque d'attaque, surtout maintenant que les djihadistes ont autant reculé dans la région.

— C'est un carrefour pour extraire le gaz et le pétrole puis les acheminer vers les grandes villes ou les frontières.

— Ce serait une catastrophe, commente Sniper.

— Pourquoi ont-ils planqué des armes dans un petit village, à des dizaines de kilomètres de leur cible ?

— Je dirais qu'ils éparpillent leurs forces pour attaquer sur plusieurs fronts.

— Tu veux dire qu'ils cachent des armes et des combattants dans les villages autour de Palmyre pour remonter vers la ville tous en même temps ?

— Oui, ça formerait un demi-cercle au sud. Rien n'indique qu'ils ont aussi du monde au nord.

— Comment est-ce qu'on pourrait démanteler toutes les cellules ? C'est presque impossible.

— Peut-être en réduire certaines, suffisamment pour qu'ils n'aient plus assez de forces en présence, propose Hunter.

— Tu nous envoies tout ça, April ?

— Bien sûr. Faites attention à vous.

Blue récupère le téléphone et retire le haut-parleur pour glisser quelques mots à notre analyste, tandis que nous examinons les documents reçus.

Perdre Palmyre serait dramatique. Il a fallu des années pour sécuriser totalement la zone. Les extrémistes veulent se faire de l'argent, mais il n'y a pas que ça, ces champs alimentent en électricité certaines grandes villes, comme Damas et Homs.

— Il faudrait aussi repérer des camions-citernes, dis-je.

— Tu penses qu'ils vont réutiliser les mêmes méthodes ?

Je hausse les épaules. À vrai dire, difficile de savoir comment ils vont procéder tant d'années après les premières attaques.

— OK, lance Ghost, il nous faut du concret, parce qu'on va avoir besoin de beaucoup d'unités sur le coup pour gérer une si grosse intervention.

Durant les trois jours qui suivent, les analystes et les équipes en place font marcher leurs sources à travers le pays pour dénicher un maximum d'informations, notamment des lieux de stockage et de résidence de nos cibles. Nous n'allons pas agir seuls. Les forces syriennes vont nous prêter main-forte. On ne peut clairement pas se permettre de revenir dix ans en arrière et de laisser cette ville aux mains des extrémistes.

— On interviendra de nuit. L'unité d'Hurricane arrive cet après-midi.

— Ouah, c'est juste, commente Blue.

C'est rare, mais de temps en temps, nous sommes envoyés en mission en urgence, c'est le cas aujourd'hui pour les gars d'Hurricane.

— Ils seront briefés dans l'avion. Et April leur a fait un petit topo avant leur départ, explique Ghost. On attaquera les six zones simultanément pour éviter qu'ils n'aient vent de notre intervention.

Je regarde les documents éparpillés sur la table avec une certaine appréhension. On a eu peu de temps pour monter une si grosse opération. Les analystes ont bossé comme des dingues. Et le nouveau logiciel qu'ils utilisent a beaucoup aidé. D'ailleurs, grâce aux photos de Nathan, on a pu relier Omar, le type du village, aux attaques.

— Des Marines et une unité de Delta force se joindront à la fête.

— Lexie et Nathan ? demande Sniper.

— Pas pour cette mission, tranche Ghost. Il y a trop d'inconnus, on ne peut pas se permettre d'être distraits.

Je valide totalement cette décision. Que ce soit pour leur sécurité ou la nôtre. Mais je sens que la journaliste ne va pas apprécier d'être sur la touche. Depuis trois jours, elle n'est plus avec nous. Elle a suivi une unité de Marines à l'extérieur, et le reste du temps, elle a réalisé des interviews de certains gradés, et de soldats de différents corps de métiers. Ils ont été pas mal occupés, mais je sais qu'elle aime aller sur le terrain. J'ai bien compris qu'elle marche à l'adrénaline et aux défis. Sauf que la guerre, ce n'est pas comme partir en randonnée sur une route sauvage. Au bout du chemin, on n'a pas toujours droit à un retour au point de départ, mais à un retour entre quatre planches. Et je préfèrerais que ça n'arrive pas, ni au gosse ni à la jolie baroudeuse.

* *
*

LEXIE

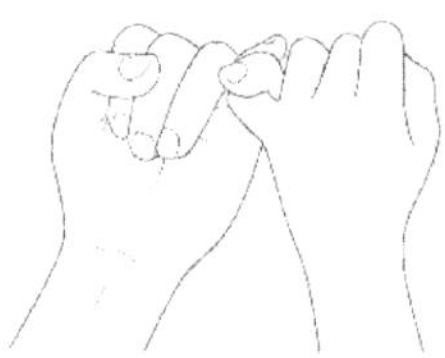

Je longe le petit bâtiment où loge l'équipe et jette rapidement un coup d'œil à l'intérieur, mais toujours rien. Aucun signe de leur retour. Je soupire et continue ma route pour rejoindre le centre des communications. Je n'ai pas vu les gars depuis des jours. Ils sont concentrés sur une mission importante à laquelle je n'ai pas le droit de participer. Je n'ai pas chômé, de mon côté, mais j'avoue que leur présence me manque. Je m'étais habituée à les voir chaque jour. Être auprès d'eux, c'est avoir la sensation de faire partie d'une famille. Le terme unité leur convient à merveille. Ils sont réellement *unis*, et pourtant j'ai côtoyé un grand nombre de soldats de toutes les branches, mais jamais je n'ai rencontré d'hommes aussi soudés. Et quand on met un pied dans leur univers, on ne veut plus en sortir. Ils sont comme des aimants.

J'entre dans la pièce et m'installe au poste le plus éloigné pour essayer d'avoir un semblant d'intimité. Je lance l'appel en visio et patiente quelques secondes jusqu'à ce que le visage de ma mère apparaisse à l'écran.

— Lexie, ma chérie.

— Salut, maman.

Je souris et ravale l'émotion qui me gagne. J'ai l'habitude de partir pendant des semaines, mais ils me manquent à chaque fois. Et ça ne s'arrange pas avec le temps, bien au contraire.

— Tu vas bien ?

— Ça va, ne t'inquiète pas. Et vous, tout le monde va bien à la maison ?

— Miguel nous a présenté sa copine.

— Sa quoi ?

Ma mère sourit.

— Qui l'eut cru, il la fréquente depuis trois mois.

Miguel, c'est l'un de mes deux petits frères. Enfin, quand je dis petit, il a 23 ans.

— Vraiment ? Mais comment a-t-il fait pour nous le cacher ?

Elle hausse les épaules.

— Il voulait attendre que ce soit sérieux.

— Dire que j'ai manqué ça, me lamenté-je.

C'est la première fois qu'il nous présente quelqu'un.

— Elle est sympa ?

— Oui, très. Elle avait l'air amoureuse.

— J'ai hâte de la rencontrer, m'exclamé-je, ravie.

Je veux voir chaque membre de ma famille heureux, alors si cette jeune femme comble mon petit frère, je l'aime déjà. Sans compter que Miguel n'a pas eu une enfance facile. Mes parents l'ont adopté quand il avait 8 ans, et même s'il a réussi à surmonter ses blessures, j'aperçois encore parfois, dans son regard, les vestiges de ce qu'il a vécu. Il manque de confiance en lui et il est en recherche constante d'affection. J'espère qu'être en couple l'aidera à se sentir mieux dans sa peau.

— Raconte-moi comment ça se passe.

Et c'est ce que je fais pendant quinze minutes. Je lui parle de quelques rencontres, de mes interviews, de mes missions, mais je garde pour moi ce qui pourrait l'inquiéter ou tout ce qui est confidentiel.

— Attends, Ben est sur ta base ?

Je hoche la tête en grimaçant.

— Combien de chances y avait-il pour que je le croise ici ?

— Comment s'est-il comporté ?

— Comme d'hab, éludé-je. J'espère franchement ne plus le recroiser.

Je jette un coup d'œil à ma montre en voyant une certaine agitation autour de moi.

— Maman, je dois te laisser, je te rappellerai, d'accord ?

— Fais attention à toi.

— Promis. Embrasse tout le monde pour moi, dis-leur qu'ils me manquent.

Elle acquiesce et nous coupons la conversation. Je me précipite presque dans le couloir et suis le mouvement quand du personnel se dirige vers l'extérieur.

Quelques secondes plus tard, des véhicules se garent dans l'aire de stationnement. Les têtes qui émergent font palpiter mon cœur. Il s'agit des hommes qui étaient sur la même mission que l'équipe de Ghost. J'essaie de les apercevoir, en me faufilant dans la petite foule, mais ils ne semblent pas encore être rentrés. En revanche, Ben descend d'un Humvee, un sourire fier greffé aux lèvres. Il récupère sa sacoche hors de prix et se dirige droit sur moi. Je ne l'ai pas croisé depuis la dernière fois, et je m'en portais très bien.

— Tu faisais partie de la mission ? attaqué-je, le ventre noué.

— Bien sûr. Il ne fallait pas manquer cet événement. Ça fera un article incroyable.

La jalousie me dévore, rapidement suivie par la colère.

— Je croyais que l'opération était trop dangereuse pour qu'on y prenne part.

Je regrette immédiatement mes paroles quand son égo semble doubler de volume sous mes yeux.

— Certains journalistes ne pouvaient pas venir. Heureusement pour moi, j'ai de l'expérience et on me fait confiance.

La haine que je ressens dévale dans mes veines comme un raz-de-marée. Je dois mordre violemment ma lèvre pour me retenir de l'insulter. Même si son ton condescendant m'exaspère, ce n'est pas sa faute.

— Est-ce que la mission a réussi ?

— Je ne sais pas si j'ai le droit de t'en parler, dit-il plus bas, sur le ton de la confidence.

Je plisse les yeux, imaginant mille façons de le faire descendre de son piédestal.

— J'ai signé un accord de confidentialité, rappelé-je.

— La mission est réussie.

Je hoche la tête, soulagée.

— Des blessés ?

— Tu m'excuses, mais je dois aller préparer mon article, je veux ce scoop.

Non, mais sérieusement ?

Il me dépasse et se précipite vers le bâtiment, me laissant seule au milieu de l'allée.

Je me tourne à nouveau vers la cour. Des hommes discutent, déchargent du matériel ou sont pris en charge par les officiers médicaux, mais tout ce que je vois, c'est l'absence de Blade et son unité. J'envisage d'aller à la pêche aux infos, mais ce serait probablement étrange, alors je ronge mon frein et m'installe sur une caisse, le regard rivé vers l'entrée de la base.

J'ai attendu pendant une heure, puis j'ai quitté la cour. L'équipe n'est pas rentrée. Trop anxieuse, j'ai fini par aller fouiner du côté du centre de commandement. La mission s'est bien passée, il semblerait qu'il n'y ait pas eu de morts de notre côté. J'espère que les commérages sont corrects.

Mes inquiétudes envolées, c'est la colère qui est revenue frapper à ma porte. Avec un soupçon de déception. J'aurais voulu en faire partie. J'aurais dû en faire partie, mais je me suis rangée à leur avis. Même si j'aime l'aventure, je n'enfreins pas les ordres, et si un militaire compétent me dit que c'est trop dangereux, je le crois. Sauf que cette fois, je me sens flouée.

Est-ce qu'ils ne voulaient pas de moi ?

Est-ce que je me suis fourvoyée quant à nos relations ?

Et s'ils m'avaient écartée parce que je suis une femme ?

Au fond, ça me blesse, parce que j'avais la sensation de faire partie de leur unité, même si ce n'est qu'une illusion temporaire. Je croyais qu'on se respectait, qu'on s'appréciait et qu'une certaine confiance nous liait.

Apparemment, je me suis lourdement trompée.

- 11 -

BLADE

La mission n'a pas été des plus simples. Il y avait une part d'inconnu, sans oublier la détermination de nos ennemis à aller au bout de leur plan. Heureusement, nous étions suffisamment nombreux et suffisamment renseignés pour empêcher leur tentative de prendre d'assaut Palmyre. Je ne pense pas qu'ils s'y remettront de sitôt. On a récupéré beaucoup de leurs armes et mis le feu au matériel qui aurait servi leur cause. Finalement, les survivants ont battu en retraite. Après des heures de combat, nous avons repris le chemin de la base. Nous sommes rentrés dans la nuit, pressés de nous doucher et de dormir. Nous étions épuisés, couverts de sable et de sang. Quand l'adrénaline redescend, difficile de tenir le cap. Le corps et l'esprit se relâchent, et il n'y a qu'une solution : abdiquer et se reposer.

— On a rendez-vous à 14 h pour faire un bilan, annonce Ghost alors que nous nous dirigeons vers le mess pour le déjeuner.

— Regardez qui est là, s'amuse Blue en donnant un coup de menton vers l'une des tables.

Lexie est assise avec Nathan, le regard rivé sur nous. J'ai du mal à déterminer l'expression qui traverse son visage, puisqu'elle change de seconde en seconde jusqu'à ce qu'elle grimace et baisse la tête.

Je m'attendais à une tout autre réaction, mais je ne devrais pas être surpris de ne pas comprendre cette femme.

Quand nous nous engageons entre les tables, je remarque tout de suite qu'elle n'est plus là, mais Nathan nous attend, le sourire aux lèvres, impatient d'avoir des infos. Ce gosse est bien trop curieux.

— Alors, on t'a manqué, petit ? s'exclame Blue.

Sniper lui file une claque derrière la tête alors que Nathan semble gêné.

— On a été occupés, dit-il, mais on aurait préféré faire partie de votre mission.

— La prochaine fois. Celle-ci était vraiment trop risquée, explique Ghost.

Le gosse pince les lèvres puis nous dévisage tour à tour avant de plonger le nez dans son plateau.

— Où est Lexie ? demande Ace.

— Elle avait des trucs à faire, marmonne-t-il mal à l'aise.

— Tout va bien ? s'inquiète Sniper en se penchant légèrement pour qu'on ne nous entende pas. Il s'est passé quelque chose ?

— Non. Je dois y aller.

Il se lève comme s'il avait le feu aux fesses et quitte le mess bien trop rapidement à mon goût.

— C'est quoi, ce bordel ? grogne Blue.

— J'irai parler à Lexie, propose Ghost. On a peut-être loupé un truc.

Je hoche la tête, me demandant si quelqu'un s'en est pris à elle. La base n'est pas immense et les soldats sont censés avoir un code d'honneur mais on n'est jamais à l'abri d'avoir des chiens galeux. Il n'y a qu'à voir ce qu'il s'est passé avec April. Rien que d'imaginer un taré harceler ou agresser la petite journaliste, mon poing se crispe de lui-même sur mon poignard. Personne ne s'en prend aux nôtres et pour les prochaines semaines, elle en fait partie. Aussi insupportable soit-elle.

* *
*

LEXIE

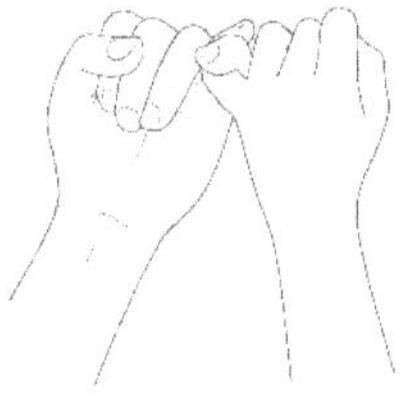

Je m'immobilise à quelques pas de ma chambre, surprise de trouver Ghost adossé au mur. Il relève la tête en m'apercevant, ce qui m'oblige à me remettre en mouvement.

— Tu as deux minutes ?

— Bien sûr, dis-je en déverrouillant ma porte.

Je voulais préparer mon argumentaire, mais il m'a coupé l'herbe sous le pied. Déstabilisée, je dépose mes affaires sur le bureau. Ma détermination s'est légèrement fait la malle face à son aura imposante.

— Tu veux t'asseoir ?

— Je ne te dérangerai pas longtemps. Je voulais juste savoir comment ça s'était passé durant notre absence.

Je fronce les sourcils.

— Bien.

Il croise les bras sur son torse et ses biceps se contractent. C'est moi où ils continuent de prendre du volume ? Heureusement que je n'ai pas peur de Ghost parce qu'il y aurait de quoi paniquer.

— Mais encore ?

Je soupire, et range mon bureau pour reprendre mes esprits et organiser mes idées.

— Tout s'est bien passé. J'ai fait des interviews, assisté à quelques entrainements et Nathan a filmé des séquences géniales.

Je me tourne vers lui, me demandant s'il va quitter la pièce, mais il ne bouge pas d'un pouce.

— C'est tout ?

— Je ne comprends pas où tu veux en venir, Ghost.

Il décroise les bras et fait un pas vers moi.

— Je me disais... tu avais l'air bizarre.

J'éclate d'un rire légèrement nerveux.

— Oh bon sang, tu sais parler à une femme.

Il sourit et se frotte le visage.

— Excuse-moi, je voulais juste m'assurer que tu allais bien.

— Comment s'est passée votre mission ?

Il semble surpris par mon changement de sujet.

— Très bien. On a démantelé leurs planques, ils ne devraient pas préparer un nouveau coup comme celui-ci avant un moment.

Je hoche la tête plusieurs fois, cherchant mes mots.

— Et pourquoi je n'en faisais pas partie ?

— Tu sais pourquoi, ça aurait été trop dangereux.

J'enfonce les poings sur mes hanches, ma confiance venant de se nourrir de sentiments refoulés.

— Trop dangereux parce que je suis une femme ?

— Quoi ? s'étonne-t-il, en reculant d'un pas comme si je l'avais frappé.

Il semble réellement surpris.

— Bien sûr que non, Lexie. Homme ou femme, j'aurais refusé qu'on nous accompagne.

Un rire mauvais s'échappe de mes lèvres.

— Je pensais que tu étais du genre honnête, Ghost.

— Je le suis. Ta sécurité est importante pour moi, et si je dois trancher, ce sera toujours dans le but de vous protéger toi et Nathan. Vous êtes sous ma responsabilité.

— Et Ben ?

Il fronce les sourcils.

— Ben ? Qui est-ce ?

— Le journaliste qui vous a accompagnés.

— Il n'y avait personne, Lexie. Tu es là pour bosser avec nous, si j'avais dû embarquer un reporter, tu aurais été la première sur ma liste.

Il semble tellement sincère que j'ai du mal à ne pas le croire.

— Je l'ai vu revenir de votre mission avec les Marines. Il était super fier et...

Le visage de Ghost s'adoucit. Il était passé en mode guerrier, mais ses traits se détendent. Je pourrais presque lire de la tendresse fraternelle dans son regard.

—… disons qu'il m'a fait comprendre qu'il avait été choisi à ma place.

Ghost secoue la tête.

— Absolument pas. Je vais me renseigner, mais ce n'est pas le cas.

Franchement, j'ai été ballotée entre la colère et la déception, mais à présent, c'est la honte qui s'abat sur moi. J'ai l'air d'une gamine capricieuse alors que ces hommes ont sauvé des vies en risquant la leur. Est-ce que c'était si important qu'ils m'aient écartée ? Et même si Ben avait pris ma place, ce n'est pas très grave. Cet enfoiré a le don de faire ressortir le pire en moi. Il sait toujours où appuyer pour me faire douter et remettre en cause ma valeur, mes compétences et mon travail. Et me voilà en mode « drama queen » au lieu de rester professionnelle.

— Je suis désolée.

Ghost a été tellement patient. Bon sang, il a mieux à faire. Il aurait pu m'envoyer bouler, claquer la porte et m'empêcher de travailler avec eux.

— Pas de soucis. Tout est OK ?

J'acquiesce, pressée qu'il s'en aille. J'ai besoin de noyer ma honte, cachée sous la couverture.

— On a une réunion, en début d'aprèm, mais rejoins-nous vers 17 h, si tu veux.

— D'accord.

Il me sourit, puis quitte enfin la chambre. Je me laisse tomber sur mon matelas et crie dans mon oreiller, avant de me retourner sur le dos pour regarder le plafond.

— Tu étais ridicule, ma fille.

Ça c'est clair ! Avec l'impression d'avoir 15 ans et d'affronter mes parents pour faire entendre mon point de vue. Il leur en a fallu de la patience. Ryan était l'aîné. Il a eu sa période festive avant de se passionner pour le sport. Ça l'a canalisé jusqu'à ce qu'il s'engage. Clay était l'enfant sage. J'étais la rebelle qui aime un peu trop tester ses limites. Quant à Sofian et Miguel, il y a eu une phase d'adaptation compliquée, surtout pour Sofian. Des bêtises, des cris, des larmes, et même deux fugues. Mais dans le fond, on cherchait juste qui on était. J'imagine que ça n'a pas été facile pour mes parents, mais ils n'en ont jamais rien montré. Je souhaite à tous les enfants du monde d'avoir des parents comme les miens.

- 12 -

LEXIE

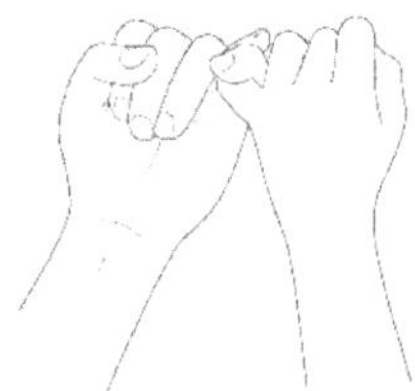

Je resserre mon casque pour m'assurer qu'il tient bien en place et je descends du véhicule, coincée entre Sniper et Hunter. Le protecteur et le colosse. J'adore analyser les gens et on peut dire que les profils sont variés dans leur unité. Ghost est, bien sûr, le chef. Son aura en impose trop pour qu'il en soit autrement. Les autres l'écoutent et le respectent sans qu'il ait jamais besoin d'élever la voix. Ace, c'est un peu son bras droit. Il est attentif, c'est celui qui soigne, qui vient en aide. Blue, c'est le rigolo de service, en apparence, tout du moins. Au fond, il semble avoir du cœur et un sens aigu de la justice. Sniper, c'est le protecteur, le confident. Hunter, le colosse au grand cœur. On peut compter sur lui, il va jusqu'au bout pour ceux qu'il aime. Et enfin, on a Blade. L'insaisissable, le solitaire. Je dirais qu'il est loyal et dévoué à son équipe. Sauf que je n'en sais pas beaucoup plus puisqu'il ne m'adresse que très peu la parole. Même avec les siens, je le trouve distant, et ma curiosité journalistique meurt d'envie de creuser la question.

— Vous ne nous quittez pas d'une semelle, annonce Sniper.

Nathan et moi acquiesçons. Il n'est pas prévu qu'on s'éloigne du groupe, surtout dans cette ville à moitié détruite.

— Qu'est-ce qu'on fait là ? demandé-je tout bas, comme si l'ennemi pouvait nous entendre.

— On s'assure que la ville est sécurisée. Il reste des habitants, donc on surveille régulièrement la zone.

— Il y a un risque ?

— Il y a toujours un risque.

Nous nous engageons dans l'une des rues. J'aurais préféré qu'on y aille en Humvee, mais ce n'est pas vraiment discret. C'est étrange de déambuler dans ce genre d'endroit. On est dans l'une des parties de la ville qui a été relativement épargnée, j'imagine que c'est pour ça que des personnes y vivent encore, mais j'ai aperçu d'autres quartiers sur le trajet, et ça ne ressemblait plus du tout à une ville. Des bâtiments détruits, des cratères sous nos pieds. Il n'y avait pas de corps, mais parfois ça arrive, et ce n'est pas facile d'accepter cette réalité. De voir des morts abandonnés en pleine rue, comme si leur vie ne comptait pas, parce qu'il n'y a plus de famille pour prendre soin d'eux. Ce sont des situations qui brisent le cœur. Aujourd'hui, je n'aperçois que des ruines, mais j'imagine sans mal ce qui s'est déroulé ici. Les combats, la peur, les larmes, le sang. Comme dans toute guerre, les grandes victimes sont les innocents, ceux qui n'ont rien demandé et qui subissent.

Je jette un coup d'œil dans mon dos. Blue et Blade ferment la marche alors que Ghost et Ace sont devant nous. Armes en mains, ils sont aux aguets.

Au bout de vingt minutes, l'unité s'arrête. Ghost et Ace partent un peu plus en avant. Je ne sais pas ce qu'ils ont repéré, mais mon cœur s'emballe dans ma poitrine. Nathan, à côté de moi, filme en continu. Je lui fais signe de se concentrer sur le bâtiment à notre gauche. Une ancienne école, dont la moitié a disparu. On peut apercevoir des chaises, un tableau et quelques affiches sur les murs qui tiennent encore debout. Je m'apprête à demander si on peut aller photographier l'intérieur quand des coups de feu se font entendre. Sniper se jette presque sur moi alors qu'Hunter protège Nathan de son corps. Nous nous accroupissons derrière deux voitures calcinées au moment où la voix de Ghost retentit dans la radio.

— Une équipe de Marines est sous le feu de l'ennemi. On va s'approcher pour voir si on peut les aider.

— Reçu.

Je me tourne pour apercevoir Blade et Blue, mais ils ne sont plus dans notre dos. Est-ce qu'ils sont cachés ? Est-ce qu'ils ont pris une autre route ? Est-ce qu'ils sont allés épauler leurs coéquipiers ?

Cinq minutes plus tard, force est de constater que les ennemis ne viennent pas par ici, même si nous percevons encore l'écho de leurs tirs, ce qui est relativement stressant. Mais le plus angoissant, c'est la tension dans le corps de Sniper. Il n'arrête pas de vérifier sa montre en échangeant des regards avec Hunter.

— Vous devriez y aller, dis-je.

Il secoue la tête.

— Hors de question, on assure votre sécurité.

— On ne craint rien ici, on peut se cacher dans un bâtiment en attendant, ils ont plus besoin de vous que nous.

Sniper ne répond pas, mais je vois sa mâchoire se crisper. Quant à Hunter, il revient vers nous après s'être faufilé entre les voitures pour avoir un meilleur aperçu de la situation.

— Les Marines sont pris en embuscade, grogne le colosse en s'accroupissant à nos côtés. Les gars essaient de contourner pour prendre une partie des tangos à revers.

— Merde.

Sniper saisit sa radio et demande plus d'infos à ses coéquipiers. L'idée de les laisser s'éloigner m'effraie, mais ils ne peuvent pas rester avec nous alors que d'autres ont besoin d'eux.

— Allez-y, insisté-je.

Les nouvelles qui arrivent sont de moins en moins bonnes à mesure que les secondes s'égrènent.

— Ace a reçu un coup sur la tête, il est sonné, annonce Ghost dont la voix reflète la colère.

Les tirs semblent s'intensifier à chaque contact.

— Où sont Blue et Blade ? murmuré-je, sentant la panique me gagner.

— Ils essaient de trouver une autre voie pour faire sortir les Marines.

Je regarde autour de nous, et aperçois un bâtiment moins abîmé que les autres. Il a une porte, et ses fenêtres ne sont qu'en partie brisées.

— On va aller se cacher là-bas, dis-je en le lui montrant, foncez !

Je ne lui laisse pas le temps de répondre et attrape le bras de Nathan pour qu'il me suive. Mon souffle est court, pourtant je ne parcours que quelques mètres avant de m'engouffrer à l'intérieur.

— J'espère qu'il n'y a personne, s'inquiète Nathan.

Je n'avais pas envisagé cette possibilité avant d'arriver ici, mais nous n'avons pas le choix. Je referme la porte et jette un coup d'œil par la fenêtre, échangeant un regard entendu avec Sniper. Il discute quelques secondes avec Hunter, puis ils s'évanouissent entre les immeubles.

Pour tuer le temps, et éviter de devenir dingue, je me débarrasse de mon casque et fais un tour rapide des lieux. Il y a une autre porte à l'arrière, ce qui est une bonne chose, et l'étage est désert, mais je ne m'y attarde pas. Personne ne sait que nous sommes ici, il n'y a pas de raison qu'on nous trouve.

— On n'a même pas de radio pour les contacter.

Je mordille ma lèvre inférieure, consciente de ce petit problème. On ne peut pas savoir ce qu'il se passe, on ne sait pas combien de temps on doit attendre. S'ils évacuent, je ne pense pas qu'ils nous abandonneraient. Mais, et s'ils mourraient ? Et s'ils étaient faits prisonniers ? Et si l'ennemi se retrouvait près de nous et qu'ils ne pouvaient pas nous rejoindre ?

Je regarde à nouveau par la fenêtre, l'esprit encombré par toutes les issues négatives.

— On pourrait regagner le véhicule ? proposé-je.

— Ils risquent de nous chercher au retour.

Je fais les cent pas entre la fenêtre qui donne sur l'avant et celle qui donne sur la rue à l'arrière alors que Nathan fait défiler des photos sur son appareil. Je vois bien à son corps tremblant qu'il fait ce qu'il peut pour occuper son esprit. J'aimerais faire de même, mais de mon côté, j'ai besoin d'action, de bouger, pas de rester sur place et d'attendre que les choses viennent à moi.

— Les tirs se rapprochent, murmuré-je.

Nathan me rejoint pour regarder à l'extérieur. Quatre Marines passent dans la rue, sûrement pour échapper au danger. Je ne sais pas combien ils étaient, mais ce n'est pas bon signe.

— Ils sont en train de quitter la ville, tu crois ?

Je ne sais pas ce qu'ils font. Est-ce que les autres arrivent ? Est-ce qu'ils vont tous dans cette direction ?

Alors que le dernier Marine dépasse notre bâtiment, un claquement sec retentit et il s'écroule derrière un véhicule. J'écarquille les yeux et porte une main à ma bouche, pétrifiée.

Est-ce que ses coéquipiers ont vu qu'il est tombé ? J'appuie mes mains contre la vitre sale et m'approche au maximum. Le Marine remue pour essayer de se déplacer, mais sa blessure semble l'en empêcher. Je sursaute et me baisse légèrement quand une balle s'écrase contre le mur extérieur. Le Marine tente toujours de ramper, mais une grimace dévore son visage. Il souffre et les coups de feu se rapprochent.

Mon regard oscille entre Nathan, la vitre, le Marine, et sans plus y réfléchir, je pose ma main sur la poignée de la porte.

— Qu'est-ce que tu fais ? articule Nathan en plaçant sa main sur la mienne.

— Je vais l'aider.

— Et tu vas faire quoi ? Tu n'es pas armée.

— On ne peut pas le laisser mourir.

— Tu ne sais pas s'il va mourir, tente-t-il, le visage défait.

— Même s'il ne se vide pas de son sang, les autres vont rappliquer et l'abattre ou le capturer. Tu veux vivre avec ça sur ta conscience ?

Il écarquille les yeux, surpris par mon ton véhément.

— J'y vais.

Il se décale et lève les mains devant lui.

— Ils sauront qu'on est là dès que tu mettras le pied dehors.

— Cache-toi ou change d'immeuble si tu veux.

J'entrebâille la porte et jette un coup d'œil rapide à l'extérieur. Personne. Inspirant profondément pour me donner du courage, je me courbe au maximum et me faufile près d'un muret en partie détruit. J'attends quelques secondes, puis me penche pour observer la zone. Il y a toujours des tirs, mais plus aussi proches. C'est ma chance. Je me mets à quatre pattes et avance jusqu'à un vieux stand qui devait servir de la nourriture.

Quand je découvre le visage du soldat, ma bouche s'ouvre de surprise.

— Dallas...

Il tourne légèrement la tête vers moi et me fait un geste pour que je retourne en arrière, mais je refuse. Il insiste jusqu'à ce qu'une nouvelle grimace déforme ses traits. La rue est déserte, je n'ai peut-être que quelques secondes, alors je ne vais pas les gaspiller. Je bondis hors de ma cachette et cours jusqu'au Marine. Je glisse mes mains sous ses aisselles sans attendre, et grogne sous l'effort.

Bon sang, ce qu'il est lourd !

— Retourne te cacher, ordonne-t-il, la voix emplie de douleur.

— Sûrement pas.

— Lexie, putain, c'est pas un jeu !

— Je le sais, figure-toi, m'agacé-je en forçant comme une damnée sur mes jambes et mes bras.

Il n'y a que quelques mètres, mais j'ai l'impression que ce sont des kilomètres. Une trainée rouge suit notre déplacement. Pas top niveau discrétion. Je bande tous mes muscles et souffle comme un bœuf, me demandant comment je vais y arriver.

— Lexie...

— Chut ! claqué-je.

Alors que je faiblis, jetant toute mon énergie dans mes gestes, les mains de Nathan surgissent devant moi et m'aident à tracter notre blessé. Nous ne sommes plus qu'à deux mètres de la porte quand j'entends une balle siffler près de mon oreille et éclater la fenêtre derrière moi. Je me rue sur Dallas qui grogne quand mon corps heurte le sien, et plaque mes bras sur ma tête. Les coups de feu continuent, provoquant un sentiment de panique dans mes pensées.

— Respire, chuchote Dallas, ils n'arrivent pas à viser. Soit leur angle est mauvais, soit ils sont trop loin.

Ses paroles se fraient un chemin dans mon esprit embrouillé.

— Relève la tête tout doucement pour regarder.

J'entends la frustration dans sa voix, il aimerait faire plus.

— Lexie... murmure Nathan.

Il est accroupi derrière un petit pilier en béton, son corps dépassant de part et d'autre. On ne peut pas rester là, il n'y a rien pour se cacher.

Je tourne lentement la tête vers la rue, et vérifie de tous les côtés. Les coups de feu continuent, mais j'essaie vraiment d'en faire abstraction.

— Allons-y, dis-je à Nathan.

Je reprends Dallas sous les aisselles, recommençant à le tirer, puis mon cameraman se précipite pour attraper ses chevilles. Au moment où je lève, à nouveau, la tête, j'aperçois deux formes qui se faufilent dans notre direction.

— Ils arrivent, paniqué-je.

Je me mets à trottiner comme je le peux, le poids de Dallas me ralentissant, mais nous parvenons à la porte quelques secondes plus tard.

— Bloquez les accès avec des meubles, dit-il en gémissant alors que nous le lâchons sans délicatesse devant le canapé.

Nathan et moi nous précipitons vers la table, les chaises, un fauteuil, un vieux vaisselier, jusqu'à ce que les coups de feu soient très près. Trop près. J'attrape des couvertures et des coussins poussiéreux, et les place devant Dallas pour le protéger d'un autre impact.

— Il faut que tu prennes mon arme.

Il n'a plus son fusil, mais il me montre son arme de secours. Mon frère avait la même, ça ne devrait pas être difficile. Enfin, jusqu'à présent, je n'avais tiré que sur des cibles et non sur des êtres humains en mouvement.

Dallas prend ma main dans la sienne pour me calmer quand je récupère son pistolet.

— Tire uniquement s'ils sont assez près.

Je comprends ce qu'il ne dit pas : on ne peut pas gaspiller les munitions. Je m'approche de la fenêtre et me poste dans l'angle pour qu'on ne m'aperçoive pas. Les ennemis sont de plus en plus nombreux et la trainée de sang est comme un phare dans la nuit, elle indique clairement notre position. Je tremble de tous mes membres, la lèvre emprisonnée entre mes dents. N'y tenant plus, je glisse ma main sous mon pull et caresse les plaques militaires de Ryan. J'ai bien besoin de son courage.

— Vous devriez vous tirer par l'avant, chuchote Dallas.

— Et te laisser ici ?

— Vous ne pourrez pas lutter avec un seul flingue. Cassez-vous tant que vous le pouvez encore.

Je jette un coup d'œil à Nathan. Il est terrifié, mais il ne fait pas le moindre mouvement. Il a attrapé un couteau dans la cuisine, alors que Dallas a son poignard en main, lui aussi.

— Je reste. Nathan, tu peux retourner au véhicule.

Il écarquille les yeux, puis de la détermination remplace la peur dans son regard.

— Je reste aussi.

Mon cœur se contracte, attendri par son courage. Je ne suis pas plus à l'aise que lui en ce moment, je parviens simplement à mieux le cacher. Sans compter que ce n'est pas ma première galère. Me retrouver sous les balles, c'est déjà arrivé, même si les conditions n'étaient pas aussi merdiques qu'aujourd'hui.

— Est-ce que tu as ta radio ? demandé-je dans un éclat d'espoir.

— Elle est HS.

Je reporte mon attention sur la rue alors qu'un projectile traverse à nouveau la fenêtre et s'encastre dans l'évier de l'autre côté de la pièce.

— Allez Ryan, murmuré-je, ne me laisse pas tomber.

- 13 -

LEXIE

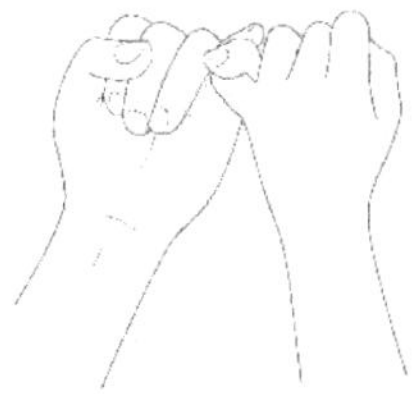

Au moment où l'un des ennemis apparait dans mon axe, je le vise, inspire profondément et appuie sur la détente. J'évite de réfléchir pour ne pas m'effondrer. Il n'y a que notre survie qui compte. Je le touche à la jambe. Ce n'est pas vraiment ce que je voulais, mais il s'écroule en gémissant, alors qu'un second type surgit déjà à côté de lui. Je tire et le loupe quand il se déporte. Je recommence aussitôt, mais ma balle le frôle.

— Merde, merde, merde.

— Lexie... panique Nathan.

Je n'ai pas le temps de le rassurer. Je vise à nouveau et le touche au bras, mais ça ne l'arrête pas, sans compter que dans son dos, deux autres ennemis traversent la rue en courant. Ils ont dû comprendre qu'il n'y avait qu'une arme, ce n'est pas bon signe.

— Préparez-vous, dis-je.

Je ferme les yeux quelques secondes pour envoyer une pensée à ma famille. C'est sûrement inutile, mais c'est à eux que je veux songer, parce qu'il est certain qu'on ne s'en sortira pas. On pourrait courir sans Dallas, mais l'abandonner entre leurs mains n'est pas une option. Je ne pourrai pas vivre en sachant que j'ai laissé un soldat derrière moi. Si c'était mon frère, j'aurais aimé que quelqu'un le protège jusqu'au bout.

— Lexie, partez ! ordonne Dallas.

Le rebelle apparait devant la fenêtre, je pointe mon arme vers son visage, mais avant même que j'aie pu tirer, un poignard se plante dans sa tempe. Il écarquille les yeux et s'écroule, me laissant tétanisée. La seconde suivante, une ombre se faufile et égorge un deuxième rebelle. J'entends un troisième corps tomber au sol, mais je ne crie pas victoire. Je braque le pistolet vers la porte, m'attendant à ce que quelqu'un défonce notre mur de meubles, sauf que personne ne vient. Campée sur mes deux pieds, le cœur tambourinant dans ma poitrine, je prie pour que ce soit des alliés.

— Qu'est-ce qu'il se passe ? chuchote Nathan.

Je ne réponds pas, les yeux rivés vers le battant. Je perçois un mouvement du coin de l'œil, mais il est trop tard. En une fraction de seconde, je suis désarmée et une main se plaque sur ma bouche. Jusqu'à ce que le plus beau des sons perce le martèlement du sang qui pulse dans mes tempes.

— C'est moi.

Mon corps se détend, et je hoche la tête pour montrer que j'ai compris. Blade me relâche et je me tourne, apercevant Blue, déjà accroupi à côté de Dallas. Nathan est adossé au mur, les yeux perdus dans le vague. Je crois qu'il a eu sa dose d'émotion pour aujourd'hui.

— On les a trouvés. Dallas est touché.

— On arrive, répond Hunter dans la radio.

Je peine à reprendre mes esprits, mais je remarque quand même les regards de Blade. On dirait qu'il s'attend à ce que je craque à tout instant.

— J'en avais blessé un à la cuisse, dis-je, repensant à celui qui était au sol.

— On s'en est occupés, confirme Blue.

Je me crispe en entendant un léger bruissement dans le couloir.

— Ils sont avec nous, dit Blade sans me regarder.

Effectivement, une seconde plus tard, Hunter et Sniper débarquent dans la pièce.

— Tu vas bien ? s'inquiète Sniper en serrant mon épaule.

— Elle va bien ! claque Blade.

Je fronce les sourcils, surprise par sa réaction.

— On y va, annonce Hunter.

Mes yeux se posent sur son flanc maculé de sang.

— Tu es blessé.

— Ça peut attendre.

J'acquiesce, consciente qu'on ne peut pas trainer dans les parages.

— Et les autres ? m'alarmé-je.

— Ils nous rejoignent.

Je n'ai clairement pas envie de sortir, le bâtiment nous offrant une protection sommaire, mais en même temps, je veux fuir d'ici au plus vite.

Je mets mon cerveau sur pause, et suis le groupe. Blade ne m'a pas rendu l'arme, mais bizarrement, ça ne me dérange pas, parce que je me sens en sécurité avec eux. C'est idiot, en zone de guerre, rien n'est jamais sûr, pourtant je leur confie ma vie sans aucune hésitation.

Quand nous arrivons enfin au Humvee, je croise le visage inquiet de Ghost, mais je ne suis pas en état de discuter, alors je grimpe à l'intérieur. Dans un état second, je sors les plaques militaires et les embrasse en fermant les yeux.

— Merci Ryan, murmuré-je.

Je sursaute quand Nathan et les gars montent dans le véhicule. Je range rapidement mes plaques, surprenant le regard de Blade sur moi. Il détourne les yeux avant que je ne puisse comprendre son expression.

Dallas est déposé à côté de moi, près d'Ace qui se tient la tête. Il semble un peu groggy. Nous sommes serrés, mais ce n'est pas important, il faut simplement quitter cette zone de malheur.

Je ne sais pas où sont les autres Marines, je ne sais pas si les gars ont réussi leur mission, je ne sais pas s'il y a eu des morts, je préfère fermer à nouveau les yeux et poser mon front contre la vitre.

J'aurai tout le temps de revenir à la réalité plus tard.

Pour l'instant, je savoure simplement le fait d'être en vie.

* *

*

BLADE

Je lance mon poignard une dernière fois dans la cible, avant de le récupérer pour retourner à ma chambre.

Putain !

Le visage effrayé, mais déterminé, de la journaliste tourne en boucle dans ma tête. Quand je l'ai vue avec cette arme en main, prête à défendre Dallas et Nathan, ça m'a remué les tripes. Pourtant, il en faut beaucoup pour que quelque chose me touche.

Elle a eu tort de sortir et de se mettre en danger. On est arrivés juste à temps. Quelques minutes plus tard, et elle serait morte. Ou pire...

Depuis le début, je la tiens à l'écart, je lui ai bien fait comprendre que je ne voulais pas d'elle. Ce n'est pas *elle*, mais plutôt son statut. C'est trop risqué, trop imprévisible, contraire à nos habitudes d'équipe. Et pourtant, aujourd'hui, elle a gagné mon respect. Dallas n'est pas un membre de mon unité, mais c'est un soldat, et elle lui a probablement sauvé la vie.

— Blade ?

Je m'immobilise et hésite à me retourner. Je pourrais simplement l'ignorer, mais il y a quelque chose dans sa voix qui m'en empêche.

Elle soupire et s'avance d'un pas.

— Je voulais te remercier.

Je hausse un sourcil.

— Pour tu sais... m'avoir sauvée.

— Je n'étais pas seul.

— Je sais, et je compte bien remercier les autres.

Elle est venue me voir en premier ? Moi ? Un truc ne tourne pas rond chez cette fille.

— J'ai cru que c'était fichu, et tu es arrivé.

Elle me regarde avec bien trop d'admiration. Je n'en veux pas. Je ne suis pas un héros ni un chevalier dans sa putain d'armure. Je suis un soldat et je fais juste mon job.

— Je l'aurais fait pour n'importe qui.

Elle grimace et hésite à poursuivre, mais je préfère couper court.

— Si tu avais respecté ce qu'on te demandait, tu n'aurais pas été dans cette situation.

Je ne sais pas pourquoi je suis agressif. Je ne comprends pas mes émotions quand elle est près de moi. Elle met le foutoir dans ma tête, et je déteste ça.

Elle pince les lèvres, semblant chercher ses mots.

— Je n'allais pas laisser Dallas mourir.

— Tu le connais à peine.

— Ce n'est pas la question. Tu aurais voulu que j'abandonne Ghost ou Blue ?

— Ils ne sont pas sous ta responsabilité. Tu es une civile, sans formation et sans compétences. Tu es un danger.

Elle se redresse et avance, un doigt pointé dans ma direction.

— Je continuerai de faire ce qui me semble juste, même si ça ne plait pas à l'Iceberg.

— Même si tu dois en mourir ?

— Même si je dois en mourir.

Nous ne sommes plus qu'à quelques centimètres l'un de l'autre. Sa poitrine se soulève avec vigueur, alors que mes yeux dévient une fraction de seconde vers ses lèvres.

— Ne recommence pas.

— Bien sûr, ô grand Chef.

— Putain, tu n'écoutes rien.

— Ce que tu dis est un ramassis de conneries.

La tension est électrique, et pourtant, tout ce qui occupe mon esprit, ce sont ses lèvres. Sans calculer mon cerveau qui hurle de mécontentement, j'agrippe sa nuque, laissant planer une seconde qui semble durer une éternité pour lui donner le choix. Elle écarquille les yeux puis se jette sur moi. Nos corps s'emboitent violemment, avec urgence. Ma langue plonge dans sa bouche alors que ses mains s'accrochent à mon tee-shirt comme si sa vie en dépendait. Plus rien n'est maitrisé, plus rien n'est sous contrôle, plus rien n'est logique, mais je m'en fous, puisque tout ce qui compte pour l'instant, ce sont ses lèvres, ses mains, ses courbes moulées contre mon corps. Le désir m'enflamme comme une putain de torche.

Alors que mes doigts dévient vers ses hanches, impatients de la rapprocher davantage, des pas précipités se font entendre dans mon dos. L'air se charge de tension, et ça n'a rien à voir avec Lexie.

- 14 -

BLADE

Je bondis en arrière, comme si je m'étais brûlé, ce qui n'est pas loin d'être le cas. Lexie peine à reprendre ses esprits, réalisant lentement ce qu'il vient de se passer.

— Qu'est-ce qu'il y a ?

Ce parfum, je ne le connais que trop bien, c'est subtil, mais ce changement dans l'air ne trompe pas.

— Va te mettre à l'abri, dis-je sans plus d'explications.

L'alerte est lancée alors que je cours déjà vers l'entrée de la base. Je jette un coup d'œil par-dessus mon épaule et lâche une flopée de jurons quand je constate que Lexie me suit.

Tête de mule !

Je retrouve Blue et Hunter alors que des soldats prennent les armes. Quelques secondes plus tard, la première explosion fait trembler le sol. Je bondis sur Lexie et la plaque près d'un bâtiment, les yeux rivés vers la cour.

— Des drones ! crie Hunter, à quelques pas de nous.

Lexie tressaille dans mes bras, le nez plongé dans mon cou. Si la situation n'était pas aussi dramatique, je pourrais me laisser aller à apprécier ce deuxième contact. Mais ce n'est clairement pas le moment.

Je la repousse doucement.

— Reste à couvert.

— Mais...

— Lexie, obéis, putain !

Elle acquiesce en grimaçant et s'accroupit contre le bâtiment. Je me précipite vers Hunter, qui a récupéré deux armes, et pointe mon fusil vers le ciel. Une deuxième explosion fait trembler le sol un peu plus loin, alors qu'un troisième et un quatrième drones apparaissent dans notre zone. J'entends déjà des cris. Je ne sais pas s'il s'agit de panique ou de douleur. Nous tirons, même si le risque de le faire exploser, en rasant ce qu'il y a autour, est grand. Il vaut mieux qu'il détone dans les airs, plutôt qu'au sol. Avec un peu de chance, on limitera les dégâts.

Hunter touche l'un des engins, mais il continue sa route, se rapprochant dangereusement de nos installations. Je me faufile pour avoir un meilleur angle de tir, mais un coup sec, suivi d'un second interrompt mes pas. Je pivote vers l'origine du bruit et un rictus soulagé étire mes lèvres en voyant Sniper allongé sur le toit d'un Humvee, son fusil en main. Putain, je suis content qu'il soit là !

L'un des drones se disloque en plein vol, alors que l'autre, tel un oiseau ivre, entame une chute titubante. Il percute le sol à l'extérieur de l'enceinte, la déflagration faisant voler un nuage de sable. Je me tourne vivement, un genou à terre, et protège mon visage pour éviter d'en inhaler. Lorsque le souffle s'atténue, je lève la tête et cherche Lexie, mais elle n'est plus au même endroit. Je me redresse et fais un signe à Sniper pour lui demander un état des lieux. Il m'indique d'un geste que la zone semble claire. J'acquiesce et jette un coup d'œil autour de moi avant de me rapprocher de Hunter, qui tousse et s'appuie contre un véhicule.

— Ça va aller ? m'enquiers-je en posant une main sur son épaule.

Il hoche la tête et essuie ses yeux humides. Le sable ne pardonne pas.

— Où est Blue ? grogne mon coéquipier, la voix cassée.

— Aucune idée.

Il a disparu de mon champ de vision au début de l'attaque.

Une fois Hunter remis sur pied, nous examinons la zone afin de constater les dégâts. Deux drones ont réussi à toucher la base si j'en crois les explosions. Reste à savoir s'ils ont atteint leurs cibles.

— Putain, où sont les autres ?

Je les cherche dans la foule de soldats qui se pressent dans tous les sens.

— La deuxième frappe visait l'antenne, dis-je en la pointant du doigt.

La zone semblait évacuée. Il n'y a que deux ou trois blessés légers, mais c'est un coup dur. Cette antenne nous permettait de communiquer avec l'extérieur.

Quelques mètres plus loin, ce n'est pas le même spectacle qui nous attend. Des soldats sont à terre alors que les officiers médicaux s'activent autour d'eux. Une partie de ma tension se relâche quand je vois Ace s'affairer sur le bras d'un Marine. Il hoche la tête dans notre direction, une émotion similaire traversant ses traits. Hunter se met au travail pour seconder au mieux les officiers, mais de mon côté, j'ai besoin de trouver mes coéquipiers. Et la journaliste. Je contourne le bâtiment, en partie détruit. Le drone a surtout touché le sol. Les personnes qui étaient sur place n'ont sûrement pas eu le temps de se mettre à l'abri. Cet appareil peut être sacrément discret, il faut avoir l'oreille pour le capter, et s'il y a du bruit autour, c'est presque mission impossible. Autant dire que dans une base, il y a toujours du bruit.

— Blade !

Je me tourne au son de la voix de Blue et une autre partie de ma tension s'évapore. Il est entier, soutenant un Marine qui boitille.

— Tu as vu les autres ? demande-t-il en aidant le soldat à s'asseoir sur une caisse en bois.

— Ace et Hunter s'occupent des blessés. Sniper est en surveillance. Tu sais où est Ghost ?

Il secoue la tête.

— Je ne l'ai pas vu parmi les blessés, dis-je.

Il n'y a pas de raison de s'inquiéter, mais tant que je ne l'aurai pas vu, je ne serai pas rassuré.

Blue me donne un coup de coude et pointe une direction avec son menton. Je suis son regard et découvre Lexie, à genoux, à côté d'un type, sa main appuyée sur une plaie sanguinolente.

— Putain, mais elle peut pas faire ce qu'on lui dit, grogné-je en m'avançant déjà vers elle.

Blue ricane et me suit, trop heureux de jouer les fouineurs.

— Je t'avais ordonné de rester cachée !

Elle relève la tête et je remarque ses cheveux pleins de sable ainsi que l'entaille sur son front. Elle est plus que belle, échevelée, le regard déterminé et ses sublimes lèvres figées en une moue furieuse.

— J'ai dû avoir une absence.

Elle reporte son attention sur le soldat blessé, la main compressant toujours sa cuisse, alors que Blue s'esclaffe dans mon dos.

Des officiers médicaux prennent le relais, alors que j'oblige Ace à vérifier la blessure de la journaliste. L'entaille n'est pas profonde, mais on peut facilement choper une infection dans ces conditions.

— Des nouvelles de Ghost ? demande mon coéquipier en terminant le pansement.

Je secoue la tête, l'angoisse dévorant mon ventre avec voracité. J'attrape le bras de Lexie alors qu'elle s'éloigne déjà.

— Tu comptes aller où ?

— Chercher Nathan.

— On est en alerte, tu retournes à ta chambre.

— Non, je...

— Tu. Retournes. A. Ta. Chambre.

— Tu n'es pas mon supérieur et encore moins mon père.

— Dieu merci, marmonné-je.

— Je t'ai entendu !

— J'espère bien.

Elle me jette un regard agacé et croise les bras sur sa poitrine.

— Qu'est-ce que tu attends ? lâché-je, exaspéré.

— Le bus.

Un léger sourire étire mes lèvres, mais mon amusement est de courte durée. La situation n'est pas un jeu, c'est grave, et ça aurait pu l'être encore plus.

— Est-ce que tu veux bien retourner à ta chambre ? insisté-je plus calmement.

Elle écarquille les yeux, et ses bras retombent le long de son corps.

— Euh… d'accord.

— Merci.

Elle hoche plusieurs fois la tête, comme si elle cherchait quoi répondre, puis elle finit par tourner les talons, non sans me lancer un dernier coup d'œil surpris.

— Eh bien, je vois que tu deviens diplomate.

— C'était pour qu'elle foute le camp, dis-je à Ace.

— Bien sûr, répond-il la voix pleine de sarcasmes.

Je ne compte pas avouer que j'avais besoin de la savoir en sécurité. Ce sentiment-là, cette idée, je n'en veux pas, alors je l'enterre profondément dans le sable du désert.

— Tout le monde va bien ?

L'intervention de Ghost évacue enfin les derniers vestiges de l'angoisse qui me bouffait de l'intérieur.

— T'étais où ? demande Ace.

— Au centre des communications, je discutais avec Mia, juste avant l'attaque. C'est la panique là-dedans.

— Putain, mec, tu nous as fichu la trouille, s'agace Blue.

— Désolé, je n'ai pas pu vous rejoindre avant, ils ont convoqué une pseudo réunion d'urgence. Où est Sniper ?

— Il était près de l'entrée. Il a pris son fusil pour dégommer les drones.

Ghost hoche la tête, la fierté brillant dans son regard. Après toutes ces années à travailler ensemble, la confiance et le respect ne se sont jamais taris.

— Lexie a été légèrement blessée, annonce Ace en me regardant en coin.

Je ne réagis pas et laisse les gars se débrouiller avec l'information.

— À quel point ?

— Une petite entaille sur le front.

— Et Nathan ?

— Il n'était pas dans le coin, dit Blue.

— Bon, on gère le bordel et on se retrouve dans deux heures pour faire le point. Je sens que ça va être la merde dans les prochains jours.

J'envisage de m'assurer que Lexie est bien retournée à sa chambre alors que les gars se dispersent, mais je me reprends et me reconcentre sur la situation. C'était une connerie de l'embrasser. Une *énorme* connerie. Peut-être que l'abstinence commence à peser. Je n'ai pas touché une femme depuis très longtemps. Trop longtemps probablement. Je n'en ressentais pas le besoin. Mais quand la journaliste est dans les parages, mon corps n'en fait qu'à sa tête. Cet enfoiré a court-circuité mon cerveau.

Hors de question de réitérer. Elle pourrait penser que je l'apprécie ou qu'il y a une possibilité de relation. Autant étouffer ses espoirs dans l'œuf. Je ne suis pas ce genre de types et surtout, je ne suis pas intéressé.

Alors pourquoi est-ce que je n'arrête pas de songer à son corps pressé contre le mien ?

- 15 -

LEXIE

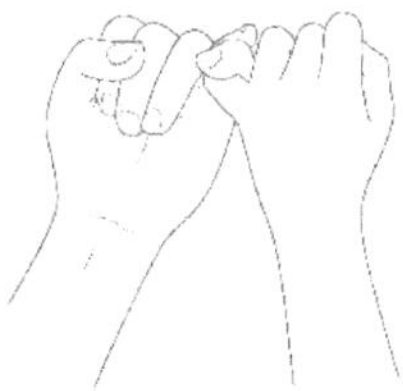

Mais qu'est-ce qu'il s'est passé ?

À un moment, on se disputait, et la seconde d'après, mes lèvres étaient sur les siennes, mon corps attiré par le sien comme si nous étions deux aimants.

Je ne sais pas ce qu'il m'a pris.

Bon sang, OK, Blade est sacrément sexy. Mais dans le genre inaccessible, il a mis la barre très haut. Je n'aurais jamais pu imaginer que je lui plaisais. Je veux dire, il a passé son temps à m'ignorer, grogner, puis m'engueuler.

Peut-être que ce sont des préliminaires dans son monde tordu ? Mince, il a sûrement des pratiques bizarres. Un mec qui aime autant les couteaux, c'est louche, non ?

On a été interrompus, mais vu sa réaction, je suis presque certaine qu'il regrette notre baiser. Il va reprendre ses vieilles habitudes, ce qui me convient.

Enfin, je crois.

Je referme mon carnet et mordille mon stylo, perturbée par le florilège d'émotions et de questions qui tourbillonnent dans mon esprit. J'ai aimé ce baiser, non j'ai adoré. Je n'avais jamais été embrassée de cette manière, avec force, avec désir, avec urgence. C'était intense, enivrant, déstabilisant. J'en aurais redemandé, à coup sûr. Mais la réalité est tout autre. J'ai beau avoir apprécié l'aventure, je ne suis pas certaine que celle-ci soit une bonne idée. Enfin, de toute manière, il est quasiment certain qu'il va m'ignorer et faire comme si rien ne s'était passé. Il ne manquerait plus qu'il me sorte « C'était une erreur » pour enfoncer le clou. J'ai toujours assumé mes désirs et mes envies, mais avec Blade, je nage en eaux troubles.

Je m'extirpe du lit et m'habille en repensant à la veille. Quand je suis revenue à ma chambre, j'ai pris une douche, puis je me suis écroulée. L'adrénaline est redescendue, et si j'en crois ma montre, j'ai dormi une dizaine d'heures. J'en avais besoin pour évacuer la tension et recharger mes batteries. Il s'est passé trop de choses en peu de temps. Ce ne sont pas les premières attaques que je subis, mais je dois avouer que l'ennemi ne ménage pas ses efforts. Sur le coup, je me mets toujours en action, je laisse mon instinct prendre le dessus, mais quand j'analyse ce qu'il s'est passé, avec du recul, je me rends compte de la situation, des risques que j'ai pris. Je ne regrette rien, j'agis selon mes convictions, mais la réalité n'en est pas moins terrifiante.

Je sursaute quand on toque à ma porte, et vérifie que je suis présentable avant d'ouvrir. Non pas que je me soucie spécialement de mon apparence, mais il m'arrive d'être tête en l'air. Je me souviens encore de l'expression d'une recrue le jour où je me suis affichée en culotte, le soutif toujours en main. Il avait les yeux tellement écarquillés que j'ai cru qu'ils allaient bondir hors de leurs orbites. Il a eu la décence de ne pas ébruiter notre rencontre, en revanche, il ne m'a plus regardé dans les yeux durant tout le temps que j'ai passé dans le centre de formation. Il était majeur, heureusement, mais de pas beaucoup.

– Comment tu te sens ? demande Ghost.

– Bien merci, j'ai dormi comme une masse.

Je me décale et lui fais signe d'entrer.

– On part dans l'après-midi, annonce-t-il sans préambule.

– Quand tu dis « on »...

– Tu viens avec nous. Enfin, si tu es partante.

– Toujours.

La plupart des gens voudraient demeurer en sécurité à la base, surtout après les événements récents, mais pas moi.

– En revanche, Nathan reste ici.

Il n'était pas prévu qu'il m'accompagne partout, mais la façon dont Ghost le dit m'interpelle.

– Est-ce qu'il y a une raison ?

Il me jette un regard évaluateur, comme s'il essayait encore de savoir s'il peut me faire confiance. Ce qui me blesse, je dois l'avouer. Je pensais avoir fait mes preuves.

– Est-ce que tu es sûr que tu veux que je vienne ? craché-je, légèrement acerbe.

– Oui.

J'aimerais le secouer, mais apparemment, il a décidé de jouer avec mes nerfs.

— Est-ce que Nathan a fait quelque chose qu'il ne fallait pas ?

— Pas du tout, dit-il en tapotant le bureau.

Il passe la pièce en revue, comme à chaque fois qu'il entre quelque part, puis il reporte son attention sur moi, attrape la chaise et s'installe à califourchon, les avant-bras posés sur le dossier. D'un coup de menton, il m'invite à m'asseoir sur mon matelas. Je m'exécute parce que je sens bien qu'il le faut en cet instant.

— J'ai confiance en toi.

J'écarquille les yeux, surprise par sa franchise.

— Tu n'as pas confiance en Nathan, dis-je en fronçant les sourcils.

— En fait, si. Je pense qu'il est droit dans ses pompes, mais il ne peut pas nous accompagner pour deux raisons. La première, c'est qu'il est jeune et bavard, il peut parfaitement faire une gaffe sans le vouloir.

Je ne peux pas le contredire, Nathan est tellement spontané qu'il a tendance à parler avant de réfléchir.

— La seconde, c'est que je ne veux pas de cameraman sur cette mission, donc nous n'avons pas besoin de lui.

— Mais de moi, si ?

— Pas tout à fait. Pour être honnête, on aurait pu se passer de toi.

Je recule comme s'il m'avait frappée.

— Ce que je veux dire, continue-t-il en souriant, c'est que ce qu'on va faire ne va pas se retrouver dans ton reportage, mais je pense que ça pourrait te plaire et te donner un autre aspect de nos opérations.

— D'accord… dis-je faiblement.

En fait, j'ai du mal à le suivre. Il ne s'exprime qu'à demi-mot, ce qui ne m'aide pas vraiment.

— À toi de décider, termine-t-il en se relevant.

Il range la chaise et se dirige déjà vers la porte alors que je n'ai pas bougé d'un millimètre.

— Au fait, le journaliste, j'ai des infos.

Je mets quelques secondes à réaliser de qui il parle.

— Ben ?

Ghost hoche la tête, la main sur la poignée.

— Il a menti pour accompagner les Marines.

J'écarquille les yeux, la honte me collant à la peau. C'est toute notre profession qu'il décrédibilise en agissant de cette façon.

— Il ne recommencera plus, je m'en suis assuré.

— Assuré, comme l'enterrer dans le désert ?

— Une solution moins radicale, répond-il amusé. Mais il est grillé.

— Vraiment ?

— On ne se fout pas de la gueule des nôtres, dit-il le regard, dur. Il n'aurait jamais dû intégrer le convoi. Il ne mérite pas de travailler sur nos missions.

J'acquiesce, consciente qu'il a largement merdé. Et je ne suis pas mécontente d'être débarrassée de lui.

— J'espère que tu aimes le camping.

Et il quitte la pièce sans plus de détails.

* *

*

Les yeux fermés, je me laisse bercer par les mouvements du véhicule. Nous sommes partis, en milieu d'après-midi et nous avons fait un détour par le nord de la Jordanie pour récupérer deux caisses. Je ne sais pas ce qu'il y a à l'intérieur, du matériel sans doute. Je préfère ne pas savoir, et je n'ai pas posé de questions. J'ai essayé de me faire discrète pour ne pas les déranger d'une quelconque façon. Ghost m'a fait confiance, je ne veux pas lui donner de raisons de regretter son choix. Il n'avait aucune obligation de m'inclure dans la mission. D'ailleurs, on m'avait bien précisé, quand j'ai signé, que c'était au bon vouloir des équipes sur le terrain. En fonction des circonstances, ils peuvent refuser ma présence. Ça arrive parfois, mais en général, ils se plient aux ordres, c'est l'avantage de l'armée.

— Terminus, tout le monde descend.

Je sursaute et ouvre brutalement les yeux.

Blue me sourit en coupant le moteur, ce qui me fait grimacer. Il l'a fait exprès, cet idiot. Je quitte le véhicule, pressée de me dégourdir les jambes, mais ce n'est pas le paysage auquel je m'attendais.

— Tu es sûr qu'on est arrivés ? m'inquiété-je.

— Affirmatif.

Je place ma main en visière et observe l'étendue désertique, de plus en plus perturbée.

— Il y a une base cachée, c'est ça ? Un truc secret sous terre dont personne ne connait l'existence ? Le genre de base qui étudie les extra-terrestres ?

— C'est pas la zone 51, s'amuse Ghost.

Je plisse les yeux et les regarde sortir des affaires des véhicules, puis je me rapproche de Sniper, qui est à l'arrière du deuxième Humvee. Nous en avons pris deux pour le trajet. Il y avait assez de place dans un seul, mais Ghost voulait s'assurer d'avoir un moyen de transport supplémentaire en cas de besoin.

— Sérieusement, chuchoté-je, c'est quoi le plan ?

— On va dormir ici, cette nuit.

Je plante mon regard dans le sien, mais il ne rigole pas du tout. Je ravale ma réplique dubitative. Ce n'est pas le camping qui me dérange, c'est plutôt l'endroit.

— Est-ce que c'est sûr ? demandé-je alors qu'il récupère un sac et s'éloigne du véhicule.

— Aussi sûr que possible.

Je pince les lèvres et les regarde s'activer. Je remarque qu'ils ont placé les Humvees d'une manière qui se veut stratégique pour nous dissimuler, mais un coup d'œil à la zone ne me rassure pas du tout. C'est une immense étendue plate. Du sable et quelques cailloux, c'est tout. Pas de quoi se cacher, pas de quoi se protéger.

— Si quelqu'un arrivait, on le verrait venir de loin, m'assure une voix que j'apprécie un peu trop. On ne t'aurait pas emmenée si la situation était risquée.

Je tourne la tête juste assez vite pour croiser son regard sombre avant qu'il ne s'éloigne pour rejoindre les autres.

— Allez, Lex, c'est simplement du camping, sans la forêt et les chamallows, dis-je.

Je les aide du mieux possible, même s'ils sont tellement rodés qu'un camp est établi en moins de dix minutes. Des tentes, des sacs de couchage, des provisions, ils ont tout prévu.

En même temps, je n'ai jamais vu un SEAL pas préparé.

— Où tu vas ?

Pour la discrétion, on repassera. Je me tourne vers Ace qui fronce les sourcils.

— J'ai un besoin urgent, avoué-je, mal à l'aise.

Je ne suis pas une petite fleur, mais il y a des choses qu'une fille doit faire en toute intimité sans le crier sur tous les toits.

— Besoin d'aide ? demande Sniper.

J'écarquille les yeux.

— Sûrement pas.

— On devrait tous l'accompagner, au cas où, ajoute Blue.

— OK, confirme Ghost.

Je reste pétrifiée, ne sachant plus très bien si je veux aller faire pipi ou me soulager dans mon pantalon. Qu'est-ce qui serait le plus honteux ? Je cherche Blade du regard, mais il n'est pas en vue, pourtant c'est un terrain dégagé, je me demande bien où il peut se cacher. Hunter croise les bras sur son torse, semblant attendre que je me décide.

— Je crois que je vais me retenir, dis-je en levant les mains devant moi.

Les hommes me dévisagent avec sérieux jusqu'à ce que Blue éclate de rire. Tous les autres suivent. La bouche ouverte, je mets quelques secondes à comprendre qu'ils se foutaient de moi.

— Vous êtes de vrais gamins ! grogné-je, amusée malgré moi.

— Désolé, c'était trop tentant.

Ace m'offre un sourire presque coupable avant de vaquer à ses occupations.

— Plus sérieusement, je sais que ce n'est pas génial, niveau intimité, dit Ghost, on te laissera de l'espace, mais ne t'éloigne pas trop, d'accord ?

J'acquiesce puis je contourne les véhicules, histoire de m'isoler. J'ai repéré un monticule de pierres. Il y en a quelques-uns dans les parages. Et même s'ils ne sont pas beaucoup plus grands que moi, ils seront suffisants.

Quand j'ai fini ma petite affaire, je reviens vers le camp, remarquant que la nuit est déjà en train de tomber. Je m'immobilise en découvrant Blade adossé au Humvee. Il fait tournoyer un poignard dans sa main, les yeux rivés vers le sol. Au moment où il m'aperçoit, il range sa lame et me fait signe de rejoindre le campement.

Est-ce qu'il veillait sur moi ?

Cette idée me fait un peu trop d'effets.

— Ressaisis-toi, murmuré-je en atteignant le groupe.

— Ton sac est là, m'indique Blue.

Je remarque qu'ils n'ont monté que deux tentes, ce qui me semble peu vu leur carrure.

— Pourquoi ne pas avoir pris plus de tentes ?

— On voyage léger. Pour une nuit, c'est suffisant. Trois par tente, et l'un de nous sera en surveillance par roulement.

— J'ai la mienne.

— Vraiment ? s'étonne Hunter.

— Je n'ai jamais campé dans le désert, mais ce n'est pas ma première fois.

J'ai eu la bonne idée de la glisser dans le véhicule juste avant le départ.

— Tu préfères dormir dans ta tente ?

Je hausse les épaules.

— Ça vous fera plus de place et ça ne me dérange pas.

— Si tu veux, mais on doit vérifier sa qualité, intervient Ghost.

Je ne suis pas inquiète. J'ai une tente adaptée aux conditions difficiles. Elle pourrait passer pour une tente de l'armée.

- 16 -

BLADE

Ghost a validé son matériel et nous l'avons installée entre nous et les Humvees pour plus de sécurité. J'ai été étonné de la savoir si préparée, mais je n'aurais pas dû. J'ai beau ne pas vouloir de civils sur nos missions, Lexie n'est pas une gamine irresponsable qu'il faut materner. Elle est débrouillarde, courageuse et coutumière de nos méthodes de travail. Ça se sent qu'elle a déjà fait pas mal de terrain. Je pense même qu'elle est plus préparée que certains soldats qui débarquent sur leur première opération.

Alors que j'observe la zone, mon regard dévie rapidement vers elle. Comme s'il était, en permanence, attiré par son aura enivrante. Elle est assise en tailleur sur une caisse métallique, et grignote une barre chocolatée qu'elle a sortie de son sac. Elle semble perdue dans ses pensées, et je mentirais si je disais que je n'ai pas envie de savoir ce qui traverse son esprit. Elle m'intrigue beaucoup trop. Elle est assez complexe pour capter mon attention, assez surprenante pour me maintenir en alerte, et assez conciliante pour supporter mon attitude.

— Je n'ai pas vu Hurricane après notre opération.

Je reporte mon attention sur les gars, délaissant, presque à contrecœur, ma surveillance de la journaliste.

— Ils sont déjà repartis, explique Ghost.

— Dommage, ça aurait été sympa de les avoir dans le coin, râle Blue.

— J'ai hâte de rentrer à la maison, soupire Ace, en se levant pour se dégourdir les jambes.

— On a connu mieux comme mission, confirme Ghost.

— On a connu pire aussi, dit Hunter en haussant les épaules.

Les cicatrices sur son corps le prouvent. On est toujours ensemble, toujours unis, toujours en vie, mais on a frôlé la mort à de nombreuses reprises. Bien plus que ce qu'un être humain traverse dans son existence. On l'a choisi et on continue d'avancer parce que cette flamme est toujours là. Pour moi en tout cas. Je n'imagine pas le jour où notre équipe devra se séparer. Je ne me vois pas travailler avec d'autres gars, leur accorder ma confiance, leur confier ma vie. Et pourtant, ce jour arrivera. Mes frères ont des familles, et on ne va pas en rajeunissant. Ils voudront se poser, sûrement bien avant moi. Même Sniper lâchera, il a beau être célibataire, il est prêt à avoir femme et enfants. Ça lui tombera dessus tôt ou tard, et je devrai tracer ma route en solo. Comme avant. Peut-être que je n'aurais pas dû m'attacher autant, en faire ma famille, parce qu'ils partiront eux aussi, et cette fois, l'accepter sera plus difficile.

— À qui elles appartiennent ? demande Hunter.

Je suis son regard alors que Lexie range des plaques militaires sous son pull.

Elle sourit avec tristesse.

— Mon frère, Ryan.

— Mort au combat ?

Elle acquiesce en pinçant les lèvres.

— Il y a deux ans. C'était un Marine.

— Désolé.

— On connaissait les risques, mais on croit toujours que ça n'arrive qu'aux autres. Jusqu'au jour où deux uniformes se sont présentés devant la porte de mes parents.

Je sais que c'est une inquiétude qui tourne en boucle dans la tête de mes coéquipiers depuis qu'ils sont en couple. Quand Hunter a été fait prisonnier, notre unité a pris un sacré coup. On a réussi à s'en sortir, mais ça ne sera peut-être pas toujours le cas. L'équipe de Storm en sait quelque chose.

— Tu as d'autres frères et sœurs ? demande Blue.

— J'ai trois autres frères, dit-elle fièrement : Clay, mon jumeau, Sofian et Miguel.

— Quatre mecs et une fille, tes parents sont des guerriers.

Elle s'esclaffe.

— Ils sont géniaux. J'ai la chance d'avoir une famille soudée. La mort de Ryan a été terrible, mais ça nous a encore rapprochés.

— Et ton jumeau, il est comme toi ? s'amuse Ace.

— Oh non. On a beau très bien s'entendre, on est opposés pour plein de choses.

— Qu'est-ce qu'il fait dans la vie ?

— Il est médecin à San Diego.

Ace acquiesce en souriant.

— Je pourrai vous les présenter, vous savez. On n'est pas si loin finalement. Ma mère vous chouchouterait comme si vous étiez ses fils.

Je me suis souvent demandé ce que ça faisait d'avoir une famille aimante, des parents chaleureux et présents, des frères et sœurs. J'ai étouffé ces questions à l'âge adulte, mais ado, je rêvais à une vie différente. Elle n'est jamais arrivée et j'ai trouvé un autre type de famille. Quand je vois Lexie si fière de la sienne, je me dis que j'ai manqué quelque chose. Je n'ai pas eu les meilleures cartes, et j'ai fait avec. C'est ce qu'on fait tous. On construit quelque chose en essayant de consolider au mieux les fondations. Pour certains, dès le départ, c'est plus bancal que pour d'autres.

— Et vous ? Vous avez des frères et sœurs ?

Ses yeux se posent sur moi, mais parler de moi n'a jamais été mon fort, alors je me lève et m'éloigne de la discussion.

— Une sœur, répond Blue.

— Un frère, surenchérit Hunter.

Le reste de la conversation s'atténue. Je me hisse sur l'un des Humvees et m'installe sur le capot. Je sors mon carnet et laisse la mine glisser sur le papier. C'est l'un des seuls instants où je vide ma tête, comme si j'étais transporté ailleurs. Je peux me déconnecter du moment présent, de ce qui m'entoure. Je vibre au rythme des coups de crayon. Ça m'a sauvé de bien des façons, plus jeune. Je noircis une première page, puis une seconde, et je m'apprête à entamer la troisième quand j'entends la voix de Ghost percer la brume qui enveloppe mon esprit.

— On devrait aller se reposer. Je prends le premier quart.

En temps normal, on aurait évité de passer la nuit dans le désert, mais on doit rencontrer un agent de la CIA qui bosse sous couverture à Deïr Ez Zôr. Il ne pouvait se libérer qu'en début de matinée pour ne pas se faire griller, ce qui ne nous a laissé que peu de marge de manœuvre. Dormir ici est un risque, mais nous nous sommes volontairement éloignés de la piste et nous sommes à des kilomètres d'une vraie route.

Les gars suivent le mouvement et partent s'installer pour la nuit. Lexie me jette un regard et se glisse dans sa tente. Je reporte mon attention sur mon carnet, réalisant qu'il fait beaucoup plus sombre à présent. J'éclaire ma page, dépité par mon foutu cerveau. Le sourire de la journaliste semble percer la feuille. Satané sourire capable d'illuminer un désert en pleine nuit. Je grogne et referme sèchement le carnet avant de sauter du capot pour aller me coucher. Tout pour éviter de penser. Tout pour éteindre mes pensées.

* *

*

Je termine mon tour de garde à trois heures, relevé par Sniper, et me dirige vers mon lit de fortune, histoire de grappiller encore un peu de sommeil avant notre départ. Nous décollons vers cinq heures, pour avoir le temps de finir notre route avant la rencontre.

Sans trop savoir pourquoi, je bifurque vers la tente de Lexie et tends l'oreille quand je me rends compte qu'elle marmonne et remue.

Ce n'est pas seulement pour nous déplacer avec peu de matériel que nous n'avons pris que deux tentes, c'est aussi pour limiter les effets du froid. Même si l'air n'est pas glacial en cette période, les températures du désert peuvent être traitres, et seule dans sa tente, Lexie doit le sentir passer. Avant même que mon cerveau n'ait pris une décision, mes mains s'activent déjà sur la fermeture éclair de la toile. Je me glisse à l'intérieur et me faufile près de son sac de couchage. Elle est emmitouflée jusqu'au nez, un bonnet vissé sur le crâne, et pourtant je perçois ses tremblements.

Elle sursaute quand j'ouvre son sac.

— Blade... murmure-t-elle.

Je ne réponds pas, la rapproche de moi et l'enveloppe de mes bras, ma tête juste au-dessus de la sienne.

— J'étais équipée, marmonne-t-elle.

— Le froid du désert est traitre.

On aurait surtout dû l'obliger à dormir avec nous. Lexie a beau être indépendante et débrouillarde, elle est loin d'être bête. Si on le lui avait expliqué, elle n'aurait pas discuté, j'en suis certain. Mais on a voulu respecter son choix. Erreur que je ne ferai plus à l'avenir si c'est pour son bien-être.

À quel moment j'ai commencé à m'en soucier ?

Sûrement quand elle est descendue de l'hélico avec son fichu sourire et sa bonne humeur. Je n'avais pas envie que la noirceur de ce monde la salisse, pas envie qu'un malheur la frappe, pas envie qu'elle perde cette lumière que j'ai perdue, il y a bien longtemps.

Je resserre mon étreinte et constate rapidement que ses tremblements se calment.

— Je connais les règles de survie et si tu crois que je vais me déshabiller pour qu'on se réchauffe, tu rêves.

Je souris contre ses cheveux, amusé par sa remarque.

— Et si tu crois que je vais me foutre à poil pour tes beaux yeux, tu rêves.

Un frisson la traverse, mais ce n'est plus le froid qui opère. Elle remue légèrement et ses fesses se frottent contre mon entrejambe déjà tendu. Je suis venu avec l'intention de la réchauffer, rien de plus, mais j'ai la nette impression que c'est l'inverse qui se produit. La tension grimpe dans tout mon être, et ce n'est pas seulement la chaleur du désir. C'est autre chose. Cette fichue lumière qui m'embrase quand elle est près de moi.

Je me sens… *mieux.*

Même s'il est hors de question que je l'avoue.

— Ton frère te manque ?

Je ne sais pas pourquoi je lui pose cette question, mais il est trop tard pour la retenir. Elle inspire avant de répondre.

— Tous les jours.

— Tu étais plus proche de lui que de ton jumeau ?

— C'était… différent. Clay, c'est la moitié de mon âme, s'il lui arrivait quelque chose je n'y survivrais pas. On se comprend sans se parler, même si on est des opposés. Ce lien qui nous unit est indéfinissable.

Je sens sa main remonter jusqu'à ses plaques militaires. Elle fait souvent ce geste.

— Ryan, c'était mon grand frère, mon héros, bien avant qu'il ne soit un Marine. Il nous protégeait, veillait sur nous. Il avait cette force tranquille, un peu comme Ghost, mais il était aussi casse-cou et intrépide. Il partait toujours à l'aventure.

Le silence s'abat sur nous, mais il n'est pas gênant. Comme s'il respectait cet instant de confessions. L'air est chargé d'une émotion palpable. Et pour une fois, elle ne m'oppresse pas. Mon pouce caresse le ventre de Lexie après s'être frayé un chemin sous son pull. Je ne m'en suis pas rendu compte, mais c'est assez naturel.

— Tu as des regrets ? demande-t-elle finalement.

Je fronce les sourcils, surpris par sa question.

Est-ce que j'ai des regrets ? Quelques-uns, mais je ne me sens pas prêt à me confier.

— Aucun.

Elle soupire, sûrement pas dupe, puis elle se décale légèrement pour pouvoir tourner la tête et me regarder.

— Qu'est-ce qu'il se passerait si tu brisais un peu ta carapace ?

— Tu ne le sauras jamais, réponds-je sèchement.

— Peut-être, mais je crois que tes coéquipiers voudraient retrouver leur ami.

Tout mon corps se crispe. L'atmosphère s'est alourdie d'un coup.

— Qu'est-ce que t'en sais ?

Elle lève une main et caresse ma joue avec bien trop de tendresse vu la façon dont je me comporte avec elle. En temps normal, j'aurais reculé, j'aurais repoussé sa main, mais je la laisse faire, mes yeux toujours plongés dans les siens.

— Je ne sais pas ce qui te fait souffrir ou ce qui te perturbe, mais il y a des gens qui t'aiment et qui s'inquiètent pour toi.

— Tu ne nous connais pas.

— Peut-être, mais je sais très bien observer.

Elle m'offre un sourire affectueux, puis ses yeux dévient vers ma bouche. Je la laisse prendre les devants, je la laisse prendre ce qu'elle veut parce qu'en cet instant, j'en ai autant envie qu'elle. Son visage s'approche lentement, et malgré le désir qui s'enflamme dans mes veines, je savoure cette anticipation. Ses lèvres se posent enfin sur les miennes, puis elle m'embrasse, une fois, deux fois, trois fois, avant d'agripper mes cheveux pour me rapprocher et approfondir notre baiser. Je ne me fais pas prier pour céder à ce besoin irrépressible de la sentir contre moi, d'avaler ses respirations, de me délecter de ses gémissements.

Nos langues jouent, mon corps s'embrase, et pourtant mes mains restent sagement près de sa taille. Parce que je ne sais pas ce qu'il se passe. Parce que ce n'est clairement ni le lieu ni le moment. Et parce qu'étrangement, je ne veux pas de ça pour elle et moi. Un coup vite fait dans une tente en plein désert. Même si ça a un goût d'interdit. Si je devais céder à Lexie, ce serait lent, long et je voudrais goûter à chaque seconde intensément, faire durer ce plaisir indescriptible. J'en redemanderais, c'est certain, et c'est bien ce qui me rebute, parce que je ne veux pas en redemander.

Elle est bien trop dangereuse pour moi.

Je m'écarte brusquement. À croire que l'histoire se répète. Mais cette fois, il n'y a rien pour justifier mon recul, juste mon cerveau qui reprend les rênes. Lexie plisse les yeux, puis caresse ma lèvre avec son pouce.

— Si seulement tu voyais ce que je vois, murmure-t-elle.

Sa voix, chargée de tendresse, est à la fois un baume réconfortant pour mon âme et un poignard aiguisé qui se plante dans ma poitrine.

— Tu devrais dormir.

Elle acquiesce, se replace correctement et s'assoupit quelques secondes plus tard. De mon côté, je n'ai pas envie de dormir, je veux simplement la tenir dans mes bras et profiter de cet instant de paix. Ils sont trop rares dans mon existence pour que je le laisse filer.

- 17 -

LEXIE

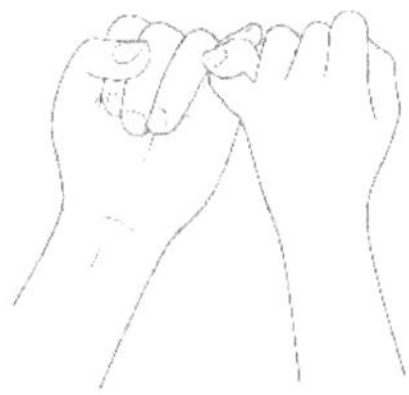

Je n'ai même pas besoin d'ouvrir les yeux pour me rendre compte que Blade n'est plus à mes côtés. Je m'en doutais un peu, mais au fond de moi, une petite voix espérait. Cette flamme qui grandit quand il s'approche, et qui vacille quand il s'éloigne. Lui seul a la capacité de la maintenir en vie dans ma poitrine. Et j'ai peur qu'à tout moment, il souffle dessus et l'éteigne définitivement. C'est ce que je redoute dès que j'ai l'impression qu'un lien se tisse entre nous. Il fait un pas en avant, je sens cette connexion, et la seconde suivante, je la perds. Il recule si loin qu'il pourrait disparaitre.

Je me frotte le visage et défais mon sac de couchage avant de m'asseoir. J'entends déjà les gars s'activer à l'extérieur. Il est temps de revenir à la réalité. Cette nuit n'était peut-être qu'un rêve après tout. Je touche mon ventre par réflexe, là où son pouce caressait ma peau. Je n'ai pas pu rêver ce moment, c'est impossible.

Mais quand je sors de la tente et que je rejoins l'équipe, la froideur de Blade me fait douter de ma santé mentale. Peut-être que j'ai vraiment tout imaginé. La fatigue peut jouer de sacrés tours. C'est sûrement mieux de penser à un songe plutôt qu'à cette réalité badigeonnée de glace qu'il m'accorde.

— Café ? demande Ghost.

J'acquiesce, encore légèrement dans le chou.

— On part dans un quart d'heure.

Sniper me tend une tasse et je le remercie tout en trempant mes lèvres dans le breuvage tout juste potable. On ne fait pas la fine bouche dans le désert. Je regarde les hommes autour de moi, pas très surprise de n'apercevoir aucun signe de fatigue sur leurs visages. La vie est injuste, non ? Je dois avoir des cernes, les cheveux ébouriffés, les yeux bouffis, et la gueule enfarinée. Eux, ils se baladent, parfaitement en forme, comme s'ils avaient dormi dix heures avant d'enchainer sur une séance photo pour GQ. Ça les tuerait d'avoir des cernes de temps en temps ?

Blade passe dans mon dos, et je peux percevoir toute l'attraction que je ressens pour lui, mais aussi le poids des non-dits, des silences, des espoirs déçus et d'une histoire étouffée dans l'œuf. Je ne cherche pas spécialement à me caser, mais j'espère bien trouver chaussure à mon pied, un jour. Avoir un partenaire, un binôme, qui saura m'épauler, me tirer vers le haut. Un homme qui m'acceptera telle que je suis. Et même si toutes mes hormones s'affolent quand Blade est dans les parages, parce que soyons clairs, elles sont barjots, il y a peu de chances pour que ce soit lui.

Quand nous arrivons près de Deïr Ez-Zôr, les véhicules s'enfoncent en dehors de la piste avant de s'immobiliser derrière deux amas de pierres.

— Blue et moi allons rencontrer l'agent, annonce Ghost une fois que nous sommes sortis des Humvees. Sniper en couverture. Les autres, vous restez en retrait près du village avec Lexie.

J'imagine qu'ils se séparent pour être plus discrets. D'ailleurs aucun d'eux n'a d'uniforme ou de tenue de camouflage, juste des fringues classiques, et des chèches, pour passer inaperçus. Même si honnêtement, il est difficile d'ignorer leur présence.

— Pas de vague, on se faufile, on livre le matériel, on prend les infos et on déguerpit.

Ils vérifient leur équipement sommaire. Même s'ils sont délestés de leurs fusils, chacun a au moins un pistolet et un poignard planqués sous ses vêtements.

— On vous rejoint dans deux heures, si on n'est pas là, vous retournez aux véhicules.

Ace s'apprête à répliquer, mais un regard de Ghost suffit à le faire taire.

— Allons-y.

Après quelques kilomètres de marche, je meurs de chaud, pourtant nous ne sommes même pas en été. Heureusement, nous arrivons au village. Les gars récupèrent les deux caisses qu'ils ont amenées et continuent leur route tandis que nous nous asseyons à l'ombre. J'avale de grandes gorgées d'eau, me demandant comment ils ont fait pour transporter leurs sacs et les caisses sur tout ce trajet, alors que j'ai peiné avec seulement mon poids et mon sac léger. Et pourtant, je suis en bonne forme physique.

D'ici, j'aperçois une sorte de marché où déambulent des familles. La différence, entre cette vision et la ville détruite d'il y a quelques jours, est manifeste. Le pays est représenté par une multitude de paysages, oscillant entre beauté, splendeur et désolation. C'est terrible, mais c'est souvent le cas pour les pays en guerre. J'ai toujours été frappée par la force des habitants qui continuent de vivre, de lutter, de maintenir un semblant de paix dans ces régions englouties par la violence et la mort. On aurait beaucoup à apprendre de leur courage et de leur résilience.

— Vous avez faim ?

Hunter fronce les sourcils alors qu'Ace ricane.

— Hunter a toujours faim.

Ce dernier lui donne un coup de poing sur l'épaule, puis secoue la tête à mon intention.

— Tu restes ici, grogne Blade.

— On pourrait faire un tour, il n'y a que des familles.

— On ne bouge pas.

Il est en face de moi, adossé au mur d'une petite maison à un étage. Il ne me regarde pas, ses yeux balayant la zone. Sachant très bien que je n'aurai pas gain de cause avec lui, je me rabats sur Ace, le second de Ghost. En général, il est plus souple que monsieur convivialité.

— S'il te plait, insisté-je. Deux heures, c'est long, je fais un tour et je reviens.

— Lexie...

— Il n'y a aucun risque.

— Il y a toujours un risque.

Je lui fais mon meilleur regard de Chat Potté, ce qui le fait céder. Je jubile intérieurement, mais je me contente d'une ridicule petite danse de la victoire.

— Sérieux, on dirait Madison.

— Qui est Madison ?

— Ma fille.

— J'espère que c'était un compliment, dis-je les poings sur les hanches.

Il hausse les épaules en souriant, alors que Hunter se marre.

— La paternité te ramollit, mon vieux.

Ace lui fait un doigt d'honneur.

— Tu restes dans l'allée principale, en alerte, et au moindre problème, tu reviens vers nous.

J'acquiesce en faisant un salut militaire. Je ne compte pas jouer les rebelles.

— Je ne plaisante pas Lexie, on n'est jamais à l'abri, OK ?

— Compris.

Je m'engage dans l'allée avant qu'il ne change d'avis, recouvrant légèrement ma tête pour cacher mes cheveux et une partie de mon visage. Le souk n'est pas très grand, mais j'adore ce genre de lieu typique, tenu par des locaux. Je sens d'ici l'odeur des épices qui picote mes narines. J'ai toujours un peu d'argent sur moi, histoire de faire des emplettes, notamment pour mes proches. J'ai beau être en mission dans les régions les plus dangereuses du monde, j'arrive parfois à m'octroyer quelques instants de paix dans le chaos ambiant. Découvrir la culture, les habitants, les lieux qui ne sont pas inscrits sur les guides touristiques, c'est aussi la beauté de mon métier.

Je déambule quelques secondes, histoire de saisir l'ambiance. À certains endroits, une étrangère n'est pas la bienvenue, à d'autres, je suis accueillie avec bienveillance. Même si certains me jettent des coups d'œil curieux, l'atmosphère n'est pas hostile, ce qui efface les quelques doutes quant à mon entêtement. Le village n'est pas immense, mais il est assez proche d'une grande ville, donc ils ne sont probablement pas surpris de m'apercevoir. Pas autant que dans un coin reculé, en tout cas.

Même si j'essaie d'en faire abstraction, je sens le regard de Blade qui brûle ma nuque. Comment je le sais ? Aucune idée. Mes hormones s'enflamment et dansent la samba en scandant le nom de Blade, et je meurs d'envie de les étouffer avec le sable du désert. *Traitresses* !

Tissus, fruits, épices, poteries, pâtisseries, je m'attendais à un souk plus petit, mais en réalité, plusieurs allées se détachent dans différentes directions. Je jette un coup d'œil dans mon dos pour m'assurer d'être toujours dans le champ de vision des gars et renonce à découvrir les autres stands. J'ai fait une promesse, et ils ne sont pas là pour s'amuser. Je me dois de ne pas faire de vagues pour ne pas leur compliquer la tâche. Ce n'est pas facile, parce que l'envie de faire ce que je veux tiraille ma poitrine, et les étals, devenus interdits, m'attirent comme un bébé qui cherche à choper le sein de sa mère pour avoir sa dose de lait.

J'achète des fruits, quelques gourmandises pour l'équipe et des bracelets faits main pour ma famille. Chacun le sien, mais avec des couleurs ou des motifs différents. Par habitude, j'en prends un pour Ryan. Je sais que c'est idiot, mais ça me fait du bien de penser à lui comme s'il était encore là. J'imagine son sourire et la petite vanne qu'il me lancerait en disant que je n'ai pas été originale. Même si au fond, il aurait apprécié l'attention.

Quand les larmes menacent de gâcher ce moment, je reprends ma route vers un stand de boissons. Les marchands sont plutôt sympathiques, et je peux échanger quelques mots en arabe, le reste se traduit par des gestes et des expressions faciales confuses.

L'homme me propose de l'arak[5], mais après l'avoir reniflé et trempé mes lèvres, je préfère me rabattre sur quelque chose de plus sûr, alors il me sert du sirop de Jallab[6], et je dois dire que c'est absolument délicieux. Malgré mes différents voyages, je n'en avais jamais bu. J'en déguste un verre, regrettant de ne pas pouvoir emporter de bouteille. Avec la marche retour, ce ne serait pas idéal. Je remercie le commerçant et lui donne quelques livres syriennes, même si je n'achète rien.

Je reviens sur mes pas, plus légère que jamais, ravie d'avoir pu profiter de ce moment. Blade n'a pas quitté son poste. On pourrait presque penser qu'il n'a pas bougé d'un seul millimètre. Ses yeux sombres fixés sur moi me transpercent alors que j'essaie de conserver un visage neutre. Je suis bien moins entrainée à l'exercice que lui. Son aura ténébreuse m'enveloppe et m'attire avec force. Emprisonnée par ses prunelles, j'inspire pour calmer les battements frénétiques de mon cœur, mais c'est peine perdue. Je n'aurais pas pu être attirée par un type comme Sniper, non, il a fallu que mon être s'emballe pour le plus distant et le plus solitaire de tous les hommes que j'ai connus. C'est tout moi, la facilité n'a jamais été dans mes choix de vie, conscients ou non. Et puis, par le passé, je suis sortie avec les gendres idéaux, et ça a été une catastrophe. Blade a beau être distant et froid, il est une chose dont je suis sûre,

---

[5] L'arak est une eau-de-vie de vin produite et consommée dans le Croissant fertile. C'est une boisson alcoolisée traditionnelle de la Méditerranée orientale, appréciée en Syrie, au Liban, en Irak, en Jordanie, en Palestine et en Israël. [Wikipédia]

[6] Le sirop de jallab est une boisson originaire du Moyen-Orient, à base de mélasse de dattes ou de mélasse de caroube. On le mélange avec de l'eau froide ou de la glace pilée ou parfois avec de l'eau de rose et/ou du lait. On peut y ajouter des raisins secs et des pignons de pin. [Wikipédia]

ce n'est pas le genre d'homme à renier une promesse ou à bafouer sa parole. Je ne sais pas ce qu'il en est de ses relations, mais je me risque à penser que l'infidélité ne fait pas partie de son ADN. Peut-être que je me trompe, peut-être que je me berce d'illusions, mais je n'ai pas envie de m'extraire de ce rêve agréable. Je veux le savourer jusqu'à la dernière goutte, la dernière seconde. Jusqu'à ce que mes espoirs s'envolent quand la réalité me rattrapera.

Le SEAL attend que je ne sois plus qu'à deux pas pour changer de position et quitter son poste d'observation.

— Tu tombes bien, on va y aller.

— Déjà ? On n'attend pas les autres ?

Je ne sais pas combien de temps je suis partie, mais apparemment on approche des deux heures.

Ace secoue la tête.

— On suit le plan.

J'ouvre la bouche, surprise, puis regarde Hunter et Blade, mais ils semblent partager son avis.

— On pourrait patienter encore un peu, et...

— On y va, tranche Blade.

Je fronce les sourcils, prête à dégoupiller.

— Je croyais qu'on n'abandonnait jamais un SEAL.

Hunter sourit en récupérant son sac.

— On ne les abandonne pas, Lexie, on suit le plan.

— Vous respectez toujours les plans ?

— Presque toujours, s'amuse Ace.

Mais comment peuvent-ils être aussi détendus, bon sang ?

— Écoute, si on restait ici ou si on allait à leur rencontre, on risquerait de tomber dans un piège ou de les mettre en danger. On va aux véhicules parce que c'est sur ce plan qu'ils vont se baser.

Il récupère son sac et me fait signe de ranger mes achats dans le mien.

— Ils auraient très bien pu emprunter un autre chemin pour rejoindre les véhicules. Pour le moment, la voie la plus sûre est de respecter le plan. Ensuite, on avisera.

Je ne discute pas, comprenant bien son raisonnement. Il est clair qu'ils ont déjà une multitude de plans et de possibilités en tête, mais mes tripes me hurlent de ne pas abandonner quelqu'un.

— Prête ?

J'acquiesce à contrecœur et me remets en route, laissant derrière moi ce moment de joie et d'insouciance.

— Est-ce que tu crois qu'ils vont bien ? murmuré-je.

Blade tourne légèrement sa tête avant de regarder à nouveau devant lui.

— Il n'y a pas de raisons que ça n'aille pas. Sniper les couvre, et si besoin, on ira les chercher.

Je hoche la tête, rassurée. Je sais qu'il ne le dirait pas s'il ne le pensait pas. Je ne comprends pas bien pourquoi j'ai autant de certitudes à l'égard de Blade, mais mon instinct semble prendre son pied à étaler ses compétences inébranlables. À coups de clins d'œil et de doigts d'honneur, il me nargue avec trop peu d'humilité. Est-ce qu'il y a une seule parcelle de mon corps qui n'est pas tombée en pâmoison devant Blade ? J'en doute.

— J'ai laissé un coéquipier derrière moi, une seule fois, et je me suis promis que ça ne se reproduirait plus.

Son regard dévie vers Hunter avant de se fixer à nouveau sur la piste.

J'ai entendu parler de cette histoire. Ils ont dû abandonner le colosse sur le terrain parce qu'ils avaient un groupe de jeunes filles à sauver. Ils ont mis des mois à le retrouver alors qu'il était torturé. Je n'imagine pas ce qu'ils ont traversé pendant tout ce temps. Ça a dû être terrible. Quant à Hunter, c'est une force de la nature. Quand on le voit, on ne penserait pas qu'il a vécu ce genre d'épreuve.

— Merde !

Je sursaute quand ce dernier s'immobilise, les yeux rivés vers l'horizon.

— Qu'est-ce qu'il y a ? m'inquiété-je en regardant dans la même direction.

— Il faut qu'on avance plus vite. Allez !

Blade m'attrape le bras et nous nous mettons à courir, sans que je comprenne pourquoi.

— On n'arrivera jamais à temps, grogne Ace.

Il est clair que je les ralentis, mais je ne peux pas courir plus vite dans ces conditions.

— Qu'est-ce qu'il se passe ? crié-je de plus en plus paniquée.

— Une tempête de sable.

- 18 -

LEXIE

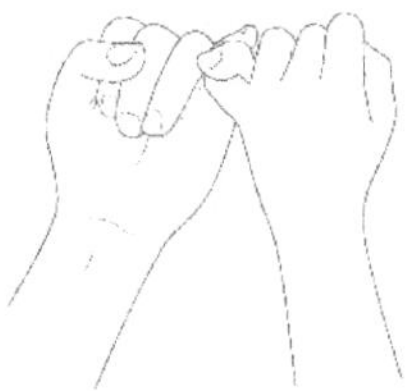

Mes yeux s'écarquillent alors que je remarque enfin la même chose qu'eux. Un voile ocre s'est levé, occultant une partie du paysage. La tempête semble se déplacer rapidement puisque le vent me fouette déjà le visage. Bon sang, il n'y avait rien, quelques minutes auparavant. Je me suis immobilisée en plein milieu de la piste, et je réalise seulement maintenant que les hommes sont en train de fouiller activement dans leurs sacs. Ace me tend un petit tube que j'attrape, ne sachant pas bien quoi en faire.

— C'est de la vaseline, mets-en un peu dans tes narines. Ça les protégera de l'assèchement.

Je me sens un peu ridicule, mais à situation exceptionnelle, mesure exceptionnelle. Quand j'ai fini, je le donne à Hunter, à ma droite. Dans la foulée, Blade récupère le foulard que j'avais autour du cou, et y verse de l'eau avant de me le rendre.

— Enroule-le autour de ton visage. Tu dois protéger ton nez et tes oreilles.

J'obéis et les hommes font de même de leur côté avec leurs chèches. Mais combien de trucs transportent-ils dans leurs sacs ? C'est Mary Poppins, version militaire.

— Qu'est-ce qu'on fait ? m'alarmé-je alors que le vent se fait de plus en plus violent.

— On va revenir sur nos pas, explique Ace en remettant son barda sur son dos.

Leurs gestes sont précipités, mais maitrisés. Je suis au bord de la panique, la sueur prête à dévaler ma colonne vertébrale, alors qu'ils donnent l'impression de partir en randonnée, un dimanche de mai.

— Allons-y. Il va falloir courir, on ne s'arrête pas tant qu'on n'a pas atteint les habitations.

— Génial, marmonné-je.

Courir, c'est une chose. Courir dans le désert en plein milieu d'une tempête de sable, c'est comme imposer un sprint à un escargot asthmatique. Je n'ai pas le temps de m'apitoyer sur mon sort et emboite le pas des hommes qui, encore une fois, se retiennent de détaler à cause de moi. Au bout de quelques mètres seulement, Blade attrape ma main. Le vent nous fouette avec violence, mais le pire, ce sont les particules de sable et de terre qui s'infiltrent partout. Malgré le foulard sur mon visage, je peine déjà à respirer. Mes yeux sont larmoyants, et ma respiration erratique. Le SEAL resserre sa prise sur mes doigts alors que je sens les bourrasques me déporter à plusieurs reprises. Je n'aperçois même plus les gars devant nous tant la visibilité est médiocre. D'ailleurs, autour de nous, il n'y a plus qu'un brouillard opaque qui recouvre le désert. Non pas qu'il y ait grand-chose à voir, mais c'est encore pire.

Si j'étais seule, je serais sûrement en train de paniquer, mais je leur fais confiance. Bon sang, je leur confie ma vie, on ne peut pas faire davantage confiance à quelqu'un.

Mon foulard se détache brusquement et se perd dans la tempête. La sensation d'étouffer m'étreint si violemment que je trébuche de tout mon long. Je me retrouve à quatre pattes, à cracher mes poumons, luttant pour aspirer de l'air. Malgré le voile qui recouvre tout, j'aperçois Blade qui s'agenouille devant moi, il retire son chèche et l'enroule autour de mon visage. J'écarquille les yeux, alors qu'il me relève d'un geste souple. Je reprends mes esprits et inspire plus calmement, parce que je prends conscience en cet instant que, quoi qu'il arrive, il ne me laissera pas tomber. Il attrape un autre tissu et le plaque grossièrement sur sa bouche et son nez, puis nous nous remettons à courir. Je suis incapable de repérer notre environnement ni de savoir quelle direction emprunter, mais le SEAL semble parfaitement à l'aise. À croire qu'il a une boussole dans la tête.

Au bout de quelques mètres supplémentaires, qui me paraissent interminables, il ralentit le rythme. J'aperçois brièvement une lueur qui clignote à travers le brouillard de sable. Luttant contre la force du vent, je puise dans mes ressources et m'agrippe à Blade, comme un naufragé à sa bouée. La tension se relâche quand je vois enfin un bâtiment. Nous nous engouffrons à l'intérieur, et je m'écroule sans aucune grâce sur le sol terreux. J'arrache le chèche de ma tête et inspire à plusieurs reprises, les yeux fermés pour calmer les battements alarmés de mon cœur.

J'ouvre les yeux quand je sens quelqu'un s'agenouiller à côté de moi.

— Ça va ? me demande Ace.

Je toussote avant de pouvoir répondre.

— Ça va. Mais je suis sûre de recracher du sable pendant des jours.

Il sourit, mais son regard est inquiet.

— Blade ? murmuré-je.

— Il va bien, dit-il en donnant un coup de menton sur le côté.

Mon sauveur est en train de secouer ses affaires pour en dégager le sable. Consciente que je me transforme en fardeau, je me redresse, et force mon corps à obéir.

— Reste assise, dit-il en posant une main sur mon épaule, on va se cacher ici, un moment.

J'acquiesce et jette un coup d'œil à mon environnement. J'aperçois une lampe de poche au sol. J'imagine qu'ils nous faisaient des signaux pour qu'on puisse les repérer. Honnêtement, c'est un miracle que Blade ait vu quoi que ce soit dans ce nuage de sable.

— Où sommes-nous ?

— Une sorte de grange à mi-chemin du village. C'était le bâtiment le plus proche.

Si on avait dû courir jusqu'au village, je ne suis pas certaine qu'on aurait réussi. Le vent hurle à travers les murs et la lourde porte en bois claque à chaque bourrasque. Je prie pour qu'elle tienne le coup.

— Ça dure longtemps une tempête de sable ?

— En général, quelques heures, on n'a pas encore passé le plus dur.

J'écarquille les yeux, pas vraiment rassurée par cette information. Ace me donne ma gourde et je bois quelques gorgées pour adoucir ma gorge douloureuse.

— Tiens, dit-il en me tendant une petite bouteille transparente.

— Qu'est-ce que c'est ?

— Du sérum physiologique. Pour nettoyer tes yeux.

J'acquiesce et fais couler les gouttes du mieux possible sans en mettre partout.

— Vous croyez que Ghost, Blue et Sniper sont à l'abri ? demandé-je une fois mon geste terminé.

Les gars ne répondent pas, mais j'imagine que la même inquiétude les tiraille. Soit ils ont eu des problèmes, soit la tempête les a rattrapés, et dans les deux cas, ce n'est pas une bonne chose. Me sentant mieux, je me redresse enfin et me rapproche de Blade.

— Merci, chuchoté-je, reconnaissante qu'il m'ait autant aidée.

Il me fixe un instant et hoche la tête sans esquisser la moindre expression, mais je perçois quelque chose dans son regard. Une lueur que je n'avais jamais vue auparavant. Je n'insiste pas et me détourne, gênée de ressentir une farandole d'émotions à son contact.

— Économisez l'eau, dit Ace. On ne sait pas combien de temps on va rester ici. Gardez de quoi couvrir votre visage à portée de main. La structure devrait tenir, mais il est possible que du sable s'infiltre.

— Vous avez faim ? demandé-je, un peu hors sujet.

Hunter, qui était en train de bloquer la grande porte avec des planches en bois, éclate de rire.

— J'ai acheté de quoi manger au souk, expliqué-je en haussant les épaules.

Je récupère mon sac et en sors la nourriture. Heureusement, j'ai une pochette étanche. Je grimace en extirpant mon carnet qui lui n'était pas protégé, et le secoue pour en extraire les grains.

— Oh bon sang, je n'irai plus jamais à la plage.

Je vérifie le reste de mes affaires, et constate qu'il y a du sable partout, je n'ose même pas imaginer ce qu'il y a sous mes fringues.

— Servez-vous, dis-je en voyant que les hommes ne bougent pas.

Ace me remercie et récupère un fruit, puis les autres font de même. Je n'ai rien pris qui craigne le trajet, même si quelques pâtisseries me faisaient de l'œil.

— Je croyais qu'il n'y avait pas de tempêtes de sable à cette période, râlé-je en me laissant tomber à côté d'eux.

— Il y en a de plus en plus, explique Hunter. Le réchauffement climatique y est pour beaucoup. Il fait plus chaud, il ne pleut pas assez et la terre devient friable.

Je hoche la tête, dépitée par cet état de fait. La Terre part en lambeaux, et c'est notre faute.

— C'est aussi à cause de la guerre, commente sombrement Ace.

— Vraiment ?

— À cause des combats, la terre est devenue aride et encore plus friable. Ça aggrave la situation.

— Il parait qu'il y en aura de plus en plus à l'avenir. L'ONU a parlé de trois-cents jours de tempêtes de sable par an, pour certains pays.

J'en reste bouche bée. Trois-cents jours ? Mais c'est invivable. Quand j'entends ce genre de choses, je suis assez effrayée par l'avenir. Pour nous et pour les générations à venir. Est-ce qu'un jour, on se retrouvera à chercher une autre planète comme dans les films ?

Le silence s'abat sur la grange, seulement perturbé par les hurlements du vent à l'extérieur. Quelques particules de sable et de terre se glissent dans l'encadrement de la porte, mais l'édifice semble tenir bon.

— Reposez-vous. On partira dès que ça se sera calmé.

J'imagine qu'avec la tempête qui sévit, on ne risque pas grand-chose, mais j'ai hâte de rentrer à la base. Cette sortie ne ressemble pas vraiment à ce que j'avais envisagé. En revanche, une chose est certaine, j'ai développé une vraie affection pour ces hommes. J'ai travaillé avec beaucoup de militaires dans ma carrière. Certains sont devenus des amis, d'autres m'ont marquée d'une certaine façon, mais eux, cette unité, j'aurais du mal à trouver les mots pour décrire ce que je ressens. Ce qui les unit est palpable. Ils évoluent en symbiose, totalement en confiance, liés par une expérience et un respect que peu d'équipes connaissent. Et pendant quelques jours, j'ai l'impression de faire partie de leur famille.

J'ouvre un œil fatigué et me frotte le visage, avec l'envie de râler comme un ado, un lundi matin.

— On décolle, annonce Ace.

Je me redresse et remarque qu'une veste me recouvre. Je reconnais tout de suite l'odeur de Blade. Je me retiens de la plaquer sur mon visage et d'inspirer à pleins poumons. À la place, je me lève pour récupérer mes affaires étalées près du mur du fond. J'ai essayé d'enlever le sable, puis j'ai abandonné et je me suis allongée sur une petite surface dans un coin de la grange. J'ai dû m'endormir en trois secondes parce que je ne me rappelle de rien. Autant dire que je ferais un SEAL minable avec mon sommeil de plomb. Je range toutes les affaires dans mon sac et rends sa veste à Blade, en évitant de le remercier à nouveau. Je devrais simplement lui acheter une carte avec écrit « Merci pour toutes les prochaines fois où tu prendras soin de moi. » Je souris à cette idée ridicule, même si j'en serais capable. Mon frère secouerait la tête, dépité, s'il m'entendait, ce qui me fait sourire encore plus.

— Prête ? demande Hunter.

J'acquiesce et bois quelques gorgées d'eau avant de les suivre à l'extérieur. Je remarque qu'ils se tiennent sur leurs gardes, la main à portée de leurs armes, ce qui me remet directement dans le bain.

Finalement, le trajet retour se passe bien. Le décor n'a pas vraiment changé. Toujours autant de sable et pas un chat à l'horizon. Quand nous approchons des véhicules, les gars se positionnent en arc de cercle et je reste en arrière. Pistolets en main, ils les contournent pour s'assurer qu'aucune mauvaise surprise ne nous attend. Je croise les doigts, espérant voir les autres surgir des Humvees, mais rien. Nada.

Ils ne sont pas revenus.

Cette pensée me terrifie.

Les hommes se lancent des regards entendus. Une communication silencieuse que je comprends pour une fois. L'inquiétude marque leurs traits. Ils enlèvent les bâches qu'ils avaient installées pour masquer les véhicules et nous ouvrons les portières pour vérifier les dégâts. Finalement, il n'y a pas beaucoup de sable à l'intérieur, les bâches ont fait le job.

— On va attendre un peu pour leur laisser le temps de nous rejoindre. S'il n'y a personne d'ici une heure, on décampe.

Je me balance d'un pied à l'autre, nerveuse. Une heure ? Est-ce que ce sera suffisant ?

À la fin de l'échéance, nous patientons cinq minutes de plus, en désespoir de cause. L'atmosphère est sombre et les visages fermés. Blade joue avec sa lame, mais je perçois la contraction de ses muscles. Ace a les yeux rivés vers l'horizon, les poings serrés. Quant à Hunter, il est appuyé contre le véhicule, les bras croisés sur son torse massif.

— Allons-y, on laisse le deuxième Humvee.

Hunter et Blade acquiescent et jettent un dernier coup d'œil vers la piste, espérant, comme moi, que leurs coéquipiers vont surgir.

— Est-ce qu'on ne pourrait pas... je sais pas... aller dans leur direction ? Rejoindre le village ? Contacter l'agent ?

Je balance toutes les idées qui me viennent pour tenter de trouver une solution. Je ne peux pas imaginer partir sans me retourner, et je sais bien qu'eux ne le souhaitent pas non plus. Je ne crois pas qu'ils soient du genre à laisser des coéquipiers derrière eux. Ils pourraient se faufiler, faire des recherches, aller au lieu de rendez-vous.

— Tu as dit qu'on irait les chercher ! accusé-je Blade.

— La situation a changé.

J'écarquille les yeux, la vérité me frappant de plein fouet.

— C'est à cause de moi ?

— Lexie...

— C'est pour ça ? Parce que je suis avec vous ?

— On ne peut pas t'emmener avec nous et risquer ta vie, explique calmement Hunter.

Malgré leurs visages sombres, je constate qu'ils sont tous d'accord avec cette idée. Ils ont dû en discuter pendant que je dormais.

— Mais vous êtes tarés ! crié-je. On ne part pas, ajouté-je en secouant la tête. On va les chercher.

— On ne peut pas, affirme Ace.

— Alors on sacrifie trois SEALs pour une simple journaliste ?

— Tu n'es pas...

— Oh que si ! Réveillez-vous les mecs, vous croyez que je vais reprendre ma vie tranquillou en sachant qu'on a abandonné trois héros pour ma pomme ? Vous délirez ! Vous avez cinq minutes pour élaborer un plan et on se met en route.

— C'est trop dangereux, grogne Blade.

— Très bien, alors je reste ici, je m'enferme dans le Humvee. S'il le faut, je m'enterre dans ce putain de sable, mais je refuse de rentrer.

Ace et Hunter sourient, mais Blade demeure totalement hermétique. Au bout d'une minute, voyant que je suis décidée, le chef temporaire se passe la main dans les cheveux avant de discuter à voix basse avec Hunter. Leur coéquipier donne un coup de pied dans un pneu puis se rapproche rapidement de moi.

— Tu ne viens pas avec nous.

— OK, je reste ici.

— Tu ne peux pas rester seule dans ce pays, en plein désert.

Je plante les poings sur mes hanches.

— Je suis majeure et vaccinée, mon grand, je fais ce que je veux.

— Ne joue pas les gamines capricieuses, claque Blade en faisant un pas en avant.

— Et toi, ne joue pas les connards, dis-je en enfonçant mon doigt dans son torse.

Il attrape mon poignet sans serrer et cette décharge remonte le long de mon bras pour s'épanouir dans l'ensemble de mon corps.

— Tu es irresponsable.

— Change de disque, papy, tu radotes.

— Ça suffit les enfants, s'amuse Ace.

Je plisse les yeux avant de retirer mon poignet et de me détourner. Je fais quelques pas sur la piste, une main agrippée à mes plaques. Je suis incapable de partir sans eux. C'est au-dessus de mes forces.

— Bon, on va avancer avec l'un des véhicules pour ne pas se retaper le chemin à pied, annonce Ace, après quelques minutes. On va passer par le village pour essayer d'avoir des infos, et s'il n'y a rien, on progressera à pied vers le lieu de rendez-vous.

— Est-ce qu'il y a un moyen de contacter l'agent qu'ils devaient rencontrer ? demandé-je.

— Seulement à la base, et il ne répondra peut-être pas tout de suite.

D'habitude, ils ont toujours une radio, mais comme ils sont en civils, il n'y a pas d'équipement pour nous sauver la mise.

— D'accord, allons-y, dis-je en partant déjà vers le véhicule.

— Lexie, tu es sûre de...

— On en a discuté. Et honnêtement, je préfère venir avec vous plutôt que rester seule ici.

Alors que nous marchons vers le Humvee, Hunter s'immobilise et se tourne vivement. Je panique, une seconde, avec la peur qu'un ennemi approche, mais le sourire du SEAL me rassure. Je mets ma main en visière pour essayer de mieux y voir, tandis que Blade et Ace nous rejoignent. J'entends un léger sifflement, auquel Hunter répond, et quelques secondes plus tard, trois silhouettes apparaissent au loin.

— Est-ce que c'est ce que je crois ? murmuré-je.

Ace éclate de rire et s'avance déjà sur la piste. Quand les hommes se retrouvent, ils se prennent dans les bras et se donnent des tapes dans le dos. Le soulagement qui m'envahit est tel que les larmes me montent aux yeux. Pendant un instant, j'ai imaginé le pire. Et je pense que je ne suis pas la seule. Mais tout va bien, ils sont en vie et on va pouvoir rentrer tous ensemble. Blade se tourne vers moi, le sourire aux lèvres, et je crois que c'est la première fois que je le vois sourire sincèrement. Nos regards se croisent, se reconnaissent, s'accrochent dans un échange silencieux. Mon cœur se dérobe à ma raison et plonge dans les méandres d'un sentiment que je ne devrais pas ressentir. Je m'y engouffre tout entière, mon âme appelant la sienne avec force.

Ce n'est probablement pas réciproque, mais à ce stade, je m'en fiche parce que c'est lui. Juste lui.

- 19 -

BLADE

L'eau frappe mon dos, me délestant de mes tensions. Mon cerveau tourne en boucle sur les mêmes images, les mêmes paroles, les mêmes gestes. Lexie, terrifiée par la tempête de sable. Lexie, qui me fait une confiance aveugle pour la mettre en sécurité. Lexie, échevelée, du sable dans les cheveux et les lèvres sèches. Lexie, qui refuse d'abandonner mon équipe. Lexie, qui sourit, les larmes aux yeux.

Lexie.

Lexie.

Lexie.

Putain !

C'est quoi cette obsession pour cette femme ? Pas un jour ne passe sans qu'une pensée la concernant ne traverse mon esprit.

Il faut dire que, durant cette mission chaotique, elle a fait la différence. Se battre pour sa vie, puis se battre pour celle de mes coéquipiers. Elle était prête à se mettre en danger et se sacrifier pour eux, des inconnus. Des gens de passage dans son existence. Son courage m'a scotché. Des soldats en ont moins qu'elle. Moins de valeurs, moins de dévouement, moins de générosité.

Elle a mis les commerçants du souk dans sa poche avec son sourire chaleureux. N'importe quel étranger aurait pu être rejeté, mais elle est restée elle-même, et tout le monde semble tomber sous son charme.

Même moi.

Je coupe l'eau avant d'attraper ma serviette pour me sécher. Cinq jours ont passé depuis la tempête de sable. Pendant deux jours, nous avons enchainé les réunions de débriefing. Il s'est avéré que le lieu de rendez-vous avait été compromis. L'agent et les gars ont dû se déplacer à plusieurs kilomètres pour discuter en toute tranquillité. Le problème, c'est que, sur le retour, la tempête s'est levée. Ils ont dû se planquer, comme nous, en attendant que ça se calme, et il leur a fallu un temps plus long pour nous rejoindre, étant donné la distance. Je préfère cette version à tous les scénarios qui ont tourné dans ma tête. Je voyais l'histoire se répéter, ou pire... Quand ils ont appris ce qu'il s'était passé avec Lexie, ils sont restés sur le cul. Ils l'apprécient, c'est indéniable, mais elle a mérité sa carte « membre de l'équipe » à vie. Quoi qu'il arrive à l'avenir, on sera là pour elle. Chacun des membres de cette unité. Lexie ne le sait pas, mais cette loyauté, c'est ce qui nous définit, et elle l'a gagnée.

Je m'habille et quitte les vestiaires pour rejoindre l'aire d'entrainement. La journaliste est partie, il y a trois jours, et je mentirais si je disais qu'elle ne me manque pas. Sa façon de me défier, son regard de braise, ses petits poings qui se serrent, son sourire sincère, ses yeux qui pétillent, sa joie débordante.

— Putain, arrête ! grogné-je tout bas.

Je m'étais habitué à la voir chaque jour, et ce manque me déroute complètement. La dernière fois qu'une personne m'a manqué... Eh bien, en fait, c'était quand Hunter a été fait prisonnier. En dehors de ça, je crois n'avoir jamais ressenti ce sentiment. Les gars sont toujours avec moi, et personne d'autre ne compte suffisamment dans mon existence.

— Blade !

Ghost trottine jusqu'à moi et pose une main sur mon épaule.

— Des nouvelles de Lexie ?

Je me maudis intérieurement pour les mots qui m'ont échappé.

— Non, aucune.

Son sourire en coin m'indique qu'il aimerait commenter ma réaction, mais il ne le fait pas.

— J'allais à l'aire d'entrainement.

Il acquiesce et nous nous remettons en marche. Nous échangeons nos pratiques et partageons nos techniques avec des Syriens. Nous les formons à maintenir l'ordre sur le territoire. Un jour, nous n'aurons peut-être plus besoin d'être présents. Je l'espère en tout cas. Même si ça me mettait au chômage, je rêve d'un pays sans guerre et sans violence. Pourtant, c'est tout ce que je connais. Je ne sais pas bien ce que je ferais si je n'avais plus l'armée, mais ça n'aurait pas d'importance, parce que le monde serait plus sûr. Les enfants pourraient grandir en paix, bercés par l'insouciance et l'innocence de leur âge. J'ai vu tant d'horreurs dans ma carrière que ma propre enfance ressemble à un conte de fées en comparaison.

— Est-ce que ça va ?

Je m'arrête net et défie mon chef du regard.

— Dis ce que tu as à dire.

— Blade…

— Non, ne tourne pas autour du pot, putain ! On dirait que tu parles à un inconnu.

— C'est aussi l'impression que j'ai.

Un poids tombe lourdement dans mon estomac. Ghost soupire et se passe la main dans les cheveux.

— Tu as changé. Tu es distant, tu n'es plus avec nous. Même quand tu es là, tu ne l'es pas vraiment.

— Je…

J'avoue que je ne sais pas quoi dire. Je ne m'attendais pas à ces réflexions, même si elles sont justes. Est-ce que je me suis tant éloigné que ça ? J'avais l'impression de donner le change, pourtant.

— Est-ce que tu aimerais changer d'équipe ?

Un coup de poing m'aurait fait moins mal.

— C'est ce que tu veux ?

— Bien sûr que non, dit-il le regard sincère. Tu es mon frère, ma famille. Je t'aime tout autant que les quatre autres abrutis.

Un rire m'échappe.

— Je ne veux pas changer d'équipe. Jamais.

— Alors parle-moi. Qu'est-ce que je peux faire ? Je sens bien qu'un truc te perturbe depuis des mois.

— Ce n'est pas vous, c'est…

— Si tu dis, c'est pas toi, c'est moi, j'aurai l'impression que tu romps, plaisante-t-il pour détendre l'atmosphère.

Je souris et me frotte le visage, attrapant ma lame par réflexe. Peut-être que je devrais m'ouvrir, au moins un peu. Je lui dois bien ça. En plus d'être mon chef d'unité, c'est mon ami.

— J'ai…

Je me racle la gorge.

— J'ai du mal avec le changement.

— Tu parles de Lexie ?

Je secoue la tête.

— Non, je parle de notre équipe, de notre vie.

Je suis mal à l'aise, comme je l'ai rarement été. J'ai plutôt l'habitude de me foutre de ce qu'on pense de moi, mais là, je ne peux pas nier que la situation me dépasse.

Ghost analyse mes mots, jusqu'à ce qu'il écarquille les yeux.

— Tu parles de nos vies de famille, des femmes ?

— Je les aime, crois-moi, je donnerais ma vie pour elles et les enfants, tu le sais...

Ghost acquiesce, aucun doute ne traversant son regard.

— Mais pendant des années, il n'y avait que nous. C'était ma stabilité, mon repère. Mia est arrivée, j'ai pas trop mal géré, et puis tout s'est emballé, et...

— Tu ne trouves plus ta place.

Je hausse les épaules en regardant autour de nous pour m'assurer que personne ne nous écoute.

— Je suis vraiment heureux pour vous, mais j'ai toujours eu des difficultés à supporter le changement. Quand j'étais gosse, je changeais de foyers et de familles d'accueil tout le temps. L'armée, et notre unité, c'est ce qui m'a sorti la tête de l'eau. J'en ai besoin pour...

Mon équilibre. Ma santé mentale.

Mais je ne termine pas ma phrase. Quelqu'un d'autre pourrait s'attendre à ce que Ghost explose, se vexe ou m'envoie bouler, mais ce serait mal le connaitre. Il n'est pas chef d'équipe pour rien. La seule fois où je l'ai vu dérailler, c'est quand Mia a disparu. Ils s'étaient disputés et il a perdu pied. Le reste du temps, c'est un roc qui analyse, réfléchit, garde son calme sans jamais faillir.

— Qu'est-ce que je peux faire ? Qu'est-ce qu'on peut faire pour que tu te sentes mieux ?

— Il me faut juste du temps, dis-je, même si je ne suis pas certain que ce sera suffisant.

— Merde, Blade, pourquoi tu n'as rien dit avant ? On aurait pu enrayer la machine, tu as gardé ça pour toi pendant des mois.

— Je ne m'en suis pas rendu compte tout de suite. Les mois ont passé, les missions, les changements, et un jour, je me suis réveillé avec ce nœud dans mon bide.

Il hoche la tête.

— Ton carnet.

J'acquiesce, pas surpris qu'il ait remarqué. Quand j'ai commencé dans notre unité, je me réfugiais souvent dans mes carnets pour évacuer la tension. Au fil des ans, ce besoin a disparu. J'avais mon équilibre. Mais depuis quelques mois, l'habitude est revenue, plus forte, nécessaire, presque vitale.

— Est-ce que tu veux que j'en parle aux autres ?

Je n'ai pas envie que ça se sache, pas envie de les blesser d'une quelconque manière, pas envie que ça bousille nos relations. Il s'agit de leurs femmes et enfants, ils pourraient mal le prendre.

— Arrête tout de suite, dit Ghost, semblant lire dans mes pensées. Tout ce que tu imagines est faux. Ils s'inquiètent pour toi...

— Vous en avez discuté ?

Il hoche simplement la tête.

— Je ne veux pas... je ne veux pas que ça brise quelque chose.

— Ça ne brisera rien, Blade. Ça aura même l'effet inverse. Tu as oublié que cette honnêteté entre nous c'est ce qui a soudé notre équipe ?

Je secoue la tête, vaincu.

— D'accord.

— Ça va aller, mon frère. On va faire plus attention, on n'a pas bien géré non plus.

Il n'a pas à s'excuser d'avoir voulu profiter de son bonheur, et les autres non plus, mais je ne réplique rien, parce que ma gorge est trop nouée.

— Parle-moi, OK ? Je suis toujours là pour toi, pour chacun d'entre vous.

Il n'ajoute rien et se remet en route. Il sait parfaitement que je ne suis pas très à l'aise avec ces démonstrations. Finalement, alors que nous rejoignons les gars, je me rends compte qu'un poids s'est délesté de mes épaules. J'ai tellement pris l'habitude de tout garder pour moi, de me gérer depuis mon plus jeune âge, de tenir les autres à distance, que je suis revenu à mes anciens mécanismes avec une facilité déconcertante. Et ce n'est pas ce que je souhaite. J'ai beau apprécier ma solitude à certains moments, la vie que je menais avant de trouver mon équipe était loin de m'apporter ce qu'on peut espérer dans une existence. Il est temps de me reprendre en main si je ne veux pas perdre tout ce que j'ai construit.

- 20 -

LEXIE

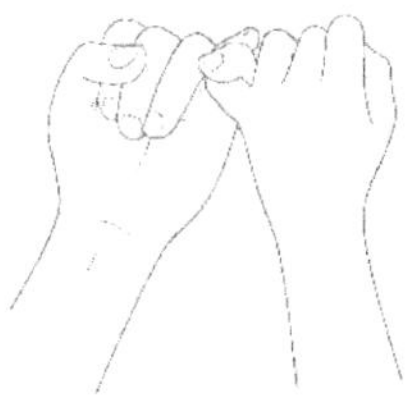

J'ai pris une claque.

J'ai vu beaucoup de choses au fil de mes reportages. Le meilleur comme le pire. Mais ce qui se déroule dans ce village de femmes, c'est beau. Le genre de beauté qui redonne foi en l'avenir. À travers chaque regard, chaque sourire, chaque geste, c'est l'espoir qui s'exprime. L'espoir de faire la différence. L'espoir de voir le monde changer. L'espoir de vivre au lieu de survivre. J'ai la sensation d'avoir bénéficié d'une pause dans ma vie. Une pause salutaire. Je dois partir demain, et pour être honnête, j'aurais voulu rester plus longtemps. Quand j'ai fait mes recherches sur la Syrie, j'ai su que je devais faire un détour par ici, mais je n'étais pas sûre d'en avoir l'autorisation puisque ça sort totalement du cadre de ma mission. Je suis parvenue à convaincre un journal de me laisser préparer un article sur le sujet, mais plus je passe de temps auprès de ces femmes, plus j'ai envie de faire davantage.

Nour me sourit quand je réussis une maille sur l'écharpe que j'essaie de tricoter. Je me suis découvert une passion pour cette activité. Et je dois dire que j'en suis la première surprise. J'ai la bougeotte, et une activité manuelle qui m'oblige à rester longtemps assise n'est pas pour moi. Sauf qu'ici, j'apprécie le moment. Je ne sais pas si c'est l'activité, les femmes autour de moi, ou ce village si particulier. Peut-être un mélange de tous ces éléments. J'ai pris le temps de profiter de l'instant, de ne pas penser à l'après, de ne pas anticiper la suite. Mes pensées ont vogué sans destination et sans but, me permettant de mettre mon cerveau en pause, du moins en partie.

— Mon mari est mort, explique Yasmine en anglais. Ils ont voulu me marier de force avec son cousin, alors je me suis enfuie.

Se dresser devant sa famille devait être terrible surtout dans une période de deuil. Comment peut-on traiter une femme comme un objet dont on dispose selon son bon vouloir ?

— Quand je suis tombée enceinte, j'ai tout quitté, raconte à son tour Housnia. Mon mari avait quinze ans de plus que moi, et il me frappait. Je voulais pas ça pour mon enfant.

Je les écoute religieusement, admirant leur force et leur courage. Il en faut, à la fois pour surmonter les épreuves qu'elles ont traversées, mais également pour prendre la décision de faire un doigt d'honneur au système patriarcal et sexiste actuel. Elles ont rejoint Jinwar[7], le village des femmes. Après deux ans de construction, il a ouvert ses portes en 2018 à des femmes et des enfants qui voulaient changer de vie. Bâtir une société dans laquelle

---

[7] Le village existe, en revanche, les personnages sont fictifs.

elles sont libres et ne dépendent plus des hommes.

Quand les résidentes m'ont fait visiter les lieux, j'ai été plus que surprise. Entre l'agriculture, l'élevage et l'artisanat, elles sont quasiment autonomes. Elles cultivent des céréales, des fruits et des légumes. Elles préparent leur pain et fabriquent des objets et vêtements. Elles élèvent également des animaux qui leur fournissent des œufs, du lait, des yaourts et du fromage. Mais le plus important, au-delà de ce renouveau, de cette reconstruction, de cette liberté qu'elles se sont créée, c'est aussi le fait qu'elles aient une école pour les enfants, et une académie pour s'instruire. D'ailleurs, plusieurs d'entre elles parlent anglais.

L'activité terminée, Nareem, l'une des anciennes, m'accompagne vers la cuisine commune pour préparer le repas du soir. J'ai aimé participer à chaque tâche. J'aurais pu me contenter de les interviewer, mais ce n'était pas suffisant, je voulais plus, je voulais vivre comme elles, partager leur quotidien, me couper du reste. J'ai emmagasiné une multitude d'informations, de témoignages et d'émotions. Je ne sais pas comment je vais traduire ce que j'ai vécu, si seulement c'est possible, mais je vais m'y atteler avec beaucoup d'humilité. Je veux qu'on parle de ces femmes, je veux qu'on parle de cette région, je veux que le monde sache, qu'il voie à quel point elles sont fortes. J'espère que ça donnera du courage à celles qui ne peuvent pas encore se libérer de leurs chaines. J'espère que ça leur donnera l'espoir d'un jour meilleur.

— Ton ami est un gentil garçon, dit-elle en mélangeant l'arabe et l'anglais.

Je jette un coup d'œil à Nathan, qui s'amuse avec des adolescents sur le terrain de jeux. Asi, la chienne du village, est allongée à l'ombre, prenant son rôle de gardienne très au sérieux. Nathan m'a accompagnée pour prendre des photos des lieux, mais il ne peut rester que la journée. Les hommes ne sont pas tolérés la nuit. Il s'est parfaitement intégré. Il s'est montré respectueux avec les femmes et joueur avec les enfants. J'avais un peu peur qu'un homme soit mal accepté, mais c'était juste un préjugé parce que les femmes d'ici, pour la plupart, ne sont pas contre les hommes, elles ne les détestent pas. Elles détestent cette mentalité, ce système. Elles savent qu'il existe des hommes auxquels on peut se fier, un mode de vie différent. Et Nathan, avec sa bonne humeur et son innocence, les a conquises.

— Il l'est, réponds-je simplement.

Mon cœur se serre à l'idée de quitter ce lieu. J'ai encore tellement de choses à découvrir auprès d'elles, tellement d'histoires à écouter.

— Je reviendrai.

Cette certitude me galvanise. Je le pense réellement. Cette flamme qui brille en moi depuis que j'ai mis un pied dans ce village ne demande qu'à se renforcer.

Les yeux de Nareem pétillent de joie et de malice.

— D'accord.

Un sourire étire mes lèvres, et le poids qui comprimait ma poitrine se libère. L'idée de revenir m'aide à accepter le fait que je doive retourner à mes occupations pour les prochaines semaines. Ce ne sera peut-être pas évident de remettre un pied dans le pays, mais je trouverai une solution. J'ai assez de contacts et de relations pour contourner ce problème.

Le lendemain matin, je me réveille à l'aube et jette un coup d'œil autour de moi pour m'imprégner de cette expérience, pour graver ce souvenir dans ma mémoire. Je n'ai pas si mal dormi si on excepte les tirs nourris qu'on entend parfois la nuit.

J'attrape mon carnet, et laisse mes pensées s'évader sur le papier.

De retour aux États-Unis, je ne verrai plus les choses de la même façon. J'ai la chance de vivre dans un pays où les femmes sont libres. L'égalité n'est peut-être pas de mise, mais il y a encore trop d'endroits dans le monde où les femmes ne sont que des objets. Maltraitées, humiliées, frappées, vendues. Personne ne devrait avoir à vivre ça. Jamais.

Je veux faire quelque chose. Je veux faire plus que cet article. Je le dois à ces femmes. Je le dois aux femmes du monde. Et je me le dois à moi.

J'ai vécu tellement d'émotions dans ce village. Je ne m'attendais clairement pas à ça. Je voulais parler de leur combat, parler de leur mode de vie, mais je pensais le faire d'une manière plus détachée, plus journalistique.

Je me suis trompée.

Ce que je vais raconter, c'est une histoire, leur histoire, leurs histoires.

C'est l'espoir, la liberté, l'avenir.

Alors, c'est une certitude, je reviendrai. Parce que ma mission n'est pas finie, et parce que notre relation de femmes à femmes ne fait que commencer.

Je range le carnet dans mon sac et fronce les sourcils en apercevant un deuxième exemplaire à côté de mon sweat à capuche. Je ne me rappelle pas avoir pris un carnet de secours. Je le trouve bien trop abîmé et usé pour être à moi, signe qu'on l'a manipulé de nombreuses fois. Je l'extirpe et me laisse tomber sur le matelas, hésitant à l'ouvrir. Je n'aimerais pas qu'on fouine dans mon carnet, mais j'ai besoin de savoir à qui il est pour pouvoir le rendre à son propriétaire.

Cette justification apaise mon esprit torturé par ma curiosité journalistique. Je l'ouvre avec délicatesse. Aucun prénom, aucune indication. Avide d'en découvrir plus, je tourne les pages, dans un mélange d'excitation et d'admiration. Des dessins se succèdent. De paysages principalement, mais aussi de quelques personnes. Probablement des habitants de différents pays. Les derniers ressemblent clairement au désert syrien. Le style est brut, mais magnifique. Il se dégage une émotion, une vérité, dans chaque trait.

Tout en parcourant les croquis, je fouille dans ma mémoire et c'est en trouvant un dessin des tentes dans le désert que la lumière se fait dans mon esprit.

Blade.

Je l'ai vu écrire dans un carnet à plusieurs reprises, mais il n'écrivait pas. Il dessinait.

Encore plus emballée par l'idée d'en savoir plus sur le SEAL mystérieux, je le feuillette une deuxième, puis une troisième fois, me délectant de ses dessins jusqu'à ce que je tombe sur un croquis de mon visage. Ce qui me frappe immédiatement, c'est la joie qui illumine mes traits, ce bonheur qui semble pétiller dans mon regard. Je m'y attarde plus que de raison, émue et déstabilisée, puis je le referme avec révérence, caressant la couverture comme si cet instant me rapprochait de Blade.

L'insaisissable emmerdeur, bien plus profond, bien plus sensible, bien plus complexe qu'on ne le présage quand on le côtoie.

— La grange, murmuré-je, dépitée.

Quand j'ai rangé mes affaires après avoir retiré le sable, j'ai tout mis en vrac dans mon sac. J'ai dû le prendre par erreur. Il est certain que Blade ne va pas apprécier mon petit coup d'œil dans son carnet.

Mince, est-ce que je devrais le glisser discrètement dans ses affaires ?

Le donner à un de ses coéquipiers ?

Ou simplement être honnête ?

Je pencherais pour cette dernière solution, mais j'ai peur que nos relations, qui venaient enfin de s'améliorer, se tendent à nouveau.

Si je n'avais pas regardé, ce serait plus simple, sauf que je l'ai fait. Et au fond, je ne regrette pas, parce que ça m'a permis de voir une autre facette de Blade. Une facette plus personnelle, plus intime.

Je me doutais qu'il y avait plus que ce qu'il voulait bien montrer, mais je n'aurais jamais imaginé une âme d'artiste. Cette sensibilité, cette justesse dans les traits. Ses dessins démontrent sa capacité à observer les gens, à saisir l'instant et à capter l'émotion pour la retransmettre, ce n'est clairement pas donné à tout le monde.

Je résiste à l'envie de le feuilleter à nouveau et le range avec précaution dans mon sac.

Blade m'a manqué pendant ce voyage. Même si j'ai adoré être ici, avec ces femmes, j'ai beaucoup pensé à lui. Ses silences, ses regards, ses gestes montrent qu'il n'est pas totalement désintéressé. Mais je suis incapable de dire où commence et s'arrête son intérêt pour moi.

Parce qu'il est clair que, de mon côté, ça dépasse le simple désir. Et ça m'effraie. J'ai peur de passer à côté de quelque chose. Peur de ne pas avoir la chance d'aller au bout d'une éventuelle relation. Peur qu'il me rejette. Peur que ce ne soit pas réciproque. Et pire, j'ai peur qu'il me brise le cœur.

Je soupire et finis de ranger mes affaires. J'observe, une dernière fois, la petite maison pour graver ces images dans ma mémoire et rejoins Nathan, qui m'attend à l'entrée du village. Des femmes et des enfants nous entourent, puis nous saluent avec le sourire. J'aperçois même quelques larmes, ce qui n'est pas loin de mon état émotionnel. Je ne sais pas comment on peut se lier à des gens en si peu de temps, mais c'est ce qu'il s'est produit.

Nareem s'approche et me tend un mobile fait avec des graines d'hermel, une plante médicinale. C'est le symbole de leur village. Elle représente la protection, la fertilité, l'énergie positive et le féminin.

— Pour qu'elle te protège dans l'avenir, me dit-elle avec bienveillance.

Je la remercie, la gorge nouée, et caresse l'objet du bout des doigts, le temps de retrouver mes mots.

— Merci de m'avoir accueillie, dis-je assez fort pour que tout le monde m'entende. J'étais venue écrire un article, mais j'ai trouvé bien plus. Vous m'avez apporté bien plus. Vous êtes incroyablement fortes et courageuses, et je suis honorée d'avoir pu partager tous ces moments avec vous.

J'aimerais ajouter plus, mais l'émotion m'en empêche.

— Reviens nous voir, souffle Yasmine en me prenant dans ses bras.

J'acquiesce, alors que Housnia serre ma main dans la sienne avec douceur. Elle est moins à l'aise avec les démonstrations d'affection, ce qui rend son geste encore plus important. Je les quitte, le cœur lourd et léger à la fois. L'esprit rempli de souvenirs.

— C'était incroyable, murmure Nathan en marchant à mes côtés.

Malgré son jeune âge et malgré le fait qu'il soit un homme, il a aussi vécu un séjour mémorable. Ce qui donne encore plus de poids à ce que nous allons ramener avec nous.

Un message pour toutes les femmes du monde.

- 21 -

BLADE

— C'est la troisième attaque en deux semaines.

Ghost se passe la main dans les cheveux et regarde les documents étalés sur la table.

— On doit trouver le noyau pour calmer le jeu.

April, qui a débarqué il y a deux jours, acquiesce et mordille son stylo en réfléchissant. Les offensives se multiplient depuis des mois, ce n'est pas nouveau. En revanche, depuis que la prise de Palmyre a été enrayée, les bases et les unités sont des cibles récurrentes. Dès qu'un convoi quitte l'enceinte, il est attaqué d'une manière ou d'une autre, ce qui rend tout déplacement dangereux.

— Je n'ai pas trouvé grand-chose. S'ils communiquent, ce n'est pas en ligne. J'ai reçu quelques données que je vais étudier, mais je ne suis pas certaine qu'il y ait une piste fiable dans le lot.

Il est rare qu'April fasse chou blanc, mais il semblerait que l'ennemi se fasse discret pour qu'on ne puisse pas l'intercepter.

— Et les infos de l'agent, ça a donné quelque chose ?

— Oui, ça avance, il nous a mis sur des pistes intéressantes, mais je ne sais pas encore s'il y a un lien avec les attaques.

Ace s'apprête à poser une question quand l'alerte retentit brusquement sur la base. Nous bondissons tous en même temps. Blue jette un regard à April, qui hoche la tête, sûrement pour signifier qu'elle reste en sécurité, alors que nous courons dans le couloir pour atteindre l'extérieur.

Quand nous déboulons dans la cour, des soldats se mettent en position près de l'entrée principale.

— Qu'est-ce qu'il se passe ? demande Ghost à un Marine.

— Deux véhicules approchent à vive allure.

— Merde. Sniper !

— J'y vais.

L'avantage de cette base en plein désert, c'est qu'il est facile de voir l'ennemi se pointer par la route. Les nuages de sable et la vue dégagée aident à anticiper les mouvements. Il est possible que ce ne soit rien, mais vu la situation actuelle, chaque approche non enregistrée est considérée comme une menace.

Sniper revient avec un fusil et grimpe sur l'une des tours de garde. Blue le suit pour nous permettre de communiquer. Nous n'avons pas de radio et le vent empêche de parler clairement. Sniper s'installe, alors que nous nous armons à notre tour. Quelques minutes plus tard, Blue, jumelles en main, nous fait un signe. Il aperçoit au moins dix hommes, dont deux dans le premier véhicule, ce qui est étrange. Pourquoi ne pas répartir les forces ?

Un claquement sec retentit, puis un second. Blue descend rapidement de la tour, il récupère une arme et nous rejoint en courant.

— Les deux hommes sont neutralisés, mais la voiture continue sa course.

— Une voiture bélier, grogne Hunter.

La tension est palpable. Cette base a beau être en territoire ennemi, la sécurité n'est pas aussi élaborée que dans d'autres bases plus conséquentes. Elle a toutes les chances de défoncer l'entrée pour atteindre la cour centrale.

— Et le deuxième véhicule ? demande Ace.

— Sniper n'a pas d'angle de tir, il colle au cul du premier.

— OK, on se prépare, si le 4x4 franchit la barrière, il va falloir neutraliser rapidement les huit tangos. On ne peut pas risquer qu'ils pénètrent dans les bâtiments.

Il y a des civils sur place, comme dans toutes nos bases, et c'est à nous d'assurer leur sécurité. Même s'ils se sont mis à l'abri, une porte ne fait jamais le poids face à un fusil d'assaut.

Nous grimpons sur des véhicules ou les sacs de sable qui entourent l'enceinte pour nous préparer à la défense des lieux. Ghost siffle, ce qui alerte Sniper. Il relève la tête, alors que mon chef d'équipe lui donne des ordres avec des gestes rapides.

Quelques secondes plus tard, un nouveau *clac* retentit. La première voiture dévie brutalement de sa trajectoire avant d'aborder un virage, puis bascule dans une série de tonneaux. Ghost a ordonné à Sniper de viser les pneus pour arrêter sa course folle. Un risque, certes, mais il était hors de question de la laisser s'approcher davantage.

À peine la voiture immobilisée, une explosion balaie la zone. Le souffle fait trembler la barrière, mais elle tient bon. La première menace est neutralisée, mais il reste encore le second véhicule à stopper.

Sniper tire une nouvelle fois.

— Plus que sept, annonce Ghost.

Le 4x4 freine brutalement et les ennemis s'en extraient tout en nous canardant. Ils se cachent derrière les portières et ne sortent que par intermittence pour viser au hasard, mais de leur position, ils n'ont pas beaucoup de marge de manœuvre. En dehors des explosifs, ils ne semblent pas avoir prévu d'armes plus conséquentes. À croire qu'ils sont venus les mains dans les poches. Ou presque.

Nous tirons à notre tour, jusqu'à ce qu'un autre type s'écroule en hurlant.

— Ils battent en retraite, annonce Hunter.

Les assaillants, réalisant qu'ils ne parviendront pas à faire plus de dégâts ni à entrer dans la base, se précipitent dans le véhicule, qui démarre en trombe dans la foulée.

— Putain, ils sont de plus en plus téméraires, grogne Blue.

— Lexie et Nathan arrivent dans trente minutes, par hélico, avec trois civils. Il faut que la zone soit sûre.

Mon sang se glace à l'idée que l'hélicoptère pourrait être abattu. Les pilotes sont au fait de la situation, mais on ne peut jamais prévoir une attaque sauvage.

— Voyez s'il y a un survivant pour l'interroger, ordonne un chef d'unité des Marines à ses hommes.

Vu la précision de Sniper, je ne parierais pas là-dessus. Le lieutenant se tourne vers un sous-officier.

— Appelle les démineurs, je ne veux pas prendre de risques.

Le gars acquiesce et fonce vers les bâtiments desquels sortent deux gradés.

— Pas de blessés ?

Je laisse les chefs d'équipe s'entretenir avec la hiérarchie et grimpe sur une tour de garde pour surveiller la zone au moment où April débarque dans la cour, les lèvres pincées. Elle porte sa main en visière pour observer les troupes. Quand elle remarque que nous allons bien, je repère son soulagement. Elle fait un petit signe discret à Blue et retourne à l'intérieur. Mes poumons se compriment dans ma poitrine. Les compagnes de notre groupe sont dévouées et loyales. Elles aiment mes coéquipiers d'un amour sincère. J'ai vu avec quelle dévotion ils se sont battus pour leurs femmes, et elles le leur rendent bien.

J'aimerais être différent. J'aimerais ne pas avoir ces putains de casseroles. J'aimerais simplement être heureux pour eux. J'aimerais ne pas ressentir ce malaise.

Parfois, je me dis que je suis trop cassé, trop abîmé par mon enfance. Ma vie, c'est l'armée, je mourrai sûrement en SEAL, sans famille à qui envoyer des condoléances.

Je m'éteindrai dans les mémoires, je ne laisserai aucune trace.

Je mourrai comme je suis né.

Seul.

* *

*

LEXIE

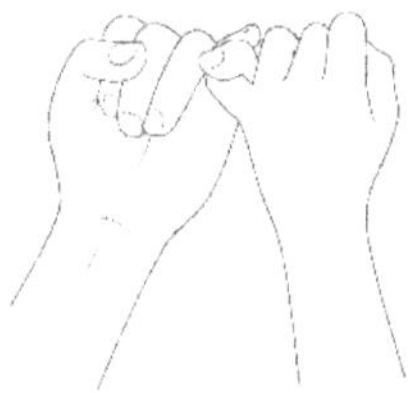

À peine un pied posé au sol, je remarque tout de suite l'agitation autour de nous. Je récupère mon sac et m'avance hors de la zone d'atterrissage pour rejoindre la cour principale. Nathan sourit, à mes côtés, trop heureux de revenir sur la base. Il a beau avoir apprécié notre excursion, il avait envie de retourner dans le feu de l'action, et apparemment, on a loupé un truc.

— Excusez-moi, qu'est-ce qu'il se passe ? demandé-je à une civile qui se dirigeait vers l'un des bâtiments.

— Une attaque.

J'écarquille les yeux.

— Des blessés ?

— Non, répond-elle en secouant la tête. Ils n'ont pas réussi à entrer. C'était super angoissant.

Elle ne doit pas avoir plus de vingt-cinq ans, et je remarque maintenant ses mains qui tremblent. Elle déguerpit avant que je puisse lui poser d'autres questions.

— Qu'est-ce qu'on fait ? demande Nathan.

J'ai très envie d'aller voir l'équipe pour m'assurer par moi-même que les gars vont bien, mais j'imagine qu'ils sont occupés.

— Allons poser nos affaires, nous avons plein de données à traiter.

Il acquiesce et me suit vers nos chambres. Des jours de notes et de photos nous attendent et je veux faire le tri tant que tout est frais dans mon esprit.

Trois heures plus tard, l'agitation s'est calmée, alors je me dirige d'un pas décidé vers le mess pour avoir des nouvelles. Mon cœur s'emballe en apercevant l'équipe.

— J'ai loupé la fête, dis-je pour annoncer ma présence.

Les gars ricanent et me font une place. Je me doute qu'ils avaient déjà noté mon arrivée. Ils ont un radar super efficace.

— Alors, cette virée ? demande Ace.

— Incroyable ! C'était… honnêtement, je n'ai pas les mots. Ce village restera longtemps dans ma mémoire.

— Tu as de la matière pour ton article ?

— Oh oui. Mais je veux faire plus. Je veux qu'on parle d'elles, je veux qu'il y ait d'autres initiatives dans le monde. J'ai même envie de lancer une collecte pour les aider.

— C'est super, commente Sniper.

C'est avec peine que je me concentre sur la conversation, accaparée par le regard indéchiffrable de Blade. Il ne détourne pas les yeux, il ne parle pas, mais son aura écrase celle des autres.

— Il semblerait que ça ait été mouvementé, ici, dis-je pour m'extirper de cette attraction incontrôlable.

— Une petite attaque mal organisée, répond Blue.

— Il y en a de plus en plus, non ? m'inquiété-je.

— Oui, il va falloir être très prudents à l'avenir, affirme Ghost. Tout signe suspect est à prendre en considération.

J'acquiesce, mais je ne suis pas aussi aguerrie qu'eux. J'ai tendance à voir le positif, un peu partout. Ce qui n'est pas toujours idéal pour ma sécurité. Blade me l'a assez fait remarquer.

Quand le repas se termine, je me dépêche de débarrasser mon plateau et trottine à l'extérieur pour rattraper mon SEAL taciturne. Je le retrouve au détour d'une allée, alors qu'il se dirige vers les douches.

— Blade !

Il se retourne et me dévisage sans émotion, ce qui ne m'aide pas à aborder le fameux sujet. Peut-être qu'un sourire aurait aidé à adoucir mon anxiété.

— Je...

Je me racle la gorge.

— J'ai trouvé quelque chose dans mes affaires, je pense que ça t'appartient.

Je le sors de ma petite sacoche et le lui tends avec un sourire gêné.

— J'ai dû le prendre par erreur dans le désert, quand on s'est retrouvés enfermés dans la grange. Je suis désolée, je m'en suis rendu compte au village, et...

— Tu l'as ouvert ? demande-t-il froidement en me l'arrachant presque des mains.

— Euh... oui, je...

— À croire que ça t'amuse de fourrer ton nez partout.

— Blade, murmuré-je, blessée.

Son regard déçu se pose sur moi puis il tourne les talons, me laissant pantelante au milieu de l'allée. J'imaginais bien qu'il serait un peu énervé, mais je ne m'attendais pas à cette réaction. Comme si j'avais violé son intimité. OK, j'ai fait preuve de curiosité, mais ce n'était pas dans mon intention de le contrarier.

Je donne un coup de pied dans un caillou et pousse un petit cri de rage. J'aurais voulu le retrouver dans d'autres conditions. Pourquoi est-ce que j'ai récupéré ce fichu carnet ? Et pourquoi je l'ai ouvert ?

— Journaliste à la noix, marmonné-je.

- 22 -

LEXIE

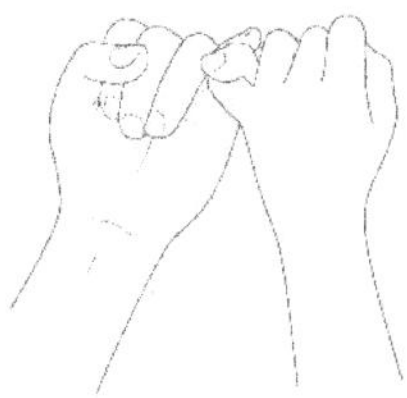

— Lexie ?

Je sursaute et me tourne vers la jolie rousse qui me sourit.

— Salut, je m'appelle April.

Elle me tend une main que je serre par politesse.

— Est-ce qu'on se connait ? demandé-je, étonnée par son ton avenant.

— Oh, désolée, j'aurais dû commencer par ça, je suis en couple avec Blue.

— Ah l'extraordinaire analyste, réponds-je avec un sourire complice.

Elle ricane et hausse une épaule.

— Je fais ce que je peux.

— Tu restes longtemps dans le coin ?

— J'espère pas, chuchote-t-elle en grimaçant. Je ne suis plus très fan du terrain, même si je suis contente de retrouver mon homme. J'ai l'impression qu'il est parti depuis des mois.

Je hoche la tête, compatissante. À ce que j'ai compris, il est rare que l'équipe parte pour une si longue période.

— Tu as pu contacter tes proches ? demande-t-elle en voyant que je sors du centre des communications.

— Oui, mais c'était chaotique. On a été coupés.

— Mince, c'est à cause de l'antenne. Le réseau a été abîmé avec l'attaque des drones. Ils ont réparé au mieux en attendant le bon matériel.

J'acquiesce, c'est ce que j'avais compris. Pour le coup, j'ai hâte de rentrer à la maison pour voir mes parents et mes frères. J'adore mon job, mais arrive toujours un moment où le manque est trop fort.

— J'allais diner au mess, tu m'accompagnes ?

— Pas ce soir, mais ce serait sympa de discuter demain, si tu as un peu de temps.

— Bien sûr.

Elle m'offre un sourire chaleureux et me salue avant de reprendre son chemin. En fait, je n'ai pas très faim. La discussion avec Blade a tourné en boucle dans mon esprit toute la journée. J'ai travaillé avec Nathan et j'ai eu un mal fou à me concentrer. Ce n'est pas tant ce qu'il a dit puisqu'il n'a pas beaucoup parlé, mais c'est plutôt son regard. Parfois, certaines choses sont plus puissantes, plus parlantes que les mots. Et c'est son cas. Alors je préfère m'isoler et sauter le repas. J'ai besoin de mettre de l'ordre dans mes pensées et d'encaisser la culpabilité qui me ronge. Non, pour être honnête, ce n'est pas que de la culpabilité, c'est aussi de la peine, parce que je me suis attachée à cet idiot solitaire, et j'aimerais simplement qu'il m'ouvre une petite porte. Apprendre à le connaitre.

Les autres m'ont parlé de leur vie, de leurs familles, de leur expérience dans l'armée, mais pas Blade. Ça n'a pas étonné ses coéquipiers, ce qui m'a rassurée en un sens, puisque son silence ne m'était pas destiné. Il est habituel.

Je prends place sur l'une des caisses métalliques dans une zone à l'arrière des bâtiments. Un coin où personne ne traine le soir. J'aime venir y réfléchir. Et puis le ciel étoilé du désert a quelque chose d'hypnotique, d'apaisant. On se sent minuscule face à l'immensité de l'univers. Ça remet les choses en place et ça permet de relativiser.

Je suis assise depuis une bonne demi-heure quand quelqu'un me rejoint et s'installe en silence. Je n'ai pas besoin de tourner la tête pour reconnaitre son odeur musquée. Je retiens presque mon souffle, ne sachant pas vraiment ce que je dois dire. Un petit coup d'œil sur le côté m'apprend qu'il tient son carnet, ce qui me perturbe encore plus.

— Le dessin, c'est ma soupape quand rien ne va dans ma tête.

Les battements de mon cœur s'affolent. Je me revois dans le désert, Blade pressé contre mon dos. C'est le seul moment où il s'est confié à moi. J'ai presque cru avoir rêvé cet instant.

— Quand j'étais plus jeune, j'ai fait des conneries. L'armée, ça m'a recadré, mais j'avais besoin d'évacuer, et le sport ne suffisait pas. Un instructeur m'a filé un carnet, il m'a dit d'écrire tout ce qui me passait par la tête. J'ai essayé, ça n'a pas marché. Mais j'ai gardé le carnet.

Il soupire et sa main tapote son poignard, un geste qu'il fait souvent, comme moi avec mes plaques militaires.

— Un jour, j'étais dans un véhicule, pendant une mission, c'était un long trajet. On avait vu des trucs vraiment moches, ça tournait dans ma tête, et j'ai sorti le carnet. Au lieu d'écrire, j'ai dessiné. Je n'avais jamais dessiné de ma vie, même gamin.

Je n'ose pas l'interrompre ni poser de questions. Ce n'est pas le moment, parce que Blade est en train d'ouvrir une sacrée porte dans sa carapace.

— Je me suis senti... mieux après. Alors, j'ai recommencé, et c'est devenu un exutoire dans les instants difficiles, ceux où j'ai besoin de faire le vide.

Je hoche la tête, parce que c'est exactement ce que je fais quand j'écris.

— Je suis désolée d'avoir regardé, murmuré-je.

— Je sais.

Il tourne son visage vers moi.

— Je n'aurais pas dû m'en prendre à toi. Ma réaction était excessive, mais personne n'a jamais vu mes croquis.

— Personne ? demandé-je en écarquillant les yeux. Même pas tes amis ?

Il répond par la négative.

— Mince, je...

— C'est bon, me coupe-t-il. Ce ne sont que des dessins.

— Non, c'est plus que ça. J'ai un carnet aussi, et il est personnel. Je n'aimerais pas qu'on lise ce que j'y écris. Si j'avais su, je n'aurais pas regardé dans le tien.

Il ne répond rien, mais je le sens plus serein.

— Pour ce que ça vaut, tu es vraiment très doué.

Il sourit en coin, ce qui est rare.

— Je n'ai jamais appris à dessiner, et je ne le fais pas pour l'art, je le fais juste pour moi.

Je replie les jambes devant moi et les enveloppe de mes bras. La joue posée sur mon genou, j'observe le profil du SEAL. Il est une énigme avec tellement de facettes et de couches de protection que je me demande si quelqu'un le connait vraiment.

— Je me suis trompé.

— À quel sujet ?

— Sur toi, dit-il en tournant son visage pour me regarder. Je t'ai mal accueillie et mal jugée, mais tu m'as prouvé qu'on pouvait te faire confiance. Quand tu as refusé d'abandonner mes frères dans le désert, tu as gagné ma loyauté.

Les battements de mon cœur déraillent, mes poumons cessent de fonctionner. En fait, tous mes organes sont sous le choc.

— Je ne l'ai pas fait pour...

— Je sais, et c'est ce qui rend ton geste encore plus authentique. Tu as du cœur, Lexie, et c'est rare. Quand on voit autant de choses que nous, autant de violence et de douleur, on doit se blinder, mais toi, malgré ça, tu as su garder cette lumière qui te caractérise. J'espère qu'elle ne s'éteindra jamais.

— Elle a failli quand mon frère est mort, murmuré-je, abasourdie par ses mots.

Je savais qu'il cachait de la sensibilité sous ses couches de froideur, mais je ne pensais pas en avoir un aperçu un jour. Et puis, je crois que c'est la première fois qu'il parle autant.

— Mais tu es forte, tu t'es battue.

J'ai manqué sombrer, sauf que ça n'aurait pas ramené Ryan. Il aurait voulu qu'on vive, qu'on réalise nos rêves, qu'on avance. Alors, c'est ce qu'on a fait, ma famille et moi. Et chaque jour, j'espère qu'il est fier de moi.

Blade saute de la caisse, et je relève la tête quand il se place devant moi. Sa main se glisse doucement sur le côté de mon cou et son pouce caresse ma joue, puis il se penche avant de m'embrasser avec tendresse. Le baiser est bref, mais intense.

— Il devrait y avoir plus de personnes comme toi dans ce monde, Lexie.

Il caresse une dernière fois ma joue, puis s'évapore dans la nuit. Je reste immobile, complètement étourdie. Par réflexe, mes doigts se posent à l'endroit où ses lèvres m'ont effleurée.

J'aimerais remonter le temps, revivre ce moment, encore et encore. Je veux le sentir près de moi, je veux sentir mon cœur battre au même rythme que le sien. Je veux graver cet instant dans ma mémoire.

Je le veux *lui*.

* *
*

La fin de ma mission approche. Dans quelques jours, on devra rentrer aux États-Unis. Nathan et moi avons récolté beaucoup de matière que nous allons devoir trier et mettre en forme pour présenter notre travail à ceux qui nous ont engagés. Sans compter qu'on a une double casquette, à la fois avec le reportage, mais aussi avec les spots de recrutement de l'armée. Deux salles, deux ambiances, mais je pense qu'on a fait du bon boulot. Mon acolyte a de l'avenir dans le métier. S'il le souhaite, ça lui ouvrira des portes, et je retravaillerai de bon cœur avec lui.

Aujourd'hui, nous sommes sur la route pour l'avant-dernière sortie. On escorte un convoi humanitaire qui remonte vers l'est de la Syrie. Il n'y a que trois civils, mais ils transportent des médicaments et des fournitures pour aider les victimes de la guerre. On est partis assez tôt pour les rejoindre à la frontière, et nous roulons depuis plus d'une heure. Les longs trajets ne sont pas forcément ma tasse de thé, mais j'en profite pour griffonner dans mon carnet. Je note des idées, à la fois pour cette mission, mais aussi pour le village des femmes. J'essaie de tout poser à plat pour choisir le meilleur angle. De retour à la maison, les choses vont s'enchainer, on ne nous laissera pas vraiment le temps de nous reposer avant de proposer nos travaux.

— Qu'est-ce que c'est ? demande un Marine.

Je lève le nez de mon carnet et jette un coup d'œil à l'extérieur. Un nuage de poussière et de sable s'élève à l'horizon.

— Encore une tempête de sable ? marmonné-je, dépitée.

Je ne tiens pas vraiment à revivre cette expérience.

— Non. Arrête-toi, dit-il à celui qui conduit.

Il informe les autres véhicules via la radio et sort sur la piste, jumelles en main. Nous avons deux camions et quatre Humvees, ce qui ne passe pas inaperçu.

Je le vois donner à nouveau des ordres, et entrer précipitamment dans le Humvee.

— Roule !

J'écarquille les yeux, sentant la panique me gagner.

— Des voitures, explique le chef, elles viennent vers nous.

— C'est peut-être rien, dis-je, plus pour m'en convaincre.

— Espérons-le.

Même si je suis entourée de soldats entrainés, je regrette que l'équipe de Blade ne soit pas là.

— Vous restez dans les véhicules, si vous devez en sortir pour une quelconque raison, planquez-vous, et rampez le plus loin possible de la piste. C'est une zone rocailleuse, vous pourrez trouver des cachettes.

Je serre le carnet entre mes mains, l'angoisse envahissant mon système.

— On ne peut pas les semer ?

— Pas avec les camions.

Je ferme les yeux, cherchant la force d'affronter la situation. Mon frère m'a toujours dit que la panique n'aidait pas à rester rationnel. En cas de crise, il faut garder son sang-froid pour réfléchir correctement. Facile à dire...

— Merde !

Les voitures avancent à toute vitesse, coupant à travers le désert pour nous barrer la route. Malgré notre vitesse, nous n'arrivons pas à les distancer. Le nuage se rapproche dangereusement, et enfin, trois véhicules avec des hommes armés apparaissent. Mon sang se glace dans mes veines en constatant qu'on est en très mauvaise posture. Nathan est silencieux à mes côtés, les mains agrippées à sa sacoche professionnelle.

— Ça va aller, chuchoté-je, ce n'est pas notre première galère.

Il me sourit, mais le cœur n'y est pas. Il a peur, et je le comprends, je suis terrorisée, moi aussi.

Le Marine demande des renforts dans la radio, mais vu notre distance de la base, ils ne seront jamais là à temps. Quelques secondes plus tard, l'enfer s'abat sur notre convoi quand une roquette percute la voiture devant nous. Elle semble faire un bond, puis elle s'écrase sur le sol avec fracas. Je reste pétrifiée alors que notre Humvee fait une embardée pour éviter de la heurter. Le militaire freine et nous dérapons sur le sable en dehors de la piste. Les camions essaient de passer en force, mais un des trois véhicules se jette en travers de la route et ses occupants ouvrent le feu. Les soldats sortent immédiatement des Humvees pour répliquer, tandis que Nathan et moi nous accroupissons. Les projectiles frappent la carrosserie. Les cris percent l'habitacle. Des pas se précipitent. Et l'odeur du sang... l'odeur du sang nous enveloppe.

Je sursaute quand on tape sur la porte arrière.

— Tirez-vous ! ordonne le Marine.

Je regarde Nathan, horrifiée. Je n'ai pas du tout envie de m'éloigner de cette protection que m'offre le véhicule, mais est-ce qu'on a vraiment le choix ? J'aperçois deux des civils courir à quelques mètres de nous, ils s'enfuient aussi. Le problème, c'est que si les militaires ne sont plus en état de nous protéger, les assaillants vont nous chercher. Remarque, ils nous auront ici également. Dans le désert, on a une chance de les perdre.

— On va mourir si on part, seuls.

— Ils enverront des secours, murmuré-je.

Nathan me lance un regard qui signifie que je me fais des illusions sur leur capacité à nous retrouver, mais j'ose espérer qu'on ne nous abandonnera pas.

— On n'a rien pour se défendre.

Il n'a pas tort, j'ai bien mon poignard, mais il ne fera pas le poids face à un fusil.

— C'est ça ou mourir.

- 23 -

LEXIE

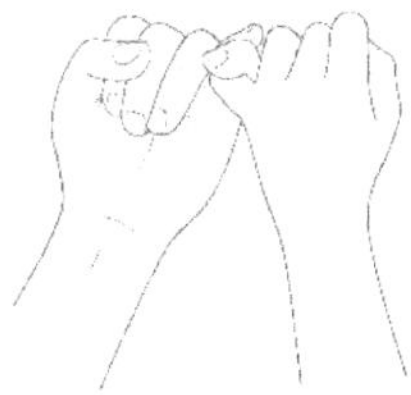

Avant même de pouvoir mettre un pied dehors, une rafale de balles s'abat sur la portière. La petite vitre explose alors que deux projectiles transpercent la carrosserie.

— Pourquoi c'est pas blindé ? s'alarme Nathan.

— C'est un vieux modèle, soufflé-je.

Je sais que les véhicules ont été améliorés au fil des décennies, mais cette base n'étant pas située en zone de combat, les Humvees ne sont pas les plus récents ni les plus sécuritaires. Même s'ils sont costauds, ils ne font pas le poids face aux multiples attaques.

Quasiment allongée sur le sol, je peine à trouver mon souffle.

— Ils approchent, murmure mon compagnon.

Je sors mon poignard et me redresse pour jeter un coup d'œil à l'extérieur. Je ne sais pas où sont les Marines, et je prie pour qu'ils soient encore vivants, mais il n'y a plus personne autour de nous.

— Glisse-toi à l'arrière.

Nathan obéit dans la seconde et se cache derrière les sièges alors que j'aperçois une silhouette crier à travers la vitre. Il tire une nouvelle rafale et rit avant d'ouvrir la portière.

Appuyée contre la paroi, je bloque ma respiration, mon poignard en main. Quand il passe la tête à l'intérieur, et pivote dans ma direction, je ne réfléchis pas, je lui plante la lame dans l'œil. Il hurle et recule, mais je n'attends pas et lui arrache l'arme des mains avant de le frapper de toutes mes forces. Je glisse rapidement le poignard dans son étui. Hors de question de l'abandonner ici.

— Nathan ! crié-je alors que le type s'écroule au sol.

Il me rejoint, le visage aussi blanc que la neige et se faufile le long du Humvee. J'aperçois une multitude de silhouettes, mais le sang qui bat furieusement dans mes tempes m'empêche de dire s'il s'agit d'amis ou d'ennemis.

— On va avancer jusqu'au second camion pour s'éloigner un peu, décidé-je alors que nous nous accroupissons de l'autre côté du véhicule.

On n'a aucun moyen de fuir. Le désert à perte de vue n'offre pas beaucoup de protection, mais il y a quelques amas de pierres qui pourraient nous dissimuler.

— Tu crois qu'on pourrait retourner au village ?

Je réfléchis à cette idée. Nous avons traversé un petit village, mais il doit être à plusieurs kilomètres. Nous n'avons ni eau ni nourriture.

— Ce sera notre plan de secours, dis-je finalement en essayant de remettre mon casque en place.

Comme le dit Ghost, il faut toujours avoir un plan A, un plan B et une multitude de plans de secours.

Les camions sont assez grands pour bloquer la vue, alors je passe ma sacoche en bandoulière et la glisse dans mon dos, puis je me mets à ramper. Mon cœur se serre en apercevant un Marine étendu sur le sable du désert. Ses yeux vides fixant le ciel. Pendant une fraction de seconde, j'imagine mon frère, allongé à sa place.

Seul.

Mort.

— Avance, Lexie.

Je ravale mes larmes et détourne le regard pour ne pas me perdre dans ma douleur. Ce n'est vraiment pas le moment de me noyer.

Une fois derrière le véhicule, je m'appuie contre la carrosserie, heureuse de sentir un poids me maintenir droite tant mes jambes tremblent. Je me penche légèrement pour déterminer où sont les tireurs mais le casque tombe à nouveau sur mes yeux. De rage, je le retire et le jette un peu plus loin.

— On doit atteindre le deuxième camion et ensuite, on fonce vers les rochers là-bas, expliqué-je en les lui montrant du doigt.

Deux des voitures sont de l'autre côté de la piste. Avec un peu de chance, ils ne nous verront pas sur les premiers mètres. J'inspire profondément pour tenter de calmer les battements frénétiques de mon cœur. J'ai du mal à réfléchir. Mon corps est en pilote automatique, verrouillé sur le mode survie. Arrivés au second camion, on reste dissimulés tout en nous éloignant de la route. L'arme dans ma main semble peser une tonne. Seul rempart entre nous et la mort.

— Lexie !

Un sifflement soudain met tous mes sens en alerte. Je tire Nathan, et nous nous précipitons hors du chemin de terre, quand une roquette frappe le véhicule. Le souffle de l'explosion nous propulse à plusieurs mètres. Mon corps fait un vol plané avant de s'écrouler lourdement sur le sol. Je tousse et peine à reprendre ma respiration, déboussolée par le choc. Un bourdonnement m'empêche d'entendre quoi que ce soit. Je frotte mon visage pour dégager le sable et me redresse doucement, le regard rivé vers la piste. Il ne reste plus grand-chose du deuxième camion, et je suis à peu près certaine que l'autre va suivre le même chemin.

Je me tourne vers Nathan qui lutte pour se relever, lui aussi, encore sonné par le souffle de l'explosion.

— On doit y aller, dis-je la gorge sèche, plus rien ne nous cache.

À la place du véhicule se trouve un trou béant. Nous n'avons plus notre protection sommaire. Je palpe mon oreille pour essayer d'arrêter le bourdonnement, et grimace en voyant du sang sur mes doigts. Mon visage ou mon crâne doivent être touchés, je ne sais pas très bien, j'ai l'impression d'avoir mal partout. Je saisis le bras de mon acolyte et l'aide à se relever, mais une vive douleur traverse ma cuisse. Titubante, je me rattrape à Nathan qui baisse les yeux vers ma jambe.

— Tu es blessée.

— Allons-y, dis-je en serrant les dents.

— Lexie, tu perds beaucoup de sang.

Je préfère ne pas m'attarder sur cette information.

— Ce n'est pas le moment.

À moitié pliés en deux, nous nous trainons un peu plus loin. Nathan se tient les côtes, la mâchoire contractée. Dans le brouillard qu'est mon esprit, j'entends des cris, des tirs, encore des cris, toujours plus de tirs. Tant qu'il y a des tirs, c'est qu'il y a des survivants, c'est ce que je me répète en boucle.

— Tu es prêt ?

Nathan acquiesce, le regard terrifié.

— Ça va aller. Ce soir, on prendra une bonne douche et on mangera notre poids en cochonneries.

Il s'esclaffe et secoue la tête.

— Et on aura une super histoire à raconter.

— Tu pourras la raconter à tes petits enfants quand tu seras vieux et tout rabougri.

Il éclate de rire, cette fois, les larmes aux yeux.

— J'ai peur, avoue-t-il après quelques secondes.

— Moi aussi, dis-je la gorge nouée.

J'inspire et le regarde droit dans les yeux.

— Quoi qu'il arrive, tu ne te retournes pas, tu entends ? Tu cours comme si tu devais te taper le sprint de ta vie. C'est clair ?

Je vois qu'il hésite, mais il hoche la tête. J'ai bien conscience qu'avec ma cuisse sanguinolente, j'aurai du mal à suivre la cadence. S'il peut s'enfuir, alors je ferai ce qu'il faut pour le lui permettre.

— À trois. Un. Deux. Trois.

Nous courons comme nous le pouvons, laissant derrière nous les véhicules, les tirs et les ennemis. Quelques secondes seulement après notre fuite, une nouvelle explosion balaie la zone, mais nous sommes assez loin pour qu'elle ne nous atteigne pas. Je regarde par-dessus mon épaule pour en chercher l'origine et je vois le deuxième camion brûler. Mon cœur se serre pour les personnes qui attendaient ce matériel. Mais aussi pour tous les soldats qui ne rentreront pas ce soir. Toutes ces familles qui apprendront cette nouvelle qui bousillera leur vie.

Je trébuche au moment où une balle frappe le sol à côté de moi. Mon menton heurte le sable et un goût de sang se répand dans ma bouche. Nathan revient sur ses pas et me redresse d'un coup sec.

Un cri d'agonie s'échappe de mes lèvres quand mon pied se pose au sol. Une vive brûlure remonte dans toute ma jambe. J'essaie vainement de contenir mes larmes, mais l'espoir s'éteint dans mon esprit à mesure que la douleur envahit mon corps.

Un second projectile frappe un rocher dans mon dos, ce qui me pousse à avancer, à me battre, à survivre aussi longtemps que possible.

Nathan trébuche et je le rattrape in extremis. Nous continuons de courir alors que les tirs s'intensifient. Sauf que notre rythme diminue à chaque mètre.

— Plus vite, râlé-je.

Je sens la main de Nathan serrer mon bras, ce qui m'oblige à me tourner vers lui, il titube difficilement, le regard écarquillé.

— On doit avancer.

Il tente de parler, mais du sang s'échappe de ses lèvres.

— Nathan !

Je le rattrape au moment où il s'écroule sur moi. J'essaie de le porter, criant de désespoir, mais ma jambe semble se consumer de l'intérieur. Dans mon esprit, des images se succèdent, toutes plus sanglantes les unes que les autres. Dans tous les scénarios, ils nous retrouvent et nous abattent. Je me vois mourir dans ce désert. Les yeux tournés vers le ciel, comme le soldat près des véhicules. J'imagine la peine de mes parents et de mes frères alors qu'ils ouvrent la lettre que je laisse avant chaque départ. *Au cas où.* J'entends le hurlement de douleur de ma mère, et le gémissement terrifiant de mon père. Je vois Clay s'éteindre jour après jour, abattu, désespéré.

Alors quand mon pied heurte un amas de pierres, je crie presque de joie. Nous ne sommes pas au village, mais nous avons atteint une protection sommaire. Je jette l'arme au sol, retire le bras de Nathan de mes épaules et l'aide à s'asseoir contre l'affleurement rocheux. Un coup d'œil m'indique que nos assaillants ne sont pas encore sur nos traces. J'imagine qu'il reste des Marines pour nous défendre.

Je pose un genou à terre, mon autre jambe refusant d'obéir.

— Nathan ?

Mes yeux s'écarquillent d'horreur en découvrant trois impacts de balle. Une à l'épaule, une sur son flanc et une qui a traversé son gilet pare-balles. Je défais ce dernier, et retire ma veste pour faire pression sur son ventre. Sauf que trois blessures, ce n'est pas dans mes cordes.

— Ça va aller, je t'interdis de me lâcher.

Ses yeux sont mi-clos. Il a épuisé ses réserves pour tenir jusqu'ici.

— Je compte bien faire un carton avec notre reportage. Et j'ai besoin de toi pour Jinwar, on doit faire tout ça ensemble.

— Mes parents...

— Ça va aller, répété-je.

— Je... dis-leur...

— Tu leur diras toi-même, paniqué-je en appuyant plus fort.

Il grimace et son corps semble se détendre.

— Non, non, non... Nathan !

— Merci, Lexie.

Ma vision se trouble alors que des larmes dévalent mes joues. Je continue de faire pression, mais ma veste ne retient rien. Le corps de Nathan se ramollit totalement et sa tête tombe sur le côté. Je prends son pouls, soufflant de soulagement en le sentant faible mais présent.

— Tiens bon, on va venir nous chercher.

Il ne peut pas en être autrement. Nathan n'a que 22 ans, il a toute la vie devant lui.

Je sursaute quand une balle fait voler le sable près de nous. Je retire rapidement sa ceinture, positionne le tissu sur la plaie la plus urgente et l'attache pour qu'il fasse pression, puis je caresse doucement la joue de mon ami, terrifiée à l'idée qu'on ne parvienne pas à se sortir de ce merdier.

— Je reviens, chuchoté-je, comme s'il pouvait m'entendre.

J'attrape le fusil et me penche pour mieux voir ce qu'il se passe. Je me doutais qu'ils allaient nous poursuivre, mais je pensais que nous aurions davantage de temps. Trois hommes s'approchent lentement, sur leurs gardes. Je ferme les yeux, le visage de Blade traversant mon esprit. J'essaie d'absorber son calme, sa maitrise, son expérience. Je ne peux pas laisser tomber, ni pour moi, ni pour Nathan, ni pour ma famille.

Quand j'entends les types parler, je comprends qu'ils sont très proches. Je me penche à nouveau, place ma jambe de façon à ce que ma cuisse ne me gêne pas trop et inspire profondément. Je vise le plus près et attends qu'il entre clairement dans mon champ de vision. J'appuie sur la gâchette en encaissant du mieux possible le recul. J'aurais préféré une arme plus stable étant donné que je n'ai pas beaucoup d'expérience, mais je n'ai pas vraiment eu le temps de fouiller la zone. Quand j'arrête de tirer, je remarque que le type s'est écroulé. Les deux autres se mettent à canarder dans notre direction. Je me recroqueville derrière le monticule, alors que les balles frappement durement la pierre dans mon dos. Je vérifie que Nathan est hors de portée et tente de me redresser, mais ma jambe vacille.

— Pas maintenant, murmuré-je.

Je me baisse quand un tir propulse des éclats juste au-dessus de ma tête. Je regarde Nathan, mon arme, le désert autour de moi. Si au moins il faisait nuit, nous aurions pu nous dissimuler plus facilement, mais en plein milieu de la journée, nous n'avions aucune chance. J'essaie de me concentrer sur les bruits les plus éloignés pour savoir si des Marines sont toujours sur la piste, mais je n'entends rien d'autre que les battements frénétiques de mon cœur qui résonnent sous mon crâne.

— Je vous aime.

Des souvenirs de ma famille dansent sous mes paupières et dans un sursaut de courage mêlé au désespoir, je pousse un cri enragé et me redresse d'un bond, faisant fi de la douleur. Je hurle en tirant devant moi, balayant la zone pour causer le plus de dégâts. Quand la dernière balle jaillit du canon, je tombe à genoux, essoufflée, et avant même de comprendre ce qu'il se passe, le néant m'engloutit.

- 24 -

BLADE

Ghost débarque en trombe, un masque de détermination sur le visage.

— Réunion, tout de suite.

Nous laissons nos plateaux et quittons le mess sans discuter. Arrivés dans la salle, l'ambiance est tendue alors que des civils et des soldats s'agitent dans tous les sens.

— Messieurs, commence le lieutenant-colonel, un nouveau convoi a été attaqué.

Le sang se glace dans mes veines. Je jette un regard à mes frères d'armes qui se crispent à cette annonce.

— Quel convoi ? demande un chef d'unité des Marines.

— Un convoi qui devait partir de Jordanie et rejoindre l'est. Il transportait des médicaments et des fournitures.

— Celui avec la journaliste ?

Le lieutenant-colonel hoche la tête alors que je fais mon possible pour ravaler les insultes qui menacent de franchir mes lèvres. Il n'aurait jamais dû autoriser sa présence sur cette mission. Il était presque certain que ça arriverait.

Ghost pose une main sur mon épaule, sentant probablement la tension qui m'habite.

— Quelle est la situation ? demande mon chef d'équipe.

— Le convoi a été attaqué à cet endroit, dit-il en montrant la carte. On a perdu le contact radio, il y a vingt minutes.

Vingt minutes, mais bordel, pourquoi est-ce qu'ils ne nous ont pas appelés avant ?

— Trois véhicules leur ont barré la route. L'un des camions était détruit au dernier contact, nous n'en savons pas plus.

— On intervient ? lance Ace, même si c'est davantage une affirmation qu'une question.

Je quitterai la pièce, même si les ordres sont contraires. Je n'ai jamais désobéi, mais je serais clairement prêt à le faire aujourd'hui.

— On attend l'hélico, explique le lieutenant-colonel. Il était en mission, il est sur le retour.

Je regarde la carte et comprends qu'en Humvee, on mettrait trop de temps, mais patienter sans rien faire, c'est comme les abandonner à une mort certaine.

J'essaie de me concentrer sur notre intervention, mais le visage souriant de Lexie bouscule chacune de mes pensées, jusqu'à ce qu'il soit remplacé par du sang et des larmes. Si elle devait mourir, elle manquerait à beaucoup de monde. Elle est de la même trempe que Mia, Alyssa, Megan et April. Elle fait partie des nôtres.

— Allons-y, dit Ghost.

Je n'ai pas suivi la conversation, mais je suis mon équipe sans rechigner.

— Quel est le plan ? demandé-je.

— On se prépare. Dès que l'hélico est là, on décolle. Ace, tu t'occupes des blessés en priorité. Sniper, tu restes dans l'hélico et tu dégommes tout ce qui n'est pas de chez nous. Les autres, on fait le ménage au sol.

Nous nous équipons et récupérons nos armes.

— Putain, j'espère que Lexie et Nathan vont bien, souffle Blue.

Je n'ose pas répondre que les chances sont minces, mais je veux y croire. Pour une fois, je veux croire en quelque chose.

— Préparez-vous...

Ghost se racle la gorge avant de reprendre.

— Préparez-vous à ce que ce ne soit pas le cas.

Ses yeux sont braqués sur moi au moment où il prononce cette phrase. Je ne suis pas certain de pouvoir me préparer à ce genre de choses. En fait, je refuse de m'y préparer.

Je contracte la mâchoire et prends mon sac avant de quitter la pièce pour aller à l'hélisurface. Je m'assieds sur une caisse et guette le ciel, les poings serrés. Nos discussions défilent dans ma tête, jusqu'à ce que je sorte ma lame pour la faire danser entre mes doigts. C'est la seule chose qui pourrait me calmer en attendant de la retrouver.

Les gars me rejoignent, mais personne ne parle. Les visages sont fermés et concentrés.

Dix minutes plus tard, l'hélico débarque enfin. Des Marines en descendent et nous n'attendons pas pour monter à bord. Les pilotes ont fait le plein avant de revenir, ce qui nous permet de décoller immédiatement.

Juste avant l'arrivée sur zone, Sniper se place en position de tir.

— On rentre tous à la maison, lance Ghost dans la radio.

L'hélico effectue un premier passage, ce qui nous permet d'apercevoir quelques survivants luttant contre les assaillants. Il ne nous en faut pas plus pour sentir l'adrénaline déferler dans nos veines. Blue canarde l'endroit où se trouve l'ennemi tandis que nous déroulons les cordes. Le pilote repasse en rase-motte pour soulever le sable puis il se replace en sécurité, ce qui nous donne le feu vert pour glisser le long des cordes et atterrir au sol. Accroupis, répartis en demi-cercle, nous attendons le signal de Ghost.

— Go !

Nous progressons en formation, cachés par ce qu'il reste des véhicules. Je peux dire qu'on est arrivés à temps, vingt minutes de plus et ils n'avaient plus aucune chance.

— Putain, les mecs, ça fait plaisir de vous voir, grogne un Marine.

Il appuie sur son épaule blessée, adossé à la carrosserie.

Ace s'avance déjà vers lui pour vérifier ses blessures.

— Ton chef d'unité ?

— Il est un peu plus loin, dit-il en montrant la direction.

— Beaucoup de dégâts ?

— Au moins cinq d'entre nous ont été touchés. Deux sont morts.

— Et les civils ?

— Le chef leur a ordonné de fuir dans le désert.

Je jette un coup d'œil aux deux camions et me dis qu'il n'a pas eu tort. C'était un risque, mais dans cette situation, toute solution avait un risque.

— La journaliste et le cameraman ?

— Je sais pas, désolé.

— OK, reste à couvert, on va dégager la zone.

Il acquiesce alors que nous avançons à nouveau. Le pilote se place à bonne distance, mais dans l'axe, ce qui permet à Sniper d'avoir une visibilité suffisante.

— Quatre tangos à l'ouest, deux au nord, et deux à l'est, annonce-t-il.

— Tu peux choper ceux à l'est ?

— Affirmatif.

— Fais-toi plaisir.

L'hélico dévie légèrement et, quelques secondes plus tard, deux tirs retentissent.

— Tic et Tac sont HS.

Blue ricane devant moi.

— Les deux au nord s'avancent vers vous. À deux heures. Vous aurez une fenêtre de tir dans dix secondes.

— Hunter et moi, les autres, vous allez vers l'ouest.

Nous nous séparons. Ghost et Hunter progressent vers le nord et nous partons vers l'ouest. Le pilote nous ayant déposés à l'arrière du convoi, nous remontons la file de véhicules en essayant de regarder à l'intérieur pour apercevoir des survivants, mais il n'y a personne. Lorsque nous arrivons au trou béant causé par l'explosion des deux camions, les choses se corsent. Nous nous retrouvons à découvert pour franchir la zone. Ace passe le premier, tandis que nous le couvrons, puis c'est au tour de Blue. Quand ils sont de l'autre côté, j'avance tout en tirant dans la direction de nos assaillants. Blue donne un coup de pied dans les chaussures d'un ennemi au sol avant de se baisser pour prendre son pouls. Quelqu'un lui a planté une lame dans l'œil. Je regarde à l'intérieur du Humvee et y découvre la sacoche de Nathan. J'essaie de détecter le moindre indice, mais il n'y a rien de plus. Les véhicules ont pris cher pendant l'attaque, je ne suis pas certain qu'ils auraient survécu s'ils étaient restés à l'intérieur.

— Lexie et Nathan étaient dans ce véhicule, dis-je.

— Ils ont fui, on a une chance de les trouver.

L'espoir gonfle à nouveau dans ma poitrine. Il n'y a pas de corps, c'est qu'ils ont pu se cacher.

— L'hélico est verrouillé, annonce Sniper dans la radio. Aucune fenêtre de tir.

— Décrochez et faites un tour pour localiser les civils ou du renfort ennemi.

— Reçu.

L'hélico s'éloigne au moment où une roquette perce le ciel. Elle s'échoue quelques mètres plus loin après avoir manqué sa cible, mais c'est suffisant pour qu'on repère cet enfoiré. Je me faufile entre les véhicules. Une fois au bord de la piste, je m'allonge au sol et rampe jusqu'à un petit monticule de pierres. Le mec est en train de recharger son RPG. Je roule sur le côté, puis me remets en position accroupie, poignard en main. J'attends mon ouverture, puis je fais deux pas rapides et lui tranche la gorge avant même qu'il n'ait eu le temps de m'apercevoir. Je vérifie leur matériel, réalisant que c'était leur dernière roquette, puis je me dissimule derrière l'un de leurs véhicules. Je repère Blue et Ace, prêts à passer à l'action de leur côté. Les ennemis sont tellement occupés à tirer sur les Marines qu'ils ne nous ont pas vu avancer.

— On a besoin d'un peu de poussière.

— La fée du logis arrive, répond Sniper.

Nous mettons nos lunettes de protection alors que l'hélico fend l'air et rase le sol à grande vitesse. Le sable s'élève, provoquant un nuage opaque. Ace lance un décompte, et nous intervenons tous les trois en même temps.

— Cibles éliminées, confirme mon coéquipier.

— Ici aussi, annonce Ghost.

— Sniper ?

— Deux minutes, le temps que le sable retombe complètement.

Nous patientons à couvert, mais il n'y a plus de tirs.

— La zone est claire, déclare-t-il finalement.

Nous nous regroupons sur la piste avec les militaires qui peuvent marcher.

— Merci, dit le Marine en serrant la main de Ghost.

Mon chef d'équipe hoche la tête alors que l'hélico se pose à quelques mètres. Sniper nous rejoint en trottinant.

— Tu as repéré les civils ?

— Il y en a deux dans cette direction, dit-il en montrant l'emplacement.

— Et les autres ?

Il secoue la tête.

— La journaliste et son collègue sont partis par là, explique le Marine en désignant une autre position.

— OK, Blade et Hunter, vous allez dans cette direction. Blue et Sniper, vous allez chercher les civils. Ace, tu t'occupes des blessés. Je coordonne d'ici, restez en contact radio.

Je m'engage déjà dans la direction indiquée, Hunter sur mes talons. Il n'y a aucune trace de pas, le sable ayant été trop secoué par l'hélico, mais à certains endroits, je remarque du sang. Hunter me passe devant et observe l'espace pour trouver des indices.

— Par là.

Je le suis sans poser de questions. Il pourrait se repérer dans n'importe quelle région inconnue.

— Blade, murmure-t-il, quelques mètres plus loin.

Ma main se crispe sur mon arme alors que nous apercevons des formes au sol. Je balaie la zone, mais je ne vois personne aux alentours.

— Il y a quatre corps.

Je hoche la tête et nous approchons, sur nos gardes. Les deux premiers sont des assaillants, ce qui signifie qu'ils ont suivi Lexie et Nathan.

— Merde, murmure Hunter. Tu crois que c'est elle qui a fait ce carnage ?

Je l'espère, mais ma gorge est trop nouée pour que je réponde à mon coéquipier.

Nous avançons vers les deux autres silhouettes. Alors que la première est un ennemi, je remarque tout de suite que le dernier individu n'est pas l'un des leurs. Je me précipite vers elle, et me laisse glisser sur le sable. J'hésite une seconde à la toucher, de peur de sentir que la vie s'est envolée de son corps, tandis que Hunter me contourne pour vérifier la zone. Je reste fixé quelques secondes sur sa poitrine jusqu'à ce que je la voie enfin se soulever.

— Elle est en vie ! crié-je.

Je demande de l'aide dans la radio tout en vérifiant son état. La mare de sang sous sa cuisse m'indique clairement d'où vient sa perte de connaissance. Je lui retire sa ceinture et lui fais un garrot pour stopper l'hémorragie. Je ne vois pas d'autres blessures en dehors de quelques coupures, mais qui peut savoir ce qu'elle a subi ? Une arme est posée à côté de sa main. C'est bien elle qui a dégommé ces enfoirés. Si la situation n'était pas aussi merdique, je serais fier d'elle. Lexie est une putain de battante. Même avec trois connards au cul, elle a réussi à s'en sortir.

— Nathan est là !

Je laisse Lexie à contrecœur pour rejoindre mon coéquipier derrière un monticule de pierres. Hunter secoue la tête et souffle en frottant sa barbe.

— Merde, c'était qu'un gosse.

— Si j'en crois les traces, il a été blessé plus loin, et elle l'a trainé ici.

— Elle va être anéantie.

Elle ne se pardonnera jamais de ne pas l'avoir sauvé.

— Fait chier, grogne Hunter en se relevant.

Je retourne près de Lexie et saisis sa main, attendant qu'Ace nous rejoigne. Je n'ose pas la déplacer de peur d'aggraver ses blessures même si je n'ai qu'une envie : la prendre dans mes bras et la porter jusqu'à l'hélico.

Heureusement, les renforts arrivent quelques secondes plus tard. Le visage de Ghost est un masque de douleur, même s'il essaie de le cacher pour poursuivre la mission. On ne peut pas se permettre de craquer tant qu'on n'est pas en sécurité.

— Ça devrait aller, annonce Ace après l'avoir rapidement auscultée. Elle a perdu du sang, mais la balle n'a touché ni l'os ni l'artère.

Son ton n'est pas inquiet, ce qui allège la boule d'angoisse dans mon ventre.

— Elle va s'en sortir ? demande Ghost.

Ace acquiesce.

— Blade… murmure Lexie.

— Je suis là.

Je serre sa main pour lui faire sentir ma présence.

— Ça va aller.

— Nathan…

— On s'en occupe, dis-je, le ventre noué.

Elle ouvre les yeux et tente de se relever, mais je l'en empêche.

— Je vais te porter.

— Je savais que t'étais un romantique, chuchote-t-elle avant de fermer à nouveau les yeux.

- 25 -

BLADE

La porte s'ouvre doucement sur Ghost. Il pénètre dans la pièce et me jette un coup d'œil curieux avant de reporter son attention sur Lexie.

— Comment va-t-elle ?

— Mieux, le toubib dit qu'elle devrait se réveiller sous peu.

Il hoche la tête, soulagé.

— Vous avez prévenu sa famille ? demandé-je.

— Ace a appelé son frère. Il l'a rassuré, mais le frangin a demandé à parler à sa sœur dès que possible.

J'acquiesce, peu surpris. En dehors du fait qu'ils ont déjà perdu un membre de leur famille, son jumeau et elle ont l'air très proches.

— Elle devrait décoller pour les États-Unis demain ou après-demain en fonction de son état.

— Et Nathan ?

Ghost soupire.

— Ses parents ont été prévenus par la hiérarchie. Ils rapatrient le corps et ceux des Marines demain matin.

Ma mâchoire se crispe de colère. Ce gosse n'avait que vingt-deux ans. Il avait la vie devant lui.

— Tu sais quand on rentre ?

— D'ici une semaine ou deux, je pense.

Pour la première fois dans ma carrière, j'ai envie de rentrer à Coronado. De me tirer de cet enfer. On a cumulé les merdes depuis notre arrivée. Mais là, on a atteint le summum. Nathan n'était peut-être pas de notre équipe, et on ne le connaissait pas depuis longtemps, mais on aurait dû le protéger. C'était notre job de les garder en sécurité.

— Après ça, il y aura moins de civils sur le terrain, grogne Ghost.

— Ils n'auraient jamais dû valider ce choix, dès le départ.

Il acquiesce sans répondre. Qu'est-ce qu'on pourrait dire de plus ?

— Tu as parlé à Mia ?

Un sourire étire les lèvres de mon chef d'unité pour la première fois depuis de nombreuses heures.

— Oui, tout va bien. Elle a hâte qu'on rentre. Je vais peut-être assister à la naissance de ma fille finalement.

L'émotion dans son regard me fait regretter d'avoir été si distant ces derniers mois. Qu'est-ce qu'on peut souhaiter d'autre à ses proches à part d'être heureux ? Et mes amis le sont. D'une certaine manière, je le suis aussi à travers eux.

Mes pensées sont interrompues par Lexie qui remue sur le lit.

— Tu veux que je reste ?

— Ça va aller, dis-je en me penchant déjà vers le matelas.

Je prends sa main dans la mienne et la caresse avec mon pouce.

Elle ouvre les yeux à plusieurs reprises avant de fixer le plafond pendant plusieurs secondes, comme si elle peinait à émerger. En dehors de sa perte de sang, elle n'a aucune blessure importante. Quelques coupures, une légère commotion, elle s'en remettra rapidement. Pour ce qui est des séquelles psychologiques, ce sera une autre histoire.

Elle tourne enfin le visage vers moi, et je ne dis rien, le temps qu'elle prenne conscience de son environnement.

— Je suis morte, c'est ça ?

Je souris et secoue la tête.

— Tu penses vraiment que je serais dans ton paradis ?

— Peut-être dans mon enfer, s'amuse-t-elle en essayant de se redresser.

Je l'aide à s'asseoir et cale le coussin dans son dos avant de me réinstaller sur le fauteuil.

— Je suis à l'hôpital ?

— Un hôpital militaire.

Elle regarde sa jambe et touche le bandage avant de vérifier le reste de son corps.

— Tu n'as rien de grave. Tu as perdu un peu de sang, mais on t'a trouvée à temps.

Elle écarquille les yeux, les souvenirs refaisant sûrement surface dans son esprit.

— J'ai perdu connaissance.

Je hoche la tête.

— Et les hommes qui nous tiraient dessus ?

— Morts.

Sa bouche s'ouvre sous le choc.

— C'est moi qui...

— Probablement.

Elle acquiesce plusieurs fois, le temps d'encaisser la nouvelle.

— Et Nathan ? J'ai essayé de faire pression, mais je devais aussi nous défendre, alors j'ai dû le laisser. Il était déjà dans les vapes.

Je cherche soigneusement mes mots, ne sachant pas vraiment comment elle pourrait réagir. Je ne la connais pas suffisamment pour anticiper sa réaction.

— Lexie...

Je prends à nouveau sa main dans la mienne et tente de transmettre de la compassion dans mon ton, même si je ne suis pas très doué pour ça.

— Nathan... a reçu trois balles. L'une d'entre elles a perforé son poumon.

Elle écarquille les yeux, l'horreur déformant ses traits.

— Non...

— Je suis désolé, il était déjà parti quand on vous a trouvés.

— Non. Non, j'ai... j'ai appuyé sur sa blessure, je l'ai mis à couvert. Il avait un pouls.

Elle détache sa main de la mienne et frotte son visage.

— Il m'a parlé, et... il...

Elle reporte son attention sur moi, cherchant quelque chose que je ne peux pas lui apporter.

— Non... murmure-t-elle, le regard larmoyant. Il...

Je ne dis rien et la laisse encaisser le choc.

— C'est ma faute.

Ses sanglots déchirent le silence de la chambre, resserrant l'étau autour de mon cœur. Je ne sais pas quoi dire, je ne sais pas comment la réconforter.

— Tu as fait tout ce que tu pouvais, Lexie. C'est la faute des enfoirés qui vous ont attaqués.

N'y tenant plus, je m'assois sur le lit et la prends dans mes bras alors qu'elle évacue sa douleur. Elle s'agrippe à mon tee-shirt avec l'énergie du désespoir, dévastée par la réalité. Elle est vivante, mais pas lui. Elle a survécu, mais pas lui. Et elle devra vivre avec ce fait.

Je caresse son dos avec maladresse, puis ses cheveux. J'ai beau ne pas être à l'aise avec ces gestes d'affection, ça ne me dérange pas.

Parce que c'est Lexie.

On toque à la porte et Sniper passe une tête à l'intérieur. Il me lance un regard interrogateur en voyant notre position, mais quand il se rend compte que Lexie pleure, il pince les lèvres.

— Oh, désolée, dit-elle en réalisant que nous ne sommes plus seuls.

— Je peux repasser, propose-t-il avec douceur.

— Bien sûr que non, entre.

Il obtempère alors que Lexie se remet à sa place et essaie d'essuyer son visage.

— Comment tu te sens ?

— Moi, ça va, dit-elle en grimaçant.

Ses yeux rougis, hantés par la douleur, me déchirent les tripes. Par réflexe, elle porte une main à son cou, et panique en ne trouvant pas les plaques. Je glisse une main dans ma poche et les lui tends.

— Ils te les ont enlevées pour te soigner.

Le soulagement l'envahit. Elle les serre dans sa main, luttant à nouveau contre les larmes.

Sniper s'assoit sur le fauteuil et me jette un regard pour s'assurer que je lui ai annoncé la nouvelle. Quand je hoche la tête, il prend la main de Lexie dans la sienne. Ce geste me perturbe plus que de raison, mais je repousse cette pensée dérangeante pour me concentrer sur l'essentiel.

— Tu n'as rien à te reprocher, tu as fait le maximum pour vous sortir de cette merde. C'est presque un miracle que tu sois encore en vie, Lexie. Tu es une sacrée battante.

Elle hoche la tête et essuie de nouvelles larmes qui roulent sur ses joues.

— Ton frère doit se vanter là-haut. Sa petite sœur a assuré. Il doit être sacrément fier.

Elle s'esclaffe à travers ses larmes.

— Ce serait bien son genre.

— Normal. Quand on a une sœur comme toi, on peut se le permettre.

Elle sourit avec tristesse. Je ne sais pas comment fait Sniper pour trouver les mots. En ce moment, j'aimerais avoir son aisance.

— Dans ces circonstances, beaucoup auraient baissé les bras, et si tu l'avais fait, tu serais morte. Mais tu t'es battue pour survivre.

— Mais Nathan…

— Tu lui as donné une chance en le protégeant. Malheureusement, son état était trop grave. Tu n'aurais pas pu faire plus ou mieux faire. C'était une situation de merde.

Elle hoche la tête, enregistrant ses paroles.

— Est-ce que des Marines s'en sont sortis ?

— Oui.

— Tant mieux.

Elle nous lance un regard puis baisse les yeux, semblant hésiter.

— Pose ta question, dis-je.

Un souffle tremblant s'échappe de ses lèvres.

— Est-ce qu'on aurait dû rester dans le véhicule ?

— Non, affirmé-je. Vu l'état des Humvees, vous n'aviez aucune chance. C'était la bonne décision.

D'ailleurs, je m'étonne que les ennemis n'aient pas utilisé plus de roquettes ou des grenades, mais peut-être qu'ils n'avaient pas assez de ressources pour réellement en terminer.

Elle acquiesce, soulagée, puis elle frotte ses yeux.

— Repose-toi, c'est tout ce que tu as à faire, maintenant, dit gentiment Sniper en serrant sa main.

— Je vais rentrer chez moi ?

— Oui, demain ou après-demain en fonction du feu vert du médecin, réponds-je.

Elle me lance un regard que je n'arrive pas à déchiffrer, puis se réinstalle et ferme les yeux. Le chemin sera long, mais il y a une chose dont je suis certain : elle s'en sortira.

- 26 -

LEXIE

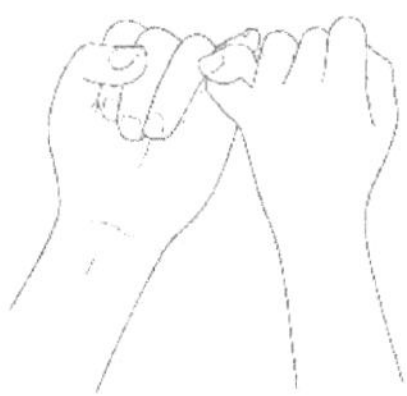

J'inspire l'air frais de la Californie en descendant de l'avion militaire qui m'a ramenée à la maison. J'ai eu l'autorisation du médecin avec ordre de me reposer et de ne pas trop marcher pour laisser le temps à ma jambe de cicatriser. En dehors de ça, je sais que j'ai eu une chance phénoménale.

— Lexie !

Mon frère court vers moi, me soulève et me serre dans ses bras. Son étreinte, bien que légèrement douloureuse, me procure un soulagement indescriptible. Je cache ma tête dans son cou et ravale mes larmes de bonheur. Il me repose un peu plus délicatement au sol et prend mon visage en coupe pour m'inspecter. Il me reste deux trois coupures et un bleu, mais rien de grave.

— Putain !

Il embrasse mon front et me serre à nouveau dans ses bras.

— Je vais bien, murmuré-je.

— J'ai eu la peur de ma vie.

Il me relâche et grimace en voyant que je m'appuie sur mon autre jambe.

— Désolé.

— Ça va, j'en avais besoin, tu m'as manqué.

— Toi aussi, Lex.

Je souris et glisse mon bras dans le sien, par habitude, mais également pour limiter mes mouvements. Après des heures dans l'avion militaire, j'ai mal partout. Je ne sais pas comment font les soldats.

— Tu veux venir chez moi ou tu restes chez toi ?

— J'aimerais rentrer, mais tu crois que tu peux dormir chez moi ?

On habite la même maison, je n'aurais pas été loin de lui, mais je n'ai pas envie d'être seule. Je sais que mon esprit va tourner à plein régime si j'ai trop de temps pour penser.

— Bien sûr. J'ai posé quelques jours pour m'occuper de toi.

— Clay...

— Pas de discussion. Tu me dois bien ça !

Je ris parce qu'il retourne la situation, mais je ne vais pas me plaindre. Mon frère adore son boulot, et c'est un vrai combat de lui faire prendre des vacances. S'il le fait, la plupart du temps, c'est uniquement pour qu'on en profite tous ensemble.

— J'ai hâte de retrouver mes animaux.

Je sais qu'ils vont m'aider à remonter la pente. Après la mort de Ryan, je me sentais moins seule grâce à leur présence réconfortante.

— J'ai réussi à négocier avec la famille pour qu'ils ne passent pas aujourd'hui, mais attends-toi à voir maman sur le pas de ta porte, demain matin.

Le trajet est étrange. À la fois rassurant et inconfortable. Je me sens en décalage avec le monde après ce que j'ai vécu, mais me retrouver ici me rassérène également. Rentrer chez moi, retrouver ma famille, mes animaux et mon cocon protecteur, c'est ce dont j'ai besoin. Besoin de mes repères pour affronter la dure réalité et la multitude d'émotions qui essaient de me submerger à chaque seconde.

— Repose-toi, dit mon frère quand nous pénétrons dans mon appartement.

— Je vais bien, râlé-je.

— Tu radotes, ma vieille.

Je m'esclaffe en avançant dans le salon.

— Coucou, mes petits ploufs.

Nemo fonce vers la vitre quand je pose ma main sur l'aquarium. Quant à Dory, elle m'ignore royalement.

— Fais pas la tête, je me ferai pardonner pour mon absence, m'amusé-je.

Je m'apprête à ouvrir la fenêtre pour aller voir mes tortues, mais mon frère attrape mon bras.

— Hors de question, tu vas au lit.

— Mais...

— Ordre du médecin.

Je boitille jusqu'à ma chambre, m'appuyant légèrement sur Clay. Je ne le lui avouerai pas, mais ma cuisse me tiraille et lance des éclairs de douleur dans toute ma jambe.

— Azraël ! crié-je en trouvant l'un de mes chats, paisiblement allongé sur mon matelas.

Je me jette presque sur lui, et il ne se fait pas prier pour venir me câliner. Billy, qui était planqué dans mon placard, se précipite vers nous pour avoir sa dose également.

— Vous m'avez manqué, mes poilus.

— Faut que tu arrêtes avec tous ces surnoms.

— Jamais ! dis-je sérieusement.

Mon frangin sourit et pose mes sacs au pied du lit.

— Tu as besoin de quelque chose ?

— Rien, j'ai tout ce qu'il me faut, dis-je en serrant mes chats contre moi.

Je me hisse jusqu'à la tête de lit et mes petits poilus viennent immédiatement se blottir contre moi.

— Tom, ramène ta fraise, ici, dis-je au troisième larron de la bande.

— Il a passé presque tout son temps dans ta salle de bain.

— Comme d'hab.

Surtout quand il fait la gueule parce que je ne suis pas là. On a beau dire que les chats sont indépendants, ils ressentent aussi l'absence et l'amour.

— Comment va Mélissa ?

Mon frère détourne les yeux et se frotte le visage avant de répondre.

— On a rompu.

— Quoi ?

Mes chats sursautent, prêts à déguerpir, alors je les caresse pour les apaiser. Je ne m'attendais pas à cette nouvelle. Je ne suis pourtant pas partie si longtemps.

— Vous n'avez pas trouvé de solution ?

— Non. Elle m'a dit de démissionner ou c'était fini.

Il hausse les épaules, dépité, et mon cœur se brise pour lui. Ce n'était probablement pas la bonne, mais ça n'en reste pas moins douloureux.

— Je suis désolée, chuchoté-je en tendant ma main.

Il la saisit et me lance un sourire triste. Mon frangin a des nerfs d'acier dans son job, mais c'est aussi un grand sensible, avec beaucoup d'empathie. Il doit culpabiliser de la situation. J'aurais aimé être là pour le soutenir. On partage tout depuis si longtemps que ne pas avoir été présente quand il avait besoin de moi me noue l'estomac.

— Peut-être qu'elle se rendra compte de son erreur, ou peut-être que tu trouveras celle qui est faite pour toi. Je suis certaine que l'avenir a plein de surprises en réserve pour un beau gosse au cœur tendre comme toi.

Il éclate de rire et lâche ma main.

— Je vais préparer le repas. Repose-toi, d'accord ?

J'acquiesce et attends qu'il soit sorti pour m'extraire du lit et récupérer l'un de mes sacs. Les affaires personnelles de Nathan ont été renvoyées à sa famille, mais j'ai gardé son matériel professionnel. Je prends l'ordinateur portable et me réinstalle sur le matelas, entourée de mes chats. Même Tom nous rejoint, ce qui prouve bien que l'instant est grave.

Pendant l'heure qui suit, dans un torrent de larmes, je fais défiler les photos et vidéos de notre mission. À plusieurs reprises, je me suis amusée à filmer et photographier Nathan, ce qui le faisait râler parce qu'il ne voulait pas que je touche à son « matos de pro », comme s'il était précieux et que j'allais le souiller. Au fond, ça le réjouissait. Nathan était fils unique, il n'a pas connu les chamailleries d'une fratrie, mais avec moi, il en a eu un aperçu. C'était un petit frère à mes yeux, un frère que j'avais envie d'aider, de guider, de protéger. Je mordille ma lèvre inférieure, contenant la culpabilité qui m'étouffe, et me concentre sur ma première idée. Ces photos devraient revenir à sa famille. J'ai envie que ses parents voient leur fils heureux. Avec ce sourire et cette joie de vivre qui ne le quittaient jamais. Je veux qu'ils aient ce souvenir, et non celui de leur unique enfant, piégé dans un cercueil pour l'éternité.

Épuisée par le maelstrom d'émotions qui fait rage en moi, je finis par m'endormir, bercée par le sourire de Nathan, et le regard sombre de Blade.

* *
*

BLADE

Allongé sur ma couchette, je fixe le plafond, les bras croisés derrière la tête. L'ambiance n'est pas au beau fixe depuis la dernière opération. On a tous hâte de rentrer à la maison, en un seul morceau de préférence. Mes frères ont tous une famille, et les missions si longues, qui en plus, se passent mal, ce n'est pas bon pour le moral.

— Blade !

Je me redresse sans me presser. Le ton de Hunter n'est pas tendu, ce qui indique qu'il n'y a pas d'urgence.

— Les gars nous attendent.

Je fronce les sourcils, surpris. Nous n'avions rien de prévu, mais comme toujours, je suis mon coéquipier sans poser de questions.

— Asseyez-vous, dit Blue quand nous arrivons dans la pièce.

Il referme la porte et s'installe autour de la table. Les avant-bras appuyés sur le bois, il soupire.

— J'ai parlé à April, tout à l'heure.

— Tout va bien ? s'inquiète immédiatement Ghost.

April est rentrée au pays juste après Lexie, ce qui nous a tous rassurés. En l'état actuel des choses, on préfère qu'elle soit en sécurité en Californie.

— Oui, les femmes vont bien. En fait, elles se sont vues dès son retour.

Il tapote la table, nerveux.

— April leur a parlé de Lexie et Nathan, sans entrer dans les détails, mais il semblerait que nos femmes aient eu envie de faire quelque chose.

— Faire quelque chose ? répète Ace. Comme quoi ?

— Attends, elles ne sont pas allées voir Lexie, quand même ? demande Sniper.

— Non, April leur a expliqué qu'elle avait besoin de se reposer pour le moment, mais elle, Alyssa et Megan sont allées à l'enterrement du gamin.

— Merde, souffle Hunter.

Blue hausse les épaules.

— Elles se sont dit qu'on aurait voulu y aller, donc elles l'ont fait à notre place.

— Des femmes de SEAL, affirme Hunter.

Il croise les bras sur son torse massif, un demi-sourire sur le visage.

— Mia ne se sentait pas d'y assister, alors elle a fait livrer une couronne de fleurs de notre part.

Un enterrement pendant une grossesse, alors que son mari est dans le pays même où le gamin est mort, ce n'est franchement pas étonnant qu'elle n'ait pas souhaité s'imposer cette épreuve.

— Elles ont vu Lexie ? demande Sniper.

C'était la question qui me brûlait les lèvres.

— Oui, elles n'ont pas osé aller lui parler. Apparemment, elle a essayé de faire bonne figure, mais elle était dévastée.

Il me regarde puis se frotte le visage.

— Elle s'est écroulée dans les bras de son frère à la fin de la cérémonie.

— Putain ! grogne Sniper.

— C'était juste après avoir discuté avec les parents de Nathan.

Mon sang bout dans mes veines et je serre les poings sous la table pour contenir ce sentiment que je déteste : l'impuissance.

— Ça a dû être terrible pour elle.

— Elle va se trimballer le syndrome du survivant pendant un moment.

Elle a bon cœur et ce drame la marquera à coup sûr.

— Dallas aussi était présent.

Lexie et Nathan lui ont sauvé la vie. C'est bien qu'il y soit allé. La journaliste a dû être touchée par ce geste.

— On devrait garder contact en rentrant, peut-être que ça l'aiderait, propose Sniper. On est aptes à comprendre ce qu'elle a traversé.

Jusqu'à présent, je pensais qu'il agissait comme à son habitude, mais peut-être que Lexie lui plait vraiment. Le temps que mon cerveau assimile cette idée, la rage m'envahit.

— Elle voudra plutôt reprendre sa vie sans se rappeler ce qu'elle a vécu, dis-je sèchement.

Sniper me jette un regard étonné, puis il reporte son attention sur les autres.

— On la laissera prendre la décision qui lui convient le mieux. Mais si elle a besoin de nous, on sera là, affirme Ghost.

Son visage est tendu.

— Ce n'est pas ta faute, dit Ace.

— Je sais.

La mâchoire de notre chef se crispe.

— On se sent tous responsables, commente Hunter.

Les autres hochent la tête, et je fais de même. Nous n'étions peut-être pas présents, mais ils étaient sous notre protection. Ça n'aurait jamais dû se produire.

— Plus jamais de civils, dis-je.

Ghost acquiesce. La hiérarchie pourrait nous forcer la main, mais les événements récents pèseront sûrement dans la balance.

— Je vais appeler Mia, on se voit plus tard.

Il quitte la pièce, nous laissant perdus dans nos pensées. Lexie a été marquée par cette mission, mais ce n'est pas la seule, elle nous a tous marqués.

- 27 -

BLADE

Je retire mon casque et le laisse sur ma moto avant de rejoindre le groupe, installé dans le jardin d'Ace. Nous sommes revenus, il y a trois jours, et depuis, chacun a consacré du temps à sa famille, mais ce soir, Ace a insisté pour qu'on se retrouve tous ensemble après cette longue mission.

De mon côté, j'ai passé mon après-midi, appuyé contre un tronc d'arbre à dessiner dans mon carnet. J'avais besoin de faire le point. J'ai beaucoup réfléchi depuis ma conversation avec Ghost, et je crois que le moment est venu d'avancer. Je me suis éloigné au fil des mois, j'en ai bien conscience. Sauf que ce n'était pas la bonne attitude à adopter. Je dois reprendre les choses en main, et ça commence par ne plus être si distant avec les compagnes de mes frères d'armes. Ni avec eux d'ailleurs. Mes frères sont patients, mais je refuse de voir notre lien se briser parce que je suis incapable de combattre mes démons. J'ai trop à perdre. J'ai *tout* à perdre.

— Blade !

Madison court jusqu'à moi et tourne sur elle-même.

— C'est ma robe du mariage ! crie-t-elle, excitée.

— Tu es magnifique.

Elle m'offre un sourire ravi et court jusqu'à Sniper.

— C'est normal qu'elle porte la robe du mariage ? m'étonné-je en m'approchant des autres.

Ace hausse les épaules, le visage radieux.

— Elle voulait la montrer à tout le monde.

— Ça avance les préparatifs ? demande Ghost.

Alyssa nous rejoint et se glisse immédiatement dans les bras d'Ace, qui la serre contre lui et embrasse le sommet de sa tête.

— On a presque tout trouvé, s'extasie Mia.

Ghost éclate de rire.

— Bébé, c'est toi qui te maries ?

Elle grimace et frotte son ventre.

— Désolée, je suis tellement contente de participer.

Son mari lui a offert un mariage-surprise, et apparemment, Mia se rattrape en aidant Alyssa à organiser le sien.

— Les parents de Scott nous ont beaucoup aidés aussi. Il ne nous reste plus qu'à trouver le traiteur.

— Passons à table, lance Ace.

Je fais un détour par la cuisine pour me laver les mains et croise Megan, qui prépare une salade pour l'entrée.

Je la salue et me dirige vers l'évier, mais je sens son regard sur moi. Au bout de plusieurs secondes, elle inspire avant de parler.

— Ça va ?

Je coupe l'eau et attrape une serviette pour m'essuyer.

— Oui, bien sûr.

Elle fronce les sourcils.

— Jackson m'a dit que vous aviez eu une mission difficile.

— C'est vrai, on a connu mieux, mais mes frères sont à la maison, donc ça va.

Elle hoche la tête plusieurs fois et s'apprête à reprendre sa préparation mais son regard se porte à nouveau sur moi.

Je m'approche et m'appuie contre le plan de travail, en essayant de ne pas paraitre aussi froid que d'habitude.

— Qu'est-ce que tu veux me dire ?

— C'est juste que..., tu es... tu vis seul, donc je me disais que peut-être tu avais besoin de discuter.

Megan mord sa lèvre inférieure, légèrement mal à l'aise, ce qui provoque une volée d'émotions en moi. Peu de gens s'intéressent vraiment à moi, en dehors de mes coéquipiers, et je sais que Megan a réellement dû prendre sur elle pour m'aborder. Je suis à la fois touché et dépité. À quel moment suis-je devenu un homme qui effraie les femmes de mes amis au point qu'elles hésitent à me parler ?

— Enfin, je suis là. Jackson aussi bien sûr, mais c'est pas pareil, donc si tu... ma porte est toujours ouverte. *Notre* porte. Tu es le bienvenu.

Elle reprend son souffle et fronce le nez. Je pose une main sur son avant-bras pour qu'elle me regarde à nouveau et tente de paraitre plus doux.

— Merci, j'y penserai.

Je serre un peu son bras pour lui transmettre mon amitié et ma reconnaissance. Elle semble soulagée et me sourit tendrement alors que je la relâche pour retrouver les autres. Je croise Hunter dans le salon qui me donne une tape dans le dos. La joie dans son regard m'indique qu'il a tout entendu.

— Cette offre est valable jour et nuit, dit-il simplement avant de rejoindre sa femme.

Je frotte mon torse, tiraillé par cette sensation qui me faisait défaut depuis bien longtemps. Ce lien, cette plénitude. Retrouver les miens.

Tout le monde s'installe, et comme d'habitude, les conversations fusent dans tous les sens. Mia parle de sa grossesse qui se déroule plutôt bien et de son soulagement que Ghost soit rentré à temps. Madison et Ayden racontent ce qu'il s'est passé durant notre absence. Alyssa partage une anecdote sur un parent d'élève de sa classe. Et Megan se réjouit de nouveaux contrats qu'elle a décrochés dans le cadre de son métier de photographe, mais c'est un prénom dans la bouche d'April qui émerge du lot et capte mon attention.

— Je lui ai proposé de venir, mais...

Elle hausse les épaules.

— Elle semblait aller mieux, mais je ne sais pas si elle est prête.

Ça fait deux semaines que Lexie est rentrée. Entre sa blessure et l'enterrement de Nathan, ça n'a pas dû être simple.

— Elle est en train de finaliser le reportage. Je pense que ça lui permet de faire son deuil, mais ça doit être douloureux de se replonger dans tout ça.

J'avais plus ou moins compris qu'April était restée en contact avec ma journaliste. Quelque part, cette idée me fait plaisir. Même si elle est entourée, ses proches ne peuvent pas tout appréhender. Il faut avoir été sur le terrain pour saisir l'insaisissable, l'inexplicable. Je croise le regard insondable de Sniper avant qu'il ne reporte son attention sur April.

— Tu as rencontré sa famille ?

Mon ventre se noue, ne comprenant que trop bien l'intérêt de mon coéquipier pour la journaliste, et cette situation fait ressortir tous les sentiments que j'essaie d'enfouir.

— Seulement son jumeau. Il est très sympa. C'est drôle, ils sont super différents, mais en même temps, totalement en symbiose. C'est difficile à expliquer, mais il prend bien soin d'elle.

Je m'excuse et quitte la table pour contenir la vague de colère qui me submerge. Il m'est arrivé, à mes débuts, de vouloir frapper un frère d'armes. Ghost m'a pas mal poussé quand on s'est rencontrés, mais depuis, j'ai appris à me contrôler. Je ne sors pas facilement de mes gonds. À croire que dès qu'il s'agit de Lexie, je ne maitrise plus grand-chose.

— Un problème ?

Je m'immobilise et inspire pour me calmer avant de me tourner vers Sniper.

— À toi de me le dire.

Il croise les bras sur son torse.

— Tu es en colère. J'aimerais savoir pourquoi.

— C'est quoi cet intérêt pour Lexie, elle te plait ?

— Peut-être, dit-il en haussant les épaules, comme si ça n'avait pas d'importance.

— Elle n'est pas pour toi.

— Pourquoi ?

Il décroise ses bras et s'avance d'un pas.

— Putain, elle n'est pas pour toi.

Ma main glisse jusqu'à mon poignard, mais je tapote simplement l'étui sans le sortir. Sniper remarque mon geste et s'avance encore, le regard dur.

— C'est une fille bien. Elle est drôle, belle, dévouée et courageuse. N'importe quel homme serait chanceux de l'avoir dans sa vie.

Ma mâchoire se crispe avec violence et mon poing se resserre.

— Tu m'expliques, dit-il calmement. J'ai loupé un truc ?

Il me dévisage, attendant que j'ouvre la bouche, mais les pensées se bousculent dans mon esprit. Des images de Lexie m'assaillent, jusqu'à devenir un mélange flou, alors quand une main se pose sur mon épaule, je réagis par réflexe et plaque mon agresseur contre le mur, l'avant-bras appuyé contre sa gorge.

— Ce n'est que moi.

Ma vision s'éclaircit et je comprends que je viens d'attaquer mon frère. Les mains levées devant lui, il ne fait aucun geste pour se défendre.

Je recule d'un pas en le relâchant.

— Elle est à moi.

— D'accord.

Je fronce les sourcils.

— D'accord ?

— Je voulais juste t'entendre le dire.

Je repasse la scène dans ma tête, perturbé de n'avoir rien vu venir.

— Elle ne t'intéresse pas ?

Il sourit et pose une main sur mon épaule, comme si je ne l'avais pas agressé.

— Elle est géniale, mais je ressens, pour elle, la même chose que ce que je ressens pour Mia, Alyssa, Megan ou April.

— Pourquoi tout ce sketch ? grogné-je.

— Pour te faire comprendre que tu tiens à elle. Je ne veux pas que tu passes à côté de ça.

Je me frotte le visage.

— Je ne suis pas pour elle. Putain, j'aurais pu te trancher la gorge.

— Tu ne l'as pas fait, Blade. Tout n'est pas aussi noir que tu le penses. Merde, tu fais partie de notre famille. On te confie nos vies. Lexie n'avait pas peur de toi, elle avait même confiance en toi. Ne laisse pas passer ta chance.

— Ma chance ?

— D'avoir ta famille, murmure-t-il.

— J'ai déjà une famille, dis-je sèchement.

— C'est vrai, mais c'est différent. Elle pourrait t'apporter autre chose, une chose que tu n'aurais jamais imaginée pour toi.

— Elle serait mieux sans moi.

— Tu te trompes complètement, mon frère. Laisse la porte ouverte, ne te ferme pas. Peut-être qu'elle a croisé ta route pour une bonne raison.

— Ce n'est pas le bon moment pour elle.

Il hausse les épaules.

— Laisse-la décider du moment, mais je pense au contraire que tu pourrais l'aider à traverser cette épreuve.

Mon visage se fige en un masque d'étonnement. Moi ? Je suis sûrement le moins empathique de notre groupe.

Sniper éclate de rire.

— Tu la comprends, et que tu le croies ou non, tu sais très bien écouter. Tu parles peu, mais ce que tu dis est juste. Enfin, la plupart du temps.

Je souris, amusé. À force d'observer, on en apprend beaucoup sur le comportement humain. Peut-être qu'il n'a pas tort au fond.

Il tapote mon dos et s'éloigne.

— Sniper ?

Il regarde par-dessus son épaule.

— Désolé.

J'aimerais ajouter *merci*, mais je dois d'abord éclaircir mes pensées.

— Je te revaudrai ça en entrainement, plaisante-t-il en me pointant du doigt.

* *
*

Naya et Sanka accourent vers la porte d'entrée alors que la sonnette retentit. Ace se lève et vérifie la caméra sur son téléphone avant de sourire.

— Ça pour une surprise !

Il revient quelques minutes plus tard et se décale pour laisser passer le nouveau venu. Je me redresse sur ma chaise en apercevant Lexie. Elle tient un plat dans ses mains et semble assez mal à l'aise.

— Lexie !

April se précipite vers elle et la prend dans ses bras avant de la ramener vers le groupe.

— Je suis tellement contente que tu sois venue.

Les gars se lèvent pour la saluer alors que les femmes l'accueillent comme si elle avait toujours fait partie des nôtres. Je reste en retrait, ne sachant pas vraiment comment me comporter. Lexie affiche un sourire, mais il n'est pas aussi lumineux qu'à son habitude. Il dissimule une part de douleur. Elle donne le change, et même si mes coéquipiers s'en rendent compte, personne ne lui fait la moindre remarque.

— Je suis désolée d'arriver si tard.

Elle tend le plat à Alyssa.

— J'ai apporté un dessert.

— Tu n'étais pas obligée, on est vraiment heureux que tu sois là, dit Ace en l'invitant à s'asseoir.

Quand Lexie se tourne vers la table, nos regards s'accrochent et se verrouillent. Une multitude d'émotions traversent ses traits, jusqu'à ce qu'elle me sourie. Sûrement le premier sourire sincère depuis qu'elle est arrivée. Le fait qu'il me soit adressé ranime cette flamme qui s'embrasait déjà à son contact en Syrie.

— Salut Blade, souffle-t-elle avant de se racler la gorge.

— Lexie.

Je hoche la tête. En apparence, je suis calme et impassible, mais au fond, tous mes organes semblent en mouvement tant mon sang pulse dans mes veines. Mes muscles sont crispés. Je dois me réfréner pour ne pas me rapprocher d'elle. Ghost me fait les gros yeux comme à un enfant qu'on gronde, ce qui menace de faire exploser la barrière d'émotions que je contiens. Heureusement pour nous, les chiens viennent briser la tension en se frottant contre ma journaliste.

— Salut, les baveurs, vous êtes beaux !

Elle rit et leur gratte la tête avec entrain.

— Tu aimes les animaux ? demande Madison.

— Tu plaisantes ? J'adore les animaux !

— Tu as des chiens ?

— Non, pas de chiens, mais j'ai trois chats, deux tortues et deux poissons.

Madi écarquille les yeux.

— Pour de vrai ?

— Pour de vrai.

— Comment ils s'appellent ?

Elle sourit avant de répondre.

— Les chats s'appellent Azraël, Tom et Billy. Les tortues, Bonnie et Clyde ; et mes poissons s'appellent Dory et Nemo.

— Comme dans le dessin animé ?

Lexie hoche la tête.

— Trop bien.

— Attends, souffle Mia en se caressant le ventre, tu as un problème avec les noms d'animaux, non ?

— Si le problème, c'est d'être sacrément cool, alors j'ai un énorme problème.

Mia tend sa main pour que Lexie tape sa paume. Les filles se mettent à rire et dans la seconde, les conversations s'enchainent sur les chats de la journaliste. Mes coéquipiers se jettent un coup d'œil ravi et amusé, mais Sniper garde ses yeux rivés sur moi, sûrement pour savoir ce que je vais faire.

Et le pire, c'est que je n'en ai pas la moindre idée. Pourtant, une chose est sûre, je ne peux pas faire comme si de rien n'était. Lexie compte pour moi, et je n'ai pas envie de la laisser partir.

- 28 -

LEXIE

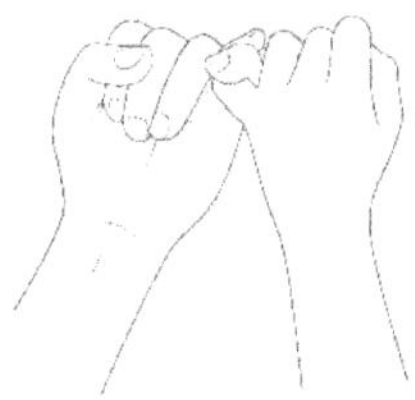

— Je te raccompagne ?

Je sursaute tandis que Blade sort de l'ombre et s'appuie contre le mur près de la porte d'entrée. J'ai finalement passé toute la soirée chez Ace et Alyssa. Et j'ai adoré ça. J'ai toujours été très sociable, mais j'ai un boulot prenant, une famille envahissante, et pas le temps pour nouer des relations durables. Alors, faire partie de ce groupe pendant quelques heures a été un vrai bonheur dans le tourbillon noir qui m'engloutit depuis deux semaines.

— J'ai ma voiture.

— Je sais.

Je fronce les sourcils.

— Je n'ai pas bu.

— Deux verres.

— Tu me surveilles ? demandé-je en plissant les yeux.

— J'observe.

Je soupire, ne sachant pas vraiment quoi penser de son attitude. Blade est resté distant, même s'il n'était pas spécialement froid.

Il s'avance et me tend un casque.

— S'il te plait, ajoute-t-il simplement.

Je le dévisage, tentant de comprendre ses intentions, mais c'est peine perdue. De toute manière, à quoi bon réfléchir, ma décision est déjà prise.

J'enfile le casque tandis qu'il s'installe, et je grimpe rapidement derrière lui. Le moteur vrombit quelques secondes plus tard alors que je glisse mes mains autour de sa taille, savourant cette proximité inespérée.

Bercée par les vibrations de la moto et la conduite agréable de Blade, je ferme les yeux et profite de ce moment hors du temps. Ce n'est pas grand-chose, mais pour lui, j'imagine que c'est déjà beaucoup. Au bout d'un moment, je sens la main gantée du SEAL se poser sur la mienne. Un geste de quelques secondes, un geste tendre auquel je ne m'attendais pas. J'aimerais que ça dure, j'aimerais prolonger l'instant, j'aimerais demeurer près de lui et sentir cette sérénité, encore et encore, mais il finit par la retirer, semant à nouveau des doutes dans mon esprit.

Je lui indique mon adresse quand nous arrivons à San Diego, et bien trop tôt, il se gare devant la maison. Blade me laisse descendre avant d'ôter son casque. Je reste immobile à côté de lui, ne sachant pas bien ce qu'il attend de moi.

— Merci, murmuré-je en lui tendant le casque.

Il l'accroche à sa poignée et recule sur son siège. Après un regard chargé de promesses, il m'attire à lui. Ses doigts caressent ma joue et glissent une mèche de cheveux derrière mon oreille. Je m'agrippe à son blouson, la respiration saccadée, enivrée par son odeur, par son toucher, par la chaleur de son corps. Sa main sur mes reins brûle ma peau à travers ma veste.

— Blade...

Ses yeux se posent sur les miens, puis sur ma bouche, alors pour ne pas le voir reculer encore une fois, je prends les devants et dépose un baiser sur ses lèvres. Tendre, doux, léger. Les doigts de Blade se resserrent dans mes cheveux, et il me rapproche davantage, comme s'il essayait de mouler nos deux êtres pour qu'ils ne forment plus qu'un. La seconde qui suit, c'est lui qui prend d'assaut mes lèvres. Dans l'urgence et la passion de l'instant. Sa langue joue avec la mienne, ses paumes caressent mon corps, et tout ce que je peux faire, c'est me laisser engloutir par l'envie de le sentir partout sur moi. Je ne suis plus qu'un amas de nerfs en feu alors que la lave du désir ravage mes veines. Quand il détache ses lèvres et pose son front contre le mien, je suis essoufflée, brûlante et tremblante. Mes jambes ne me porteraient plus sans le bras de Blade dans mon dos. Je n'ai jamais ressenti un désir aussi violent que celui-là, mais ce n'est pas seulement sexuel. Ce n'est pas qu'une envie de son corps. C'est une envie de lui. De ce qu'il est. De ses multiples facettes. De ses sourires et de ses regards noirs. De ses paroles froides et de ses silences. De sa loyauté et de son besoin de solitude. De son corps et de son esprit. De son passé et de son présent. Je sais que ce n'est pas ce qu'il veut m'offrir, mais pour le moment, je m'en fous. J'ai tellement besoin de lui que je referme la porte de l'avenir pour me concentrer sur le présent.

— Tu veux entrer ?

— Lexie...

— Ne m'oblige pas à te supplier, murmuré-je.

— Tu le ferais ? s'amuse-t-il.

— Tu rêves.

Il sourit et son pouce caresse ma lèvre inférieure.

— Ce n'est pas une bonne idée.

— Je sais.

— Je ne suis pas...

— Je sais, le coupé-je.

Il soupire et sa main dans mon dos remonte le long de ma colonne vertébrale.

— Reste avec moi, chuchoté-je contre ses lèvres.

Il me dévisage un instant, comme s'il essayait de m'analyser, et je tente de ne pas montrer à quel point j'en ai envie, à quel point ça me briserait qu'il refuse.

Après des secondes interminables, il hoche finalement la tête et me suit jusqu'à la maison.

Quand nous pénétrons dans mon salon, le regard de Blade se pose rapidement sur la pièce avant de revenir à moi tandis que je retire mes chaussures, puis ma veste. Galvanisée par le désir qui brûle dans les yeux du SEAL, je continue de me déshabiller lentement, vêtement après vêtement jusqu'à me retrouver en lingerie. Là, on pourrait imaginer que j'ai prévu le coup avec de la dentelle sexy, mais ce serait mal me connaitre. Ma petite culotte en coton et mon soutif confortables sont tout ce que je propose. J'ai un peu de lingerie coquine dans mon tiroir, mais je ne la sors que pour certaines occasions. Heureusement pour lui (et pour moi), le regard de Blade ne change pas, alors je continue mon manège et cinq secondes plus tard, je suis complètement nue. Les yeux du SEAL parcourent mon corps avec tant de chaleur que chaque parcelle de ma peau s'enflamme. La combustion n'est pas loin. J'essaie de rester immobile, mais le désir me tiraille et je me tortille pour l'atténuer.

Je m'apprête à lui dire que ça va devenir gênant s'il ne se met pas en mouvement, mais je n'en ai pas le temps parce qu'en deux pas, il est sur moi. Il me soulève et je passe mes jambes autour de ses hanches.

— Première à droite, murmuré-je tout en déposant des baisers dans son cou alors qu'il m'entraine vers la chambre.

Ses mains sont presque douloureuses sur mes fesses, mais ça n'a pas d'importance, je le veux tel qu'il est. Lui. Avec ses démons et ses casseroles. Avec sa douce brutalité. Avec sa tendresse maladroite. Avec cette passion trop longtemps contenue. Mes lèvres s'accrochent à sa peau, mes mains glissent sur sa nuque, et ses cheveux courts. Je le sens tendu sous mes caresses, prêt à exploser malgré son self-control quasi inébranlable. Ses doigts s'enfoncent un peu plus dans ma chair, me tenant fermement contre lui alors qu'il franchit le seuil de ma chambre.

Mon souffle s'accélère d'anticipation quand il me dépose sur le matelas. Je m'attends à ce qu'il se précipite sur moi, mais au lieu de ça, il reste là, debout au pied du lit, son regard noir plongé dans le mien. Un silence lourd et vibrant s'installe entre nous. Mon corps est tendu, réclamant ses mains sur ma peau, ses lèvres contre les miennes. L'anticipation me fait perdre pied, et pourtant, je ne bouge pas.

Enfin, il retire son blouson et son tee-shirt, dévoilant peu à peu ce corps musclé qui me fait saliver. Je me redresse sur les coudes, me délectant de la vue, suivant chacun de ses mouvements. Tout chez lui me fait frissonner. Blade se penche vers moi, et nos lèvres se trouvent. Le contact est électrique. Son baiser est brut, affamé, et je réponds avec la même urgence. Je sens son désir, son besoin, il résonne en moi, me consume. Mes mains glissent vers la ceinture de son pantalon, luttent pour l'ouvrir. Il m'aide, grognant légèrement contre ma bouche.

Quand il est nu, il se couche sur moi, et je m'arc-boute sous son poids, accueillant ce contact tant attendu. Sa peau contre la mienne, sa chaleur, tout est trop intense, mais pour rien au monde, je ne voudrais que ça s'arrête.

— Lexie...

Mes mains courent sur son dos et ses épaules, traçant chaque muscle avec une précision désespérée. Sa bouche quitte mon visage pour voler dans mon cou, y déposant des baisers brûlants. Mon souffle s'emballe, chaque caresse, chaque pression de ses lèvres enflamme un peu plus mes sens. Le monde autour de nous disparaît.

Son corps bouge contre le mien, en une danse lente mais irrésistible. Je me perds dans cette sensation, dans cette alchimie sauvage. Ses mains glissent sur mes hanches, mes cuisses, comme s'il voulait graver chaque courbe dans sa mémoire. Je me noie dans ses baisers, dans la chaleur de sa peau contre la mienne. Il n'y a plus que nous, plus que cette tension palpable qui s'est installée, prête à exploser en ravageant l'univers sur son passage.

Nos mouvements deviennent plus urgents, plus désordonnés, comme si nous étions en train de franchir une limite que nous avons trop longtemps ignorée. Il sait exactement où me toucher, comment me faire perdre le contrôle. Chaque geste est précis, assuré, mais surtout empli de désir. Je ferme les yeux, le cœur battant à un rythme effréné, laissant nos corps dicter la cadence. Nos souffles se mêlent, s'accélèrent. Les sensations déferlent en vagues, me submergent. Je suis ballotée dans ce tourbillon d'émotions.

Et puis, tout éclate. Le plaisir se déchaîne, mon corps se cambre sous le sien tandis que je me laisse complètement aller. Blade suit de près, grognant contre mon cou alors qu'il s'abandonne à son tour. Nous nous immobilisons dans une étreinte moite et haletante, encore secoués par l'intensité du moment.

Pendant un instant, tout est calme. Nos respirations reprennent doucement leur rythme normal. Il roule sur le côté et se débarrasse de son préservatif avant de revenir près de moi. Je ne crois pas qu'il soit du genre à câliner une femme après l'amour, mais la façon dont il m'a touchée, même vénérée, me convainc de me rapprocher pour me retrouver à nouveau dans son étreinte protectrice.

Nous restons blottis l'un contre l'autre, dans ce silence confortable qui suit une tempête, profitant simplement du moment, sans précipitation, sans masque. Juste nous. La main de Blade trace les lignes noires parcourant mon flanc. Sept arbres aux racines entrelacées en l'honneur de ma famille. Il n'y a rien de plus important à mes yeux. Les arbres ne sont pas identiques, parce que même si nous sommes unis et complémentaires, nous sommes tous différents. Ses doigts se perdent ensuite sur ma cuisse droite, sur laquelle se trouve une boussole enveloppée de fleurs sauvages pour représenter mon amour du voyage et de l'aventure.

— Tu as des tatouages ? murmuré-je, de peur de briser la magie du moment.

— Un seul.

Mes yeux glissent sur son torse, ses bras et ses jambes, mais je ne vois rien. Blade sourit, puis se détache pour se redresser. Un immense tatouage couvre quasiment la totalité de son dos. Je m'assois à mon tour, et hésite un instant avant de poser mes doigts sur l'encre noire. Un magnifique loup hurle à la lune. Je ressens sa puissance, mais aussi sa solitude, perdu au milieu d'une tempête de nuages et d'éclairs.

— C'est tellement...

Je ne trouve pas les mots tant l'intensité de ce dessin me noue la gorge. Il y a tant de douleur et de force. Le loup arbore de nombreuses cicatrices, probablement le résultat du passé tumultueux de mon SEAL.

— J'ai rajouté les autres loups, il y a quatre ans.

— Pour tes coéquipiers, comprends-je.

Il hoche simplement la tête alors que j'observe cette meute qui représente sa famille. Les traits sont plus légers, plus fins, comme s'ils étaient en retrait. Un renfort indéfectible, dans l'ombre. Un lien silencieux, une présence incontournable. Ce tatouage illustre parfaitement la dualité de Blade. Le solitaire, marqué par son passé, et sa famille qui le soutient sans faillir et pour laquelle il donnerait tout.

Blade se rallonge et je reprends ma position sur son torse. Il dépose un baiser léger sur le sommet de ma tête, et je souris doucement, me sentant étrangement complète, comme si, pour la première fois depuis longtemps, tout était à sa place.

- 29 -

LEXIE

Assise sur le plan de travail, mes jambes se balancent dans le vide alors que je savoure une tasse de café. Quand je me suis réveillée, ce matin, j'étais seule dans mon lit. Pendant un instant, j'ai cru que Blade était parti, mais j'ai ensuite vu sa moto garée devant la maison. Le soulagement qui m'a envahie m'a rappelé à quel point j'étais attachée à lui. Je ne peux rien exiger pour l'avenir, et pourtant, je m'accroche à cet infime espoir. L'espoir qu'il ne veuille jamais me laisser.

Je m'apprête à abandonner mon poste de garde devant la fenêtre quand j'entends un moteur se rapprocher. J'écarquille les yeux en voyant ma voiture se ranger à côté de la moto. Pendant une fraction de seconde, je me demande s'il est allé la chercher pour ne pas devoir me ramener. Peut-être qu'il voulait partir sans avoir à me rendre des comptes. J'aurais demandé à mon frère, et je ne me serais pas imposée, mais j'imagine que Blade a plutôt l'habitude de ne pas traîner auprès d'une femme. Je repousse ces idées et me concentre sur le beau spécimen qui descend de ma voiture. Il se dirige vers la porte, d'un pas calme mais déterminé. Je pourrais même dire qu'il est gracieux, comme s'il flottait au lieu de marcher. Ses pas sont légers, à l'instar de ceux qui pratiquent des arts martiaux. Mais je crois que c'est surtout dû à son expérience de SEAL. Pour les avoir beaucoup côtoyés, je sais qu'on ne les entend pas arriver s'ils le décident.

Je ravale mon envie de me précipiter vers la porte, et laisse les choses se faire avec un peu plus de retenue. Blade utilise des clés, probablement les miennes, et entre sans faire de bruit. Je n'ai pas besoin de bouger, il me repère immédiatement. Encore un truc de soldat d'élite.

— Salut, dis-je pour camoufler mes pensées désordonnées.

Il lâche le trousseau sur le petit meuble de l'entrée et me rejoint dans la cuisine.

— Tu veux un café ?

Il hoche la tête, mais avant que j'aie pu opérer le moindre mouvement, il récupère mon mug, qu'il pose sur le côté, et m'emprisonne entre ses bras.

— Salut, souffle-t-il contre mes lèvres.

Il m'embrasse sans attendre, et fait glisser mes fesses sur le plan de travail pour me rapprocher de son corps. Pressée contre lui, ma peau s'enflamme instantanément, comme si je n'en avais pas encore eu assez de lui. Il étouffe mon gémissement avec sa langue et crispe ses doigts sur mes hanches, seulement couvertes par une culotte. Mes seins pointent sous mon débardeur, dans l'attente des caresses de Blade. Je me frotte contre lui et griffe presque son dos d'anticipation. Sa main glisse entre mes cuisses, et alors que je penche la tête en arrière pour lui offrir l'accès à chaque parcelle de ma peau, deux coups sur la porte me font sursauter.

— Il n'y a personne, ne t'arrête pas, râlé-je.

Il s'esclaffe dans mon cou quand la voix de ma mère perce ma brume de désir. J'écarquille les yeux et me recule vivement, gênée.

— Merde !

Je pousse Blade et saute du plan de travail. Je pars à la recherche d'un pantalon et reviens en courant vers la porte, alors que le SEAL n'a toujours pas bougé. Je me recoiffe rapidement et souffle avant d'ouvrir.

— Tu en as mis du temps, ma puce, tu dormais ?

— Non, je... qu'est-ce que tu fais là ? dis-je plus bas en bloquant le battant pour cacher la pièce.

— Je viens voir comment tu vas.

— Tu aurais pu prévenir.

Ma mère plisse les yeux puis sourit avant de forcer le passage.

— J'en étais sûre ! Bonjour, je m'appelle Kendra.

Elle se précipite vers Blade, la main tendue. Étonné, il la regarde un instant avant de la serrer.

— Blade.

— Oh, un militaire. Tu m'avais caché, ça, ma fille. Les enfants ne disent plus rien de nos jours.

Elle commence à vider son sac et à déposer des boites de nourriture sur le plan de travail.

— En plus, on adore les militaires.

Elle fait un clin d'œil à Blade alors que je me décompose sur place. Je n'ai présenté personne à mes parents depuis très longtemps. Aucune histoire n'a été assez sérieuse.

— Maman, s'il te plait, grogné-je à voix basse.

— Quoi ? Je suis ravie pour toi. Il est sacrément sexy.

— Maman ! m'exclamé-je plus fort.

Elle éclate de rire et range la nourriture dans mon frigo. Blade la regarde faire avec une certaine curiosité. Même si la situation n'est pas idéale et que Blade n'est sûrement pas prêt à rencontrer ma famille, j'en ai envie. J'ai envie qu'il connaisse les miens. J'ai envie qu'il découvre la vraie Lexie, en dehors des missions.

— Bon, je ne vous embête pas plus longtemps.

Elle reprend son sac, embrasse ma joue et tapote l'épaule de Blade.

— Ce fut un plaisir, mon garçon. Venez diner à la maison, un de ces jours.

Blade n'a pas décroché un mot, mais ça ne semble pas déranger ma mère. Il faut dire qu'après avoir élevé cinq enfants, dont quatre garçons, elle maitrise à peu près tous les langages.

— Amusez-vous bien, et sortez couverts.

Je me cache le visage tandis que la porte d'entrée claque. Au bout de quelques secondes, j'entends un ricanement et tourne la tête vers Blade. Bon sang, il sourit. Et il est encore plus beau. *Comme si c'était possible.*

— C'était ma mère, dis-je en pointant la porte du doigt.

— C'est un sacré numéro.

— M'en parle pas, réponds-je en levant les yeux au ciel.

Il s'appuie contre le plan de travail, les bras croisés sur son torse.

— Désolée pour tout ça.

Il hausse les épaules, détendu.

— Est-ce que... tu as connu tes parents ? tenté-je.

J'ai cru comprendre que Blade avait eu une enfance particulièrement difficile, mais il n'est jamais entré dans les détails.

Son corps se tend et je regrette déjà ma question. Avec lui, il faut y aller pas à pas. Il n'est pas du genre à se dévoiler facilement.

— Ma mère m'a abandonné quand j'avais trois ans, dit-il contre toute attente. Je n'ai jamais connu mon père.

Ma bouche s'ouvre brutalement, et un cri muet de désespoir s'en extirpe.

— Tu ne l'as jamais revue ?

— Non, je sais juste qu'elle est morte quand j'avais 10 ans.

Il se frotte le visage alors que j'avance vers lui.

— Elle venait d'une famille aisée, mais ils ne voulaient rien avoir affaire avec elle ou avec moi. J'ai été balloté de foyers en familles d'accueil. Au début, j'étais plutôt calme, réservé. Je ne parlais pas beaucoup.

Je souris. Ça n'a pas vraiment changé. Blade hausse un sourcil et attrape mes hanches pour me rapprocher de lui. Je lève mon visage vers le sien dans l'attente de la suite de son histoire, parce que je veux tout savoir de lui.

— En grandissant, la rage m'a consumé, reprend-il en caressant mes reins. J'en voulais à la Terre entière. Je me bagarrais, je volais, je fuguais. J'étais un cas désespéré. Jusqu'à ce que je me fasse choper pour une énième connerie et que le juge me donne le choix entre l'armée ou la prison.

J'écarquille les yeux, horrifiée. On ne part pas tous dans la vie avec les mêmes cartes, c'est un fait, mais de voir l'homme qu'il est devenu avec cet effroyable démarrage, ça force le respect.

— J'ai choisi la Navy. Et ça a été la meilleure décision de ma vie. Sans ce juge, j'aurais sûrement mal tourné, à enchainer des conneries plus grosses les unes que les autres.

— Tu as trouvé ta voie, affirmé-je en posant les mains sur son torse.

— Ma voie, un cadre, un exutoire. J'ai décidé de me dévouer à mon pays, de faire la différence, et j'y ai gagné une famille.

La famille qu'il n'a jamais eue. Je n'ose imaginer à quoi aurait ressemblé ma vie si je n'avais pas les miens.

— Et pourquoi es-tu devenu Navy SEAL ?

— Le défi. Je voulais entrer dans l'élite. J'avais besoin d'adrénaline, d'action, de faire partie des meilleurs après avoir été un raté si longtemps.

— Blade, murmuré-je, tu n'étais pas un raté. Juste un gosse blessé et paumé.

Il caresse ma joue et glisse sa main sur ma nuque.

— Qu'est-ce que tu as prévu, aujourd'hui ? demandé-je innocemment.

— Du sexe époustouflant.

J'éclate de rire parce que je m'attendais plutôt à ce qu'il déguerpisse.

— Et peut-être un plat fait maison, ajoute-t-il en donnant un coup de menton vers le réfrigérateur.

— Je trouve que c'est un excellent programme.

Et la seconde suivante, ses lèvres s'abattent sur les miennes. Blade est du genre à préférer commencer par le dessert.

* *

*

Je ne sais pas où ça va me mener. J'ai la sensation que je vais me brûler les ailes. Que je vais y laisser mon cœur, et probablement une partie de mon âme. Je sais qu'il ne voit pas les choses comme moi. Je sais qu'il n'envisage pas l'avenir que j'aimerais pour nous. Je sais qu'au fond, même s'il a trouvé sa meute, il reste un loup solitaire. Est-ce qu'il pourrait ouvrir son cœur ? L'ouvrir vraiment ? Je me berce d'illusions, mais j'ai toujours été une indécrottable optimiste. Parce que Blade, aussi abîmé soit-il, mérite qu'on se batte pour lui. Mérite qu'on lui montre ce qu'il y a en lui d'incroyablement attirant. Il mérite de vivre le bonheur d'avoir une famille à lui.

Suis-je bête d'y croire parce qu'il s'est confié à moi ?

Suis-je une femme de plus sur sa liste de conquêtes ?

Ne suis-je qu'une étape sur son chemin ?

— Tu n'es pas une conquête de plus.

Je sursaute et referme violemment mon carnet, surprise de voir Blade debout dans l'encadrement de la porte. Il est allé courir en fin d'après-midi et j'en ai profité pour écrire après avoir essayé de travailler sur un article. Je crois que, comme souvent, j'ai parlé à voix haute pour mettre au clair mes émotions.

J'ouvre et ferme la bouche à plusieurs reprises, incapable d'aligner deux mots. Blade s'avance et s'appuie contre ma commode.

— C'étaient juste des pensées...

— Lexie... je ne peux rien te promettre.

Il ne me vend pas du rêve, ne fait pas de promesses qu'il ne tiendra jamais. C'est ce que j'aime chez lui.

— Je sais, je ne te demande rien.

Il sourit tristement. Avec ce que je viens d'écrire, forcément, il n'en croit pas un mot.

— Je n'avais pas couché avec une femme depuis au moins deux ans.

— Quoi ? m'exclamé-je, cachant mal ma surprise.

— Tu n'es pas une conquête de plus. Je ne m'attendais pas à toi, mais je ne peux pas ignorer ce qu'il se passe entre nous.

Cette déclaration est à l'image de Blade, mais elle me touche en plein cœur, parce qu'il me dit à demi-mot que je compte pour lui. Suffisamment pour que ce ne soit pas qu'un coup d'un soir. Enfin d'un week-end, étant donné qu'il est chez moi depuis deux jours.

Je reste figée, incapable de détacher mes yeux de lui. Ses mots tournent dans ma tête, leur poids résonnant profondément dans tout mon être, jusqu'à frôler mon âme.

Les bras croisés sur son torse, il ne bouge pas, comme s'il tentait de se protéger de ce qu'il vient de dire. Comme s'il regrettait déjà d'avoir laissé échapper ces mots. Mais ses yeux, eux, ne mentent pas.

Je m'humecte les lèvres, essayant de calmer les battements affolés de mon cœur.

— Je ne te demande pas de changer. Ce que je veux, c'est simplement que tu… sois là, et que tu sois toi.

Ses bras se décroisent, et il vient s'asseoir près de moi sur le bord du lit.

— Je peux te donner ça, dit-il enfin, dans un murmure. Mais je ne sais pas combien de temps ça durera.

Mon cœur se serre, mais cette fois, pas de douleur. Il m'offre ce qu'il a, ce qu'il peut. Je ne peux pas demander plus. Je prends sa main dans la mienne, liant nos doigts ensemble.

— Alors je serai là, aussi longtemps que tu le voudras.

Il me regarde longuement, et je vois quelque chose de différent dans ses yeux. Comme s'il commençait à comprendre que je ne compte pas abandonner si vite. Que je l'accepte vraiment tel qu'il est.

Il me tire doucement contre lui, m'enveloppant de ses bras. Sa chaleur me submerge, et pour la première fois depuis qu'il est dans ma vie, je sens qu'il me laisse entrer un peu plus dans la sienne.

Nous restons ainsi, dans le silence agréable de la chambre. Je ferme les yeux, savourant cette proximité, ce moment où Blade, cet homme solitaire et brisé, accepte enfin de baisser sa garde, ne serait-ce qu'un peu. Ce n'est peut-être pas l'avenir dont je rêvais, mais c'est lui, ici et maintenant, et c'est déjà beaucoup.

- 30 -

BLADE

Je sens la tension dans mes bras alors que je monte pour une énième traction. Mes muscles brûlent, mais c'est une douleur familière, presque rassurante. Malgré la pluie, on enchaine les exercices depuis bientôt deux heures. C'est notre routine, mais plus que ça, c'est ce qui nous garde en vie.

— Comment va Lexie ? demande Ghost.

Je fixe obstinément un point devant moi, évitant de croiser son regard.

— Bien.

— Attends, j'ai loupé un épisode ? s'étonne Hunter.

— Ils sont ensemble.

— Depuis quand ?

— Le barbecue, avoue Ace, comme s'il partageait un secret.

— Foutez-moi la paix, grogné-je.

J'essuie la flotte qui dévale mon visage et bois une gorgée d'eau avant de reporter mon attention sur mes coéquipiers.

– Pour le moment, on s'amuse, me défends-je, gêné d'être au centre de la discussion.

Ce n'est pas tout à fait vrai, mais je n'ai pas envie de mettre des mots sur ce que je ne comprends pas.

– Est-ce qu'elle est au courant ? demande Sniper.

– Elle sait très bien où on en est.

Il n'est pas question que je me foute d'elle, je ne suis juste pas au clair avec ce que je ressens.

– Elle te fait du bien, continue Blue, en lançant une balle de médecine contre le mur.

Il n'y a aucune moquerie dans sa remarque. Et il a raison. J'aurais dû me douter que les gars verraient ce que je ne voyais pas. En Syrie, on passait notre temps à se disputer, mais ça cachait probablement autre chose. Le désir. L'attraction. L'attirance. L'affection.

– Elle est... C'est Lexie.

Il y a un silence qui suit ma réponse, un silence qui n'a rien de gênant. Même si je ne suis pas le plus loquace, même si j'ai mes secrets, ils me connaissent assez bien pour voir l'importance qu'elle a aujourd'hui dans ma vie.

– Elle a du caractère, c'est ce qu'il te fallait, reprend Blue, avec un sourire malicieux.

J'attrape une kettlebell pour une série de squats. Lexie est un rayon de soleil. Malgré tout ce qu'elle a vécu, elle tient bon, elle est encore souriante et dévouée. Rien ne semble pouvoir la détourner de son appétit pour la vie. Peut-être que c'était ce dont j'avais besoin, une femme qui ne recule pas devant mes silences, qui n'est pas effrayée par mon regard sombre, qui n'a pas peur d'affronter mes démons.

— Vis simplement ce que tu as à vivre, commente Ace. Ne te pose pas trop de questions.

Je continue de faire mes mouvements, mais dans ma tête, le visage de Lexie ne me quitte pas. Elle a cette façon de me regarder, de me toucher, qui fait tomber mes défenses, tout du moins en partie. Avec elle, je n'ai pas besoin de prétendre être autre chose que ce que je suis. Ça me fout la trouille, mais en même temps, ça m'apaise, je ne peux pas le nier.

Les gars ne disent plus rien, chacun concentré à nouveau sur son exercice. Depuis l'arrivée de Lexie, mes angoisses ont reculé. Je redeviens un peu le Blade de l'équipe, celui qui était présent pour ses coéquipiers, celui qui se réjouissait pour eux, celui qui souriait même parfois. J'étais moins distant, moins froid, et j'aimerais le retrouver. Parce que je sais que mes frères souffrent de ce fossé qui s'est creusé. Je suis présent sans l'être. Et ce n'est pas comme ça qu'on a construit notre unité. Ce n'est pas ça qui représente la base de notre amitié.

— Au fait, on a trouvé le traiteur pour le mariage, annonce Ace.

— Tout est prêt, du coup ?

— Oui. Aly en avait tellement marre qu'elle était à deux doigts de commander des pizzas.

Blue éclate de rire, alors que Ghost secoue la tête.

— Avec Chelsea, je n'ai pas eu grand-chose à faire, dit-il, faisant référence à son mariage surprise. Elle était si excitée qu'elle a tout pris en main.

— Mia a beaucoup aidé Aly.

— Je sais. Elle m'a dit qu'elle n'aurait pas aimé participer aux préparatifs pour notre mariage parce que c'est trop stressant, mais elle a adoré prendre part au vôtre.

— Lexie sera des nôtres ? demande innocemment Blue.

— On l'a invitée.

Il me jette un coup d'œil, mais je ne rebondis pas sur le sujet. On n'en est pas vraiment à faire des plans sur notre avenir.

L'entrainement terminé, Ghost passe à côté de moi et hoche la tête, une lueur d'émotion dans son regard. Même s'il ne l'a pas dit, il était inquiet pour moi. C'est le meilleur chef d'équipe que j'aie connu, mais c'est également un ami loyal. Quant à Sniper, il me serre l'épaule. Il voulait que je me bouge, et c'est ce que j'ai fait. Je ne sais pas où ça me mènera, mais je ne pourrai jamais regretter cette histoire avec Lexie.

Je laisse échapper un souffle, un demi-sourire sur les lèvres. Parce que pour la première fois depuis longtemps, je crois que je suis sur la bonne voie.

* *
*

Je franchis les portes du foyer, les épaules détendues. Cet endroit, c'est une facette de moi que je ne montre à personne. Personne, sauf ces gamins. C'est ici que je viens, chaque fois que je suis au pays. Un foyer pour jeunes comme ceux dans lesquels j'ai grandi. Ce n'est pas le même bâtiment, pas les mêmes murs, mais l'ambiance est toujours la même. L'odeur de produits de nettoyage, les meubles qui ont vu passer des centaines de gosses, les relents des déodorants bon marché, les bruits de pas dans les couloirs, le ballon qui claque sur le bitume, des cris, des rires et des voix étouffées. Je connais tout ça par cœur. C'est tellement imprégné dans ma mémoire qu'à certains moments, j'ai l'impression de revenir dans le passé.

Je salue quelques éducateurs et ouvre la porte qui mène à l'espace de jeux extérieur. Des ados traînent dans la cour, certains jouent, d'autres discutent. Je me revois à leur âge, noyé dans ma rage silencieuse. Ils ont essayé de m'aider, mais j'ai changé tellement de fois de lieux que je n'ai pu nouer aucun lien assez solide pour me sortir de la merde. J'ai juste appris à survivre seul.

— Hey, Blade !

Tyler accourt vers moi, le sourire aux lèvres. Il n'a que quinze ans et recherche l'affection et l'approbation des adultes. Ses parents avaient promis de décrocher, ils sont morts d'une overdose, la veille de ses quatorze ans.

Je hoche la tête en guise de salut. Je ne suis pas bavard, pas vraiment drôle, pas démonstratif, mais ça ne dérange personne ici. Ils vivent tous avec leurs propres démons.

— Tu es revenu, dit-il, un brin de fierté dans la voix, comme si ma présence dans ces murs signifiait quelque chose pour lui.

— Je te l'avais promis, réponds-je simplement.

Je sais ce qu'il pense. Les promesses ne sont pas toujours tenues, alors je mets un point d'honneur à ne jamais les décevoir. Je leur ai expliqué que je dois parfois m'absenter, mais je reviens à chaque fois. Ils ont besoin de figures différentes. Les éducateurs, c'est une chose, et ils font de leur mieux, mais moi, je ne suis pas là pour les prendre en pitié ou leur faire la morale. Je suis ici parce que j'en ai envie, parce que j'ai connu ça, parce que je les comprends. Je veux leur montrer que même si la vie t'a foutu des coups, même si tu pars avec des cartes déchirées, même si ton jeu est pourri, tu peux encore te relever.

Je m'approche du panier de basket où un petit groupe se défoule et j'attrape le ballon au vol.

— Premier à vingt-et-un, lancé-je.

Je les défie du regard, le sourire en coin. Certains ont besoin de prendre confiance en eux, d'autres d'être recadrés. L'avantage du sport, c'est de remettre les pendules à l'heure. C'est un moyen efficace de nouer du lien avec eux tout en leur inculquant quelques valeurs qui les aideront à surmonter leur adolescence catastrophique.

Je les laisse mener la danse, leur donnant juste assez de terrain pour qu'ils se jettent dans la partie, pour qu'ils se motivent. Ils crient, tentent de coopérer, d'adopter des stratégies, et c'est ce que je cherche, cet état d'esprit.

Après quelques minutes, la sueur perle sur mon front, mais je suis loin d'être fatigué. Les gosses, eux, commencent à ralentir. Le score monte lentement, et je les pousse un peu plus à chaque point, sans jamais les ménager. Ils n'ont pas besoin de ça. Ce dont ils ont besoin, c'est de savoir que même quand ça devient dur, ils peuvent continuer. Ils peuvent encore se battre.

Je marque le dernier panier, et Tyler grogne de frustration.

— Perdu, gamin, dis-je en tendant la main.

Il la frappe, essoufflé mais fier de s'être donné à fond. C'est ça que je cherche. Pas la victoire, mais l'effort. Le désir de s'améliorer. Et ça, Tyler l'a.

— Un jour, je vais te battre, promet-il en reprenant son souffle.

— J'attends de voir ça.

Certains gosses se dispersent, et d'autres s'approchent pour me poser des questions sur l'armée, sur mes voyages, sur ce que ça fait de « se battre pour de vrai ». Je leur réponds sans entrer dans les détails. Je leur parle de discipline, d'esprit d'équipe, de la camaraderie, mais jamais des horreurs. Ils ont déjà assez de merdes à gérer ici, pas besoin d'en ajouter à leurs cauchemars.

Au bout d'un moment, je repère un nouveau visage. Un petit blond assis à l'écart, regardant autour de lui, comme si on allait l'attaquer à tout instant. Il n'a pas l'air d'avoir plus de treize ans.

— C'est Dylan, chuchote Tyler en suivant mon regard. Il est arrivé, il y a dix jours et il n'a parlé à personne.

Je hoche la tête et reporte mon attention sur le gosse qui lève les yeux vers moi au même moment. Il fronce les sourcils, puis se détourne.

— Je reviens, dis-je avant de marcher dans sa direction.

Son corps se crispe à mon approche, mais il ne bouge pas. Ses yeux plongent à nouveau dans les miens. Remplis de douleur et de colère. Je reconnais ce regard. C'est celui d'un môme qui en a déjà trop vu. Qui a trop encaissé. Je l'ai eu, ce regard. Je l'ai encore, certains jours.

— Ça te dit de jouer ? demandé-je simplement en désignant le ballon du menton.

Il hausse les épaules, mais j'aperçois la lueur d'intérêt dans ses yeux. La même que tous les autres avant lui. Ils n'ont rien, ils n'ont pas de famille, pas de foyer, pas de repères, pas d'amour, pas de piliers sur lesquels se reposer, mais ils veulent qu'on les voie, ils veulent exister, ils veulent qu'on s'intéresse à eux.

— Je ne sais pas jouer, murmure-t-il après quelques secondes.

Je hausse les épaules.

— Aucun problème, on a tous appris ici.

— Toi aussi ?

— Moi aussi, confirmé-je. Pas dans ce foyer, mais un du même genre.

Il pince les lèvres, semblant réfléchir.

— Rejoins-nous sur le terrain, dis-je avant de retourner vers le groupe.

Rien ne sert de le pousser ou d'essayer de le convaincre. Il m'a parlé, c'est déjà ça. Certains mômes ont besoin de temps pour qu'on gagne leur confiance, d'autres sont plus ouverts. On s'adapte à chacun.

Quelques minutes plus tard, je le vois se lever et avancer lentement jusqu'à nous. Il ne dit rien, son visage est fermé, mais il a fait un pas. À nous de faire le deuxième. Je lui explique quelques règles au fur et à mesure, soutenu par deux autres pensionnaires qui prennent leur rôle à cœur, et finalement, Dylan s'en sort plutôt bien pour une première. Je le vois même esquisser un sourire après avoir marqué un panier.

Quand je quitte le foyer, la nuit commence à tomber. Je reviendrai, comme toujours. Pas uniquement pour eux. Mais pour moi aussi. Parce que, d'une manière ou d'une autre, ça m'aide à tirer un trait sur le passé, et ça me permet d'aider des jeunes à voir plus loin que ce moment de leur existence. Je veux qu'ils sentent qu'ils ont une chance, un avenir, ailleurs. Que ce démarrage merdique ne définit pas leur vie.

- 31 -

LEXIE

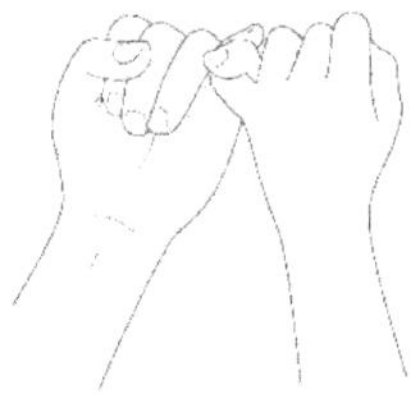

Je pousse la porte de la rédaction, mon cœur battant un peu plus fort que d'habitude. Je suis rentrée depuis bientôt un mois, mais je n'avais pas remis les pieds ici depuis mon retour.

Plus l'échéance approchait et plus j'ai ressassé ce qu'il s'est passé en Syrie. Le regard de Nathan, ses derniers mots, son enterrement, les larmes de ses parents. Ma famille et Blade m'ont permis d'avancer, de surmonter cette peine, mais je ne peux nier que travailler sur le reportage me replonge sans cesse dans cet avenir qui n'existe plus. C'est le plus difficile : cette injustice. Ne pas comprendre pourquoi c'est arrivé. Repasser les moments en boucle en se demandant si on aurait dû agir autrement. Si j'aurais pu faire quelque chose...

Je secoue la tête pour m'extirper de ces pensées, je ne peux pas vivre dans ce passé douloureux. Je sais ce que ça fait de sombrer, je ne veux pas le revivre une seconde fois. J'inspire, et le corps tendu, je m'avance dans l'open space. L'odeur de café et de papier, le bruit des doigts sur les claviers, les conversations étouffées, je me sens chez moi, en quelque sorte. Et même si je préfère être à l'extérieur, j'aime aussi replonger dans une rédaction de temps en temps. Il m'est arrivé d'occuper un bureau pour écrire certains articles, pour être dans l'ambiance, pour côtoyer d'autres journalistes.

Mais aujourd'hui, les choses sont un peu différentes. Je ne ressens pas la même énergie. Je serre mon sac en bandoulière contre moi en apercevant les regards discrets de certains collègues. Tout le monde est au courant, d'ailleurs, certains étaient présents à l'enterrement de Nathan. On m'a aussi envoyé des messages de soutien, des fleurs. Ça m'a beaucoup touchée, mais j'aimerais que ça ne définisse pas le reste de ma carrière. Je ne veux pas que ce soit ce dont on se rappelle quand on parle de moi.

Je respire profondément avant de frapper à la porte du bureau de Marc, le rédacteur en chef de la section conflits internationaux.

— Entrez ! clame-t-il d'une voix ferme.

À la seconde où il me voit, il se lève, contourne la table à laquelle il était installé, et vient à ma rencontre. Il a ce regard paternel que je lui ai vu à plusieurs reprises quand la situation était compliquée.

— Lexie... murmure-t-il en me prenant doucement par les épaules. Je suis heureux de te voir.

Je lui offre un sourire légèrement crispé, incapable de cacher mon appréhension.

Il m'indique une chaise et nous nous asseyons alors qu'il prend une grande inspiration, la tension alourdissant l'air de la pièce.

— Ton reportage... commence-t-il, la voix pleine de gravité, *votre* reportage, c'est... Je ne trouve même pas les mots. C'est exceptionnel, Lexie. Brutal, poignant.

Il remonte les lunettes sur son nez.

— Ça capture exactement ce qu'on voulait montrer : la réalité du terrain, l'impact sur les civils, sur les soldats. C'est une réussite.

Son éloge me glisse un peu dessus. Oui, le reportage est bon. Oui, il va toucher des gens, éveiller des consciences. Mais je n'arrive pas à me réjouir, parce que j'aurais dû partager ce moment avec mon binôme, mon ami. Il aurait été tellement fier d'entendre ces quelques mots de notre boss.

— Je suis désolé pour Nathan. C'est terrible.

Je pince les lèvres, retenant une vague d'émotions. Je pensais que je gèrerais beaucoup mieux cet entretien, mais force est de constater que j'ai surestimé mes capacités.

Je soupire, puis change de sujet, parce que je sais que rester sur ce terrain va m'emporter vers des eaux dans lesquelles je n'ai pas envie de me noyer maintenant.

— Tu veux toujours qu'on publie le reportage ?

Marc prend un instant avant de répondre, jaugeant sûrement mon état psychologique.

— Oui. Plus que jamais. Vous vous êtes battus pour ce sujet. Même si c'est dur, ça doit être raconté. Mais la décision te revient.

J'écarquille les yeux, surprise. Je ne m'attendais pas à ça.

— Je m'alignerai sur ton choix, Lexie. Ça dépasse le cadre d'un simple article, on le sait tous les deux. Je ne veux pas faire plus de mal que nécessaire.

Je hoche la tête, réfléchissant à ses paroles. J'ai risqué ma vie, Nathan a perdu la sienne, et tout ça pour une raison. Il faut que ça serve à quelque chose. Que sa mort ne soit pas vaine. On ne peut pas reculer, ce serait lui manquer de respect, ce serait nier son talent et son travail, parce que ce qu'il a fait, c'est un boulot d'orfèvre, et je veux que le monde le sache au-delà du message qu'on a souhaité faire passer. C'est aussi la mémoire de Nathan qu'on doit célébrer.

— D'accord. On le publie, dis-je, ma voix retrouvant un peu de détermination.

Marc me sourit, l'air soulagé.

— On va créer un reportage mémorable. On va marquer les esprits.

— Pour Nathan, murmuré-je.

— Pour Nathan.

Il pose sa main sur la mienne et après quelques secondes de silence, nous nous mettons au travail. Il reste encore beaucoup de choses à faire avant de pouvoir le publier. Sans compter que j'ai une deuxième mission avec les spots pour le recrutement. Même si j'aurai beaucoup moins de marge de manœuvre et que ma présence sera davantage consultative que décisive. L'armée ne me demandera pas vraiment mon avis.

En fin de journée, les portes de l'ascenseur se referment enfin, m'enveloppant dans une bulle de silence après l'intensité de mon échange avec Marc. Je me laisse aller contre la paroi, mes émotions s'apaisant peu à peu. J'ai fait le plus dur. J'ai surmonté le plus dur. À partir de maintenant, je vais me reconstruire et digérer cette épreuve. Je suis déjà passée par là, je sais comment ça fonctionne. Et j'ai de bonnes raisons de me relever. Plein de bonnes raisons. C'est à elles que je me raccroche dans les moments où mon esprit s'enlise dans la noirceur.

Malgré moi, mes pensées dérivent vers Blade. Mon soutien silencieux. Dans ses regards, dans ses gestes, je sens qu'il comprend. Il ne m'oblige pas à parler, il ne m'oblige pas à faire semblant. Il se contente d'être présent. Je m'étais préparée à devoir lui courir après, lui forcer la main, ne pas le voir pendant des jours, supporter son côté sombre, et contre toute attente, il me montre une facette de lui que je ne pensais jamais découvrir. Sa facette attentionnée, détendue, parfois même souriante.

Il apaise cette douleur sourde que je traîne depuis des semaines. Quand il est là, je me sens un peu plus solide. Je respire plus facilement.

Je ne l'attendais pas, mais maintenant, je me demande comment je pourrais continuer sans lui.

L'ascenseur s'arrête dans un léger cliquetis et les portes s'ouvrent sur le hall lumineux de l'immeuble. Je me détache de la paroi et m'engage vers la sortie quand je tombe sur une silhouette familière.

Ben.

Je ne l'ai plus vu depuis la Syrie, et franchement, je m'en portais très bien. Son regard se fait plus dur quand il m'aperçoit.

— Lexie, dit-il d'un ton sec.

— Ben, réponds-je simplement.

Je m'apprête à poursuivre mon chemin, mais il se place en travers de ma route.

— T'as l'air en forme, lance-t-il, mais le sarcasme est évident.

Ma mâchoire se contracte. Je ne suis pas en état de supporter cette conversation, mais je le connais, il ne va pas lâcher l'affaire si facilement.

— Tu sais ce que je fais maintenant ? Des articles sur des putains de foires locales et des ouvertures de supermarchés.

La tension monte d'un cran et l'air s'épaissit autour de nous.

— Tu ne récoltes que ce que tu as semé, dis-je en haussant les épaules.

Il éclate d'un rire amer.

— C'est toi qui m'as vendu.

— Je ne suis pas responsable de ce qu'il s'est passé.

J'ai simplement posé des questions à Ghost et il a éclairci la situation. Je n'aurais jamais imaginé que Ben avait menti. Il a assez de bouteille pour savoir qu'on ne plaisante pas avec l'armée.

— Ne fais pas l'innocente, crache-t-il les yeux embrasés de colère, tu savais très bien ce que tu faisais. Maintenant je suis grillé, et c'est à cause de toi !

Je sens mes doigts se crisper autour de mon sac. Il cherche à me faire porter le poids de ses erreurs, une solution bien facile quand on n'a pas les épaules pour prendre la responsabilité de ses choix.

— Ne retourne pas la situation contre moi. C'est toi qui as foutu ta carrière en l'air. Tu savais ce que tu faisais. À toi d'assumer, maintenant.

Ses yeux se plissent de rage, et il s'avance d'un pas menaçant, mais je ne bouge pas. Jamais. Des journalistes furieux, j'en ai connu pas mal. J'ai dû me battre pour avoir ma place, me battre pour m'imposer dans un milieu d'hommes, et je n'ai jamais reculé. Je ne commencerai pas aujourd'hui.

— Tu vas me le payer, Lexie. Je…

Un frisson de colère parcourt ma colonne vertébrale.

— Tu sais quoi, Ben ? Va te faire foutre !

Je force le passage, les épaules raides. Je n'ai pas besoin d'affronter un égo blessé et une rancœur déplacée.

— Tu aurais mieux fait de crever dans ce désert, crache-t-il.

Je m'immobilise une seconde, la douleur me brûlant de l'intérieur, puis je reprends ma route en l'ignorant. J'aurais voulu revenir sur mes pas, lui foutre mon poing dans la figure, mais à quoi bon ? Ça n'aurait fait que m'attirer des ennuis.

Quand je sors du bâtiment, l'air frais apaise un peu la colère sourde qui tambourine encore dans mes veines. J'inspire profondément, les yeux levés vers le ciel, et lorsque je me sens plus calme, je reporte mon attention sur la rue. La vision qui s'offre à moi chasse les dernières bribes de cette journée merdique.

Blade est appuyé contre sa moto, les bras croisés sur son torse. Je me retiens de courir dans sa direction, comme une ado enamourée. Son aura rayonne et m'enveloppe immédiatement. Pour certains, elle est sombre et intimidante, pour moi, elle n'est qu'apaisement. Quand je m'approche, il décroise les bras et s'avance d'un pas. Je reconnais tout de suite l'étincelle dans ses yeux.

— Ça va ? demande-t-il d'une voix basse.

Je lève le visage vers lui, tentant de lui offrir un sourire rassurant.

— Rien que je ne puisse gérer.

Son regard se durcit légèrement.

— Qu'est-ce qu'il t'a dit ?

Je lui résume la discussion, minimisant l'impact des paroles de Ben pour ne pas envenimer les choses. La colère sourde qui gronde en lui est bien assez intense.

— Il va sûrement finir par se calmer, c'est juste de la frustration.

Blade hoche la tête, mais je vois bien qu'il n'est pas totalement convaincu. Ses yeux sombres se posent sur moi, cherchant des signes de trouble, alors je fais de mon mieux pour ravaler toutes les émotions qui m'ont traversée aujourd'hui.

— Tu t'en es rappelé, dis-je pour changer de sujet.

— Bien sûr. Ça a été ?

Je prends une profonde inspiration.

— Marc est content de ce qu'on a fait, du contenu qu'on a ramené. Mais c'était difficile…

Je lâche un soupir tremblant.

— On aurait dû présenter le reportage à deux. Il avait tellement hâte de participer. On parlait de la suite, de notre travail ensemble. On avait des projets… murmuré-je, ma voix se brisant sur ce dernier mot.

Blade glisse une main sur ma nuque et me rapproche doucement de lui.

— Tu vas terminer ce que vous avez commencé. Tu vas te battre pour vivre et tu vas lui rendre hommage. Nathan aurait été fier de ce que vous avez accompli. Il n'aurait pas voulu te voir culpabiliser.

Je hoche la tête, la gorge nouée. À travers ses mots, je perçois aussi sa peine. Même si l'équipe connaissait peu Nathan, ils ont été touchés par sa mort. Blade le cache simplement mieux que moi.

— Ce soir, on va au California Grill avec les gars. Ça te dit de venir ?

Un léger rire m'échappe, surprise par le changement de sujet.

— Les filles seront là ?

Il acquiesce.

— D'accord, ça me changera les idées.

Blade sourit, ce sourire en coin rare, mais toujours sincère. Puis il me tend son casque.

— Allez, grimpe.

Je le saisis et le passe sur ma tête, avant de m'installer sur la moto. Le moteur vrombit, résonnant dans mes entrailles, et je m'accroche à mon SEAL, prête à laisser cette journée derrière moi.

- 32 -

LEXIE

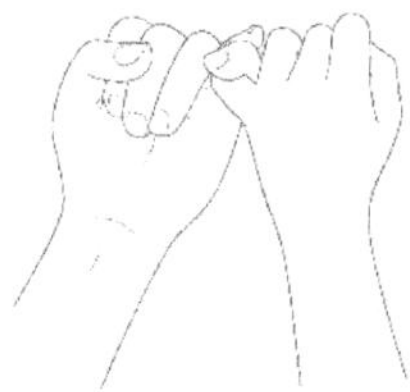

— Tu plaisantes ? Mais quel crétin !

Mia caresse son ventre, les sourcils froncés.

— Ça lui passera, dis-je en haussant les épaules.

— Espérons, souffle Megan.

Je leur ai raconté l'histoire avec Ben, et les réactions ne se sont pas fait attendre. En plus d'avoir un gros égo et les dents qui rayent le plancher, c'est mon ex, alors forcément, c'est une très mauvaise combinaison. Franchement, je ne sais pas pourquoi je suis sortie avec lui, peut-être parce qu'il pouvait me comprendre, ayant le même métier que moi.

— Et avec Blade ? murmure Mia en se penchant sur la table, autant que son ventre le lui permet.

Je souris et bois une gorgée sans répondre.

— Allez, donne quelques infos, il est tellement secret.

Je soupire et vérifie que les hommes sont toujours à bonne distance.

— Il est incroyable.

Elle écarquille les yeux et recule d'un coup.

— Vraiment ?

— Mia ! dit Alyssa en lui claquant le bras.

— Non, mais c'est pas ça, s'excuse-t-elle. Je l'adore, vous le savez, mais il est si distant. Je ne l'ai jamais vu avec une femme, et il s'est renfermé au fil du temps. Matthew n'en parlait pas beaucoup, mais je sentais bien qu'il était inquiet.

— À ce point ? s'étonne Alyssa.

Mia hoche gravement la tête.

— Je le trouve plus détendu depuis quelque temps, dit April en croquant dans un beignet frit.

Je baisse le visage en rougissant. J'ose espérer que c'est un peu grâce à moi, même si je me doute que je n'ai pas une si grande influence sur lui.

— Jackson m'a dit que Blade et Ghost avaient parlé pendant leur mission. Il ne m'a pas tout raconté, mais il semblerait que ça ait fait du bien à toute l'équipe.

— Tant mieux, commente Alyssa.

— Et est-ce qu'il est fougueux ? lance Mia en haussant plusieurs fois les sourcils.

— Non, mais calme tes hormones, râle Aly.

April et Megan éclatent de rire.

— Disons qu'il sait être intense, tempéré-je.

Mia s'évente et soupire alors que je bois une gorgée de cocktail aux fruits.

— Il paraît que tu es allée à Jinwar ? demande finalement la future maman en changeant de sujet.

— Oui, c'était extraordinaire. L'une de mes plus belles expériences depuis que je fais ce métier.

— Qu'est-ce que c'est ? s'enquiert Megan.

— Un village composé de femmes qui ont décidé de devenir indépendantes.

Je leur raconte une partie de mon séjour, les initiatives et les personnes incroyables que j'ai rencontrées. J'en parle toujours avec passion, et même si ça peut paraître insensé, je n'ai pas abandonné le projet d'y retourner.

— En fait…

J'hésite à partager mes idées, mais j'aimerais bien avoir leur avis, et puis, Mia a de l'expérience dans l'humanitaire, peut-être qu'elle pourrait me donner des conseils.

— Je voudrais lancer une collecte de fonds, et peut-être, je ne sais pas… écrire un article qui leur serait dédié.

— Ou écrire un livre, souffle Alyssa.

L'idée fait son chemin dans ma tête. Un livre ? Je n'avais pas envisagé cette possibilité. Il faut dire que j'ai l'habitude d'écrire des articles, d'écrire dans mon carnet, mais jamais je n'ai écrit autre chose.

— Oui, tu pourrais y ajouter des photos, intervient Megan. Ce serait une sorte de documentaire, avec des témoignages.

— Ou alors, tu peux aussi imaginer de la fiction avec une femme fictive qui se trouve dans ce village.

J'écarquille les yeux et tapote la table avec mes doigts.

— Je n'y avais pas pensé.

— Réfléchis-y, ça pourrait apporter de la visibilité et faire entendre ta voix.

— Pour ce qui est de la collecte, je peux t'aider, si tu veux, propose Mia.

— C'est gentil, mais je crois que tu as mieux à faire en ce moment, dis-je en pointant son ventre.

Elle hausse les épaules.

— La petite n'est pas encore là, et puis, quelques heures par ci par là ne me feront pas de mal.

— Merci, ce serait génial. Je vais avoir besoin de toi, je n'en ai jamais organisé.

— Mesdames.

Blue pioche dans l'un des plats au centre de la table et s'installe en volant un baiser à April. Ses coéquipiers le suivent de près et s'asseyent avec nous. Blade pose sa main sur ma cuisse d'une manière plus discrète, mais ce geste me réchauffe le cœur.

— De quoi vous parliez ?

Les filles éclatent de rire en se jetant des regards en coin, ce qui me fait rougir davantage. Je ne suis pas spécialement prude, mais la relation avec les gars n'est pas encore assez amicale pour que je me sente aussi à l'aise.

— J'ai trouvé une super robe pour le mariage, annonce April, me sauvant la mise.

Blue siffle doucement et affiche un grand sourire.

— On n'est pas tout seuls, dit-elle tout bas.

— Malheureusement.

L'analyste lève les yeux au ciel.

— Pensez un peu au pauvre célibataire, râle Sniper.

— Oh, mon petit chou, s'amuse Mia. Elle se penche et le prend dans ses bras, tout en déposant plein de baisers bruyants sur sa joue.

— Mia… grogne Ghost.

— Oh, ça va, regarde-le, on dirait un chiot abandonné.

— Merci… maugrée Sniper.

Mia éclate de rire et tapote sa joue comme si c'était un enfant avant de se blottir à nouveau contre son mari.

— Les hormones te rendent dingue, plaisante Blue.

— Pas plus que d'habitude, commente Megan.

— Hey ! Je croyais qu'on était amies.

— Je déteste mentir à mes amies, répond la photographe en tirant la langue.

— On rentre ? murmure Blade.

Surprise, je tourne le visage vers lui. Ses yeux sombres et impatients sont plongés dans les miens.

Je hoche doucement la tête.

— A plus ! dit-il en se levant, ma main dans la sienne.

Je fais un signe rapide au groupe alors que les filles éclatent de rire.

* *

*

BLADE

Le trajet me paraît à la fois trop court et trop long. Lexie est pressée contre moi, comme si nos deux corps ne formaient qu'un.

Et si, avec une autre femme, ça aurait pu me déranger, avec elle, c'est naturel. Je tourne dans la rue qui mène à l'entrée de la base, dans un mélange d'impatience et de tension. Je n'ai jamais emmené une femme chez moi. Mon appartement n'a rien d'aussi vivant que le sien, mais c'est ma façon de lui montrer qu'elle compte pour moi.

Quand nous arrivons devant mon immeuble, je coupe le moteur, pose la béquille et laisse Lexie descendre, puis je fais de même. Elle retire son casque, me regarde un instant, les cheveux légèrement ébouriffés par le vent, mais elle ne dit rien. Pourtant son visage parle pour elle. Surprise, excitation, enthousiasme, curiosité. Une multitude d'émotions traversent ses traits.

Je la conduis jusqu'à l'entrée et nous montons l'escalier en silence. Quand j'ouvre la porte, je sens une certaine anticipation dans l'air. Je n'ai jamais vraiment prêté attention à ce que cet endroit pouvait renvoyer. Il faut dire qu'en dehors des gars, personne n'y vient jamais. Et encore, en général, on se retrouve plutôt chez eux ou à l'extérieur. Mon appart n'est pas un lieu pour accueillir des gens, je n'ai jamais eu envie de décorer ou d'en faire un véritable foyer. Les murs sont blancs et dépourvus de personnalisation. Le mobilier se résume au minimum fonctionnel : un canapé, une table, un lit dans la chambre. Pas de photos, pas de déco. Rien de personnel.

— C'est… propre, dit-elle en me lançant un regard en coin.

Je me retiens d'éclater de rire en voyant les efforts qu'elle fait pour ne pas me vexer, mais il en faudrait bien plus. Ce n'est qu'un appartement. Peu m'importe à quoi il ressemble.

— C'est juste un endroit où dormir quand je suis ici.

— Tu as quand même quelque chose de personnel, non ?

Je secoue la tête, amusé, et l'entraine dans la seconde chambre.

— Ouah ! s'exclame-t-elle en pénétrant dans la pièce.

Toute ma collection d'armes y est entreposée. C'est presque tout ce que je possède.

— Tu en as beaucoup !

Je hausse les épaules, je ne suis pas très dépensier, en revanche, pour une belle lame, je suis prêt à mettre le prix.

— C'est Mia qui me l'a offert, dis-je en désignant le katana sur le mur principal.

— Il est beau, souffle-t-elle en tendant la main pour le toucher.

Elle se ravise et continue d'observer la pièce, puis elle revient vers moi, le regard doux et tendre.

— Merci.

Elle caresse ma joue, ses yeux plongés dans les miens.

— De m'avoir montré ton univers.

Je ne sais pas ce qu'il adviendra de notre histoire. Je ne sais même pas si je suis capable d'aimer quelqu'un, mais Lexie… elle compte pour moi. Je ne peux plus le nier. Quand elle n'est pas là, je me demande ce qu'elle fait. Quand je vois son sourire, une bouffée de sérénité m'envahit. Quand elle me regarde avec ses yeux caramel, j'ai envie de la serrer contre moi et de ne plus la laisser partir.

— Viens…

J'attrape sa main et l'emmène vers ma chambre. La pièce est sobre, comme le reste de l'appart.

— Tu n'aimes pas la couleur, s'amuse-t-elle en découvrant mes draps gris.

Chez elle, il y avait de la couleur partout. Lexie est mon opposé à bien des égards.

Ses yeux s'attardent dans mon dos, puis elle me regarde avant de reporter à nouveau son attention sur la commode. Deux tas de carnets y sont empilés. Des carnets que j'ai griffonnés ces dernières années et que je garde précieusement. Ma deuxième possession la plus importante.

— Tu me les montreras un jour ?

Cette idée n'est plus aussi dérangeante qu'avant.

— Peut-être...

Je l'attire contre moi, et prends son visage en coupe.

— Qu'est-ce que tu me fais ? murmuré-je, perdu face à l'intensité de mes sentiments.

Elle ne répond pas, mais ses yeux restent rivés sur les miens. Nos corps se rapprochent, cherchant à se fondre l'un dans l'autre. Son souffle chaud caresse mes lèvres, tandis que les battements de nos cœurs s'accélèrent.

Ses mains agrippent mon tee-shirt alors qu'elle se hisse jusqu'à ma bouche.

— Je mets de la couleur dans ta vie, murmure-t-elle.

- 33 -

LEXIE

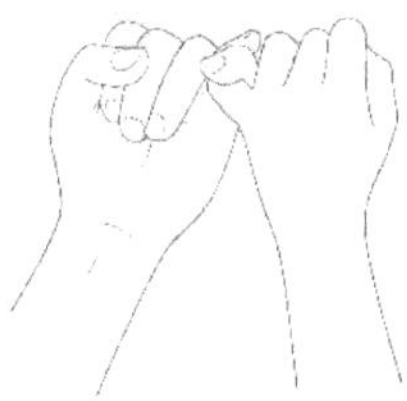

Le jardin privé du Cuvier Club se termine sur des falaises qui surplombent l'océan. C'est un lieu magique. Et si j'en crois le sourire radieux d'Alyssa, il est à l'image de ce qu'elle souhaitait.

L'ambiance est chaleureuse et intime. Des bouquets de fleurs sauvages sont dispersés sur les tables, et des lanternes en osier diffusent une lumière douce qui se mêle aux éclats de rire. Il fait un peu plus frais en cette fin de journée, alors de petits chauffages ont été ajoutés tout autour de la piste, et une tente a été dressée au-dessus des tables pour que le repas se déroule au chaud.

Un sourire étire mes lèvres en voyant Alyssa s'avancer sur la piste, au bras de son petit frère, qui n'est pas si petit que ça. Ace la rejoint en portant Madison. Elle a passé ses bras autour du cou du SEAL, la tête posée sur son épaule, les jambes accrochées à ses hanches. Ils se balancent sur le rythme lent de la chanson, alors qu'Ace murmure quelques mots à son oreille. Quelques secondes plus tard, le jeune marié se rapproche d'Alyssa. Ils se retrouvent à quatre, blottis les uns contre les autres, à danser dans leur bulle, sans se soucier du monde.

Je ne crois pas aux âmes sœurs, je ne crois pas qu'on ne soit destiné à aimer qu'une seule personne toute notre vie. Je crois simplement qu'on est aligné avec certains êtres à un moment donné de notre existence. Parfois, le couple arrive même à évoluer en harmonie. C'est le cas de mes parents, ils ont passé toute leur vie d'adulte ensemble, ils n'ont connu personne d'autre. Je ne pourrai jamais vivre ce qu'ils ont vécu. J'ai eu mon lot d'histoires et d'échecs, mais j'espère trouver quelqu'un avec qui traverser les prochaines décennies.

Mon regard dérive vers Blade, qui discute avec Hunter, un peu plus loin. J'aimerais que ce soit lui. Je l'aimerais tellement. Mais je ne peux pas me voiler la face, il est encore sur la réserve, trop abîmé pour m'ouvrir son cœur. Je ne sais pas s'il y a un espoir, je ne sais pas si je vais droit dans le mur, je ne sais même pas si quoi que ce soit de durable est possible, mais je refuse d'abandonner. Je veux me battre. Et s'il doute de lui ou de nous, je me battrai d'autant plus fort. Parce que c'est *mon* Blade.

— Ils vont me faire pleurer, bredouille Mia en tamponnant ses joues avec un mouchoir.

— Tu pleures déjà, se moque April.

— Ils sont si mignons, tous les quatre, souffle Megan.

— Est-ce tu envisages d'avoir des enfants ? lui demande Mia en caressant son ventre.

Megan hausse les épaules.

— Peut-être, j'en ai envie. Je crois que je me sens prête à avancer.

Personne ne dit quoi que ce soit, mais l'émotion dans le regard de Mia m'oblige à détourner les yeux pour ne pas pleurer à mon tour. J'imagine qu'après ce qu'elle a vécu, Megan a dû faire un gros travail sur elle pour pouvoir s'en relever. Un enfant, c'est une nouvelle étape.

Les hommes nous rejoignent au moment où la petite famille émerge de sa bulle et quitte la piste de danse. Madison court vers Sniper qui l'attrape au vol en riant. Il la fait tourner en l'air puis danser en faisant le pitre.

— Ça va ? demande Ghost alors que Mia râle, et se tortille sur sa chaise.

Elle le fusille du regard et croise les bras sur sa poitrine.

— J'ai mal aux fesses à force de rester sur cette fichue chaise.

On lui a apporté un coussin pour qu'elle soit plus à l'aise, mais j'imagine sans mal sa frustration de ne pas pouvoir bouger. Elle aurait voulu danser et profiter de la fête, mais son médecin lui a demandé de ralentir pour éviter qu'elle n'accouche trop tôt. Ce n'est qu'une précaution par rapport à ses derniers résultats, si j'en crois les discussions que j'ai entendues, mais son mari veille au grain. J'avais aperçu son naturel protecteur avec son équipe en Syrie, mais le voir avec sa femme confirme qu'il a ce besoin que les siens aillent bien.

— C'est l'heure du jeu ! annonce Blue.

— Je crains le pire, s'amuse Alyssa.

Les mariés s'installent sur des chaises positionnées dos à dos et Blue leur tend des pancartes, un grand sourire étirant ses lèvres. Il sort un papier de sa poche, se prenant presque pour un magicien. Puis il hausse plusieurs fois les sourcils, faisant rire l'assemblée.

— Un vrai gosse, chuchote affectueusement April.

— Il sait mettre l'ambiance, commente Mia.

— Qui prend le plus de temps pour se préparer ?

Les deux cartons « Alyssa » se lèvent simultanément.

— Qui est le plus doué en cuisine ? poursuit le SEAL.

Ace lève « Alyssa » tandis qu'elle brandit « Ace ». Les invités se moquent alors que les mariés s'amusent de leurs réponses.

— Qui a fait le premier pas ?

Les deux montrent la pancarte « Ace » alors que le SEAL se penche pour voler un baiser à sa femme, avant de se rasseoir.

Le jeu continue provoquant des rires dans la foule. Mia essaie de répondre aux questions avant les pancartes, et applaudit lorsqu'elle tombe juste.

— Tu devrais peut-être installer une troisième chaise pour toi, se moque Ghost.

Elle lui tire la langue et caresse son ventre en lui tournant légèrement le dos, ce qui le fait rire.

Je m'esclaffe et me reconcentre sur le jeu, mais il se termine déjà, laissant place à la musique. Je remue sur ma chaise, jetant un coup d'œil à Blade, mais il ne semble pas du tout intéressé. Voyant les invités converger vers la piste, je pose mon verre et me lève à mon tour pour les rejoindre. Quelques minutes après, April passe à côté de moi et me fait un clin d'œil juste avant que Blue n'attrape ma main et me fasse tourner sur place. J'éclate de rire et atterris dans ses bras alors que nous nous déhanchons n'importe comment sur un vieux tube.

— Prête ?

— Quoi ? dis-je en écarquillant les yeux.

Blue me pousse jusqu'à Ace qui me fait tournoyer. Je ne sais pas danser le rock, mais lui si, et bon sang, j'ai l'impression d'être une marionnette qu'on remue dans tous les sens. Au bout d'un moment, je comprends mieux les pas, et le laisse me guider. Alyssa tape dans ses mains au bord de la piste, le sourire aux lèvres alors que Blue et April sifflent pour nous encourager. J'adore les défis, et ce n'est pas un rock qui va me battre. Quand enfin la troisième chanson se termine, j'ai l'impression d'être en nage. Je cours presque jusqu'à la table pour boire un grand verre d'eau.

— Bon sang, heureusement que je n'ai pas dansé ça avec ma robe, plaisante Alyssa.

Sa robe n'est pas bouffante ou volumineuse, mais elle n'est pas forcément adaptée à du rock endiablé.

— Au moins, tu évites de sentir la transpiration pour le reste de la soirée, réponds-je en grimaçant.

Elle rit et reporte son attention sur Madison qui supplie Blade de la faire danser. Mon SEAL la dévisage comme si une deuxième tête lui avait poussé.

— Blade ne sait pas danser, ma puce.

Madi croise les bras sur sa poitrine et le fusille du regard. Le SEAL s'apprête à parler, mais Ayden attrape la main de Madi et l'entraîne sur la piste.

— Je sais danser, grogne Blade.

— Vraiment ? m'étonné-je.

Il me jette un regard noir, ce qui me fait sourire.

— Je n'aime pas ça, c'est tout.

— Si tu le dis, le taquine Blue.

— J'aimerais voir ça, intervient Mia. Allez, ce serait un cadeau de naissance.

— Ce n'était pas sur la liste.

Elle secoue la main.

— Ça fait partie des cadeaux bonus.

Il sourit en coin.

— Désolé, j'ai déjà pris « le superbe couffin gris qu'on peut emmener partout », dit-il en imitant Mia.

Le groupe éclate de rire alors qu'elle fait la moue.

— Tu es nul en imitation.

Il sourit plus franchement et dépose un baiser sur son front.

— Je danserai au mariage de ta fille.

Elle plisse son nez et Ghost le tapote avant de la ramener contre lui. Il échange un regard avec les gars, une émotion palpable sur son visage. Il semblerait que voir Blade s'ouvrir à nouveau réchauffe le cœur de ses coéquipiers, et ils ne sont pas les seuls. Des papillons s'envolent dans mon ventre à chaque fois qu'il plaisante ou sourit.

— Tu viens avec moi ? murmure-t-il en prenant ma main.

* *
*

BLADE

Nous quittons les rires et la musique, nous éloignant du groupe. Je nous entraîne près de la falaise, dans un coin plus tranquille. Le vent marin souffle légèrement tandis que ma journaliste s'approche de moi et se blottit contre mon torse.

— Je ne suis pas comme eux, murmuré-je enfin.

Elle relève la tête, les sourcils froncés.

— Je ne comprends pas...

— Je ne sais pas si je peux être celui que tu veux.

Lexie reste silencieuse, ses mains caressant doucement mon dos.

— Je suis bien avec toi, continué-je. Mais je ne sais pas où tout ça nous mène.

Elle ne répond pas tout de suite, ses doigts glissent jusqu'à ma nuque. Puis, calmement, elle murmure :

— J'ai l'impression que tu penses trop à ce que tu devrais être, plutôt qu'à ce que tu es déjà pour moi.

Je détourne les yeux, fixant la mer noire.

— Je ne veux pas que tu changes, je ne veux pas que tu sois un autre, dit-elle près de mon cou, son souffle chaud caressant ma peau.

— Tu dis ça maintenant, mais tu te lasseras forcément de mes silences.

Elle s'esclaffe.

— Je parlerai pour deux.

Je secoue la tête, voyant sa tentative d'alléger l'atmosphère.

— Arrête de réfléchir.

J'ai du mal à trouver les mots pour lui dire ce que je ressens.

— Tu avais envie de danser.

— Et j'ai dansé.

— Tu avais envie de danser avec moi.

— Tu es bien présomptueux, dit-elle en tapotant mon torse.

Je souris et la serre un peu plus contre moi.

— Ça fait partie des choses qui te manqueront.

— Tu présages de choses qui n'arriveront peut-être jamais. J'ai eu envie de danser, et j'ai dansé. Je n'ai pas besoin que tu me tiennes la main à chaque seconde, Blade.

— Je sais...

Je comprends ce qu'elle veut dire. Lexie est indépendante. Elle n'a pas peur de prendre ce qu'elle veut, mais dans un couple, ce n'est pas la même chose. Il faut donner, s'ouvrir, communiquer. Et je ne suis bon pour aucune de ces choses.

— Je n'ai pas besoin d'un homme, je n'ai pas besoin de toi. J'ai envie d'être avec toi, c'est très différent. Je ne te demande rien de plus.

Elle soupire et caresse ma joue.

— En fait, si, je te demande une chose en plus.

Je fronce les sourcils.

— Ton prénom, murmure-t-elle.

Je la dévisage un instant. Celui que j'étais est mort depuis longtemps. Quand je suis entré dans l'armée, j'ai tiré un trait sur mon passé.

— Laisse tomber, dit-elle en reculant un peu. Je n'aurais pas dû te...

— Cole.

— Cole... répète-t-elle en souriant.

Bizarrement, mon prénom dans sa bouche semble apaiser la blessure qui se réveille d'habitude quand mes souvenirs refont surface.

— Cole Blade Mac Callan, tu es parfait tel que tu es, arrête de cogiter.

— Tu fais des rimes.

Elle éclate de rire.

— Je pourrais t'écrire des poèmes et des chansons.

— Tu divagues.

— Ça doit être le champagne.

Je souris en coin. Rien à voir avec le champagne, c'est juste Lexie. Le rayon de soleil qui parvient toujours à percer les nuages sombres qui planent autour de moi.

— Vivons simplement l'instant présent, d'accord ? murmure-t-elle en se hissant sur la pointe des pieds.

Je caresse sa joue et la rapproche davantage, alors que le bruit des vagues s'écrasant sur la falaise donne encore plus de puissance à l'instant.

— Redis-le, chuchoté-je contre ses lèvres.

Elle sourit avant de répondre.

— Cole.

Une décharge de désir parcourt mes veines et je fonds sur ses lèvres, espérant rassasier ce besoin qui ne tarit jamais.

Mon besoin d'elle.

- 34 -

BLADE

— Tu veux des légumes ?

— Oui, madame.

— Oh appelle-moi Kendra, tu veux.

La mère de Lexie m'offre un sourire chaleureux avant de me passer le plat. Je me sers tout en écoutant les conversations autour de moi.

— Il a décidé de recruter un mécano en plus, explique Sofian, l'un des petits frères de Lexie. On a tellement de boulot qu'on est obligés de refuser des missions.

— Tant mieux ! Il vaut mieux refuser que manquer de clients, commente Jamison, son père.

Sofian hoche la tête avant de couper un morceau de viande.

— Tu t'y connais en mécanique ? me demande-t-il.

— Un peu, réponds-je. À l'armée, on apprend à se débrouiller dans pas mal de domaines, ça peut servir en opération.

— Tu as une spécialité ? s'enquiert Miguel, le deuxième petit frère.

— Les gars, foutez-lui la paix, râle Lexie en leur faisant les gros yeux.

— Quoi ? On veut juste le connaitre. C'est pas souvent que tu ramènes un mec à la maison.

— Merci, marmonne-t-elle.

— Faut dire qu'elle est pas facile à vivre, ajoute Sofian en secouant la tête.

— Tout à fait. Les tortues, les chats, les poissons, le bordel, la malbouffe. C'est un tue-relation.

Je m'esclaffe alors qu'elle s'arme de bouts de pain pour les lancer sur ses frères.

— Les enfants, on a un invité ! gronde Kendra.

— Alors, reprend Sofian, tu as une spécialité ?

— Oh bon sang, murmure Lexie en secouant la tête. Tu n'es pas obligé de répondre.

— Pourquoi ? Il devra nous tuer ensuite ? plaisante Miguel.

— Probablement, dis-je le regard dur.

Je laisse planer un silence glacial avant de poursuivre.

— Ma spécialité, c'est de faire le ménage. Je liquide et je fais disparaitre.

Sofian et Miguel me dévisagent, incertains, alors que je reste immobile, le regard rivé sur eux. Le silence de la pièce n'est brisé que par les bruits étouffés du voisinage, jusqu'à ce que Lexie éclate de rire.

La tension se dissipe d'un coup et ses frères reprennent leur respiration.

— Putain, tu m'as fait flipper, lâche Sofian.

Je souris en coin et hausse un sourcil satisfait. Lexie rit tellement qu'elle en a les larmes aux yeux.

— Vous auriez dû voir vos têtes, les chochottes. J'aurais dû vous filmer pour la prochaine soirée de famille.

— Ça va, hein, râle Miguel, il fait vraiment flipper.

C'est dans ma nature d'être distant, mais ce masque létal, je l'ai travaillé au fil des ans. Je ne suis peut-être pas un liquidateur, mais je me charge souvent des interrogatoires.

— Plus sérieusement, dis-je, ma spécialité, ce sont les armes blanches.

— Ah ben oui, Blade… Logique.

— Tu crois que tu pourrais nous montrer ?

Je jette un coup d'œil au reste de la famille pour m'assurer que ça ne les dérange pas. Ils sont importants pour Lexie, je ne voudrais pas commettre d'impair qui la mettrait mal à l'aise.

— Vous allez voir les gars, il ne manque jamais sa cible, lance ma journaliste avec une pointe d'admiration et de fierté dans la voix.

Elle pose discrètement sa paume sur ma cuisse et la serre pour me rassurer. À croire qu'elle sait lire en moi.

— Je n'ai qu'une lame sur moi, mais je pourrai amener du matos une prochaine fois.

— Génial ! s'exclame Sofian.

— Allez, mangez, ça va refroidir, dit Kendra en tapant dans ses mains.

La conversation reprend, mais elle est rapidement interrompue par l'arrivée de Clay.

— Vous m'avez laissé de quoi manger ?

Il dépose un baiser sur le crâne de Lexie et me serre la main.

— Salut, Blade, tu survis à ce repas ?

Je m'esclaffe.

— Une vraie torture.

Je jette un coup d'œil à Lexie qui sourit tout en découpant un morceau de viande. Clay embrasse ses parents, puis s'installe à table alors que sa mère le sert déjà.

— Ça a été ta garde ?

Il hoche la tête en engloutissant une cuillère de purée.

— Vous ne devinerez jamais ce qu'on a trouvé dans l'estomac d'un patient.

— Clay, on mange ! râle Kendra.

— Ben justement, c'est dans le même thème.

— Des clés ! propose Miguel après avoir éclaté de rire.

— Des pièces ?

— Un stylo ! lance Sofian.

— Un stylo ? s'étonne Lexie.

— Oui, je l'ai lu dans un article, c'est déjà arrivé.

Elle écarquille les yeux et mime un haut-le-cœur.

— Franchement c'est pas le pire, j'ai entendu des histoires dingues, s'amuse son jumeau.

— De la drogue.

— On n'est pas dans un film, papa.

Son paternel hausse les épaules. Après tout, ce n'est plus si exceptionnel que ça. C'est devenu très courant, mais je le garde pour moi.

— Alors, c'était quoi ? demande Lexie.

— Des écouteurs, répond son frère. Il les avait piqués à son coloc et il ne voulait pas les lui rendre, du coup, il les a avalés.

— Les gens sont fous, réplique Kendra en secouant la tête.

— Ils marchaient encore ? plaisante Miguel.

Clay éclate de rire et boit une gorgée de soda.

— On n'a pas testé, dit-il finalement.

— Boule de poils !

Je tourne la tête vers un chat qui traverse la pièce en courant avant d'aller se planquer derrière le canapé.

— Il est toujours aussi peureux, râle Lexie.

Sa mère hausse les épaules.

— C'est pas faute d'essayer de l'amadouer. Mais au moins, il a bon appétit, maintenant.

— Je l'ai trouvé, il y a huit mois. Je voulais le garder, mais mes poilus le terrorisaient, le pauvre.

Son jumeau lève les yeux au ciel.

— Depuis gamine, elle ramène tous les animaux errants ou blessés qu'elle croise.

— Et tu les soignes, s'amuse sa sœur.

— Je ne suis pas véto.

— Bien sûr que si. Tu es un super-héros. Médecin urgentiste le jour, vétérinaire bénévole, la nuit. Un jour, tu auras ton propre film au cinéma.

— C'est l'heure de ta petite pilule, dit gravement Miguel.

— Hey ! râle Lexie en lui jetant une serviette au visage.

— Et c'est reparti, commente Jamison en continuant de manger.

— Va chercher la seringue, il faut la grosse dose, lance Sofian en posant sa serviette sur la table avant de se lever.

— Ne t'approche pas mon petit ! grogne la journaliste en le pointant du doigt.

— Ou sinon...

Il s'avance, le regard espiègle alors que sa sœur bondit sur ses pieds.

— Ou sinon, je raconte à papa et maman ce que tu as fait le soir de tes quinze ans !

— Sale peste ! grommèle-t-il en se mettant à courir.

— Qu'est-ce qu'il a fait ? demande Kendra en avisant les deux frères restants.

Clay lève les mains devant lui pour ne pas répondre, alors que Miguel sourit en coin.

— Vaut mieux pas que tu le saches, maman.

Des bruits de pas, des hurlements et des insultes fusent dans la maison alors que la petite famille continue son repas, apparemment habituée aux chamailleries.

— Blade ! crie Lexie en revenant dans le salon.

Elle passe derrière moi et jette un regard mauvais à son frangin qui arrive à son tour. Il fait une tête de plus qu'elle, mais elle est rapide.

— Je ne suis pas en service, dis-je, malgré la tension dans mon corps.

— Lâcheur !

Elle court vers la baie vitrée avant de sortir sur la terrasse.

— Tu t'y habitueras, dit Clay en se calant dans sa chaise.

J'observe les personnes autour de la table, puis je jette un coup d'œil au jardin. Mon instinct me pousse à aller aider Lexie, mais je sais aussi qu'elle ne risque rien parmi les siens. L'amour transparait à travers leurs conversations, leurs regards et leurs sourires. Son frère ne lui ferait pas de mal. C'est une certitude. Alors je détends ma main droite, crispée sur ma cuisse, et recule dans ma chaise.

— Tu aimes le cheesecake au citron ?

J'acquiesce d'un hochement de tête.

— Parfait, je vais chercher le dessert.

Les hommes de la famille se lèvent pour débarrasser la table, et je fais de même. Ils discutent en allant vers la cuisine, tout en m'incluant dans la conversation. Miguel est étudiant en architecture, il parle d'un projet sur lequel il travaille pour pouvoir passer son examen, mais mon esprit n'accroche pas, et je jette à nouveau un coup d'œil à l'extérieur. Lexie saute sur le dos de son frère et lui frotte les cheveux, avant d'essayer de le mettre à terre.

— Maman, va falloir sortir la glace et la crème.

— Encore ? Mais qu'est-ce que j'ai fait pour avoir des gamins pareils !

— T'en as au moins deux de sages, souffle Clay en déposant un baiser sur sa joue.

Elle sourit et secoue la tête. Miguel et Clay sont donc les plus calmes, alors que Sofian et Lexie sont de vraies terreurs. Je savais que ma journaliste avait un sacré caractère mais la voir évoluer dans sa famille me le confirme.

— Elle a grandi avec quatre frères, dit sa mère en découpant des parts de gâteau alors que les hommes retournent dans le salon. Elle a dû faire sa place. Elle ne voulait pas être la princesse qu'on surprotège. Ryan l'avait compris. Il l'emmenait partout avec lui. Elle a beau être fusionnelle avec Clay, son grand frère, c'était son repère. Il lui a appris à se battre, à tirer, à camper, à pêcher. Il passait plus de temps avec elle qu'avec ses amis. Ils n'avaient que deux ans d'écart, on aurait pu les penser jumeaux eux aussi.

— Elle a dû beaucoup souffrir à sa mort, dis-je d'une voix que j'espère douce.

Sa mère repose le couteau et me sourit tristement.

— Son monde s'est écroulé. J'étais anéantie quand on m'a appris que mon garçon était parti, mais j'étais terrifiée à l'idée de perdre également ma fille. J'ai prié de toute mon âme pour qu'elle trouve le courage de remonter la pente.

— Et elle l'a fait, dis-je sans cacher mon admiration.

Kendra pose une main sur son cœur.

— C'est une force de la nature. On ne dirait pas quand on la voit, mais elle soulèverait des montagnes pour les siens. Elle refusait de nous faire souffrir davantage, alors elle s'est battue. Clay l'a beaucoup aidée, bien sûr, il la comprenait mieux que personne. Et puis, il y avait ses animaux et son travail.

Je regarde à nouveau par la fenêtre. Sofian a passé un bras sur les épaules de Lexie et ils reviennent déjà vers la maison, le sourire aux lèvres.

— Est-ce que...

Kendra lève les yeux vers moi.

— J'ai élevé quatre garçons, on a écumé tellement de sujets qu'il n'y a plus aucun tabou, plaisante-t-elle.

Je vois d'où Lexie tient sa bonne humeur et son caractère, alors que Clay semble davantage ressembler à leur père.

— Est-ce que ce n'est pas trop difficile d'accepter son métier ?

Kendra soupire en reposant le torchon sur le comptoir avant de jeter un coup d'œil pour s'assurer que sa fille n'est pas dans les parages.

— Ça a été difficile. Quand notre enfant nous annonce qu'il va partir sur des zones de guerre...

Elle secoue la tête.

— Ryan, puis Lexie, mais je n'ai pas été si étonnée que ça. Elle a suivi les traces de son frère à sa façon.

Je m'appuie contre le plan de travail, suspendu à ses lèvres. J'ai besoin de comprendre pourquoi ma journaliste s'entête à se mettre en danger alors qu'elle pourrait utiliser sa voix différemment.

— Après la mort de Ryan, Lex s'est jetée à corps perdu dans les reportages. J'ai eu vraiment peur pendant un temps. Peur qu'elle franchisse la limite, mais on ne peut pas empêcher ses enfants de faire leurs propres choix, on ne peut que les soutenir.

Kendra récupère des assiettes, avant de reprendre.

— Elle a besoin de se prouver des choses, c'est sa façon de faire son deuil. Un jour, elle arrêtera. Quand elle aura trouvé ce qui lui manque pour la combler.

Elle me jette un coup d'œil.

— J'ai cru comprendre que...

Elle se racle la gorge.

— Que tu n'avais plus de famille.

Je m'appuie contre la table, le regard rivé sur ma journaliste.

— Je n'en ai jamais eu. Ma famille, c'est mon équipe.

Kendra hoche la tête.

— J'ai vu à quel point Ryan était proche des hommes de son unité. Ça crée des affinités qu'on ne peut pas comprendre.

C'est vrai. Personne ne peut saisir ce qui nous unit. On traverse l'enfer ensemble, et on en revient plus soudé que jamais. Sans compter que j'ai la chance de faire partie d'une équipe que beaucoup nous envient.

— En tout cas, maintenant tu nous as nous, dit-elle en tapotant ma main sur la table.

Elle contourne le plan de travail et se dirige vers la porte, mais avant de la franchir, elle tourne la tête vers moi.

— Je te demande juste de ne pas faire de mal à ma petite fille. Son cœur est à la fois sa plus grande force et sa plus grande faiblesse. Tu as le pouvoir de la briser, j'espère que tu le sais.

Le sol vacille sous mes pieds et je ne dois mon contrôle qu'à mes années d'expérience. Les paroles de Kendra s'accrochent à mes pensées comme une ombre impossible à chasser.

Perturbé, je me rapproche de la porte et c'est la voix de Lexie qui perce la brume engourdissant mon esprit. Alors qu'elle me sourit une peur sourde grandit en moi, celle de ne pas être à la hauteur… ou pire encore, de tout détruire.

- 35 -

LEXIE

La salle est pleine de monde. Les tables, couvertes de nappes blanches, sont joliment décorées, ornées de fleurs et de bougies. Une musique douce se joue en fond, créant une ambiance chaleureuse, et des photos inédites du village des femmes sont exposées pour rappeler aux gens pourquoi ils sont présents. Pas seulement pour faire un chèque mais pour aider des personnes bien réelles qui luttent pour leur survie et l'avenir de leurs enfants.

Je souris et fais mon possible pour participer activement à la soirée, mais une partie de moi est ailleurs. Je ne peux m'empêcher de jeter des coups d'œil réguliers à la porte, à la recherche de Blade. Chaque fois que quelqu'un entre, mon cœur rate un battement, mais le SEAL brille par son absence. Je sais qu'il déteste ce genre d'événements, mais j'avais espéré… J'avais pensé qu'il viendrait pour me soutenir, pour être à mes côtés. Depuis le repas chez mes parents, je l'ai trouvé plus distant, perdu dans ses pensées. J'ai eu la sensation de retrouver le Blade des débuts. Présent sans l'être vraiment. Pourtant le déjeuner s'est bien passé et ma famille l'a adoré. J'aimerais le comprendre, mais à chaque fois que je crois avoir fait un pas en avant, notre relation régresse.

— Cette soirée est une réussite ! clame Mia en se postant à mes côtés, les yeux brillants.

Je hoche la tête, retrouvant mon sourire.

— C'est grâce à toi, je ne sais pas comment te remercier.

— J'ai juste passé quelques coups de fil, répond-elle en haussant les épaules.

Des personnes discutent avec animation, d'autres examinent l'urne des dons ou participent à la vente aux enchères silencieuse.

— Je crois que le serveur veut attirer ton attention, chuchote Mia en se penchant vers moi.

— Je reviens, dis-je en constatant qu'effectivement, il a besoin de moi.

Je pose ma coupe de champagne sur une petite table et rejoins le jeune homme, en essayant de ne pas me précipiter.

— Tout va bien ?

Le serveur secoue la tête nerveusement.

— La sono... elle vient de lâcher. Impossible de lancer les enchères sans micro.

Je respire profondément pour ne pas céder à la panique.

— D'accord. Est-ce que quelqu'un est sur le coup ?

— Personne ne s'y connait.

Je me frotte le visage, mais interromps mon geste en me rappelant que je suis maquillée. Peut-être que mon frère pourrait me dépanner. Il s'y connait un peu en électronique.

— Lexie ?

Je me tourne vers Ghost, un sourire factice greffé aux lèvres, mais ça n'a pas l'effet escompté.

— Qu'est-ce qu'il y a ? s'inquiète-t-il en fronçant les sourcils.

— Le micro nous a lâchés, avoue le serveur, avec un air désespéré.

Je lui fais les gros yeux pour qu'il se taise, mais il ne remarque rien.

— Je suis sûre que vous avez du boulot, dis-je, finalement.

Il se fige et tourne les talons comme s'il avait le feu aux fesses.

— Tu le terrorises.

— Je suis un ange, pourtant.

Ghost sourit et fait un petit signe à Sniper.

— Le micro est HS, tu peux regarder ?

— Bien sûr, affirme son coéquipier en se mettant déjà en route.

— Il s'y connait ?

— Il va te réparer ça, t'en fais pas.

— Tu me sauves la vie, soufflé-je, rassurée.

— On est une équipe.

Il le dit avec tellement de naturel que je prends mon courage à deux mains pour poser la question qui me brûle les lèvres.

— En parlant d'équipe... tu sais où il est ?

Ghost hoche la tête et m'entraine un peu à l'écart.

— Il est parti camper.

— Camper ? répété-je surprise. Ce soir ?

Je m'étais imaginé mille scénarios, mais sûrement pas celui-ci.

— Ça lui arrive parfois. Quand ça devient trop... intense, il a besoin de s'éloigner pour réfléchir. Pour faire le point.

Je reste un instant interdite, digérant l'information.

— Il ne t'a rien dit ? demande Ghost, sondant mon expression.

Je secoue la tête.

— Non... Il est distant ces derniers jours.

Je lève le visage vers lui.

— Depuis le repas chez mes parents.

Un éclair de compréhension traverse son regard.

— La famille, c'est nouveau pour lui, il a du mal à gérer.

— Il t'en a parlé ? m'enquiers-je avec espoir.

— Il n'en a pas eu besoin.

Ghost soupire et passe la main dans ses cheveux courts.

— Ça ne veut pas dire qu'il ne tient pas à toi, Lexie. C'est sa manière d'affronter ses démons.

Je déglutis, tentant de contenir mes émotions. J'espère simplement qu'il ne va pas me repousser pour ne pas avoir à gérer la situation. Je sais à quel point le passé peut-être handicapant.

— Je comprends. J'ai juste... Je pensais qu'il serait là ce soir.

Ghost m'adresse un regard compatissant.

— Il reviendra. Il revient toujours.

Je hoche la tête, un sourire triste flottant sur mes lèvres.

— Il m'a donné ça pour toi.

Je remarque, alors, la boite qu'il tient dans sa main. Je n'avais pas fait attention, trop submergée par ma déception. Je prends le paquet et l'ouvre avec précaution. Un poignard, magnifiquement conservé, se révèle sous mes doigts. Il est ancien, la lame usée par le temps, mais impeccablement entretenue.

— Ça vient de lui ?

— C'est un poignard qui date de la Seconde Guerre mondiale. Il l'a déniché en France, il y a une dizaine d'années.

— C'est une pièce de collection…

Je repère un petit papier et quand je le déplie, mes yeux s'écarquillent à la vue de sa valeur.

— Attends, il devrait le garder, c'est…

Ghost pose sa main sur la mienne.

— Il a insisté. Accepte-le.

Mon cœur se serre. Même s'il n'est pas là, il a pensé à moi. C'est un geste inattendu, qui me prend de court.

— Il savait que cette soirée comptait pour toi, commente Ghost, comme s'il pouvait lire dans mes pensées.

Il m'offre un dernier sourire et s'éloigne alors que mes yeux restent figés sur le paquet. C'est si typique de Blade. Absent physiquement, mais présent d'une autre manière.

Une fois le poignard ajouté aux lots, je reviens près des tables. Les invités, verre à la main, circulent autour de moi, admirant les pièces exposées. Tout semble se dérouler parfaitement, mais au fond de moi, une pointe d'appréhension demeure. Je compte beaucoup sur cette soirée. Mon article sur le village est sorti, il y a une semaine, et ce n'est que le début, j'espère que mes actions pourront aider à créer d'autres villages de ce genre, dans d'autres pays, dans le monde entier. La collecte de ce soir est décisive pour lancer la machine.

Je jette un coup d'œil à Mia, qui discute avec une femme élégamment habillée près de la table où est exposé son collier de perles. L'épouse de Ghost a décidé d'en faire don. Elle a dit qu'il faisait partie de son ancienne vie et qu'il serait plus utile ici qu'en trainant dans sa boite à bijoux. J'ai été très touchée par son geste, mais ça n'aurait pas dû m'étonner.

À quelques pas de là, une magnifique photographie attire également les regards. Un cliché pris par Megan en Afrique du Sud, et qui n'a jamais été publié. Nerveuse, je survole à nouveau la salle, cherchant des visages familiers. Blue, accompagné de Clay, est en train de raconter une blague à un groupe, déclenchant des éclats de rire autour de lui. Ace discute avec un homme plus âgé, probablement un donateur, tandis que Ghost, debout non loin de là, surveille la salle d'un œil attentif. Hunter, à ses côtés, a les yeux rivés sur sa femme, même si son visage est serein.

Je croise le regard de Sniper qui lève un pouce pour m'assurer que le problème de micro est réglé et mes épaules s'allègent d'un poids. La vente aux enchères peut débuter.

Je me redresse, reprends le contrôle de la situation et m'approche de la scène.

— Mesdames et messieurs, commencé-je, soulagée de constater qu'effectivement tout fonctionne, merci d'être venus nombreux pour soutenir notre cause. Nous avons, ce soir, des objets incroyables à vous présenter.

Avant de proposer le premier lot, je montre le village, des photos de mon périple, quelques passages de mon journal, mes souvenirs. Je veux que les gens comprennent, je veux qu'ils vivent l'émotion comme s'ils étaient en Syrie. À la fin de mon explication, je rends le micro et les enchères sont lancées. J'ai fait appel à un professionnel puisque je ne maitrise pas le sujet. Près de l'estrade, je remue ma jambe et mordille ma lèvre inférieure d'anxiété en voyant les premiers objets partir. Puis au fil des minutes, je commence à me détendre. La vente est un succès et les prix s'envolent.

Je l'ai fait, j'ai réussi. J'ai atteint une partie de mon but.

Et pourtant, malgré ma joie, mon cœur est lourd. J'aurais voulu le partager avec celui qui a pris une place immense dans ma vie. A-t-il seulement conscience de son importance pour moi ? De mes sentiments ? Est-ce justement ça qui l'effraie ? Est-il trop perdu pour que j'aspire à un avenir ensemble ? Les questions se bousculent dans ma tête, gâchant une partie de cette victoire.

Le vibreur de mon téléphone me sort de mes pensées. Je me précipite presque sur la fermeture de mon sac, espérant y voir un message de Blade, mais ce n'est qu'un collègue journaliste d'investigation à qui j'ai réclamé un service.

[J'ai trouvé ce que tu m'as demandé.
Tout est dans ta boite mail.]

[Merci, je te revaudrai ça !]

J'ouvre mes mails et passe rapidement en revue les documents, me demandant si j'ai bien fait. Je me trompe peut-être complètement, mais j'ai la conviction que cet élément pourrait tout changer.

Je range mon téléphone et caresse doucement les plaques de mon frère. Je ne pouvais pas les porter avec ma robe, mais elles m'ont accompagnée, comme toujours.

— J'ai besoin d'un petit coup de pouce de ta part, Ryan, parce que je suis totalement perdue.

Une chose est certaine. Blade compte bien trop pour que j'abandonne.

- 36 -

LEXIE

Assise sur les marches, le froid du béton commence à s'infiltrer dans mes os, mais je ne bouge pas.

J'attends.

Ghost m'a dit que Blade rentrait en fin de journée, et je compte bien obtenir des explications. Le soleil décline à l'horizon, et mes pensées se noient dans les doutes et les questions. Est-ce que j'aurais dû patienter un peu au lieu de lui sauter à la gorge dès son retour ? Sûrement. Mais je rumine depuis le repas chez mes parents, alors je ne pouvais plus attendre une minute de plus.

Les battements de mon cœur accélèrent quand un moteur brise le silence du quartier. Blade se gare sur son emplacement réservé, retire son casque et ses yeux sombres se posent immédiatement sur moi. J'aurais aimé qu'une lueur de joie les traverse, mais ce n'est pas le cas. Aucune émotion ne transparait. Je me redresse, mal à l'aise, les doutes revenant en force assaillir mon esprit.

— Ça fait longtemps que tu es là ? demande-t-il après avoir récupéré son sac.

— Environ deux heures, dis-je en haussant les épaules.

Je m'attends à ce qu'il me dise de partir, mais il me surprend en offrant sa main, comme une invitation muette. Je me lève, les jambes légèrement engourdies, et le suis sans un mot jusque chez lui.

Une fois à l'intérieur, il pose son sac au sol et me lance un regard qui semble peser une tonne. Il a l'air fatigué, tendu, mais pas spécialement froid, ce qui me rassure.

Quelques pas en arrière mais l'espoir persiste.

— Merci pour le poignard, dis-je finalement, pour briser la tension. Tu n'étais pas obligé.

— C'était important pour toi.

Il enlève sa veste et retire ses chaussures pleines de boue.

— Il s'est bien vendu ?

— Oui, vraiment. Tout s'est passé à merveille.

Il se redresse et frotte l'arrière de sa tête.

— Je suis désolé de ne pas avoir été là. J'avais besoin de temps pour réfléchir.

J'écarquille les yeux, surprise. Je ne m'attendais pas vraiment à ce qu'il s'excuse. En fait, depuis deux jours j'oscille entre l'envie de lui crier dessus pour son mutisme, et celle de le soutenir parce que je sais qu'il se bat contre des blessures qui sont loin d'avoir cicatrisé. J'ai joué la girouette émotionnelle en parlant avec vigueur à mes animaux. Ils ont eu le mérite de ne pas répondre, ce qui a apaisé mon esprit tourmenté.

— J'aurais simplement préféré que tu me préviennes. Je t'aurais laissé l'espace dont tu avais besoin.

Il serre les mâchoires, comme s'il luttait contre ses propres pensées.

— Désolé, je n'ai pas l'habitude de rendre des comptes.

Son ton est déjà plus sec.

— Pourtant tu as prévenu Ghost, ne puis-je m'empêcher de répliquer.

C'est une erreur et je le comprends quand je vois son regard se durcir.

— Il doit toujours savoir où me trouver. C'est valable pour chacun de nous.

Je sens qu'il s'éloigne, même s'il est à quelques centimètres de moi. Une distance s'installe, celle qu'il met systématiquement entre nous quand ça devient trop complexe pour lui. Mais ce soir, je ne veux pas de cette distance. Je fais un pas vers lui, franchissant ce mur invisible qu'il érige, et pose une main sur son bras.

— Tu m'as juste manqué, murmuré-je. Et j'étais inquiète pour toi.

Il ne dit rien, mais je sens cette bataille intérieure qui le ronge. Finalement, il se détourne sans un mot et se dirige vers la salle de bain. Je le regarde s'éloigner, mais quelque chose en moi refuse de le laisser s'enfermer dans ce silence. Pas encore. J'ai la sensation que si je ne le bouscule pas, rien ne changera, rien n'avancera.

— Allez, Lexie, courage. Au pire, tu ajouteras ce moment de honte à ta collection.

Je prends la même direction, pousse la porte et l'aperçois à travers la paroi de douche. De profil, la tête baissée, il laisse l'eau frapper son crâne, les mains appuyées sur le carrelage. L'eau coule sur sa nuque et ruisselle le long de ses muscles tendus. J'inspire doucement et referme le battant. Il ne bouge pas, mais je sais qu'il sent ma présence.

Mon cœur bat à un rythme effréné, partagé entre l'appréhension et l'excitation, alors que je retire mes vêtements. Je me glisse derrière lui et pose mes mains sur ses larges épaules. Il se fige, juste un instant, puis il tourne légèrement la tête, comme s'il attendait quelque chose. Je soutiens son regard quelques secondes, pendant que mes doigts caressent son dos. Il finit par se tourner complètement, et dans ses yeux, je vois encore cette lutte. Il se bat contre quelque chose de bien plus profond que notre relation. Il n'y a pas que moi, il y a bien plus que ça, et je ne sais pas comment l'aider.

Je m'avance et presse mon corps contre le sien, cherchant à combler cet espace qui semble toujours nous séparer. L'eau chaude m'enveloppe dans son étreinte, brouillant la frontière entre nos deux êtres. Blade caresse ma joue, puis mes lèvres avec son pouce. Dans ce moment suspendu, une multitude d'émotions traversent son regard. Il a les mots sur le bout de la langue, il a envie de parler, je le vois. Il a envie de se confier, mais ça ne dure qu'un instant avant que son masque ne reprenne place sur ses traits. Pour autant, il ne recule pas, au contraire, ses lèvres s'abattent sur les miennes. Une implosion silencieuse me ravage. Le baiser est désespéré, brut, mais chargé de tous ces doutes, ces non-dits, ces silences, et toutes ces frustrations. J'essaie de lui transmettre tout ce que je ressens, parce que même si j'étais déçue de son absence, je sais qu'il a besoin qu'on le soutienne. Il a besoin qu'on soit là pour lui. Il a besoin qu'on l'écoute, même quand il ne parle pas. Ses mains me saisissent, me hissent sur lui alors que mes jambes enveloppent ses hanches.

Chaque geste est intense, presque douloureux. Mes lèvres cherchent à nouveau les siennes, désespérées de le sentir, de le retenir avant qu'il ne m'échappe pour de bon. Il m'enlace avec une telle force que j'en perds le souffle, et je m'accroche à lui comme si ma vie en dépendait. Ce besoin de lui est si profond qu'il en devient presque insupportable. Je m'enivre de son odeur, me gave de ses caresses, m'étourdis de ses baisers. J'en veux encore, j'en veux plus. Je ne suis même pas certaine de réussir un jour à me sevrer de Blade. Je crois que c'est le genre d'amour qui ne faiblit jamais, qui s'intensifie avec les années, qui marque pour l'éternité.

J'espère seulement que mon éternité sera la même que la sienne.

Quand tout s'apaise, le silence reprend ses droits, nous ramenant presque à la situation dans laquelle nous nous trouvions à mon arrivée. Blade me relâche doucement et lorsque mon corps se détache du sien, je sens déjà le froid m'engourdir, malgré l'eau chaude qui caresse toujours ma peau.

— Je te laisse t'habiller, dit-il finalement.

Il sort de la douche, attrape une serviette et quitte la pièce. Je ferme les yeux, le front posé contre le carrelage glacé.

— Merde... soufflé-je.

Ce n'était pas vraiment ce que j'avais prévu, mais mon corps semble appeler le sien dès qu'il est en sa présence. Plus que mon corps, c'est mon âme qui le réclame.

Je me sèche en vitesse et récupère mes vêtements avant de le rejoindre dans la cuisine. Il est en train de nous servir deux tasses de café. Je suis rassurée de le voir plus détendu, prêt à discuter, mais ce que je m'apprête à lui avouer risque de tout bouleverser. Je sais que ce n'est pas le moment, on a tellement de choses à se dire, mais je ne peux pas lui cacher cette information.

Je m'installe sur une chaise et attrape un biscuit qui traine dans une boite métallique.

— Ils sont faits maison ! m'exclamé-je.

— T'emballe pas, c'est Mia qui les a préparés.

Je m'esclaffe en voyant son sourire en coin.

— Je t'imaginais bien avec une toque, un tablier, et rien en dessous.

Ma blague tombe à l'eau et mon cœur se comprime dans un étau. J'ai la sensation de l'avoir perdu avant même d'avoir balancé ma bombe.

— Il faut que je te dise quelque chose.

Il arrête son geste et se tourne lentement vers moi, les yeux déjà méfiants.

— J'ai retrouvé ton père.

Son visage se ferme instantanément. Le silence qui suit est glacial. Tout l'air semble avoir quitté la pièce.

— Tu... quoi ?

Sa voix est tendue, comme si quelque chose était sur le point de se rompre.

— J'ai demandé à un ami de faire des recherches. J'ai retrouvé ton père, répété-je.

Le choc se lit dans ses yeux, mais il est rapidement remplacé par quelque chose de plus sombre.

— Tu lui as parlé ?

Je hoche la tête, mal à l'aise.

— Oui.

Il fait un pas en arrière, comme s'il avait besoin de s'éloigner de moi, de cette vérité que je viens de lui lancer en pleine figure.

— Je voulais m'assurer que c'était bien lui, que... qu'il était prêt à te rencontrer, dis-je, presque en désespoir de cause. Je ne voulais pas te jeter dans les bras de quelqu'un qui s'en fout.

Il ne réplique pas, mais son regard parle pour lui. J'aurais préféré qu'il me crie dessus, qu'il se mette en colère, mais rien. Le fossé qui nous sépare s'agrandit de seconde en seconde.

— Je voulais te...

— Tu n'avais aucun droit de fouiller dans mon passé, claque-t-il sèchement.

— Je pensais bien faire, je t'assure que...

— C'est ma vie, Lexie ! *Mon* passé !

Sa voix monte d'un cran, et je perçois toute la douleur qui imprègne encore ses souvenirs.

— Je suis quoi ? Un putain de projet, comme ton foutu village ?

— Blade, murmuré-je.

Il secoue la tête, le visage fermé.

— Sors.

Je reste figée, mon cœur se brisant en une fraction de seconde.

— Sors de chez moi !

Son ton est si létal qu'il me fait frissonner. Je sens les larmes me brûler les yeux, mais je ne les laisse pas couler. Je me lève lentement, encore abasourdie. Je ne vais pas m'imposer, il a besoin d'encaisser la nouvelle, et je ne peux rien faire pour l'y aider.

Avant de partir, je récupère le dossier contenant les informations dans mon sac et le pose sur la table.

— Tu fais ce que tu veux avec ça, dis-je, la voix brisée. Ton père a envie de te rencontrer. Il était très ému d'apprendre ton existence.

Je lui jette un dernier regard, mais il est dos à moi. Les bras tendus et les mains si crispées sur le plan de travail qu'elles pourraient le casser.

— Je ne regrette rien, parce que je suis certaine d'avoir fait le bon choix. J'espère que tu le comprendras.

Je sors, le cœur lourd, sachant qu'il va falloir du temps, peut-être beaucoup trop de temps, avant que cette blessure ne se referme.

- 37 -

BLADE

Nous nous rassemblons près de l'entrée de l'entrepôt. Ghost lève la main, paume à plat pour nous ordonner le silence radio. L'ambiance est lourde d'anticipation.

Quand le signal est donné, l'adrénaline dévale dans mes veines comme de la lave en fusion. Nous pénétrons dans un hangar plongé dans le noir total, rempli de cartons, de caisses, et de cibles mouvantes. Notre mission est simple : neutraliser les menaces tout en épargnant les otages dissimulés parmi elles. Ghost fait glisser les lunettes de vision nocturne sur son visage et nous l'imitons. L'obscurité cède aussitôt la place à une teinte verte.

Nous progressons en formation, le sol sous nos pas étant étrangement silencieux. Notre chef est en tête, suivi d'Ace. Hunter, Blue et Sniper juste derrière, et je ferme la marche. Une première cible apparaît à une quinzaine de mètres, un homme armé. Sniper réagit avant même que j'aie pu bouger. Le tir fait éclater la tête du carton. La silhouette bascule en arrière et disparaît. Même après autant d'années, je suis toujours impressionné par la précision de mon coéquipier. Les caisses et les colonnes métalliques nous offrent une couverture mais l'obscurité est notre ennemie. Il est facile de tomber dans un piège. Il ne s'agit que d'une simulation, mais c'est grâce à ces entrainements qu'on peut réagir sur le terrain. En toutes circonstances, nos automatismes prennent le relais. Comme un athlète qui améliore ses performances en s'entrainant, nous conditionnons nos corps à procéder en visualisant une situation réelle. Il n'y a pas de place pour le relâchement. C'est l'excellence qui caractérise les soldats d'élite.

Ghost lève trois doigts et fait signe vers la droite, puis trois doigts et un geste sur la gauche. L'équipe se scinde en deux groupes pour aller dans des directions différentes. Ghost, Hunter et moi partons à gauche, tandis qu'Ace, Sniper et Blue prennent le flanc droit.

Mon arme toujours en main, je prépare mon poignard. Les lames, c'est familier, comme un prolongement de moi-même. J'ai passé des heures à m'entrainer. Sous la pluie, avec du vent, de nuit, de jour, les yeux ouverts ou fermés. Je suis capable d'atteindre une cible presque aussi rapidement que Sniper avec son fusil. D'ailleurs, au détour d'un couloir, un homme apparaît, les mains levées en signe de défense, immédiatement suivi par une seconde silhouette qui brandit un pistolet. Sans réfléchir, je lance mon SOG. La lame file en un éclair et s'enfonce dans le carton avec un bruit sourd.

Ghost continue sa progression, ce qui me permet de récupérer mon poignard, tandis que Hunter nous fait un signe et tapote son oreille. Nous lui emboitons le pas et repérons ce qui l'a alerté. Des silhouettes se mettent en mouvement dans la grande pièce qui s'ouvre devant nous. Elles tournent, changent de direction, tentant de nous déstabiliser. Les gars nous rejoignent alors qu'une autre série de cibles se détache, mêlant des otages et des assaillants. Sniper se met en place, attendant le feu vert pour en dégommer quelques-unes à distance.

Notre chef d'unité distribue nos positions avec ses doigts, et en une fraction de seconde, nous sommes prêts à agir. Il hoche la tête en direction de Sniper qui passe à l'action et nous débarrasse de trois ennemis assez rapidement. Le risque de toucher les innocents étant élevé, nous prenons le relais pour lui dégager le chemin. Je me glisse entre deux caisses et avise une cible en mouvement derrière deux otages. Vu la configuration, c'est mon fusil qui sera mon partenaire. Je me concentre pour anticiper ses déplacements. Elle évolue de gauche à droite, trois secondes, demi-tour, trois secondes, demi-tour. Quand elle passe pile entre les deux prisonniers, je tire. Le carton bascule au moment où un signal retentit. Le silence relatif est brisé, cette fois, par un brouhaha, des cris, des alarmes, nous empêchant de détecter les mouvements. La situation se complexifie.

Un groupe d'otages traverse le couloir principal, entouré d'ennemis. C'est maintenant que tout se joue. Ghost donne des ordres d'un geste rapide. Sniper et moi nous occupons des cibles à distance. Il se charge de la cible avant, Blue de celle qui ferme la marche, et les autres protègent les civils. Je regarde Sniper qui hoche la tête. Notre chef lance un décompte de trois secondes, et nous agissons de concert. Deux tirs retentissent presque simultanément. Blue arrache carrément la tête cartonnée de la menace, alors que Ghost dégomme l'ennemi en collant son canon sur le carton. C'est fluide, précis, sans failles.

La simulation s'achève, et une ampoule rouge clignote, ce qui nous donne le temps de retirer nos lunettes de vision nocturne. Dix secondes plus tard, les lumières se rallument. Nous nous regroupons près de l'entrée pour débriefer, puis nous déposons le matériel avant de quitter les lieux.

Malheureusement pour moi, mes pensées reprennent mon cerveau d'assaut. Faire le vide en mission, c'est vital, mais quand je reviens à la réalité, la vie reprend ses droits, avec son lot d'emmerdes. La discussion avec Lexie, sa révélation, les questions qui ont suivi dans mon esprit. C'était il y a dix jours, et je n'ai plus eu de nouvelles de ma journaliste. Est-ce qu'elle me manque ? Je mentirais si je niais, mais ma rancœur à son égard m'empêche d'y voir clair. Elle a mis le doigt sur ce qu'il y a de plus sombre dans mon existence : mon enfance gâchée, ma famille inexistante, la douleur du petit garçon qui n'avait personne dans sa vie, personne à qui se confier, personne pour le réconforter, personne pour lui apporter amour et sécurité. J'ai grandi dans la plus grande solitude avec la certitude que je ne valais pas la peine qu'on se batte pour moi. Cette douleur s'est transformée en rage, puis en froideur. J'ai tenu tout le monde à distance. Tout le monde sauf mon équipe. Enfin presque, j'aurais sûrement pu faire mieux, mais ils m'ont accepté avec mes silences et ma distance. Avec ma part d'obscurité et mes casseroles.

J'avale une gorgée d'eau tout en marchant vers le bâtiment principal de la base. Les gars discutent à mes côtés, mais je ne les écoute que d'une oreille distraite. Quand nous arrivons dans les vestiaires, Blue se tourne vers moi et m'observe un moment. Je plisse les yeux, sentant déjà que la conversation ne va pas me plaire.

— On arrête de faire l'autruche, c'est quoi le problème ?

Je me détourne et ouvre mon casier.

— Blade, putain, ne fais pas ça. Tu as refusé les dernières sorties et tu es encore plus silencieux que d'habitude.

— Parce que je n'ai rien à dire, dis-je en prenant mon sac.

— Donc ça n'a rien à voir avec une jolie journaliste au tempérament de feu ?

Je jette un œil par-dessus mon épaule et constate que tous attendent ma réponse.

— Foutez-moi la paix.

Je ferme mon sac d'un geste sec et récupère mon casque.

— Non !

La voix de Ghost claque dans le vestiaire, amenant avec elle un silence pesant.

Je repose mes affaires et me tourne lentement.

— Non ?

J'ai toujours respecté mon chef d'unité, mais ma vie privée ne regarde personne, surtout quand on me force la main.

— Tu vas poser ton cul sur ce banc et vider ton sac.

— Ou sinon ?

— Tu ne sortiras pas d'ici sans avoir parlé, Blade. Et tu peux me balancer ton regard noir au visage, j'en ai rien à foutre. On est cinq contre un.

Mes coéquipiers sont inflexibles. On n'en viendra pas aux mains, putain, pas avec eux, je préfèrerais me couper un bras que m'en prendre volontairement à eux, pourtant la rage qui déferle dans mes veines est difficile à contenir. J'attrape ma lame pour me maitriser, et je me rends compte qu'aucun d'eux ne bouge. Pas un mouvement, pas de doutes, pas de réactions. Ils n'ont pas peur que je les attaque, parce qu'ils savent que je me planterais bien avant de les blesser.

Cette confiance de leur part tranquillise la douleur sourde qui me dévore, et je range mon poignard en expirant calmement. Je me frotte le visage et me laisse tomber sur le banc.

— C'est compliqué.

— On a tout notre temps, dit Ace d'une voix apaisante.

Les gars s'installent autour de moi, assis, ou appuyés contre les casiers.

— Lexie a retrouvé mon père.

Je fixe le sol, les paroles de la journaliste tournant dans ma tête.

— Tu le cherchais ? s'étonne Sniper.

— Non.

— OK, continue Ghost, elle voulait t'aider, j'imagine.

Je hoche la tête. J'ai conscience qu'elle ne pensait pas à mal, mais putain, elle n'aurait jamais dû fouiner dans ma vie.

— Et ? Qu'est-ce que tu en penses ? Tu avais envie de le connaitre ?

— Non.

C'est faux, je me suis posé beaucoup de questions sur lui. Je ne voulais pas spécialement le rencontrer, mais peut-être savoir qui il était. Savoir d'où je venais. Je me suis toujours senti vide, comme s'il manquait cette partie en moi, celle de mes racines, de mes ancêtres. Je n'ai pas encore réussi à ouvrir le dossier qu'elle m'a donné, mais cette idée me démange réellement.

— Je ne sais pas comment gérer tout ça, avoué-je.

Je tapote le banc et déballe le reste de mes doutes. Le repas chez ses parents. Notre relation. Mon père. Tout se mélange dans ma tête au point de me perdre totalement. J'ai toujours eu un cadre de vie strict. Je sais où je vais, je sais ce que je veux et ce que je fais. Il n'y a pas de place pour le changement ou les perturbations. J'ai besoin de cet ordre, il me stabilise depuis des années.

— Elle a sûrement eu tort de le faire dans ton dos, mais si elle t'en avait parlé, tu lui aurais donné le feu vert ?

— Non.

Ghost hoche la tête. Il pose son pied sur le banc et appuie son avant-bras sur sa cuisse.

— Lexie est une fouineuse, c'est dans sa nature, mais je pense qu'elle a fait beaucoup d'efforts pour te respecter et respecter tes besoins.

Ce qu'il veut dire, c'est qu'elle a supporté tout ce qu'il y a de plus chiant en moi. J'en ai conscience. Elle a été égale à elle-même, souriante, patiente, chaleureuse. Sans jugement. Alors qu'une autre femme aurait fui depuis longtemps.

— Tu veux le rencontrer ?

Je ne réponds pas tout de suite, signe que je l'envisage sérieusement.

— Lexie m'a dit qu'il souhaitait me voir.

— Peut-être que ça serait une bonne chose.

Je lève la tête vers Sniper qui reprend pour s'expliquer.

— Pour nouer une relation avec lui ou simplement pour tourner la page. Tu te poses des questions sur tes origines, ton père aura peut-être des réponses.

Ils me connaissent trop bien. Même quand je ne parle pas, ils savent lire en moi.

— Tu tiens à elle ? demande Hunter, revenant à ma journaliste.

Je hoche la tête, il ne servirait à rien de mentir. Ils s'en sont rendu compte. Je n'ai jamais eu de relation de ce genre avec une femme, jamais rencontré sa famille. Lexie, c'est Lexie... Un rayon de soleil, une tornade, un arc-en-ciel. Tout à la fois. Mais elle est surtout ma petite lueur dans l'obscurité. Celle qui me maintient en vie quand je sombre.

— Alors ne passe pas à côté.

Quand on sait à quel point il s'est battu pour Megan, je ne sais pas si je serais susceptible de faire la même chose pour une femme.

Mais ce n'est pas n'importe quelle femme. C'est Lexie.

— Elle tient vraiment à toi, ajoute Ghost. Elle t'a accepté avec tes défauts et tes failles, tu pourrais en faire autant pour elle.

J'aimerais tellement en être capable, mais est-ce qu'elle ne mériterait pas mieux qu'un connard dans mon genre ?

— Je ne suis pas prêt, dis-je simplement.

Ghost soupire et je capte un échange de regards entre mes coéquipiers.

— Qu'est-ce qu'il y a ?

Mon chef d'unité hésite.

— Tu devrais lui dire, intervient Sniper. Il a le droit de savoir.

— Savoir quoi ? claqué-je en me redressant.

— Il a perdu ce droit quand il l'a jetée, non ? dit sèchement Ghost.

Il a le chic pour me remettre d'aplomb.

— Dis-moi ! ordonné-je. J'ai peut-être fait le con, mais on ne t'a pas jugé quand tu as déconné avec Mia.

Il me dévisage un instant.

— Elle repart.

Je fronce les sourcils.

— Comment ça, elle repart ? Où ?

— En Syrie, ajoute Sniper.

— Quoi ? Non ! Hors de question.

Elle est folle. Elle a failli mourir là-bas.

— Elle retourne au village des femmes. Tu sais que c'était dans ses projets.

— Je ne pensais pas qu'elle irait si vite.

Mais j'aurais dû m'en douter. Quand elle a une idée en tête, elle fonce. Elle fonctionne à l'adrénaline, mais j'ai compris ces dernières semaines que c'était simplement un moyen de surmonter la mort de son frère. Elle est loin d'avoir fait son deuil.

— Comment vous le savez ?

— Elle l'a dit à Mia.

— Quand ?

— Dans deux jours.

Ma mâchoire se crispe et je récupère mes affaires. Elle m'a appelé, il y a cinq jours, mais je n'ai pas répondu. Je suis presque certain qu'elle voulait aussi me le dire, et comme un con, je l'ai ignorée.

— Blade !

— J'ai des trucs à faire, mens-je.

Je quitte les vestiaires et prends la route dans les minutes qui suivent. Lexie repart en Syrie. L'endroit où on a failli la perdre. Elle aurait pu tout gérer à distance, mais il faut toujours qu'elle s'investisse corps et âme dans ses projets. Comment sa famille fait-elle pour supporter ce danger permanent dans lequel elle vit ?

Au bout de quelques kilomètres, je m'arrête sur le bas-côté et lance un appel. Il n'y a qu'une seule personne qui pourra répondre à mes questions.

- 38 -

LEXIE

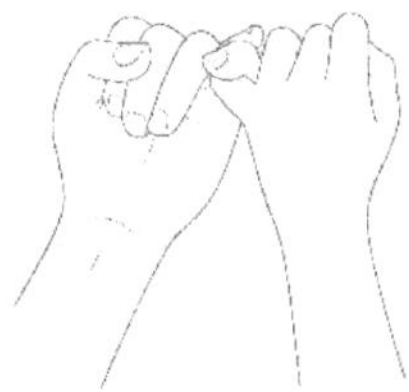

— Tu veux quelque chose ? demande Clay en me montrant l'une des boutiques de l'aéroport.

Je secoue la tête et mon regard se porte sur mon carnet. Mes sentiments sont partagés. Je suis à la fois excitée de retourner au village, impatiente de voir les femmes pour leur parler de mes projets, mais également anxieuse. Mon dernier voyage en Syrie s'est mal terminé. Je m'étais promis d'y revenir, promis de ne pas laisser ce drame m'abattre, promis de ne pas concéder la victoire aux ennemis de la paix et de la tolérance, sauf que ma tête repasse en boucle cet instant dans le désert. Quand j'ai cru que c'était fini, quand j'ai cru que je ne verrai plus jamais ma famille.

J'essuie une larme qui roule sur ma joue et inspire pour calmer mes nerfs.

— Lex...

Mon jumeau s'assied à côté de moi et me prend dans ses bras.

— Tu n'es pas obligée d'y aller maintenant, tu peux très bien reporter ton voyage.

— Il faut que je le fasse, murmuré-je.

— Ce qu'il faut, c'est que tu fasses ton deuil, près des tiens.

— Tu ne comprends pas…

Il s'écarte et je perçois la tension qui émane de lui.

— Tu as failli mourir là-bas. On aurait pu te perdre, comme Ryan, et tu t'entêtes à aller au-devant du danger.

Je ne sais pas quoi répondre. Au fond, il a un peu raison, mais j'ai besoin de le faire, besoin de me prouver que je peux y arriver, que je n'ai pas laissé mon âme dans ce désert. J'ai peur de ne plus jamais partir si je ne le fais pas tout de suite.

— Maman et papa n'ont rien dit, mais ils sont contre ton voyage. Ils sont terrifiés.

Mon cœur se serre à cette idée. Je ne veux pas faire de mal à ma famille, mais je dois aussi faire ce que je pense être le mieux pour moi.

— Je ne peux pas les laisser gagner, murmuré-je.

Mon frère soupire et pose sa main sur ma cuisse.

— Tu es en vie, tu t'es battue, ils n'ont pas gagné.

Je plonge mon nez dans son cou et inspire son odeur familière et rassurante.

— Je suis désolée de vous imposer ça, je ne sais pas comment faire autrement, j'en ai besoin.

— Je sais.

— Mais j'ai peur.

— Je sais.

Je souffle et pose ma joue sur son épaule pour regarder les gens déambuler dans le terminal.

— Parfois je me dis que je n'ai pas fini mon deuil.

— Je crois qu'un deuil n'est jamais vraiment fini, Lex. On vit juste avec, et un jour, ça fait simplement moins mal.

Il m'est arrivé de me demander si j'avais choisi la bonne voie. Si c'était ce qu'il me fallait. Depuis la mort de mon frère, mon besoin s'est intensifié, au point de ne plus savoir comment vivre autrement qu'en mission. Peut-être qu'après ce voyage, je pourrais lever le pied et prendre le temps de réfléchir, de faire un travail sur moi, et peut-être de voir un thérapeute.

— C'est une bonne idée.

Je souris en réalisant que j'ai encore parlé à voix haute.

— Tu as deux deuils à encaisser, sans compter toutes les horreurs que tu as vues. Et on a besoin de toi, nous aussi.

Je relève la tête et essuie mes joues humides.

— Et si on partait tous ensemble à mon retour ?

— Des vacances en famille ?

J'acquiesce.

— Ça fait longtemps.

— On organisera ça.

Je caresse les plaques militaires de mon frère et soupire, bien plus sereine. Clay me tend un paquet de bonbons et se cale dans son siège, le regard perdu sur les voyageurs. D'habitude, je viens seule à l'aéroport, je n'aime pas les aurevoirs larmoyants qui sonnent comme des adieux. Mais mon jumeau a proposé de m'accompagner. Je crois qu'il en avait besoin après les derniers événements, et force est de constater que moi aussi.

Peut-être que je ne suis pas réellement prête, mais je ne le saurai qu'en me lançant. J'imagine qu'une fois sur place, je me sentirai mieux. Entre la collecte de fonds et mon article qui a été publié, j'ai de bonnes nouvelles pour les femmes du village. J'espère qu'avec ces initiatives, d'autres lieux verront le jour dans les régions où les femmes ont besoin de prendre leur envol. D'être libres, indépendantes et maitresses de leur destin. Je rêve d'un monde où il n'y aurait plus de féminisme, d'un monde où chacun pourrait s'épanouir et faire ce qu'il veut de sa vie. Un monde où il n'y aurait plus de barrières, de violence, de haine. C'est utopique, mais il n'y a qu'en agissant qu'on peut espérer améliorer les choses. Ce n'est que parce que d'autres avant nous ont lutté que nous avons des droits aujourd'hui. À mon échelle, je veux offrir un meilleur avenir à toutes les femmes, les adolescentes et les petites filles du monde.

— Lex… souffle Clay en posant une main sur ma cuisse.

Je lève le nez de mon carnet et suis son regard. Mes yeux accrochent tout de suite ceux de Blade, qui fend la foule avec détermination. Il a beau être en jean et tee-shirt, il dégage une assurance qui attire l'attention. Cette aura sombre qui le caractérise semble écraser les autres et les oblige à s'écarter sur son chemin. Ma main agrippe mon carnet alors que mon cœur menace d'exploser dans ma poitrine.

Je me lève sans m'en rendre compte et fais quelques pas dans sa direction.

— Qu'est-ce que tu fais là ? demandé-je quand il arrive à ma hauteur.

— J'ai appris que tu repartais.

Il regarde par-dessus mon épaule et hoche la tête pour saluer mon frère.

— Je retourne au village des femmes.

Il me dévisage puis sa main se lève doucement. Quand son pouce caresse ma pommette, je ferme les yeux pour m'imprégner de son geste. Même si je regrette sa réaction après notre dernière conversation, je n'ai qu'une envie : me blottir dans ses bras pour me gaver de sa force.

— Tu as pleuré.

— Non, dis-je en reculant pour essuyer grossièrement mes joues.

Il n'est pas dupe, mais il n'insiste pas.

— J'imagine qu'il n'y a aucun moyen de te faire changer d'avis.

— Je dois le faire.

Son visage est impassible, pourtant une lueur danse dans ses yeux. Un mélange d'admiration et d'inquiétude. Peut-être que tout n'est pas perdu entre nous. Peut-être que...

— Je suis désolée pour ce que j'ai fait. Je ne voulais pas te blesser.

Je serre le carnet un peu plus fort.

— Est-ce que... est-ce que tu crois qu'on pourra discuter à mon retour ?

Il continue de me dévisager et je fais mon possible pour ne pas montrer que mes mains tremblent.

— Fais attention à toi, dit-il simplement.

Je hausse une épaule, pour paraitre nonchalante, mais je remarque qu'il n'a pas répondu.

— Tu me connais.

— Justement. Je ne plaisante pas, Lexie, fais vraiment attention.

— Promis, murmuré-je.

Il soupire et glisse une main dans son blouson. Il en sort une feuille qu'il range dans mon carnet, puis il s'avance, et sa paume se pose sur l'arrière de ma tête. Il dépose un baiser sur mon front, s'attardant plus longtemps que nécessaire. Ma gorge se serre et je lutte contre l'émotion qui déferle dans tout mon être. Son regard plonge dans le mien quand il recule. Intense. Enivrant. Addictif. Je pourrais m'y noyer, encore et encore.

Notre échange, de seulement quelques secondes, s'imprègne dans chaque parcelle de mon âme jusqu'à ce que le froid m'engourdisse alors qu'il me tourne le dos.

— Blade !

Il pivote et mon courage semble se faire la malle.

— Je t'aime, avoué-je en serrant le carnet contre ma poitrine.

Je n'attends pas sa réponse et refuse de voir sa réaction. Je tourne vite les talons pour rejoindre mon frère, luttant contre les larmes qui me harcèlent sans fin.

— Ça va ?

Je hoche la tête et la baisse avant de me rassoir.

— Il est parti.

Je suis soulagée d'avoir dévoilé mes sentiments, désolée de l'avoir fait dans un aéroport, déçue de ne pas avoir pu entendre ces mots en retour. Même si je ne lui en ai pas laissé le temps, je savais qu'il n'aurait pas pu me les dire. Mais ce n'est pas grave, je ne voulais pas avoir de regrets. S'il ne tenait pas à moi, il ne serait pas venu. C'est un maigre espoir, mais je m'y accroche.

— C'est toi qui lui as dit que je partais ?

— Je lui ai juste dit quand, il était déjà au courant.

Je hoche la tête plusieurs fois, les yeux rivés vers mon carnet. Puis, les mains tremblantes, je l'ouvre et déplie la feuille avec précaution, émue d'y trouver un dessin. Il me représente, de profil, le regard perdu sur l'horizon. Un homme, placé dans mon dos, le menton posé sur le sommet de mon crâne, m'enveloppe dans une étreinte tendre. Je me rapproche du papier comme si je pouvais comprendre chaque élément, chaque coup de crayon, chaque intention. L'homme n'est pas clairement dessiné, on ne voit ni sa tête ni la totalité de son corps, et pourtant je sais.

Avant même de capter le détail qui me confirme l'évidence. Un étui de poignard accroché à sa cuisse.

Je sais ce qu'il veut me dire sans le dire réellement. Mon cœur se serre avec émotion. Encore une fois, ce n'est pas explicite, mais quand on arrive à décrypter Blade, on comprend les mots cachés derrière les silences.

En bas de la feuille, juste quelques mots : « Reviens-moi. »

Les bras réconfortants de mon frère m'attirent contre lui alors que des sanglots m'étranglent.

— Il tient à toi. Sois patiente.

Je hoche la tête, plus rassurée que jamais. Blade n'a peut-être pas dit « Je t'aime », mais il le montre autrement. À sa façon, avec sa vulnérabilité et ses blessures. Et c'est tout ce dont j'ai besoin.

- 39 -

LEXIE

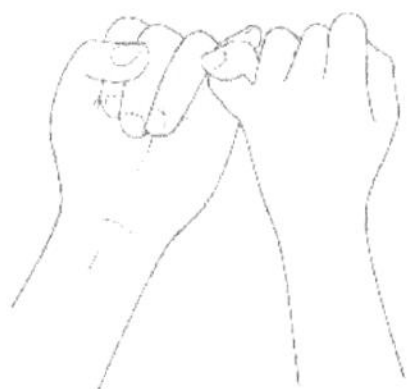

Cette semaine passée dans le village des femmes a été intense et gratifiante. Quand je leur ai annoncé le résultat de la collecte, elles sont restées muettes, me dévisageant comme si c'était une blague, avant que leur joie n'éclate. Cet argent, c'est la promesse de faire plus, pour d'autres femmes, d'autres régions. Et peut-être un jour, d'autres pays. J'avais aussi emmené un exemplaire de mon article pour leur prouver que ce qu'elles font compte. Sur leurs visages, j'ai vu les larmes, les sourires, la reconnaissance, la fierté. Et la tristesse quand je leur ai parlé de Nathan. Elles l'avaient adopté, comme un ami, comme un frère, comme un fils. Il était si innocent dans sa manière de découvrir le monde, si joyeux tout le temps, que le savoir éteint à jamais me brise encore le cœur à chaque fois que j'y pense. J'essaie de l'imaginer souriant, levant ses pouces pour m'encourager et me féliciter.

Peut-être qu'il est avec Ryan et qu'ils rient en se racontant des anecdotes. Je préfère cette idée au néant, ce vide laissé après la disparition d'un être cher.

Je referme mon carnet et un sentiment d'accomplissement me réchauffe le cœur. J'ai profité d'une opération humanitaire pour me joindre au groupe de bénévoles. Ça m'a évité de venir seule. Sans cette opportunité, je ne sais pas si j'en aurais eu le courage. Les volontaires vont poursuivre leur mission, quant à moi, je reprends l'avion demain matin, direction la Californie.

Je jette un coup d'œil à Delina, l'une des bénévoles, installée sur le lit à côté du mien. Elle somnole déjà, fatiguée par la journée. Nous partageons un espace modeste, deux lits séparés, une douche, une moquette usée par le temps. Je soupire et me tourne vers la fenêtre pour essayer de trouver le sommeil. Dehors, la ville est encore agitée, mais pas autant que mon cerveau. Tant de pensées se bousculent dans mon esprit, tant de sentiments se mélangent dans mon cœur. Nathan, Ryan, le village des femmes, Blade, j'ai un trop-plein que je ne sais pas comment gérer. Comme si la pression était si forte que le bouchon menaçait de céder à tout instant.

Alors que je ferme enfin les yeux, un claquement sec se détache du tumulte environnant. Je relève la tête, confuse. Un second claquement, suivi d'un éclat de verre fait dérailler les battements de mon cœur. Delina se redresse brusquement, les yeux écarquillés.

— Qu'est-ce que c'était ? murmure-t-elle, la voix tremblante.

Je n'ai pas le temps de répondre que des cris retentissent dans le couloir. Un vacarme assourdissant de portes qui claquent, de voix qui s'élèvent, puis d'autres sons, secs et violents. Des coups de feu.

Mon corps réagit avant même que mon esprit n'ait compris la situation. Je saute du lit et cours vers la fenêtre, tirant le rideau d'un geste brusque. À l'extérieur, des ombres s'agitent sous les lampadaires faiblards. Des véhicules armés, des hommes masqués, fusils à la main. Une peur froide s'infiltre dans mes veines.

— Merde… merde… ils nous attaquent, dis-je d'une voix étouffée.

Delina est déjà debout, la bouche entrouverte, le regard figé dans une terreur absolue. Des coups de feu et des cris se rapprochent de notre porte. Mon cœur bat à tout rompre, mes pensées s'éparpillent dans le chaos grandissant. J'essaie de trouver une solution, mais il n'y en a aucune. La fenêtre est bloquée, nous sommes au rez-de-chaussée et il n'y a qu'une seule issue. J'enfile rapidement mon pantalon et récupère ma veste quand le battant s'ouvre violemment.

Deux rebelles pénètrent dans la pièce, des chèches enroulés autour de la tête et leurs fusils pointés vers nous. Delina lâche un cri étranglé tandis que je reste figée, incapable de bouger, pétrifiée par la peur.

Les minutes qui suivent sont un flou total. On nous traîne dans le couloir, où d'autres bénévoles sont également capturés. Des femmes pleurent, des hommes essaient de résister mais sont rapidement maîtrisés par les assaillants armés. Je suis poussée dans l'escalier, mon corps heurtant durement les marches alors que l'un des ravisseurs me tire par les cheveux. La douleur fulgurante me fait lâcher un gémissement.

À l'extérieur, trois véhicules nous attendent, les moteurs grondant dans la nuit noire. On nous jette à l'arrière de l'un d'eux comme des sacs de marchandises. Une bâche sombre est rabattue sur le groupe, nous plongeant dans une obscurité totale.

Je tremble de tout mon corps, incapable de contrôler mes respirations qui deviennent de plus en plus rapides. Delina me serre la main, et je sens sa peur autant que la mienne.

Mes pensées se bousculent.

Nathan, mes frères, Blade, mes parents.

L'horreur de ce qui m'attend.

Après ce qui me paraît des heures, le camion s'arrête brusquement. On nous tire hors du véhicule et j'en profite pour observer notre environnement. Nous sommes dans une zone désertique, mais plus rocheuse. Des montagnes basses se dessinent à l'horizon, mais aucun signe distinctif qui pourrait m'aider à me repérer. On nous conduit à l'intérieur d'un bâtiment en béton, décrépit, avec des fenêtres brisées. Je frissonne en découvrant l'intérieur froid et poussiéreux, éclairé par quelques ampoules vacillantes. On descend un escalier qui débouche sur un long couloir sombre, bordé de portes métalliques. Je retiens un haut-le-cœur quand l'odeur de moisissure et de sueur envahit mes narines. C'est une prison, et elle semble abandonnée depuis des années, peut-être même des décennies. Chaque pas que je fais résonne, amplifié par le silence pesant qui nous enveloppe. Mes jambes tremblent encore, mais je les force à avancer. Un homme nous pousse vers une porte en fer à moitié rouillée qui grince sinistrement en s'ouvrant. Les murs sont nus et le sol en béton est couvert de taches indéfinissables. Je sens la panique monter en moi comme une vague incontrôlable, mais je la refoule aussi loin que possible.

— Assis, hurle l'un des kidnappeurs, d'une voix rauque qui tranche l'air.

Je me laisse tomber sur le sol, les mains crispées sur mes genoux, essayant de calmer les battements frénétiques de mon cœur. Les femmes s'installent en silence, tout autant terrifiées que moi. Les hommes sont jetés dans une autre cellule, ce qui m'effraie encore plus. Je tente de rassembler mes pensées pour me rappeler des conseils de Ryan. Avant ma première mission, il avait tenu à me briefer sur un éventuel enlèvement. Mais tout est enfoui dans ma mémoire, embrouillé par la peur qui m'étreint un peu plus à chaque seconde. Les lèvres de Delina tremblent, ses mains agrippent fermement son foulard comme s'il pouvait la protéger. Je voudrais lui dire quelque chose, n'importe quoi, mais aucun mot ne sort.

Deux des hommes discutent en arabe, à voix basse. Je ne sais pas combien ils sont, cinq, peut-être six...

Quelques secondes plus tard, la porte se referme avec fracas. Un lourd silence s'installe dans la pièce. Je me force à respirer profondément, à essayer de penser rationnellement. Ce n'est pas la première fois que je suis en danger, mais cette fois-ci, ça semble différent. Plus désespéré. Plus incertain. Mes mains agrippent les plaques de mon frère, seul rempart entre la panique et moi.

Les heures s'étirent, je perds la notion du temps. Parfois, des bruits nous parviennent du couloir : des pas, des voix, des grincements de portes. Chaque son me fait sursauter comme si la situation pouvait basculer à tout moment. J'analyse la pièce pour chercher une issue possible. Une fenêtre, un conduit, n'importe quoi. Mais il n'y a rien. Juste nous et ces murs étouffants. L'attente est terrifiante. Elle oblige à imaginer mille scénarios, et autant dire que mon esprit de journaliste passe en revue tout ce qu'il a vu ou lu au fil des années, ce qui ne m'aide pas à garder mon calme. Les issues sont rarement positives dans ce genre de situation.

La porte s'ouvre à nouveau. Un homme entre, armé d'un fusil qu'il porte en bandoulière. Il nous regarde d'un œil froid et calculateur avant de jeter son dévolu sur deux d'entre nous. Il nous fait signe de nous lever et mon cœur rate un battement. J'obéis, les jambes en coton, avec la furieuse envie de fuir, de courir le plus vite possible, mais mon cerveau semble ramolli, incapable du moindre sursaut d'énergie. Les pensées s'entrechoquent dans ma tête quand nous pénétrons dans une nouvelle pièce où attendent déjà trois otages. Mon corps se raidit, chaque muscle tendu à l'extrême, en apercevant une caméra installée sur un trépied. Je m'agenouille à côté des autres, en ligne, tête baissée. J'aimerais agripper les plaques de mon frère mais je ne veux pas me faire remarquer, alors je pose les mains sur mes cuisses, essayant de maîtriser leur tremblement. Je suis au bord du craquage. Je lutte pour garder la tête froide, mais je ne suis pas un soldat, juste moi. Juste Lexie. Et je suis terrifiée.

L'un des geôliers, le visage couvert d'un chèche, se place devant la caméra et déblatère sèchement quelques phrases. Je ne capte que quelques mots, et ça ne m'aide pas à me calmer. Il se déplace ensuite derrière le premier homme de notre ligne, puis il rit avant de passer au suivant. J'essaie de détourner les yeux, de ne pas m'infliger ça, mais mon corps est figé, incapable du moindre mouvement. Ma respiration se fait erratique à mesure que la panique gagne chacun de mes compagnons.

Le leader sort un sabre dont l'acier brille sous la lumière crue. Je me mords la lèvre jusqu'au sang pour ne pas hurler. Je suis sur le point de suffoquer, le cœur battant si fort dans ma poitrine que j'ai l'impression qu'il va exploser. J'ouvre la bouche, mais aucun son ne s'extirpe de ma gorge desséchée.

Avant que j'aie le temps de détourner le regard, la lame fend l'air. Le bruit qui suit est écœurant, paralysant. Le corps de l'homme s'effondre, sa tête roulant devant lui. Une vague de nausée me submerge. Mes yeux sont rivés sur la scène, comme si le moindre mouvement pouvait me condamner moi aussi. Désespérée, je lève le visage vers la caméra comme si elle pouvait me sauver.

Pour la première fois de ma vie, l'espoir me quitte et une certitude s'impose à moi.

Je vais mourir.

- 40 -

BLADE

Blue m'ouvre la porte et me fait signe d'entrer. Les gars sont en train de s'asseoir également. Je m'installe autour de la table et jette un coup d'œil à mes coéquipiers, mais ils semblent dans l'attente, comme moi.

— Tu nous expliques ? dit Ghost à Blue.

— Je n'en sais pas plus que vous.

April apparait dans l'encadrement, elle parait nerveuse et fatiguée.

— C'est moi qui lui ai demandé de vous appeler.

Elle place un ordinateur portable sur la table et reste debout à côté de Blue, qui pose une main dans le bas de son dos, sûrement conscient de son anxiété. La tension imprègne l'air.

— Cette nuit, j'étais de garde à la base, on prépare une mission pour l'équipe de Storm.

Elle jette un coup d'œil à Blue avant de reprendre.

— Josh est tombé sur des informations qui ne nous concernaient pas directement, mais je ne pouvais pas les garder pour moi.

— Attends, souffle Ghost en posant une main sur l'ordinateur qu'elle allait ouvrir. Tu risques ta carrière, tu es sûre de toi ?

Elle inspire.

— Absolument.

Je fronce les sourcils, inquiet de savoir ce qui pourrait justifier de divulguer des infos confidentielles.

— Ça ne sortira pas d'ici, commente Ace.

Il a raison, on ne ferait rien pour la griller auprès de la hiérarchie.

— En fait, je pense que vous allez forcément vous servir de ces infos, mais je suis d'accord avec ça, je ne peux pas ignorer ce qu'il se passe.

La tension s'intensifie. Les mains croisées sur la table, je garde les yeux rivés sur notre analyste.

— Il y a un peu plus d'une semaine, deux convois humanitaires ont été attaqués en Syrie. Les bénévoles ont été enlevés.

Ce n'est pas vraiment une surprise, c'est de plus en plus courant malheureusement. Les attaques se sont intensifiées, on en a été témoins.

— Quinze heures après la deuxième attaque, une vidéo a été diffusée. Une exécution. Et quarante-huit heures plus tard, une deuxième vidéo.

— Ils exécutent les otages ?

Elle hoche la tête.

— Ça a été revendiqué ?

— Non. On pense à un groupe rebelle, mais pour le moment, on n'a pas grand-chose puisqu'on n'a pas été missionnés sur ce cas.

— Où est-ce que tu veux en venir ? Des militaires sont détenus ?

— Non, uniquement des civils.

Elle mordille sa lèvre inférieure avant d'ouvrir son ordinateur portable.

— Le mieux, c'est que je vous montre, mais... préparez-vous, c'est...

Elle soupire et tourne l'écran vers nous. On aperçoit cinq personnes agenouillées dans une pièce dépouillée et assez sombre, seulement éclairée par un projecteur qui est braqué sur les otages. Des rebelles sont debout dans le fond, mais on ne voit que le bas de leurs corps. Après quelques secondes, l'un d'eux se détache du groupe et s'adresse à la caméra avant de se placer derrière l'un des bénévoles. Il s'amuse à changer de cible à plusieurs reprises puis il s'arrête près d'un homme d'une trentaine d'années. Il a les yeux fermés, les lèvres pincées et il pleure en silence. Cette image me noue l'estomac. En tant que SEAL, on est préparé à risquer notre vie et à subir ce genre d'épreuves, mais un civil n'est jamais prêt à mourir. Surtout dans ces conditions.

Deux secondes plus tard, la lame s'abat sur la nuque du type, puis la caméra se coupe, nous laissant abasourdis.

Les visages sont fermés dans la pièce. Des innocents tombés au combat parce qu'ils dédient leur existence à aider les autres, ça attise toujours notre fibre protectrice.

— La deuxième vidéo est identique à un détail près. Je... je ne sais pas quoi dire, ajoute-t-elle les larmes aux yeux.

Je la dévisage, perdu, et jette un coup d'œil à Blue qui la prend dans ses bras, mais il fixe toujours l'écran. La vidéo commence de la même façon. Celui qui semble être le leader s'amuse à nouveau à changer de victime. C'est un salopard de la pire espèce. J'aimerais lui rendre la pareille en le transperçant avec l'une de mes lames.

— Blade… murmure Sniper.

Son regard est désolé. Ghost se lève et j'entends Hunter jurer. Ne comprenant pas, je reporte mon attention sur l'écran.

Et je la vois.

Lexie.

Agenouillée à côté de ces morts en sursis.

Terrifiée.

Le corps tremblant.

L'horreur imprégnant chacun de ses traits.

Il n'y a plus de sourire, plus d'étincelle dans son regard, plus d'énergie débordante et joyeuse.

Juste la terreur, le froid, la résignation.

Elle détourne les yeux de la victime et les dirige vers la caméra.

Pendant une seconde, j'ai l'impression qu'elle me regarde, qu'elle m'appelle, qu'elle me supplie.

Puis l'écran devient noir.

Un silence pesant s'abat sur la pièce jusqu'à ce que je le brise en me levant brusquement. La chaise tombe dans mon dos, mais je suis déjà en route vers la porte.

— Blade !

Ghost s'interpose alors que j'entends nos coéquipiers se lever à leur tour.

— Qu'est-ce que tu fais ?

— J'y vais.

J'essaie de le dépasser, mais il me bloque avec son bras.

— Ghost… grondé-je, ne m'oblige pas à forcer le passage.

— Écoute-moi d'abord.

— Je n'ai pas le temps de t'écouter.

Ma main glisse déjà vers ma lame tant mon corps est sous pression.

— Je me fous des conséquences, je vais la chercher, putain.

— Réfléchis, tu ne sais rien. Ni qui l'a enlevée ni où elle se trouve.

— Je verrai sur place.

— Tu vas perdre du temps pour rien.

Nos coéquipiers sont dans mon dos et j'ai la sensation d'étouffer, comme s'ils m'empêchaient d'aller la sauver.

— J'y vais maintenant. Ça fait une semaine, Ghost. Une semaine.

— Est-ce que j'ai laissé tomber Megan ?

Je fronce les sourcils.

— Non.

— Dis-toi bien que je ne laisserai pas tomber Lexie. Tu m'entends ?

— C'est différent.

— Non. C'est même encore plus simple. Personne ne connaissait Megan, on s'est battus parce qu'elle comptait pour Hunter.

Il serre mon épaule.

— On se battra pour Lexie. Parce qu'on l'apprécie, et parce qu'elle compte pour toi.

Je me passe la main sur le visage, envahi par le doute. Quand Hunter a été fait prisonnier, ça a été un coup dur, mais imaginer ma journaliste dans cette situation, je ne sais pas comment gérer.

— Laisse-moi douze heures pour convaincre le commandant de nous envoyer en mission.

— Et s'il refuse ?

— On partira en voyage.

— Je ne peux pas vous demander ça, dis-je en secouant la tête.

— Tu ne nous demandes rien, affirme Ace dans mon dos.

— On est une équipe, confirme Sniper.

— Douze heures, insiste Ghost, on ira plus vite avec les moyens de l'armée.

Je plonge mon regard dans le sien, mais il est déterminé, inébranlable. Je n'ai jamais douté de lui, d'aucune de ses décisions. Jamais. Je lui ai confié ma vie à chaque mission, et aujourd'hui, je lui confie celle de la seule femme qui a compté pour moi. La seule personne qui m'a dit « Je t'aime » dans ma chienne de vie.

— Douze heures.

Il acquiesce et récupère sa veste.

— Trouvez-moi tout ce que vous pouvez. Infos, lieux, témoignages, vidéos, conversations. On ne peut pas y aller à l'aveugle. On doit gagner du temps. Je veux un dossier à mon retour.

— Je vais appeler Sawyer, propose Ace.

— April ? dit Ghost, c'est bon pour toi ?

Elle hoche la tête sans hésiter. Elle risque gros, mais j'ai bon espoir que notre commandant la couvre. Même s'il est droit dans ses pompes, il sait faire la part des choses. C'est un homme juste et il aime beaucoup notre analyste.

Notre chef quitte la pièce, et les gars se mettent déjà au travail. Je m'approche d'April, qui est restée immobile à côté de la table. J'initie un geste que je n'ai plus eu depuis longtemps, je la prends dans mes bras.

— Merci.

— Retrouve-la, murmure-t-elle.

J'acquiesce et la relâche avant de rejoindre mon équipe. On a un plan à mettre en place, parce qu'il est hors de question que j'échoue.

- 41 -

LEXIE

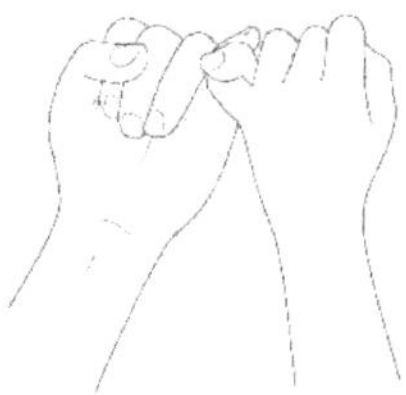

Le sol est encore taché de sang, et cette odeur métallique me donne envie de vomir. Mais je reste immobile, la terreur me tenant fermement dans ses griffes. C'est la troisième exécution, et la deuxième à laquelle j'assiste. Quand le bourreau s'est arrêté derrière moi, j'ai fermé les yeux et retenu mon souffle. Les visages de mes proches m'ont accompagnée dans ce que je pensais être mes derniers instants. J'étais terrifiée, mais je ne voulais pas mourir dans cette pièce, je voulais être auprès des miens, même si ce n'était qu'en pensées.

Est-ce que Ryan a ressenti la même chose ? Est-ce qu'il a pensé à nous ? Est-ce qu'il est parti serein ? Je ne le saurai jamais.

Le bourreau s'est finalement déplacé pour porter son attention sur une autre victime. Jusqu'à présent, ils n'ont tué que des hommes, et la raison est simple. Les femmes leur sont utiles.

Chaque jour, ils en choisissent une et l'emmènent avec eux. On entend ses hurlements pendant des heures, jusqu'à ce qu'ils la ramènent, souillée et brisée. Quand ils la ramènent…

Mon corps tremble tellement que je ne sais pas comment je parviens à me lever pour retourner dans notre cellule. Je fais un pas, puis un autre, des mouvements mécaniques que je ne contrôle pas.

Comme d'habitude, ils retiennent l'une des prisonnières. Son regard croise le mien, un instant fugace, rempli de terreur pure. J'ai envie de courir vers elle, de l'arracher à leurs mains dégoutantes, mais mes jambes refusent de bouger. Je suis piégée dans ma propre lâcheté, dans mon impuissance. Elle ne crie pas. Pas un son. C'est ça le pire. Elle sait. Elle sait ce qui l'attend. J'essaie de lui transmettre du courage. J'essaie. Mais à quoi bon ? On sait toutes les deux que ce qui va arriver sera atroce. Et j'ai honte d'avouer que je suis soulagée que ce ne soit pas moi. Je crois que je préfèrerais mourir. Certains diraient qu'on peut s'en remettre, mais honnêtement, je ne voudrais pas avoir à vivre avec ces souvenirs, avec cette horreur. Même si je doute d'en réchapper. Toutes les femmes seront violées. Et nous serons tous tués au bout du compte. J'ai toujours vu le verre à moitié plein, mais aujourd'hui, je me rends à l'évidence. Il est sacrément vide mon verre. Vide de tout espoir.

Je m'effondre à genoux, la panique éclatant finalement en moi comme une bombe à retardement. Mes mains tremblent, mes larmes coulent, mais je ne peux rien faire. Rien. Sauf attendre.

Comme chaque jour, je déplie le dessin de Blade. Je n'ai pas d'affaires avec moi sauf ce dessin qui était rangé dans la poche de mon pantalon, et les plaques de mon frère que je cache sous mon tee-shirt. Je me sens moins seule quand je les serre entre mes doigts.

Le pire, c'est de songer à ma famille. Aux conséquences. À leur douleur de perdre encore quelqu'un. Est-ce qu'ils sauront ce qui m'est arrivé ? Est-ce qu'ils verront les images ? Est-ce qu'ils retrouveront mon corps ? Ces pensées tournent en boucle dans ma tête, toutes plus affligeantes les unes que les autres.

Je m'appuie contre le mur et caresse le dessin du bout des doigts. Mon esprit s'égarant vers Blade. Je me demande ce qu'il ferait dans ces circonstances. Est-ce qu'il se battrait ? Est-ce qu'il s'efforcerait de trouver une issue ? Est-ce qu'il aurait foi en l'avenir ? J'imagine que son équipe le chercherait comme ils ont cherché Hunter quand il a été fait prisonnier. Il pourrait se raccrocher à cette idée. Mais moi, à quoi je peux me raccrocher ?

Le froid du mur contre mon dos me rappelle à la réalité. Je me recroqueville, les genoux contre ma poitrine, essayant de contenir la douleur qui se propage dans mon ventre. Je ferme les yeux, espérant un court instant que ça va atténuer la faim qui me ronge, mais c'est inutile. Mon estomac se tord dans une agonie silencieuse. Ma gorge se serre, mais il n'y a rien à avaler. Juste ce goût amer de peur et de poussière. Ils nous nourrissent de temps en temps et on a parfois à boire. Des seaux qu'on doit économiser et se partager, mais c'est mieux que rien. Tout ça pour nous garder en vie comme du bétail qu'on mène à l'abattoir.

Je regarde autour de moi, les autres femmes sont toutes dans le même état. Épuisées. Leurs yeux sont éteints, presque morts. La prisonnière, à côté de moi, doit avoir mon âge. Ses cheveux sont en désordre, collés à son front par la sueur et la saleté. Elle me jette un regard furtif, comme si elle s'attendait à ce que je dise quelque chose, mais je reste muette. Delina est assise à l'autre bout de la pièce. Les hommes l'ont déjà emmenée une fois. Depuis, elle est prostrée et refuse qu'on l'approche.

Je lève les yeux vers le seau d'eau stagnante, ce minuscule réservoir de vie. Il est presque vide. Chacune d'entre nous attend son tour, mais la soif est si intense qu'il faut lutter pour ne pas avaler plus que la gorgée nécessaire. Une des prisonnières s'avance. Ses gestes sont lents, précautionneux. Elle tremble en saisissant le récipient, son regard désespéré fixé sur le fond. Quand c'est à moi, je m'en empare et le porte à ma bouche. L'eau est tiède, presque imbuvable, mais je m'efforce d'en prendre une lichette, ignorant mes lèvres sèches. Juste assez pour apaiser un peu cette brûlure dans ma gorge. Alors que je le repose, une bénévole d'une vingtaine d'années éclate en sanglots. Personne ne lui parle, personne ne la réconforte. On n'a plus l'énergie pour ça. La douleur de chacune s'enroule autour de nos âmes et nous emprisonne dans une chape de plomb.

Certaines femmes échangent encore des regards, des murmures, des prières. D'autres sont simplement silencieuses, des coquilles vides attendant la fin. Je suis quelque part entre les deux, un équilibre précaire entre le désespoir total et cette minuscule étincelle qui refuse de s'éteindre complètement.

Une bénévole finit par briser le silence pesant.

— Pourquoi est-ce qu'on attend ? demande-t-elle, la voix rauque.

Ses mots flottent dans l'air. Elle s'avance, comme si elle s'adressait à chacune d'entre nous individuellement, escomptant une révolte.

— Pourquoi est-ce qu'on les laisse faire ça ? poursuit-elle, sa voix s'élevant légèrement.

Elle continue de s'agiter, cherchant une réaction de notre part.

— On pourrait s'en sortir ! On est combien ? On pourrait se battre !

Quelques prisonnières lèvent les yeux, leurs visages figés dans la peur, tandis que d'autres se replongent dans leur torpeur, refusant de lui prêter attention.

— Tu devrais te taire, intervient une autre femme. Tu vas nous faire tuer.

— Alors on attend quoi, hein ? rétorque la première en s'avançant vers elle. Que ça soit ton tour ? Que ça soit moi ? On est déjà mortes de toute façon.

La deuxième femme, qui doit avoir une quarantaine d'années, se redresse lentement, le regard noir de colère.

— Arrête tes conneries et tais-toi avant que ça ne devienne pire.

Le silence retombe lourdement jusqu'à ce que la plus jeune se rapproche d'elle.

— Pire ? Comment ça pourrait être pire ?

— Ça peut toujours être pire, murmure ma voisine de cellule, si bas que je suis la seule à l'entendre.

Les deux femmes se font face, la tension entre elles devenant palpable, comme une corde bandée prête à se rompre. La plus jeune, avec l'énergie du désespoir, pousse la quadragénaire en pleine poitrine.

Le geste est le point de non-retour.

La quadra riposte immédiatement. Elle l'attrape par le col et la jette au sol, le bruit sourd de l'impact résonnant dans la pièce. Nous reculons instinctivement, comme pour nous protéger de la situation. La première femme se débat, griffant son adversaire, essayant de se relever, mais la quadra la plaque de nouveau au sol, son visage à quelques centimètres du sien. Dans un sursaut de lucidité, je me demande où elles parviennent à trouver la force de se battre. Peut-être ont-elles puisé dans leurs dernières ressources. Mais ce n'est pas contre le bon ennemi qu'elles luttent.

La porte s'ouvre brutalement dans un fracas métallique, nous faisant tressaillir. Deux geôliers entrent et se précipitent vers les femmes. L'un d'eux attrape la plus jeune par les cheveux, la traînant sans ménagement loin de son adversaire.

La quadra se redresse péniblement, haletante, les yeux écarquillés par la peur. Mais elle n'a pas le temps de se remettre debout que le deuxième type la frappe violemment au visage. Elle s'effondre au sol, inconsciente ou presque. Il n'y a plus un bruit en dehors des respirations lourdes et saccadées des prisonnières.

L'autre geôlier, toujours agrippé aux cheveux de la plus jeune, l'entraîne vers la sortie sans un mot. Les regards se détournent immédiatement, comme si personne n'avait rien vu, comme si cette scène atroce n'avait jamais eu lieu.

Paralysée par la terreur, je me recroqueville comme si je pouvais me fondre dans le mur. J'ai honte. Honte d'avoir si peur. Honte de ne pas avoir la force de lutter. Honte d'avoir envie d'abandonner. Honte d'avoir perdu tout espoir. J'aimerais être forte, courageuse, une battante. Je me suis toujours trouvée téméraire, mais aujourd'hui, je ne suis plus que l'ombre de moi-même. Une terreur froide s'enroule le long de ma colonne vertébrale. Le poids du désespoir m'écrase. Il n'y a pas de porte de sortie. Pas de miracle. Juste cette attente interminable.

J'inspire profondément et jette un coup d'œil au corps inanimé au centre de la pièce. Il n'y a plus de bruit dans le couloir, alors je prends mon courage à deux mains et je rampe jusqu'à lui. Je me penche et suis soulagée de constater qu'elle respire encore. Portée par un regain d'énergie, je la tourne, glisse mes mains sous ses aisselles et la traîne doucement vers le mur. Je l'allonge sur le côté en faisant attention à sa tête et retourne à ma place. Les autres me regardent, mais personne ne bouge. La cruauté de la situation me frappe. Nous sommes unies dans notre calvaire, et pourtant si seules.

Alors que je ferme les yeux, ce sont les hurlements de la femme qu'ils ont emmenée qui brisent le silence de la pièce. Des hurlements qui nous accompagnent toute la nuit, transformant tout espoir en résignation amère.

- 42 -

BLADE

Mon poing s'abat sur la cloison en bois, une fois, deux fois, trois fois, jusqu'à ce qu'une main se pose sur mon épaule. Je résiste à l'envie de la repousser, maitrisant ma colère du mieux possible, mais la rage qui me consume est si instable qu'elle menace de tout dévaster sur son passage. Je me tourne vers Hunter, qui serre mon épaule avec compassion. Je crois qu'il est le seul à vraiment comprendre l'horreur de la situation. Ghost a réussi à lancer une opération. Pas seulement pour Lexie, mais aussi pour tous les bénévoles enlevés et pour les décapitations sanglantes. Notre commandant n'a pas eu de mal à convaincre les hauts gradés. Lorsque les vidéos seront diffusées, et elles le seront, de nombreuses personnes vont vouloir des réponses. Si l'armée ne faisait rien, elle serait montrée du doigt. Je me tape de la politique, mais ça m'arrange bien qu'on nous ait accordé le droit de la chercher. C'est tout ce qui m'importe : la retrouver.

Après avoir fait des recherches avec l'aide d'April et Sawyer, nous nous sommes rendus à l'hôtel dans lequel Lexie passait la nuit, pour dénicher des indices ou des témoignages. Ça m'a aussi permis de récupérer ses affaires. Puis nous avons écumé les lieux de détention possibles. Des Marines, l'équipe d'Hurricane et celle de Storm nous prêtent main-forte au regard du nombre de prisonniers et de la surface à couvrir, mais pour le moment, rien. Pas un signe. Pas une piste. Ils ont disparu de la circulation. Personne ne parle. On tourne en rond. Et je suis à deux doigts de brûler ce foutu pays.

— Ne lâche pas, elle a besoin de toi.

Je hoche sèchement la tête. C'est bien la seule chose qui m'empêche de partir en vrille. L'idée de me battre pour elle. Je ne sais pas si elle a perdu espoir, si elle souffre, mais je ne l'abandonnerai pas. Quand Hunter s'est lancé à la recherche de Megan, une inconnue, je n'ai pas compris, mais je l'ai soutenu, parce que je serais allé en enfer pour lui. Surtout après ce qu'il avait vécu. J'aurais fait tout ce qu'il me demandait, les yeux fermés et sans poser de questions. Mais maintenant, je comprends. Et putain, je ne m'étais pas rendu compte du courage et de la force dont il avait fait preuve pour tenir le coup, pour y croire malgré toutes les fausses pistes, pour s'accrocher à cette infime lueur. Et il l'a retrouvée, il l'a sauvée. Alors, je me bats comme il l'a fait. Je m'appuie sur mon équipe, je continue d'espérer et j'avance, parce que tant que je ne l'aurai pas ramenée chez elle, je ne cesserai pas de la chercher. Je l'ai promis à son frère.

Passer ce coup de fil a été l'un des moments les plus difficiles de mon existence. Annoncer à Clay que sa sœur avait été enlevée, qu'elle était réellement en danger... Je l'ai entendu pleurer au téléphone, et je n'ai pas su quoi dire, sauf lui assurer que j'allais la retrouver. C'était tout ce que je pouvais faire et c'était tout ce dont il avait besoin. Je n'ose pas imaginer la réaction de ses parents. J'ai gardé pour moi les exécutions, je ne pouvais pas leur imposer cette image. Ils le sauront bien assez tôt.

— On y va, ordonne Ghost, le visage fermé.

Je suis le mouvement, l'esprit en ébullition. On a fouillé plusieurs zones, en vain. On commence à manquer d'indices, et le temps passe. Déjà quatorze jours. Une éternité quand on est détenu.

Sur la route, le téléphone satellite brise le silence relatif du véhicule.

— Ace.

— J'ai une piste, annonce Sawyer.

— On t'écoute.

— Une prison abandonnée, au nord de l'Irak.

— En Irak ? s'étonne Ghost, tu es sure ?

Sawyer soupire.

— Les gars, je ne peux rien promettre, je ne suis sure de rien, mais c'est une piste fiable.

On l'entend taper sur son clavier à toute vitesse.

— Je vais essayer de creuser, mais je crois que ça vaut la peine d'aller jeter un coup d'œil. Il y a du mouvement depuis un mois.

— Envoie-nous tout ce que tu peux.

— D'accord.

Elle raccroche et nous nous tournons immédiatement vers Ghost. Il semble réfléchir à la meilleure option. Aller jusqu'en Irak nous fera perdre un temps précieux si nous nous plantons, mais nous ne pouvons clairement pas ignorer une piste. Au bout de plusieurs secondes, il plonge son regard dans le mien. Mes poings sont serrés et je lutte pour garder mon contrôle. Il passe ensuite en revue chacun des visages de mes coéquipiers avant de s'arrêter sur celui d'Ace. Un échange silencieux que je connais bien. Il hoche la tête et tend la main pour récupérer le téléphone satellite. Mon corps se relâche et je libère l'air que je retenais prisonnier. Mes poings se desserrent, même si mon cerveau, lui, reste en alerte.

– On ne lâchera pas, murmure Sniper. Même si on doit rendre notre insigne pour ça.

J'acquiesce, reconnaissant d'avoir une telle équipe à mes côtés. Avant eux, j'ai eu beaucoup d'escouades, de coéquipiers, de missions, mais rien de comparable. J'ai découvert l'amitié, l'unité, la loyauté. Ce que je n'avais jamais connu.

* *

*

– C'est beaucoup plus grand que ce que je pensais, murmure Hunter, allongé sur le sable, les jumelles placées devant son visage.

– Elle est abandonnée depuis quinze ans, précise Ghost, c'est une planque idéale.

La prison est isolée, en plein milieu du désert. Aucune habitation, aucun village à des kilomètres. C'est exactement le genre d'endroit où disparaître sans laisser de trace, et où personne ne viendrait jamais les chercher. Parfait pour des pourritures comme celles qui retiennent Lexie. Mon estomac se contracte à cette pensée. Je ne sais pas encore si elle est là, mais chaque minute qui passe me rapproche d'une réalité que je préfère ne pas envisager : ne pas la retrouver à temps.

Je réajuste ma position sur le sable, caché derrière une dune, tandis que le soleil décline lentement. L'observation se fait en silence. Seul le vent souffle entre les ruines de la prison, soulevant des grains de sable dans l'air sec du désert. Mon attention reste fixée sur le bâtiment principal, une structure massive, dont une partie s'est effondrée au nord-ouest. Des murs de béton brisés par les bombardements. L'architecture dégage une impression de mort et de désolation, ce qui accentue mon malaise.

— Eagle, t'as quelque chose ? demande Ghost dans la radio alors que je jette un coup d'œil vers le drone, toujours en vol stationnaire au-dessus de la prison.

L'équipe de Hurricane est en position au sud-ouest, alors que nous sommes au sud-est. J'inspire dans l'attente de son retour, j'ai besoin de me concentrer. Aujourd'hui, je dois être Blade, le SEAL implacable, pas Blade, l'homme.

— Pas encore, répond Eagle depuis son point de contrôle. Le drone fait un balayage complet, on a repéré plusieurs gardes en mouvement autour du périmètre, mais toujours pas d'activité à l'intérieur des bâtiments.

Ghost parle, à nouveau, dans la radio pour communiquer avec les différents chefs d'unité. Avec un complexe de ce genre, on ne peut clairement pas se lancer à l'aveugle. Trop de vies sont en jeu pour laisser place à l'improvisation. En temps normal, l'attente ne me dérange pas, mais en l'état actuel des choses, cette impuissance me ronge. L'idée que Lexie pourrait être de l'autre côté de ces murs, blessée, terrorisée, me dévore de l'intérieur. Chaque minute pourrait rallonger son calvaire.

Un garde sort pour fumer une cigarette. Un deuxième fait une ronde près de l'entrée principale, mais rien ne nous indique où sont les prisonniers, ni même s'ils sont encore en vie.

— Mouvement au nord-est, annonce Sniper dans la radio.

Il est positionné à l'est avec son fusil, pour avoir un autre angle de vue, alors que One Shot est au sud.

— Qu'est-ce qu'ils font ? murmure Hunter en reprenant ses jumelles.

Je plisse les yeux, mais nous sommes à bonne distance et le bâtiment cache une partie de mon champ de vision.

— Des corps, explique Angel dans la radio.

L'équipe de Storm est en poste au nord-est, ce qui lui permet d'avoir une vue directe sur ce qu'il se passe. J'arrache presque les jumelles des mains de Hunter. Le vent souffle fort, soulevant de petites tempêtes de sable qui rendent notre observation difficile. Ils transportent trois corps qu'ils jettent à l'arrière du véhicule sans aucune délicatesse.

Ma gorge se noue. J'essaie d'apercevoir les victimes, mais je n'en ai pas le temps.

— Identification ?

— Deux hommes et une femme, précise Storm.

— La femme… murmuré-je.

— Je n'ai pas pu voir.

La main de Hunter serre mon épaule, comme souvent ces derniers temps.

— Véhicule en approche au sud-est, annonce Blue.

Nous tournons la tête dans cette direction alors qu'un nuage de poussière et de sable s'élève au loin.

— Restez discrets. Eagle, le drone ? demande Hurricane.

— C'est bon, on est hors de portée. J'essaie de trouver une ouverture côté effondrement.

Quelques minutes plus tard, le véhicule se gare près de la porte principale. Trois hommes armés en sortent. L'un d'eux se dirige vers l'entrée, le second se poste en surveillance, alors que le troisième contourne la camionnette. Il ouvre une portière et fait descendre trois personnes.

— Putain, grogne Ace, à mes côtés.

Trois otages de plus. Qui sait combien d'individus ont disparu entre leurs mains. Les vidéos des exécutions ont circulé il y a peu, mais rien ne dit qu'ils n'ont pas commencé avant.

— Le drone est entré, annonce Eagle.

Sa mission est périlleuse. Même si c'est un petit drone maniable et discret, s'il se fait griller, tout l'effet de surprise tombe à l'eau et ça mettrait tout le monde en danger. Ghost sort une tablette et nous montre les images en direct. Nous avons besoin de voir à quoi ressemble l'intérieur pour établir une meilleure intervention. Nous avons examiné les anciens plans, mais il a pu y avoir des modifications depuis le temps, sans compter la vétusté et l'impact des bombardements.

— Ils se débarrassent des corps dans un trou creusé à trois kilomètres au nord, nous informe Storm.

Nous savons déjà qu'il nous faudra aller sur cette zone pour identifier les victimes et, peut-être ramener les corps à leurs familles.

Pendant que nous regardons ce que filme le drone, les nouveaux prisonniers sont amenés à l'intérieur. Ils ont les yeux bandés et les mains attachées, ce qui complique leur progression. Leurs ravisseurs les font longer l'allée extérieure avant de pénétrer dans l'enceinte. La prison est un endroit de détention idéal puisqu'il est impossible de savoir ce qui se cache derrière les murs.

— Vous entendez ça ? murmure Blue.

Nous nous rapprochons presque instinctivement de la tablette alors que des cris brisent l'ambiance pesante des lieux.

— C'est au niveau 0, explique Eagle, à l'Ouest, dans l'aile A.

Le drone continue sa route sans s'approcher de cette zone. Il longe trois grilles fermées qui l'empêchent d'évoluer jusqu'à ce qu'on détecte les voix des gardes.

Ghost et moi échangeons un regard inquiet. Eagle a beau être un excellent pilote, la configuration complique sa tâche. Le drone s'immobilise dans l'angle d'une pièce jusqu'à ce que les pas s'éloignent. Lorsqu'il reprend sa route, nous apercevons les rebelles qui descendent au niveau -1.

— Ils les détiennent sûrement en bas, dis-je plus pour avoir l'impression de faire quelque chose que pour informer les autres.

Dix minutes plus tard, l'appareil quitte les lieux pour retourner vers notre frère d'armes. Les chefs d'unité s'isolent pour discuter dans la radio, alors que mon regard ne dévie pas du bâtiment.

— Vingt minutes, annonce Ghost en revenant vers nous.

Mon cœur rate un battement. C'est bientôt le moment. Nous passons en revue notre plan sommaire, les diverses positions, et les informations que nous avons pour n'oublier aucun élément clé. Puis chacun se met en condition, en silence. Nous nous préparons, à la fois physiquement, mais aussi mentalement. Nos gestes sont précis, rodés par les années d'expérience. Mais cette mission est différente des autres. Différente de tout ce que j'ai connu. Parce qu'elle implique des sentiments.

Putain, pourquoi je ne l'ai pas compris avant ? Pourquoi je ne l'ai pas retenue ? Je ravale la culpabilité et la rage qui engourdissent mon esprit et fais le vide. J'ai besoin d'être concentré.

— On rentre tous à la maison, murmure Ghost en tendant son poing.

Nous le frappons avant de nous mettre en position. Son regard plonge dans le mien une fraction de seconde tandis que je hoche la tête pour lui signifier que je maitrise la situation.

Les ordres sont donnés en silence. Chaque équipe se déploie, un mouvement synchronisé comme si c'était une chorégraphie qu'on répétait depuis des années. L'avantage de bosser avec des types comme eux. Chacun sait exactement où il doit être et ce qu'il doit faire.

— Ghost à toutes les unités. Positionnement dans trois minutes.

Notre mission est simple. On s'infiltre par l'avant, au sud, pendant que les autres contournent et frappent sur les côtés. Quant à Sniper, One Shot et Eagle, ils restent en retrait pour nous épauler.

- 43 -

LEXIE

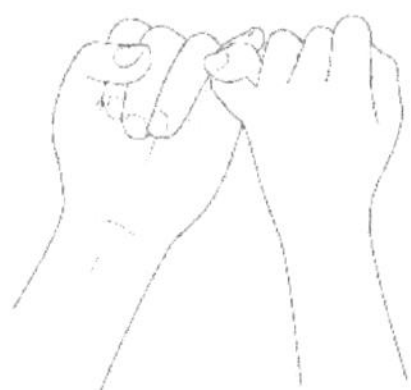

— Je n'aurais jamais dû accepter cette mission, murmure Tara, le regard fixé sur le sol sale de la cellule.

Nous avons échangé peu de mots, mais ce soir, elle semble sur le point de craquer. Je peux le voir aux tremblements ininterrompus de son corps.

— Tu ne pouvais pas savoir, dis-je la voix rauque.

Elle hoche la tête et tourne ses yeux humides vers moi.

— Je suis enceinte, souffle-t-elle, comme si elle avait honte. Je l'ai appris quelques jours avant mon départ.

Elle caresse son ventre et pince les lèvres.

— Je ne voulais pas les laisser tomber au dernier moment. Je me suis dit que ce serait ma dernière mission jusqu'à la naissance.

Je reste sans voix. Elle aurait dû être ailleurs, loin d'ici, en sécurité, pas dans cette prison sordide où chaque minute menace de nous briser un peu plus. Je m'approche d'elle, essayant de lui offrir une consolation que je peine moi-même à trouver.

— Je ne sais même pas s'il... s'il est encore en vie.

Elle secoue la tête, le désespoir se lisant dans ses yeux. J'aimerais la rassurer, mais avec le stress et nos privations, je ne suis pas certaine qu'un bébé puisse survivre.

— Je ne l'ai pas dit à mon mari, je voulais lui faire la surprise en rentrant.

Elle hausse les épaules, résignée. Et la seule pensée qui me vient c'est qu'au moins, il ne souffrira pas de la perte de cet enfant s'il n'était pas au courant. Mais je la garde pour moi et reste silencieuse, mon épaule collée à la sienne.

Je regarde autour de moi. Les autres femmes ne sont pas en meilleur état. Abattues, brisées, les yeux vides de tout espoir.

Est-ce que j'ai l'air aussi abattue qu'elles ? Probablement. Je caresse les plaques de mon frère, et pince les lèvres de honte. J'ai abandonné. Depuis que je suis ici, j'ai abandonné. Je ne me suis pas battue, je n'ai pas cherché de solution, j'ai baissé les bras.

Est-ce que je veux mourir en sachant que je n'ai rien fait pour survivre ? Est-ce que je veux voir la mort en face, la honte collée au corps de n'avoir pas essayé ? Au moins pour ma famille ?

Je ferme les yeux et inspire profondément, les doigts serrés autour des plaques. Nos chances sont minces, presque infimes, mais je suis vivante. Ça mérite que je livre la bataille de ma vie. Que je lutte de toutes mes forces. En y mettant toute l'énergie qu'il me reste. Parce que la vie est trop précieuse pour ne pas se battre pour elle.

Armée d'un soupçon de courage, je repasse en boucle les derniers jours, tentant de faire marcher mon cerveau journalistique malgré la fatigue. J'ai remarqué des choses, je le sais. Il faut juste que je parvienne à assembler les morceaux, pièce par pièce.

— Ils ne ferment pas la grille, murmuré-je, au bout de quelques minutes.

— Quoi ? chuchote ma compagne d'infortune.

— Ils ne ferment pas la grille, répété-je.

Alors que ces paroles sortent de ma bouche, les autres indices apparaissent devant mes yeux. Des informations que j'ai glanées au fil des jours. Je me redresse, l'espoir s'enflammant dans ma poitrine.

Je fais quelques pas hésitants jusqu'à la grille pour m'assurer que personne n'est dans le couloir, puis je reviens au centre de la cellule.

— Écoutez, dis-je, ça fait des jours qu'on est là, on ne peut pas attendre que la mort ou pire, vienne nous cueillir.

— Tais-toi, assène une femme brune.

— Je sais que vous avez peur. Moi aussi, je suis terrifiée. Je sais que vous ne voulez pas faire de vagues, j'ai fait comme vous, mais je refuse de mourir de cette façon.

— Et tu proposes quoi ? demande la quadra qui s'est battue quelques jours plus tôt.

— De tout tenter. On va sûrement mourir, mais je préfère mourir la tête haute, plutôt qu'en victime.

Même si les femmes ont peur, je le vois dans leur regard, elles m'écoutent, c'est un bon début.

Je me tais à nouveau, guettant les pas des gardes.

— Quand ils viennent, ils laissent la grille ouverte, dis-je en utilisant mes doigts pour énumérer les informations. Ils ne sont que deux, il n'y a jamais personne dans le couloir, et ils sont moins vigilants. Ils passent les armes dans leur dos au lieu de les garder en main, ils ne se sentent pas menacés.

Cette évidence électrise tout mon corps, comme s'il se gavait d'énergie.

Je constate que certaines femmes se regardent et murmurent, mais aucune ne rejette l'idée.

— Et après ? ose demander l'une d'entre elles.

— Ça ne va pas être facile, on ne connait pas tous les bâtiments, soupiré-je, mais en petits groupes, on a peut-être une chance. On ne s'en sortira pas toutes, et peut-être qu'on ne pourra même pas trouver d'issue, mais je refuse de rester ici sans rien faire.

— À nous toutes, on pourrait les attaquer quand ils entrent, propose l'une des prisonnières.

— Ou créer une diversion, ajoute une autre.

L'espoir virevolte de femme en femme. Certaines n'oseront peut-être pas bouger, je compte bien tenter ma chance. Il faut se rendre à l'évidence, personne ne viendra pour nous, et même si c'est le cas, ils arriveront sûrement trop tard.

— J'en suis, annonce la quadra en se relevant.

Cette déclaration brise les résistances restantes et nous passons les minutes qui suivent à élaborer une ébauche de plan, des groupes pour se déplacer, et des idées pour essayer de sortir de cette prison.

— Bonne chance, murmuré-je en entendant des pas dans le couloir.

Je retourne à ma place et le silence se fait dans la pièce. Nous nous regardons toutes dans un mélange d'anticipation, de peur et d'excitation, galvanisées par la perspective de prendre les choses en main. L'espoir, c'est tout ce que nous avons et nous nous y accrochons de toutes nos forces. Sans ça, nous aurions toutes sombré.

La porte métallique de la cellule s'ouvre, raclant contre le sol. Comme d'habitude, deux gardes entrent, leurs pas lourds résonnant comme une sentence dans la pièce. Toutes les femmes se courbent, essayant de passer inaperçues. Je ne sais pas si elles jouent un rôle ou si la terreur a repris ses droits, mais j'ai peur que notre plan échoue. Si nous ne nous battons pas toutes ensemble, ça ne marchera pas, c'est certain. Je jette un coup d'œil à la quadra qui hoche discrètement la tête. Nous serons au moins deux.

Tara se fige à côté de moi, les mains crispées autour de ses genoux alors que le regard du garde passe sur elle. Elle émet un gémissement apeuré qui ne fait qu'attirer davantage l'attention.

— Toi, debout, ordonne-t-il en la pointant du doigt.

Son visage blêmit. Elle ne bouge pas.

— Toi ! répète le geôlier en avançant d'un pas.

La colère déforme ses traits alors que Tara essaie de s'aplatir contre le mur, comme s'il pouvait l'engloutir et la protéger. Ses yeux terrifiés se posent sur moi. Je lui fais un petit signe pour rappeler notre ruse. L'idée était de les laisser choisir une femme et de les attaquer une fois qu'ils auraient le dos tourné, prêts à quitter la cellule. Mais si Tara ne coopère pas, le plan va échouer.

Le garde avance et attrape violemment son bras pour la tirer vers lui. Elle se laisse faire, me jetant des coups d'œil désespérés. Je me redresse légèrement et regarde autour de moi quand ils s'approchent de la grille. Je vois d'autres prisonnières faire de même, comme si elles attendaient le signal. Cette constatation me galvanise. Je me propulse dans leur direction, et d'autres suivent le mouvement. Nous leur tombons dessus sans un mot. Nous avons décidé de ne pas crier pour essayer de ne pas alerter d'autres gardes, mais rien ne dit que nos bourreaux ne les appelleront pas. Tara se plaque contre le mur, les mains sur son ventre, alors que les femmes s'acharnent sur nos kidnappeurs. Leur hargne me surprend, mais je crois que chacune puise dans ses ressources et dans son envie de survivre.

Mon cœur bat à tout rompre, la peur me noue l'estomac, mais je ne peux plus reculer. J'ai lancé notre rébellion, je n'ai pas le droit de me défiler. Le deuxième garde tombe inconscient sous l'acharnement de mes compagnes, alors que celui que nous tentons de maitriser, qui doit faire au moins cent kilos, ne se laisse pas faire. Des femmes prennent des coups, mais aucune n'abandonne. Coups de pieds, de poings, griffures, morsures, tout y passe. Si je ne me battais pas pour ma vie, je serais choquée par la situation.

Un geste attire mon attention. Le type a glissé sa main sur sa hanche, il en sort un poignard que je n'avais pas remarqué. Je me jette sur son bras au moment où il s'apprête à le lever vers l'une des prisonnières. Mes mains enveloppent le manche et mon corps s'aplatit brutalement sur lui, si bien que la lame s'enfonce violemment dans sa cuisse. Il ouvre la bouche pour hurler mais une femme plaque une paume sur son visage, alors qu'une autre déchire déjà du tissu. Elles le lui fourrent dans la bouche et attachent ce qu'il reste autour de sa tête, probablement pour éviter qu'il ne le recrache. Mes yeux sont ronds comme des soucoupes tant je suis surprise par leur idée. À croire qu'elles avaient anticipé leur geste. Je retourne le garde sur le ventre, arrache l'arme de son dos et demande aux filles de trouver de quoi lui entraver les mains. Je me redresse, le cœur battant tellement fort que j'ai l'impression qu'il va s'extraire de ma poitrine.

Une autre femme récupère le fusil du second geôlier. Je prends le trousseau de clés et nous nous engageons déjà vers la sortie.

Quand elles sont toutes dans le couloir, je cherche la bonne clé pour refermer la grille alors que le rebelle remue dans tous les sens, ses cris étouffés par le bâillon.

J'espère qu'on s'en sortira, sans quoi, ils vont gravement nous le faire payer. Les femmes se dispersent par petits groupes de trois ou quatre.

— Allons-y, murmuré-je, l'arme dans mes mains pesant lourd.

On aurait pu les achever avec le poignard, mais je n'ai pas l'âme d'une meurtrière. Dans le désert, je n'avais pas le choix, je n'ai pas réfléchi, j'ai agi pour nous sauver Nathan et moi, mais là, j'avais le choix. Ce n'était peut-être pas le bon, mais qu'importe, j'ai ma conscience pour moi.

J'emprunte un chemin différent de celui que nous avons déjà pris, pour essayer de traverser une partie du bâtiment qui n'est pas occupée, enfin je l'espère. La prison est grande, et ça m'étonnerait qu'ils aient investi toutes les ailes. Deux prisonnières et Tara me suivent, s'en remettant à mes décisions, pourtant je nage à l'aveugle. Comment trouver la sortie ? Comment se déplacer sans se faire repérer ? Dès qu'ils réaliseront que les deux gardes ne reviennent pas, ou s'ils découvrent l'un des groupes de femmes, l'alerte sera donnée et nous serons fichues.

Chaque seconde compte, et elles nous rapprochent de la liberté ou de la mort.

— Ça fait froid dans le dos, murmure Tara.

— Je crois qu'on est à l'isolement, réponds-je en apercevant les petites cellules individuelles.

Il y a de lourdes portes métalliques et aucune ouverture sur l'extérieur. On pourrait presque sentir l'odeur de la mort et du désespoir.

Près d'une nouvelle grille, j'observe la serrure et reprends les clés. J'essaie de ne pas les faire tinter mais trouver la bonne est complexe. J'en teste quatre avant d'enfin dénicher celle qui déverrouille la porte. Je laisse passer les femmes et je repousse la grille sans pour autant la fermer, ça pourra toujours nous servir si nous revenons sur nos pas ou si un autre groupe décide de passer par là. J'essuie mes mains moites sur mon pantalon, consciente que les décisions reposent sur mes épaules. Cette section de la prison est tellement calme que l'angoisse m'étreint avec violence. J'essaie de conserver une respiration lente pour ne pas me laisser envahir par la peur, mais à chaque mètre, j'imagine qu'un garde va surgir et nous ramener dans la salle des exécutions ou dans celle des viols. Par réflexe, je touche l'arme qui pend sur mon épaule, rassurée de la savoir là. Je ne l'utiliserai qu'en dernier recours, puisque tirer équivaut à dévoiler notre position, en revanche, je ne me ferai pas attraper sans causer des dégâts.

Nous arrivons à une intersection où l'odeur de moisi s'intensifie, m'obligeant à plisser le nez. Je tends l'oreille et tente d'observer mon environnement, mais cette partie de la prison est particulièrement sombre et il n'y a absolument aucune indication pour nous aiguiller. Suivant mon instinct, je choisis le chemin de droite, me disant que je préfère longer l'extérieur du bâtiment que m'enfoncer dans ses profondeurs. C'est peut-être une erreur puisque je ne connais pas la disposition des lieux, mais qu'importe, nous n'avons pas le choix.

Au bout de quelques mètres, nous découvrons finalement la laverie. Même si elle est à l'abandon, je suis soulagée de retrouver des pièces de vie autres que des cellules. Avec un peu de chance, ça indique qu'on se dirige vers le chemin de la sortie.

— Regardez s'il y a une porte, dis-je avec espoir. Peut-être que la laverie avait un accès extérieur.

Mais après plusieurs minutes de recherches, la déception s'abat sur moi avec la force d'un tsunami. Rien.

Alors que je m'apprête à quitter la pièce, je ravale un cri de surprise en apercevant une caméra dans l'angle. Je me fige, pétrifiée.

Est-ce qu'il y en avait d'autres sur le trajet ? Est-ce qu'ils se jouent de nous depuis le début ?

— On dirait qu'elle est éteinte, chuchote Tara en suivant mon regard.

Les battements affolés de mon cœur s'apaisent en réalisant qu'elle a raison.

— Continuons.

- 44 -

BLADE

— Alpha en position, annonce Ghost dans la radio. Trois gardes devant l'entrée, quatre véhicules vides.

— Bravo en position à l'ouest, répond Hurricane. Aucun garde à l'horizon.

— Delta en position au nord, intervient Storm à son tour. Un véhicule vide, deux gardes en poste. Aucun visuel à l'intérieur pour le moment.

Les secondes s'étirent. Chaque respiration, chaque battement de cœur semble trop fort. Je jette un coup d'œil vers Ghost, qui scrute la prison comme si ses yeux pouvaient percer le béton. Je sens l'impatience qui bouillonne dans ses veines, comme dans les miennes et celles de mes coéquipiers.

— Blade… murmure Ghost.

J'acquiesce et me faufile jusqu'aux véhicules. Je sors ma lame et crève les pneus pour éviter toute fuite ou toute poursuite. Quand je reviens à ma place, notre chef d'unité fait un signe pour nous alerter.

— Sniper.

Dans les secondes qui suivent, des claquements secs retentissent et les gardes de l'entrée principale s'écroulent.

— Go !

Les équipes se mettent en mouvement. Blue récupère des trousseaux de clés sur les corps au sol, même si la plupart des portes devraient être ouvertes. Nous avons aussi des pinces coupantes et de petits explosifs, en cas de besoin. Le but étant de progresser en silence le plus longtemps possible. J'espère que les clés suffiront.

Nous avançons dans le couloir sombre, à l'affût du moindre bruit. La prison est un labyrinthe de béton et d'acier rouillé. L'odeur de moisissure et de poussière flotte dans l'air. Hunter lève ses doigts et désigne une caméra dans l'angle. Elle est active. Ça ne va pas faciliter notre intervention. Quand le drone a fait son repérage, nous n'avons vu que des caméras inactives. Soit elles ont été activées entre temps, soit une partie, seulement, fonctionne. Nous changeons de direction et nous faufilons, accroupis, pour l'éviter, jusqu'à tomber sur des voix étouffées, dans ce qui semble être l'ancien poste des gardes. Ghost tapote son oreille, montre deux doigts et fait un geste sur la droite. Blue et Hunter se détachent pour se positionner. Il me fait signe de rester avec Ace alors qu'il se place près de la porte. Nous ne devrions pas avoir besoin de nos masques, mais je remonte quand même un foulard sur mon visage. Ghost lance un décompte, puis il ouvre doucement le battant avant de faire rouler une grenade fumigène à l'intérieur. L'agitation se fait immédiatement sentir, suivie de cris et d'affaires qui tombent au sol. Les gardes s'éjectent de la pièce en toussant et en protégeant au mieux leurs visages. Avant même qu'ils ne réalisent ce qu'il se passe, nous les interceptons. Ils ne sont que trois, ce qui règle rapidement le problème. Nous faisons rouler les corps et pénétrons dans la salle, tandis que Blue et Ace restent dans le couloir. Je me précipite vers les écrans pour tenter de repérer Lexie.

— Ici, murmure Ghost en montrant la caméra donnant sur un couloir.

On peut apercevoir une grille de cellule et quelques femmes de l'autre côté. Je plisse les yeux mais la qualité est bien trop mauvaise pour y voir quelque chose.

— Là, on dirait les hommes, continue-t-il.

Hunter observe les écrans avec attention pour retenir les positions et déceler le moindre indice. Comme toujours, il sera notre boussole.

— C'est bon.

— Impossible d'atteindre les câbles, annonce Ghost.

Hunter sort une petite bombe noire de sa poche et en pulvérise sur tous les écrans pour les rendre inutiles. Nous pourrions tout faire sauter, mais on donnerait l'alerte sur notre présence, et si les câbles sont cachés dans le mur, nous mettrions trop de temps à désactiver l'installation. Comme souvent quand la situation se complique, on emploie le système D. Ghost et moi poussons les corps dans un coin, et nous ressortons en fermant la porte pour masquer notre venue.

Dans la radio, les autres équipes nous informent de leur avancée.

— La zone est dégagée, annonce Hurricane.

Ils sont entrés du côté de la cour, mais la plupart des cellules ont subi l'effondrement de plein fouet, cette partie du bâtiment ne doit pas être occupée.

Nous cheminons dans la coursive où la plupart des grilles sont ouvertes. Je trouve les lieux bien silencieux, mais la prison est grande.

— On a une dizaine de tangos par ici, chuchote Storm dans la radio. Dans l'ancien réfectoire.

— On arrive en soutien, annonce Hurricane.

— On continue notre progression, ajoute Ghost, alors que nous déboulons dans un nouveau couloir.

— Vous sentez ? murmure Hunter.

Malheureusement, oui.

Ghost s'immobilise et pointe deux cellules. Il me fait signe, et je me faufile à l'avant du groupe. Je glisse le fusil dans mon dos et sors deux poignards. L'adrénaline déferle dans mes veines, mais je la domine pour garder le contrôle. Des claquements de peau et des grognements me parviennent. Ils sont au moins deux. Ghost tapote doucement mon épaule. J'entre dans la pièce et ce que j'y découvre me retourne l'estomac. L'un des gardes a le pantalon sur les chevilles et il viole une femme sur un vieux matelas dégueulasse, alors que l'autre sourit en se masturbant. Je serre les manches dans mes mains et me concentre sur ma mission. J'égorge celui de gauche qui s'écroule dans un gargouillis sinistre. Le violeur se tourne dans ma direction, les yeux écarquillés. Il essaie de se jeter sur son arme, mais il n'en a pas le temps, ma lame fend l'air et se plante entre ses yeux. Lorsqu'il tombe au sol, Ace et Ghost entrent dans la pièce, laissant Hunter et Blue en surveillance. Mon chef d'unité examine la salle alors qu'Ace se dirige directement vers la prisonnière. Elle est nue, couverte d'ecchymoses et de sang. Il dégage son visage, et prend son pouls. Quand il secoue la tête, je serre les poings avec l'envie de tuer à nouveau ces pourritures.

Qu'est-ce qu'ils ont fait subir à ces femmes ? Qu'est-ce qu'ils ont fait subir à Lexie ? Pour la première fois, je me demande si je n'arrive pas trop tard.

Je récupère mes lames et les essuie avant de les glisser dans leurs étuis. Je sors de la pièce sous le regard inquiet de Ghost, alors qu'Ace prend la veste de l'un des gardes pour couvrir le corps de la jeune femme. Je me positionne près de Hunter qui a la mâchoire contractée. Cette mission doit lui rappeler de mauvais souvenirs. On a vu beaucoup de saloperies ces dernières années, le pire de l'humanité, mais quand ça touche à quelqu'un à qui on tient, c'est très différent. Ghost et Ace reprennent leur progression et nous les suivons jusqu'à trouver un escalier.

Au regard des vidéos, on en a déduit que les exécutions avaient sûrement lieu au sous-sol, mais difficile de dire exactement où sont gardés les otages.

— Aile A nettoyée, annonce Ghost dans la radio, on descend.

— Reçu, répond Hurricane, on s'apprête à faire le ménage au réfectoire. Il risque d'y avoir du grabuge.

Ce qui signifie qu'on va griller l'effet de surprise, mais c'était à prévoir. Il vaut mieux supprimer dix cibles d'un coup qu'attendre qu'elles se déplacent de manière aléatoire dans la prison.

— Éliminez-moi ces foutus cafards.

Nous dévalons l'escalier en essayant d'atténuer le bruit de nos rangers sur les marches métalliques.

— On se sépare pour gagner du temps ? propose Blue.

Ghost jette un œil aux deux couloirs devant nous.

— On reste ensemble, on ne sait pas dans quel nid d'emmerdes on va tomber.

Nous acquiesçons, nous sommes plus forts ensemble, et même si la plupart des gardes devaient se trouver au niveau 0, on n'est pas à l'abri d'une mauvaise surprise.

— Hunter ? murmure notre chef d'équipe.

— Aile B, dit-il, et nous lui emboitons le pas sans discuter.

À mesure que nous progressons le long de cellules abandonnées, une odeur métallique nous pique les narines.

— Restez vigilants.

Ghost nous indique de demeurer sur place alors qu'il avance de quelques pas, Blue et Hunter couvrent l'arrière tandis qu'Ace et moi suivons notre chef du regard. Il jette un coup d'œil dans la pièce qui semble utilisée et il se frotte le visage avant de nous faire signe de le rejoindre. On vient de trouver le lieu où se déroulent les exécutions. Une mare de sang inonde le sol, malgré la grille d'évacuation installée au centre de la cellule. Il n'y a rien d'autre que le trépied, la caméra et un sabre posé sur un vieux meuble rouillé.

— Putain de prison de l'horreur, murmure Blue.

Alors que nous reprenons notre progression, des tirs résonnent au-dessus de nos têtes. Les gars sont passés à l'action. La situation va se corser.

- 45 -

LEXIE

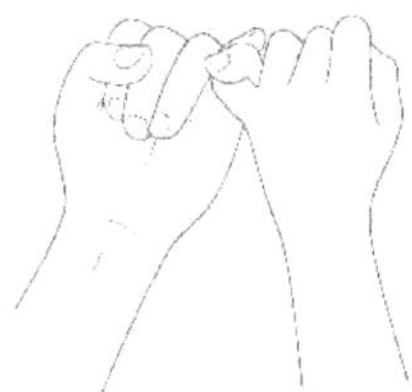

À peine sorties de la salle, nous entendons des pas se rapprocher. J'écarquille les yeux et fais signe aux filles de se cacher. Chacune se précipite où elle le peut, alors que je me réfugie sur la droite dans un renfoncement qui semble mener à une autre pièce. Je prie pour que les pas ne viennent pas dans cette direction, pire, je prie pour que personne ne sorte de cette pièce.

Je bloque ma respiration quand le type passe dans le couloir où nous nous trouvions. Il est seul. Le bruit de ses bottes qui claquent sur le sol s'interrompt puis j'entends un lit grincer comme s'il venait de s'y asseoir. Le son caractéristique d'un briquet s'ensuit, puis un souffle lorsqu'il recrache la fumée de ce qui doit être une cigarette. Je colle mon front contre le mur, les yeux fermés, soulagée qu'il ne se déplace pas pour l'instant. Je ne vois pas les filles d'où je suis, mais j'espère qu'aucune d'elles ne va se faire repérer.

Les minutes passent, lentement, très lentement, nous rapprochant du moment où la nouvelle se répandra dans la prison. J'ai envie de jeter un œil vers la pièce, mais je m'abstiens et musèle mon impatience, la main posée sur la poche de mon pantalon contenant le dessin de Blade. Le lit grince à nouveau et le type crache avant de quitter les lieux. Je me plaque contre le mur tandis qu'il repasse à côté de moi, puis ses bottes s'éloignent. Je n'entends pas de grille, ce qui m'indique que l'accès est libre au bout de ce couloir. Quand je suis certaine qu'il n'y a plus de mouvement, j'ose faire un pas et pencher la tête pour vérifier que nous sommes seules. Je soupire et sors de ma cachette, rapidement rejointe par les filles. Elles sont aussi terrifiées que moi.

Je m'avance vers la pièce où se tenait le garde et découvre une sorte de salle de repos avec une table, des lits, mais également des restes de nourriture et de boisson, signe que l'espace est occupé.

— Ils viennent par ici, dis-je, ça prouve qu'on se rapproche.

C'est à la fois une bonne et une mauvaise nouvelle. Nous serons bientôt à découvert, et nous pourrons tomber sur un ennemi à tout instant. L'arme dans ma main pèse de plus en plus lourd.

— Ils ne sont pas encore au courant, murmure Tara.

J'acquiesce. Vu la décontraction du type, ils ne savent pas que nous nous sommes enfuies. Nous devons profiter de cette avance.

— On doit rester silencieuses, nous déplacer lentement et guetter le moindre bruit, d'accord ?

Elles hochent la tête, se prenant la main pour se donner du courage.

— S'il se passe quelque chose, chuchoté-je, mais que pouvez fuir, faites-le. Courez, ne vous retournez pas.

Tara écarquille les yeux d'horreur, mais on ne peut pas se permettre d'essayer de sauver les autres. Nous n'avons pas les compétences nécessaires. Les SEALs ne laissent personne derrière eux, mais nous… nous ne sommes que des prisonnières, terrifiées, affaiblies et en sursis. Le pire, c'est que je ne sais pas si je serai capable de fuir sans me retourner. Le passé m'a prouvé que j'avais tendance à vouloir sauver tout le monde. Pourtant, j'espère qu'elles le feront si l'occasion se présente, parce que je préfère savoir que quelques-unes s'en sont sorties plutôt que nous voir toutes retomber entre leurs mains.

Comme prévu, la grille est ouverte au bout du couloir, je jette un œil, surprise qu'il n'y ait pas plus d'activité. Je pensais que nous nous rapprochions. Force est de constater que l'espace est assez désert. Soit ils sont peu nombreux, soit ils sont ailleurs. Nous nous faufilons de pièce en pièce, découvrant des vestiaires, des toilettes, des bureaux et une autre salle de repos. Le tout est en mauvais état, mais il est clair que les hommes les utilisent. Je ne sais même pas comment ils ont fait pour remettre la prison en fonctionnement. Je secoue la tête pour éviter à mon cerveau de se poser des questions inutiles, ce n'est pas le moment de me disperser.

— Un escalier, murmuré-je.

Nous ne sommes pas sorties d'affaire, mais monter d'un étage c'est l'assurance de nous rapprocher de notre but : la liberté.

Alors que nous débarquons prudemment dans une nouvelle coursive, une alarme retentit. Je sursaute et me rattrape au mur, la panique au bord des lèvres.

— Qu'est-ce que c'est ? crie Tara en se collant à moi.

Je regarde autour de nous, perdue. Est-ce que ça indique qu'ils sont au courant pour notre fuite ? Ma respiration est si erratique

que je peine à reprendre mon souffle. Je saisis la main de la jeune femme en entendant des bottes qui claquent sur le sol. Des hommes courent dans notre direction, ce qui intensifie ma panique. Nous nous plaquons contre le mur, alors que les geôliers s'arrêtent devant une porte. Ils essaient d'ouvrir, mais elle semble verrouillée. L'un d'eux râle tandis que l'autre tambourine sur le battant. Je distingue des clés, puis l'un des types se remet à parler en arabe. Je ferme les yeux pour me concentrer sur leur conversation.

Il fait tomber le trousseau au sol, et le second garde le pousse pour le récupérer et prendre sa place. Quand ils ouvrent enfin et pénètrent dans la pièce, je relâche le souffle que je contenais et m'appuie contre le mur.

— Qu'est-ce qu'il y a ?

— Des militaires sont dans la base, réponds-je en essayant de garder mon calme tant je suis enivrée par cette information.

— Pour nous ?

Je hausse les épaules. C'est possible. Peut-être que, dans le lot, certaines personnes étaient assez importantes pour qu'on vienne les chercher, ou peut-être que le gouvernement n'a pas voulu laisser ses concitoyens se faire décapiter sans réagir. Quoi qu'il en soit, c'est une bonne nouvelle mais qui précipite notre évasion.

— Qu'est-ce qu'on fait ? demande l'une des femmes.

L'alarme hurle toujours dans nos oreilles, ce qui m'empêche de réfléchir clairement. On pourrait attendre qu'on nous trouve, mais on risquerait de tomber sur l'ennemi qui va traquer les soldats.

Je repasse la conversation en boucle, tentant de traduire d'autres mots, jusqu'à ce que les informations s'emboitent dans mon esprit. Ma bouche s'ouvre sous le choc.

— Ils ont placé des explosifs.

— Qui ? Les soldats ? s'impatiente l'une des femmes.

Je secoue la tête.

— Les gardes, ils vont tout faire sauter.

Les filles écarquillent les yeux et je vois la panique les envahir.

— On cherche la sortie, affirmé-je.

Quand ils repartent enfin en courant, je me faufile au bout du couloir et jette un coup d'œil de chaque côté pour m'assurer que personne d'autre ne vient. L'avantage de l'alarme, c'est qu'elle couvre nos pas, l'inconvénient, c'est qu'elle couvre aussi les leurs. Une fois certaine que personne n'est en vue, je fonce jusqu'à la pièce dans laquelle ils étaient. J'écarquille les yeux en découvrant une salle de surveillance avec de multiples écrans. Je fais le tour et me fige en voyant des corps étendus, mais aucun uniforme, ce qui me rassure. Mon cerveau carbure à toute allure. Les soldats sont venus ici, ils ont neutralisé les gardes et les caméras, puis ils ont investi les lieux.

Dire qu'à quelques minutes près, on aurait pu être en sécurité auprès d'eux. J'appuie ma main sur les plaques de mon frère et m'avance vers les écrans. Tout est noir, ou presque. Les rebelles ont tenté d'effacer l'espèce de peinture, ce qui fait qu'à certains endroits, on aperçoit des bouts de prison. J'imagine que ce n'était pas sec. Je m'approche et plisse les yeux, frottant à mon tour pour essayer d'y voir quelque chose. Je sursaute et attrape mon arme en sentant une présence dans mon dos, mais ce n'est que Tara.

— Cherche une carte, un plan, n'importe quoi, dis-je en espérant qu'il y a un plan affiché quelque part pour trouver plus facilement une sortie.

On a besoin d'une direction claire pour ne pas perdre de temps. Elle se met en action, alors que je continue de frotter, jusqu'à ce qu'enfin, mon regard accroche une silhouette dans le coin d'un écran. Une deuxième silhouette la rejoint, et je reconnais leur posture. Ce sont des soldats. Mon cœur bat à tout rompre dans ma poitrine. On a une chance. On a une vraie chance.

Sauf qu'il y a un énorme problème : les explosifs. Ils veulent tous les tuer. Peut-être même que les gardes ont déjà pris la poudre d'escampette et qu'il ne nous reste que quelques minutes ou pire, quelques secondes.

Je m'apprête à détourner le regard quand un mouvement capte à nouveau mon attention. Un poignard, un geste, une position. J'écarquille les yeux.

— Non...

Je m'approche comme si je pouvais transpercer l'écran alors que Tara parle dans mon dos, mais je ne l'écoute pas.

— Impossible, murmuré-je.

Sa posture, sa carrure... Je jurerais qu'il s'agit de Blade, mais est-ce que mon cerveau me joue des tours ? La deuxième silhouette se faufile à ses côtés, et là, je n'ai plus aucun doute.

Hunter.

Je reconnaitrais le colosse entre mille.

La seconde suivante, mon corps prend le pas sur mon cerveau, et je me lance dans la recherche désespérée de haut-parleurs pour les avertir. J'imagine qu'il y en a dans les prisons, non ? Pour faire des annonces générales. Je passe en revue les boutons, sauf qu'ils sont en partie noircis, comme les écrans. Au bout de plusieurs minutes, je me rends à l'évidence, il n'y a rien. Je reporte mon attention sur les écrans. L'équipe a changé de couloir, je les vois à peine sur ce nouvel écran.

— Ici ! s'écrie Tara dans mon dos, m'arrachant à ma contemplation.

Elle pointe du doigt un plan accroché sur le mur du fond. Il est en partie moisi et illisible, mais c'est mieux que rien. Je repère rapidement les lieux, remontant jusqu'à nos cellules en empruntant le chemin que nous avons suivi à pied. La laverie, l'isolement, je localise aussi la salle des exécutions, puis je retourne à l'écran pour essayer de déterminer où se trouvent les gars. Au bout de quelques secondes, Tara tire sur mon bras.

— Il faut y aller.

J'acquiesce et nous sortons de la salle de surveillance alors que l'alarme n'a toujours pas cessé. Les deux autres femmes nous rejoignent, le teint pâle et le corps tendu.

— Prenez par là, dis-je en montrant le chemin du doigt, vous allez sûrement tomber sur une grille avant de trouver la sortie.

Je leur donne le trousseau.

— Faites attention, je pense que les gardes doivent aussi converger vers l'extérieur.

Ce n'est qu'une intuition, mais s'ils doivent tout faire sauter, ils ne vont pas rester dans le coin.

— Attends, tu ne viens pas ? demande Tara en posant sa main sur mon épaule.

Je secoue la tête en jetant un coup d'œil vers la sortie.

— Non, les SEALs, il faut les prévenir.

— On s'en moque, grogne l'une des femmes.

— Ils savent ce qu'ils font, temporise la deuxième.

— Je sais.

Je n'ai pas envie de me justifier ou d'expliquer la situation. J'aimerais penser que si ce n'était pas Blade, j'aurais aussi agi de la même façon, mais je n'en suis pas sûre. Sauf que c'est l'homme que j'aime, ses amis, et je ne peux pas leur tourner le dos et espérer que ça se passera bien.

Les femmes me regardent avec étonnement puis se carapatent vers la sortie, mais Tara ne bouge pas.

— Vas-y.

Elle hésite, puis secoue la tête.

— Pense à ton bébé, dis-je pour la convaincre.

— Je reste avec toi.

Je soupire, souhaitant qu'elle se mette en sécurité, mais je n'ai pas le temps de discuter. Je me remets en route vers les cellules, le ventre noué. C'est risqué, c'est insensé, mais j'écoute mon cœur, et ça m'a plutôt bien servi ces dernières années.

Nous redescendons d'un étage, dépassons la laverie, puis une partie des cellules d'isolement sans trop d'encombres malgré la sirène qui hurle toujours. Nos pas sont bien plus rapides qu'à l'aller tant je suis anxieuse à l'idée de ne pas arriver à temps. Quand je m'engage dans le dernier couloir, celui qui ramène à notre point de départ, une main agrippe violemment mes cheveux et me projette contre le mur. Je crie et tente de placer mes bras pour me rattraper, mais je n'en ai pas le temps. Mon front heurte le béton avec force. Sonnée, je me retourne, légèrement titubante, et écarquille les yeux en voyant un poing se diriger vers mon visage. Ma tête vole en arrière et une explosion de douleur traverse ma joue alors que je m'effondre à moitié.

— *Tu vas payer* ! grogne l'homme en arabe.

Mes oreilles bourdonnent, mais je me redresse pour voir à qui j'ai affaire. J'entends les gémissements et les pleurs de Tara, mais je constate qu'elle est accroupie dans un coin, totalement terrifiée. Je reporte mon attention sur le type et grimace en découvrant qu'il s'agit du garde de la cellule, celui qu'on aurait probablement dû tuer. Il s'appuie sur la jambe qui n'est pas blessée, et malgré les coups qu'il a reçus, je le trouve en pleine forme. Je fais un pas discret sur le côté pour me rapprocher de l'arme, mais je n'ai pas le temps de faire plus, parce qu'il s'avance et donne un coup de pied dans le fusil pour l'éloigner. Apparemment, il veut savourer le moment, ce salopard. Je tente de me protéger alors qu'il me frappe dans les côtes, mais je n'ai plus de forces après notre périple dans la prison. Je me plie en deux sous l'impact, l'air quittant mes poumons dans un gémissement de douleur. J'essaie de me redresser, encore. Pour quoi ? Je n'en sais rien. Mon instinct me dicte de me rouler en boule et de protéger ma tête. Quand il se jette sur moi, je plante mes doigts dans sa blessure et appuie de toutes mes forces. Il hurle en reculant, ce qui me donne l'espoir de m'éloigner.

En vain. Il fond sur moi dans la foulée et les coups pleuvent. Dans mes côtes, mon ventre, mon dos, sur mon visage. Tout mon corps y passe. Je me protège comme je peux, je serre les dents, je cherche une ouverture, une échappatoire, mais finalement, je m'effondre au sol, épuisée. Mes membres ne répondent plus et des gémissements de douleur s'échappent de mes lèvres.

Le courage n'est plus aussi vaillant face à la mort.

Je tourne la tête vers Tara, espérant qu'elle va se saisir de l'arme pour mettre fin à mon calvaire, mais un autre garde, que je n'avais pas vu, la maintient près du mur.

Dans un sursaut d'espoir, je rampe vers le couloir, mais une botte écrase ma cheville dans un craquement sinistre. Mes yeux s'embuent de larmes, ma respiration se fait saccadée alors que je lutte pour rester consciente. Mes oreilles bourdonnent, je ne capte plus ce qu'il se passe autour de moi. Je me recroqueville, sentant mes dernières forces perdre la bataille. Ma main progresse lentement jusqu'à la poche de mon pantalon, j'essaie d'en sortir le dessin de Blade, mais je sombre avant d'y parvenir.

- 46 -

BLADE

Hunter tapote son oreille en indiquant qu'il entend des bruits de pas. Beaucoup. Je pose un genou à terre, mon fusil pointé dans cette direction. Hunter fait de même de l'autre côté du couloir, Ghost et Ace restent debout alors que Blue couvre nos arrières.

Notre chef lève la main quand il remarque que ce ne sont pas des gardes qui se précipitent vers nous. Une femme hurle et recule d'un coup. Trébuchant, elle tombe sur les fesses. Les autres s'immobilisent, ne sachant pas bien si elles doivent faire demi-tour ou demeurer sur place.

— Marine américaine, annonce Ghost avec calme.

L'une des prisonnières se détache du groupe et s'avance prudemment vers nous. Quand elle remarque nos tenues, ses épaules se relâchent. Le sous-sol est sombre, mais des néons épars permettent d'y voir un minimum.

— Est-ce qu'il y a des gardes dans le coin ?

— Deux dans notre cellule, mais nous n'en avons pas croisé d'autres.

Mon regard se perd sur le groupe, à la recherche de Lexie, mais aucun visage ne m'est familier.

— Où est votre cellule ?

Elle pointe du doigt la coursive de gauche.

— Il faut longer ce couloir, ensuite c'est la troisième ou quatrième, je crois, sur la droite.

— Troisième, confirme une autre femme avant de reculer d'un pas, effrayée.

— Il y a encore des otages ?

La première prisonnière acquiesce.

— Oui, mais on s'est dispersées en petits groupes.

— Et les hommes ?

— On ne les a pas vus.

— Blue, Hunter, vous restez avec elle. Planquez-vous dans une pièce.

Ce n'est pas l'idéal de perdre deux coéquipiers, mais nous ne pouvons pas les laisser sans protection surtout que les tirs n'ont pas cessé au-dessus de nos têtes. Blue, qui est moins effrayant qu'Hunter, s'avance et leur fait signe de se diriger vers une salle au bout du couloir. Elle permet d'avoir un visuel sur plusieurs points d'entrée.

Quand ils sont en sécurité, nous reprenons notre route, dans la direction indiquée.

— Je n'ai pas vu Lexie, murmure Ace, faisant écho à mes pensées.

Je suis reconnaissant de savoir mes frères aussi impliqués que moi. Bien sûr, nous voulons sauver le plus d'otages possible, mais Lexie, c'est... Lexie.

— Je sais, dis-je simplement.

Le nœud dans mon estomac se serre un peu plus. J'ai rarement eu peur dans ma vie, mais en ce moment, j'ai peur qu'elle fasse partie des victimes. Qu'elle soit dans ce trou à l'arrière de la prison. Que son corps ait servi à ces bourreaux comme la pauvre femme à l'étage. J'essaie d'effacer cette image de mon esprit, mais elle revient par vagues, me rappelant ce que j'ai peut-être perdu.

— Vous entendez ? lâche Ghost en s'immobilisant.

Un homme balance des insultes en arabe. Il semble qu'il se déchaine sur quelqu'un puisque ce sont des cris qui lui répondent.

— On va voir.

Je serre l'arme dans mes mains, me demandant ce qu'on va encore trouver dans cette prison atroce. Ghost s'arrête quelques pas plus loin. On y découvre un rebelle de dos, en partie caché par un second type qui regarde la scène, un fusil à la main. Une femme est recroquevillée sur le sol, vivante, si j'en crois ses gémissements de douleur.

— On intervient, annonce notre chef, sans attendre.

Nous nous faufilons jusqu'à leur position, et quand nous sommes assez proches, Ghost tire une balle dans la tête du voyeur. Tandis qu'il s'écroule, le second type se tourne d'un coup et tente de récupérer son arme. Dans ma fureur, je me jette sur lui et le percute violemment. Du coin de l'œil, je remarque la présence d'une seconde femme, ramassée contre le mur. Nous échangeons des coups même s'il est loin de faire le poids. Ma soif de sang est incontrôlable. Je veux lui faire payer ses actes. J'agrippe son cou et roule sur le dos. Il pèse son poids, le salopard. Je bloque son corps avec mes jambes et entreprends de lui faire perdre connaissance quand mon regard capte la forme étendue à quelques centimètres de moi.

Lexie.

Les pièces s'emboitent dans mon esprit, si vite que je plante déjà un poignard dans le cœur du connard qui a posé les mains sur elle. Je tourne la lame d'un coup sec et la retire aussi brutalement. Avec un grognement, je repousse le rebelle sur le côté et rampe jusqu'à ma journaliste. Je me penche sur elle, mes yeux parcourant son corps meurtri.

— Il faut l'évacuer d'urgence, tonne Ace, tout en palpant son ventre.

Le ton de sa voix est inquiétant. Très. Trop. Pour la première fois depuis longtemps, je suis sur le point de craquer. Parce que c'est Lexie. *Ma* Lexie. Mon rayon de soleil. Et je refuse de voir sa lumière s'éteindre.

J'entends Ghost parler dans la radio, mais ses mots ne parviennent pas à percer le brouillard qui noie mon esprit. Mes yeux restent bloqués sur le sang qui imbibe les vêtements de ma journaliste.

— Elle nous a sauvées, dit la seconde femme en se rapprochant. Elle a imaginé un plan pour qu'on s'enfuie.

Elle renifle et porte une main à son ventre.

— On allait quitter la prison mais elle a voulu revenir sur nos pas.

— Pourquoi ? demande Ace.

— Pour vous, souffle-t-elle.

Elle écarquille les yeux, semblant se rappeler une information cruciale.

— Il y a des explosifs.

— Des explosifs ? répète Ghost. Où ?

— Je ne sais pas. Lexie a entendu une conversation et quand elle vous a vus sur la caméra, elle est revenue pour vous prévenir, mais on est tombées sur lui, dit-elle en montrant le garde mort.

L'horreur de la situation me frappe. Je la détaille avec l'envie de me défouler sur tout ce qui croisera ma route. Le sang. Les bleus. Les marques de griffures. Mon contrôle ne tient plus qu'à un fil. Je me raccroche à l'espoir. Ce fil ténu qui la maintient en vie.

Ace la tourne légèrement pour observer ses blessures, et mes yeux tombent sur sa poche ouverte d'où s'échappe un papier. Je le déplie, les mains presque tremblantes.

— Elle le sortait tout le temps, murmure sa compagne de cellule.

Et si c'était la dernière chose qu'elle avait eue de moi ? J'aurais dû… J'aurais dû lui parler, ne pas la laisser partir sans m'excuser.

— J'ai alerté les autres unités. Des hélicos et des véhicules arrivent, annonce Ghost, m'extirpant de mes sombres pensées.

Je replie le dessin que je glisse dans ma poche.

— Je peux la déplacer ?

— Le plus doucement possible, Blade. Son état est grave.

Mes tripes se nouent douloureusement, mais je reprends mes esprits. Elle a besoin de moi. Besoin que je la sorte de là. Besoin que je sois un soldat d'élite, pas un homme détruit à l'idée de perdre la chose la plus précieuse qu'il ait jamais eue dans sa chienne de vie.

Aidé d'Ace, je hisse doucement Lexie dans mes bras, m'attardant plus que de raison sur les traits de son visage.

— Reste avec moi, murmuré-je.

Quelques secondes plus tard, l'unité de Storm arrive pour nous seconder, accompagnée de quelques prisonnières.

— Les hommes ?

— Ils étaient quelques couloirs plus loin, dans l'aile A. Ils sont moins amochés que les femmes.

— Des bobos, les gars ? demande Ace.

— Rien d'urgent, répond Storm. Occupons-nous des otages.

— Hurricane et son équipe vont tenter de trouver les explosifs pour les désamorcer, indique Ghost. Ace et Blade, vous partez avec les civils. Blue et Hunter sont déjà en train de remonter avec l'autre groupe.

Je n'aime pas laisser Ghost derrière nous, mais nous n'avons pas vraiment le choix.

— Il y a du mouvement au niveau 0, annonce Eagle dans la radio.

— Nombreux ?

— Cinq tangos. Ils se déplacent dans votre direction.

— Tracker, Angel, vous les accompagnez, décide Storm.

Les gars hochent la tête et rassemblent les femmes tandis qu'Angel leur donne des consignes pour notre sécurité.

— Allons-y, ordonne Ace, prenant la tête de notre groupe.

Tracker se place à ses côtés, flanqué de Diesel, son malinois, tandis qu'Angel ferme la marche. Les femmes avancent, serrées les unes contre les autres. Nous arrivons sans encombre jusqu'à l'escalier principal, mais en haut des marches, Diesel se met à grogner.

— À couvert ! claque Ace avant même qu'un coup de feu ne soit tiré.

Tracker donne un ordre bref à Diesel, et le chien se lance sans attendre sur les assaillants qui émergent de leurs cachettes. Il bondit comme une flèche et s'écrase sur deux silhouettes armées qui n'ont pas le temps de réagir. Des cris s'élèvent, accompagnés du grondement féroce du malinois qui s'attaque à leurs jambes et les fait chuter.

Les prisonnières se ruent dans les pièces adjacentes pour se mettre à l'abri tandis que je fais bloc pour protéger Lexie. Le chaos éclate autour de nous. Des rafales claquent dans l'air alors qu'Ace et Angel répliquent.

— Angel, derrière toi !

Il se tourne à temps pour descendre un tango alors que Diesel s'élance déjà sur le deuxième. Ce chien est un atout non négligeable. Tracker en profite pour se glisser dans le dos de l'ennemi et quand il a une ouverture, il lui tire une balle dans la tempe avec son arme de secours. Le malinois grogne une dernière fois, et garde les crocs découverts, prêt à se lancer à nouveau dans la bataille. Tracker lui tapote la tête et le félicite avant de se rapprocher du bout du couloir.

Le silence revient peu à peu. Le danger semble écarté, mais on n'est pas à l'abri de nouvelles surprises.

— Allons-y, on doit les évacuer, dit Ace en faisant signe aux femmes de rejoindre la coursive.

Tandis qu'elles obtempèrent, il transmet des informations dans la radio pour alerter les gars qui patrouillent encore dans la prison.

— Elle tient le coup ? me demande Tracker en jetant un œil à Lexie.

— Pour le moment, dis-je, de plus en plus inquiet.

— Il y a du mouvement, annonce One Shot alors que nous nous rapprochons de la sortie.

— Putain, grogne Ace. Situation ?

— Une dizaine de tangos.

Il me lance un regard anxieux. Ils sont pires que des cafards, on en élimine deux, et trois autres débarquent.

— Aucun véhicule en approche, commente Sniper, nous faisant comprendre que les types viennent de la prison.

— Ils étaient plus nombreux que ce qu'on avait envisagé, dit Tracker.

— Restez sur vos gardes, prévient Ace.

L'air est lourd de tension.

— Tu peux nous dégager le chemin ? demande-t-il à One Shot.

— Je me déplace.

Sa respiration est saccadée, signe qu'il était déjà en mouvement.

— Je suis en place, souffle-t-il après quelques secondes. Je dégomme le premier dans 3, 2, 1.

Un claquement sec retentit.

— Il faut faire sortir les autres, explique-t-il, ils se planquent derrière les ruines de la tour de garde.

Nous n'avons pas le choix, nous devons avancer. Sans compter que les explosifs sont toujours une menace.

— Allons-y.

Le souffle sec du désert me fouette le visage quand nous franchissons la porte principale du bâtiment. Devant nous s'étend une cour poussiéreuse, délimitée par des grillages rouillés et hérissés de barbelés. Un enchevêtrement d'ombres et de métal, avec des tours de surveillance en ruine, et un silence presque écrasant.

Le sifflement aigu d'une balle passe tout près de moi, et une douleur fulgurante traverse mon bras gauche.

Putain.

Instinctivement, je me plaque contre un mur délabré à l'entrée de la cour, protégeant Lexie, alors que les femmes se jettent au sol et se cachent comme elles le peuvent.

Je la dépose à l'abri derrière un tas de gravats, comprenant que je vais avoir besoin d'intervenir si nous voulons sortir de ce trou. Je serre la mâchoire, et mon regard s'attarde une fraction de seconde sur elle, regrettant de devoir la laisser.

— Je reste avec elle, annonce la prisonnière qui était avec elle, un peu plus tôt.

Je prends mon arme, la douleur dans mon bras déjà reléguée au second plan. Ace se déploie sur la gauche, Tracker et Diesel sur la droite, couvrant les angles. Le chien est en mode combat, oreilles dressées, prêt à bondir.

Une rafale de balles éclate à travers la cour. Les tireurs sont dissimulés derrière des véhicules abandonnés et des débris. Les grillages et les barbelés nous forcent à nous mouvoir avec précaution.

— Ace, tango à trois heures, dit One Shot dans la radio.

Mon coéquipier se déplace, alors qu'un autre type s'écroule à quelques pas de moi, dégommé par le sniper.

— Cible verrouillée, grillage sud-ouest.

Un coup sourd résonne dans l'air, et un des tireurs s'affaisse, tête la première.

Je me cale derrière un muret effondré, fusil en main, analysant la situation.

— Diesel, go ! ordonne Tracker.

Le malinois fonce à travers la cour comme une flèche, bondissant au-dessus des gravats, pour s'attaquer à deux hommes embusqués derrière un véhicule. Il attrape l'un d'eux à la gorge. L'autre s'apprête à lui tirer dessus mais Ace l'abat avant qu'il n'ait le temps de bouger.

Je me précipite vers l'un des tangos sur la droite, profitant de la diversion créée par le malinois. L'adrénaline coule à flots dans mes veines. J'ajuste ma visée, deux coups secs et précis. L'ennemi s'effondre sans un bruit.

Une balle fuse près de mon visage, claquant contre les barbelés au-dessus de moi.

— Sniper, on sort avec les otages masculins, annonce Cobra dans la radio.

— RAS à l'est.

Deux rebelles tentent de s'avancer vers nous, mais One Shot les descend avant qu'ils ne puissent faire un pas de plus.

— Boomer a trouvé les explosifs, nous informe Hurricane, on va les tourner à notre avantage et tout faire sauter en quittant les lieux.

Ace et Angel prennent le dernier assaillant en tenaille avant de l'abattre, alors que Diesel revient vers nous, langue pendante, mais indemne.

— One Shot ?

Après trois secondes, le SEAL répond.

— La zone est dégagée.

— On sort d'ici, gronde Ace, en boitant légèrement.

Du sang imbibe son pantalon au niveau de sa cuisse gauche.

— Ça va aller, dit-il en suivant mon regard.

Je hoche la tête et retourne vers Lexie alors que mon cœur bat toujours à un rythme effréné.

— Situation ? demande Ghost dans la radio.

Son ton est calme, mais je perçois la tension dans sa voix.

— On a croisé quelques cafards sur le chemin, mais on arrive au point de rendez-vous.

— OK, on vous rejoint, on a fait le tour des bâtiments.

Les otages masculins, guidés par l'équipe d'Hurricane, apparaissent dans notre champ de vision. Ils sont aussi sales et épuisés que les femmes que nous avons libérées.

Je hisse à nouveau Lexie dans mes bras et regagne le groupe.

— Les hélicos seront sur zone dans six minutes, annonce Storm.

Six minutes.

— Tiens bon, Lexie, on y est, murmuré-je.

- 47 -

LEXIE

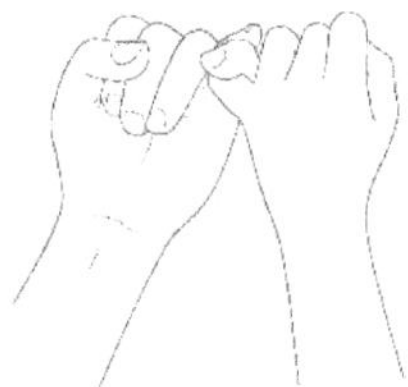

Une lourdeur m'enveloppe, comme si mon corps était enfoui sous des tonnes de sable. L'air semble trop dense, m'écrasant de toutes parts. J'essaie de bouger, mais mes muscles ne répondent pas, chacun de mes membres parait cloué par une force indescriptible. Mon esprit est noyé dans une brume épaisse. Le silence qui m'entoure est assourdissant, à peine perturbé par un bourdonnement sourd qui remplit mes oreilles.

Peu à peu, ce bourdonnement s'intensifie, brouillant mes pensées, déformant les rares sensations que je parviens à capter. J'ai l'impression de lutter contre une marée invisible, un courant qui m'entraîne toujours plus loin dans les profondeurs du néant. Je ne sais pas où je suis ni ce qu'il m'est arrivé. J'essaie de me souvenir, pourtant, mais... rien. Mon esprit est embrumé, incapable de se concentrer sur une idée claire. Le gouffre noir sous moi s'ouvre encore plus, m'aspirant, m'invitant à abandonner. Mes paupières semblent scellées. Mes bras, mes jambes, tout parait si engourdi, comme s'ils appartenaient à quelqu'un d'autre. La fatigue est écrasante. Tout ce que je veux, c'est me laisser aller, sombrer dans cette obscurité où il n'y a plus de douleur, plus d'effort, plus rien.

Mais quelque chose d'autre m'attire. Un son lointain, presque imperceptible. Je fronce les sourcils, ou du moins j'essaie. Ce bruit... Je ne sais pas ce que c'est, mais il m'appelle. Il est là, comme une lueur vacillante au fond de l'abîme.

Je perçois à peine les premiers sons distincts, mais ils sont présents. Des bruits de pas. Des voix étouffées, comme des chuchotements à travers un mur. Et puis, des bips. Des bips réguliers. Je m'accroche à ces sons, comme à des points d'ancrage. Je veux comprendre. Je veux savoir. J'essaie de me concentrer, mais chaque tentative m'épuise. Je sens le gouffre me tirer à nouveau, plus fort cette fois, m'appelant vers cette tranquillité tentante, ce sommeil sans fin.

Je ne sais pas pourquoi, mais je ne peux pas abandonner. Pas encore. Il y a quelque chose, quelque chose d'important. Une raison pour laquelle je dois me réveiller, une vérité qui m'échappe, mais qui pulse en moi, sous la surface. L'effort me coûte. Chaque battement de mon cœur retentit douloureusement dans ma poitrine alors que mes pensées sont attirées par l'épais brouillard.

À force de tentatives, je la perçois enfin cette sensation. Ma main. Elle est là. Je ne peux pas la bouger, mais je sais qu'elle est là. Puis, mes paupières. Elles s'agitent. Le poids semble légèrement moins insupportable. Juste assez pour que, quelque part, dans un recoin enfoui de mon esprit, une petite flamme d'espoir commence à briller.

Je prends une grande respiration mentale, comme si je plongeais plus profondément en moi-même, à la recherche de cette force qui me manque. Un battement. Deux. J'essaie de bouger. Encore.

Puis, finalement, je sens mes paupières frémir. Un éclat de lumière. Flou. Mais c'est quelque chose. C'est un début.

Pendant une fraction de seconde, une silhouette se dessine. Elle me tend la main. Je plisse les yeux pour la détailler. Je tente d'aller vers elle, mais mon corps est embourbé dans son immobilité. Et puis une voix, un rire. Et ce regard...

Ryan.

Un sursaut d'énergie me traverse et je lance mon bras en avant, comme on lancerait un objet. Il attrape ma main et la seconde suivante, mes yeux s'ouvrent.

J'essaie d'appeler mon frère, mais ma gorge peine à obéir. J'inspire profondément et ferme les yeux à plusieurs reprises. La pièce est plongée dans une semi-obscurité, ce qui m'aide à m'adapter.

Je ne sais même pas combien de temps je reste dans cet entre-deux, bercée par un bip à côté de moi. Un élancement sourd traverse brièvement mon crâne, et pendant quelques secondes, j'ai la sensation que mon corps tout entier est brisé. Je tente de me redresser, mais c'est impossible. Chaque mouvement envoie des éclairs de douleur dans mes membres. Mes yeux se ferment à nouveau, une fatigue immense m'envahit.

C'est alors que j'entends un léger grincement. Je tourne lentement la tête sur le côté, ce minuscule geste me demandant un effort surhumain. Un homme entre dans la pièce. Il se fige sur le seuil, comme s'il ne croyait pas ce qu'il voyait. Puis ses traits se transforment. Ses yeux se remplissent de larmes. Il fond vers moi, s'effondre presque sur le matelas.

— Lex... murmure-t-il, la voix tremblante.

Je veux parler, mais aucun son ne sort de ma gorge. L'homme me prend doucement dans ses bras, me serrant avec précaution, comme si j'allais me briser en mille morceaux.

— J'ai cru que tu ne te réveillerais jamais.

Clay. Je reconnais enfin sa voix. Ses sanglots me frappent en plein cœur. Je sens la chaleur de ses larmes sur ma joue. J'essaie de lever la main pour toucher son visage, pour lui montrer que je suis là, que tout va bien, mais mes bras ne veulent pas obéir.

— Tu as soif ?

J'acquiesce. Lentement, l'énergie envahit mon corps. C'est léger, mais suffisant pour me sortir de mon engourdissement. Mon jumeau m'aide à boire en soutenant ma tête, puis il repose le verre sur la petite table.

— Longtemps ? chuchoté-je la voix rauque, presque cassée.

— Trois semaines, répond-il en s'asseyant sur le fauteuil près du lit. Ils ont dû te plonger dans le coma pour te permettre de guérir.

Tandis qu'il parle, des flashs me reviennent. Des images, des sensations, des voix. La cellule, les exécutions, Tara, les coups. Mon cœur s'emballe et la machine se met à biper violemment.

— Lex, tout va bien. Tu es en sécurité.

Il prend ma main dans la sienne et la serre avec douceur. Ses yeux se placent devant les miens.

— Respire avec moi, je te promets que tout va bien. Tu es à la maison.

J'inspire et expire en suivant son exemple, jusqu'à ce qu'enfin la panique reflue. Un autre visage s'imprime dans mon esprit.

— Blade…

Mon frère sourit et se rassied.

— Il est resté à ton chevet, nuit et jour. Ses coéquipiers l'ont obligé à aller manger et prendre une douche. Il va bientôt revenir.

Clay continue de parler, il m'explique que mon état était critique. Un traumatisme crânien, une hémorragie interne, une cheville cassée, de multiples contusions. J'ai eu de la chance d'être secourue à temps. Tout est flou, mais ses paroles me frappent. Je comprends que je reviens de loin. Très loin.

Je sens mes lèvres trembler légèrement, un effort monumental pour lui offrir un sourire. C'est là que le battant s'ouvre à nouveau.

Je découvre Blade, debout dans l'embrasure de la porte.

— Putain, souffle-t-il.

Mon jumeau se redresse, dépose un baiser sur mon front, puis s'éclipse en silence.

Blade ne bouge pas. Je peux presque sentir sa lutte intérieure. Il veut s'approcher, mais quelque chose le retient. Il est encore à des kilomètres de moi, même s'il se tient à quelques pas seulement. J'essaie de lui parler, de dire quelque chose, mais les mots sont coincés. Alors, je puise dans toutes les forces que je possède et je lève lentement le bras. C'est suffisant pour le faire bouger.

Il avance, le visage marqué par une fatigue écrasante, puis il s'assied sur le matelas. Sa main caresse ma joue, comme s'il dessinait mes traits. Ses yeux plongent dans les miens, et ce que je lis dans les siens me bouleverse.

— Salut, murmuré-je, bêtement.

Il s'esclaffe et se penche pour me serrer contre lui. Doucement d'abord, puis plus fort, comme s'il craignait que je disparaisse à nouveau. Il est là, autour de moi, m'enveloppant de sa chaleur, et pour la première fois depuis que j'ai ouvert les yeux, je me sens en sécurité.

* *
*

BLADE

J'ai vécu les trois semaines les plus longues de ma vie. Je n'ai quasiment pas quitté Lexie, guettant chaque signe, chaque respiration, chaque battement de cœur. J'espérais qu'elle se réveillerait rapidement, mais pour avoir vu pas mal de blessures au cours de ma carrière, je savais aussi qu'elle avait besoin de repos pour se remettre.

— Que s'est-il passé ? dit-elle finalement.

Durant les dix minutes suivantes, je lui relate notre intervention. Nous avons pu secourir vingt-sept femmes et treize hommes avant de faire exploser la prison. On l'a réduite en cendres pour éviter qu'elle ne soit le théâtre de nouveaux drames.

— Et Tara ? Son bébé ? murmure ma journaliste.

— Il a survécu.

C'est un sacré miracle étant donné les circonstances. Ce gosse est déjà un battant. Un grand sourire étire les lèvres de Lexie, puis elle pose sa tête sur mon épaule alors que ses yeux commencent à se fermer.

— Repose-toi, on aura tout le temps de discuter.

Elle acquiesce faiblement et je l'aide à se réinstaller sur l'oreiller. Je caresse son visage, avec l'impression d'avoir enfin un avenir. Une chance unique de renverser les choses, de créer une vie différente. Une vie que je n'aurais jamais envisagée, imaginée ou même souhaitée. Lexie a tout bouleversé.

Un léger coup contre la porte m'oblige à détacher le regard de ma journaliste. Quand je m'aperçois qu'Ace me fait signe de sortir, je le rejoins, espérant ne pas avoir à quitter les lieux.

— Comment va-t-elle ?

— Un peu perdue.

Il acquiesce et sourit.

— Elle va être fatiguée dans les prochains jours, mais ça devrait aller mieux ensuite, elle va reprendre des forces.

Je hoche la tête avec l'envie de l'arracher à ce monde pour la protéger, même si je sais pertinemment qu'elle ne m'écouterait pas. C'est nouveau pour moi. En dehors de mes frères et de leurs femmes, je ne me suis jamais attaché à ce point. Je pourrais tuer pour elle. D'ailleurs, je me suis fait un plaisir de mettre Sawyer sur le cas de Ben pour le dissuader de s'en prendre à ma journaliste. Après leur discussion houleuse, je ne pouvais clairement pas rester sans rien faire.

— Elle a fait le plus dur, Blade, elle a survécu.

Il a raison, il me faut juste un peu de temps pour réaliser. Deux fois que je me retrouve à l'hôpital avec elle. Deux fois de trop.

— Ghost m'a envoyé un message, le travail a commencé, il a emmené Mia à la maternité.

— Est-ce que tout se passe bien ?

— Rien d'anormal, me rassure-t-il, on va les rejoindre.

Je jette un coup d'œil à la porte de la chambre, partagé, incapable de choisir.

— Reste ici, je te tiendrai au courant.

— Tu es sûr ?

— Évidemment. Elle a besoin de toi. Ghost comprendra très bien que tu ne viennes pas. De toute manière, ça peut prendre des heures.

— D'accord.

Il serre mon épaule et tourne les talons alors que mes pensées s'égarent vers la prison dans laquelle nous avons trouvé ma journaliste. Je ne sais pas si j'arriverai à effacer cette image de mon esprit. Son corps inerte. Son souffle faible. Le sang. La mort rôdait, ce jour-là, mais elle n'a pas gagné. Lexie s'est battue, pour elle, pour les siens, pour revenir à la vie. Ça ne devrait pas m'étonner, elle n'est pas de ceux qui abandonnent.

Je retourne dans la chambre, remonte le drap sur sa silhouette et m'installe sur le fauteuil, qui est devenu ma seconde maison. J'ai vu toute sa famille défiler ces dernières semaines. Sa mère m'a serré dans ses bras pendant de longues secondes la première fois qu'elle est venue. Je n'avais jamais connu l'étreinte d'une mère, et celle-ci m'a paru naturelle. Je n'ai pas ressenti le malaise qui a suivi notre repas chez eux. J'ai sympathisé avec ses frères, discuté avec ses parents. Nous avons appris à nous connaitre, à nous soutenir, et j'ai saisi pourquoi Lexie était si forte, si généreuse, si amoureuse de la vie. Sa famille est à son image. Unique, différente, authentique. Grâce à eux, grâce à elle, j'ai compris qu'il me manquait quelque chose. J'ai toujours pensé que je n'avais pas besoin de découvrir mes origines, pas besoin de savoir, mais en réalité, je fuyais. J'ai enterré mes peurs, mes blessures, je me suis forgé une carapace pour survivre. Mais ce n'est pas de cette façon qu'on est heureux. J'ai pour habitude d'affronter les problèmes. Je suis allé au front, je n'ai jamais reculé devant un combat, sauf là. Sauf pour ça. Mon passé.

— Tu n'es plus fâché ?

Je relève la tête et m'aperçois que Lexie m'observe, le visage fatigué.

Je rapproche mon fauteuil et pose mon avant-bras au-dessus de ses cheveux pour caresser son front avec mon pouce.

— J'ai eu tort.

Elle écarquille les yeux, mais ne répond rien.

— Je...

J'inspire et détourne le regard un instant pour choisir mes mots. Ce n'est pas un exercice facile.

— J'avais peur. Peur de la vérité. Peur de savoir. Peur d'être rejeté ou déçu.

— Je n'aurais pas dû agir dans ton dos.

— J'ai compris pourquoi tu l'avais fait, Lexie.

— Est-ce que tu as pris une décision ? demande-t-elle, mal à l'aise.

— Je voudrais le rencontrer.

— Vraiment ?

Son regard pétille de joie, et rien que pour ça, je pourrais accepter n'importe quoi.

— À une condition.

Elle plisse les yeux.

— Que tu m'accompagnes.

— Blade... murmure-t-elle, émue.

— J'ai besoin de toi, avoué-je si bas qu'elle pourrait ne pas m'entendre.

— Je suis là.

Elle prend ma main dans la sienne.

— Pour aussi longtemps que tu le voudras.

Encore une fois, je remarque qu'elle marche sur des œufs. Elle encaisse depuis des semaines, elle patiente, elle ne force pas les choses, alors qu'elle aurait pu abandonner des dizaines de fois. Mais je ne veux plus de ça. Je la veux cette foutue relation sérieuse. Cet avenir. Cette famille.

— Je t'aime.

Sa bouche s'entrouvre sous le choc et ses yeux s'embuent de larmes.

— Je t'aime aussi, Cole Mac Callan.

Elle prend mon visage en coupe et un sourire radieux illumine ses traits.

— Tant mieux parce que tu vas m'avoir sur le dos pendant un moment.

— Même pas peur, murmure-t-elle avant de déposer un baiser sur mes lèvres.

- ÉPILOGUE -

SNIPER

— Montre-moi ma filleule, s'extasie Chelsea.

— Qui a dit que tu serais la marraine ? s'amuse Mia.

— Tu plaisantes, j'espère ? Comme si tu avais le choix.

Elle s'approche du canapé et sourit en apercevant le joli visage de Hope.

— La plupart des bébés sont moches, mais alors, toi, tu es magnifique, ma princesse.

— Chels !

— Quoi, c'est vrai ! Les bébés sont moches, c'est comme ça. Mais celle-ci a tout pris de toi, heureusement.

— On va changer de marraine, grogne Ghost.

Mia éclate de rire, alors que sa meilleure amie récupère le précieux paquet.

La voir tenir un bébé dans ses bras remue quelque chose en moi, mais je fais de mon mieux pour ne rien laisser paraitre.

Appuyé contre le mur du salon, je me délecte du bonheur des miens. Mia et Ghost ont fini par trouver la maison de leurs rêves et je pense n'avoir jamais vu mon ami aussi heureux. Je ne sais pas si j'aurai des enfants, un jour, mais j'aimerais ressentir cette alchimie, ce bonheur de partager la vie de quelqu'un. Ma mère m'a élevé seule, je n'ai jamais connu mon père, et je me suis toujours promis que le jour où j'aurai un enfant, je serais présent pour lui.

— Comment va Lexie ? demande la jeune maman.

— Fatiguée, mais ça va, répond Ace.

— Ça a dû être terrible, murmure Megan en se blottissant dans les bras de Hunter.

— L'important, c'est qu'elle soit rentrée près des siens, dis-je.

Chelsea lève le visage vers moi et nos regards se croisent. Je mentirais si je disais que je ne suis pas intéressé. Je le suis depuis le début, mais c'est compliqué. C'est la meilleure amie de Mia, elle vit à Washington, et surtout, on ne veut pas la même chose.

— Tu dors à la maison ? demande la femme de Ghost.

— Non, ma puce, vous avez bien mieux à faire que m'héberger. Je vais me trouver un hôtel.

— Hors de question, tu...

— Viens à l'appart, interviens-je trop rapidement.

— Quoi ?

— Ça ne te dérange pas ? se réjouit Mia.

— Depuis que Blue a déménagé, sa chambre est vide.

Ghost fronce les sourcils. Il semble lire en moi un peu trop facilement.

— Ça te va, Chels ?

Elle hésite, mais elle ne veut pas avoir à s'expliquer avec Mia, alors elle hoche la tête en me jetant un regard noir.

Je souris, plutôt fier de moi. Ça fait trop longtemps qu'elle m'évite, et on a besoin de parler. Au moins, à l'appart, elle ne pourra pas fuir la conversation.

Chelsea rend le bébé à Mia et se rapproche de moi. Son parfum m'enivre immédiatement. Un mélange sensuel qui éveille tous mes sens.

— À quoi tu joues ? murmure-t-elle.

— J'héberge l'amie d'une amie.

Elle grimace et regarde autour de nous pour s'assurer que personne ne nous entend, mais ils sont tous occupés à discuter de Hope.

— Ne complique pas les choses.

— Tu y arrives très bien toute seule.

Chelsea tourne son visage vers moi et une multitude d'émotions traversent son regard. Regret. Désir. Peur. Colère.

Elle mordille sa lèvre inférieure et ses yeux dérivent vers ma bouche. On ne peut pas nier cette attirance. C'est palpable, indéfinissable.

Je n'aurais jamais dû m'engager sur cette voie, mais une fois que j'ai mis un pied dans l'engrenage, impossible de faire marche arrière.

Parce qu'on ne lutte pas face à l'évidence.

On ne tourne pas le dos à son cœur.

On fonce, on prend des risques.

On se bat pour ce qui nous fait vibrer.

Et ce qui me fait vibrer, ce qui fait battre mon cœur, mon évidence.

C'est elle.

* FIN *

À suivre : Chelsea et Sniper dans le tome 6 (le dernier !)
de Soldats d'Elite.

SAGA

SOLDATS D'ÉLITE

Tome 1 : Ghost

Tome 2 : Ace

Tome 3 : Hunter

Tome 4 : Blue

Tome 5 : Blade

Tome 6 : Sniper

LECTRICES VIP

Vous voulez avoir accès aux précommandes avant tout le monde, à des anecdotes inédites, des scènes coupées, des infos exclusives ou en avant-première, des confidences d'autrice, alors rejoignez le groupe **des lectrices VIP :**

www.audreymartinez.fr/newsletter/

Un mail envoyé chaque semaine dans lequel je vous parle de mes coulisses et de mon actualité, à cœur ouvert, avec plein d'infos croustillantes sur la création des Soldats d'Elite.

***

Vous pouvez aussi me retrouver sur
Instagram @audrey.martinez.auteur :
https://www.instagram.com/audrey.martinez.auteur

Et vous pouvez me contacter par **mail** pour discuter :
audrey.martinez.auteur@gmail.com

REMERCIEMENTS

Cette année a été une année de défi avec ma fille à la maison. Jongler entre mon rôle de maman, d'autrice et de formatrice pour auteurs, c'était tout aussi enrichissant que difficile.

Mais j'y suis arrivée ! Je suis très fière de ce tome 5. J'ai adoré l'écrire, j'ai adoré les joutes verbales, et la tension entre Lexie et Blade. J'ai ri, j'ai pleuré, j'ai vécu mille aventures avec ce couple aussi opposé que complémentaire. J'espère que vous les avez aimés autant que moi.

Bonne nouvelle : j'ai également terminé le premier jet de Sniper, et ce dernier tome promet de l'émotion. J'espère qu'encore une fois, vous serez au rendez-vous.

Merci de faire partie de mon incroyable communauté de lectrices. Blade est mon 15e roman, et c'est grâce à vous que je vis mon rêve, jour après jour.

Je vous dis à bientôt pour la fin de la série.

Si vous avez apprécié votre lecture, n'oubliez pas de laisser un petit commentaire sur Amazon ou sur les réseaux sociaux.

Merci ❤

MES ROMANS

Découvrez mes romans sur Amazon, et sur mon site internet pour une version dédicacée avec marque-page.

BIOGRAPHIE

Audrey MARTINEZ met de l'émotion au cœur de toutes ses histoires. Elle aborde des thèmes forts et s'attache à les partager dans des récits émouvants et réalistes.

Adolescence, vie de famille, deuil, amour, maladie, ses personnages nous font vibrer et nous embarquent dans des romances à suspense et des romans "tranche de vie" inoubliables.

***

Imprimé par Amazon KDP

Dépôt légal : mars 2025

Printed by Amazon Italia Logistica S.r.l.
Torrazza Piemonte (TO), Italy

74856502R00251